FANTASY

Die Welt der DRACHENLANZE bei Blanvalet:

Die Chronik der DRACHENLANZE
1. Drachenzwielicht (24510) • 2. Drachenjäger (24511) • 3. Drachenwinter (24512) • 4. Drachenzauber (24513) • 5. Drachenkrieg (24516) • 6. Drachendämmerung (24517)

Die Legenden der DRACHENLANZE
1. Die Brüder (24527) • 2. Die Stadt der Göttin (24528) • 3. Der Krieg der Brüder (24530) • 4. Die Königin der Finsternis (24531) • 5. Der Hammer der Götter (24533) • 6. Caramons Rückkehr (24534)

Die Raistlin-Chroniken
1. Die Zauberprüfung (24907) • 2. Der Zorn des Drachen (24930)

Die Geschichte der DRACHENLANZE
1. Die Zitadelle des Magus (24538) • 2. Der Magische Turm (24539) • 3. Die Jagd des Todes (24540) • 4. Der Zauber des Palin (24541) • 5. Der edle Ritter (24542) • 6. Raistlins Tochter (24543)

Die Krieger der DRACHENLANZE
1. Der Dieb der Zauberkraft (24816) • 2. Die Ritter der Krone (24817) • 3. Verhängnisvolle Fahrt (24845) • 4. Tödliche Beute (24846) • 5. Die Ehre des Minotaurus (24847) • 6. Die Ritter des Schwerts (24887) • 7. Theros Eisenfeld (24888) • 8. Der Lanzenschmied (24889) • 9. Diebesglück (24890) • 10. Die Ritter der Rose (24891)

Drachenauge – Storys aus der Welt der Drachenlanze (24908)

DRACHENLANZE – Die Neue Generation (24621)

Die Erben der DRACHENLANZE
1. Drachensommer (24708) • 2. Drachenfeuer (24718) • 3. Drachennest (24782) • 4. Die Grube der Feuerdrachen (24783) • 5. Der letzte Getreue (24938) • 6. Der Marionettenkönig (24939) • 7. Die blinde Priesterin (24967)

Die Nacht der DRACHENLANZE
1. Die silbernen Stufen (24143) • 2. Auf roten Schwingen (24144) • 3. Die schwarzen Ritter (24167)

Die Kinder der DRACHENLANZE
1. Drachensturm (24971) • 2. Die Drachenkönigin (24972) • 3. Krieg der Seelen (24171) • 4. Der verlorene Stern (24172)

Weitere Bände sind in Vorbereitung.

MARGARET WEIS · TRACY HICKMAN

Die Kinder der Drachenlanze 4

Der verlorene Stern

Aus dem Amerikanischen
von Imke Brodersen

OFFICIAL WIZARDS OF THE COAST LICENSED PRODUCT

DRAGONLANCE®

BLANVALET

Das Buch erschien im Original unter dem Titel »DRAGONLANCE® Saga, The War of Souls II, Dragons of a Lost Star« (Chapters 19–35) bei Wizards of the Coast, Inc., Renton, USA

Umwelthinweis:
Alle bedruckten Materialien dieses Taschenbuches
sind chlorfrei und umweltschonend.
Das Papier enthält Recycling-Anteile.

Deutsche Erstveröffentlichung 4/2002

U. S., CANADA, ASIA, PACIFIC & LATIN AMERICA
Wizards of the Coast, Inc.
P.O. Box 707
Renton, WA 98057-0707
+ 1-800-324-6496

EUROPEAN HEADQUARTERS
Wizards of the Coast, Belgium
P.B. 2031
2600 Berchem
Belgium
+32-70-23-32-77

Visit our website at http://www.wizards.com

Published in the Federal Republic of Germany by
Goldmann Verlag, München
Blanvalet Taschenbücher erscheinen im Goldmann Verlag, einem Unternehmen der Verlagsgruppe Random House GmbH
Deutschsprachige Rechte beim Wilhelm Goldmann Verlag, München, in der Verlagsgruppe Random House GmbH
Umschlaggestaltung: Design Team München
Umschlagillustration: Agt. Schlück/Eggleton
Satz: deutsch-türkischer fotosatz, Berlin
Druck: Elsnerdruck, Berlin
Verlagsnummer: 24172
Redaktion: Cornelia Köhler
V. B. · Herstellung: Peter Papenbrok
Printed in Germany
ISBN 3-442-24172-3
www.blanvalet-verlag.de

1 3 5 7 9 10 8 6 4 2

Für Laura Hickman

Für ihre jahrelange Hilfe,
Ermutigung und Unterstützung
bedanken wir uns von ganzem Herzen
mit diesem Buch.

Margaret Weis und Tracy Hickman

BURG DARGAARD
NACHTLUND
HYLO
GRANAT-
BERGE
SOLAMNIA
THROT
ERGOTH
KAOLYN
SÜDLICHES
ERGOTH
ZITADELLE
DES LICHTS
SCHALLMEER-
INSEL
ABANASINIA
STRASSE VON ALGONI
WÄCHTER-
GIPFEL
SOLACE
NEU-
MEER
DER NEUE
SUMPF
DÜSTERWALD
WALD VON
QUALINESTI
QUALINOST
PAX THARKAS
QUALINESTI
THORBARDIN
KHAROLIS-
GEBIRGE
STAUB-
EBENEN
WALD VON
WAYRETH

N
GEBIRGE VON DARGAARD
KERN
NERAKA
BLUT-MEER
NERAKA
KHALKIST-GEBIRGE
FÜRSTEN DES UNHEILS
SANCTION
THORADIN
BUCHT VON BALIFOR
BLÖDE
KHUR
KENDERHEIM
BLÖDEHELM
THON-THALAS
SILVANOST
SILVANESTI
WALD VON SILVANESTI

1 Verzweifeltes Spiel

Der große grüne Drache Beryl kreiste weiträumig über dem Wald von Qualinesti. Beryl versuchte, ihre Zweifel zu verdrängen, indem sie sich immer wieder selbst versicherte, dass alles nach Plan verlief. Wie sie es geplant hatte. Die Geschehnisse entwickelten sich zügig. Zu zügig für ihren Geschmack. Sie hatte diese Geschehnisse angeordnet. Sie, Beryl. Niemand anders. Wieso also dieses seltsame nagende Gefühl, dass sie keine Kontrolle darüber hatte, dass sie gedrängt wurde, dass sich alles überstürzte? Es war, als hätte jemand am Spieltisch ihren Ellbogen angestoßen, sodass sie würfelte, ehe die anderen Spieler ihre Einsätze abgeschlossen hatten.

Alles hatte so unschuldig begonnen. Sie hatte nichts anderes gewollt als das, was rechtmäßig ihr gehörte – einen magischen Gegenstand. Ein wundersames magisches Ding, das nicht in die Hände eines verkrüppelten, gestrandeten Menschenzauberers gehörte, der es von einem maunzenden Kender erhalten hatte – was ein Fehler gewesen war. Das Gerät gehörte ihr. Es befand sich auf ihrem Territorium, und alles auf ihrem Territorium gehörte ihr. Jeder wusste das. Niemand konnte es bestreiten. Ihre absolut rechtmäßigen Bemühungen, sich diesen Gegenstand zu sichern, hatten irgendwie darin gegipfelt, dass nun ihre Armeen in den Krieg zogen.

Beryl gab ihrer Cousine Malystryx die Schuld daran.

Vor zwei Monaten hatte sich die große Beryl noch glücklich in ihrem Blätterhort gesuhlt und wäre nie auf die Idee gekommen, gegen die Elfen Krieg zu führen. Nun, das stimmte vielleicht nicht ganz. Sie hatte ihre Armeen aufgebaut. Der ungeheure Reichtum, den die Elfen wie die Menschen unter ihrer Herrschaft zusammentrugen, hatte es ihr ermöglicht, ganze Söldnerlegionen, Goblinhorden, Hobgoblins und zahlreiche Drakonier zu ködern, denen sie Beute, Frauen und Morde versprochen hatte. Diese geifernden Hunde hatte sie fest an der Leine gehalten und ihnen nur hin und wieder ein Stück Elf vorgeworfen, um ihnen Appetit zu machen. Jetzt hatte sie sie losgelassen. Beryl zweifelte nicht an ihrem Sieg.

Dennoch hatte sie das Gefühl, es sei noch ein anderer Spieler beteiligt, einer, den sie nicht sehen konnte. Ein Spieler, der aus dem Schatten zusah und auf ein anderes Spiel setzte, ein größeres mit höherem Einsatz. Jemand, der darauf setzte, dass sie, Beryl, verlieren würde.

Malystryx natürlich.

Beryl blickte nicht nach Norden, wo die Ritter von Solamnia mit ihren Silberdrachen und der mächtige blaue Drache Skie lebten. Die Silberdrachen waren angeblich verschwunden, das jedenfalls berichteten ihre Spione. Außerdem war allgemein bekannt – wiederum unter ihren Spionen –, dass Skie verrückt geworden war. Besessen von einer menschlichen Herrin, war er eine Zeit lang verschwunden, um hinterher zu erzählen, er sei an einem Ort gewesen, den er das Grau nannte.

Beryl schaute auch nicht nach Osten, wo der schwarze Drache Zobel lebte. Diese schleimige Echse war mit ihrem fauligen Mief zufrieden. Sollte sie dort vermodern! Was den weißen Drachen Frost anging, so war der weiße Drache noch nicht geboren, der es mit einer so schlauen und mächtigen Grünen wie Beryl hätte aufnehmen können. Nein, Beryl beobachtete den Nordosten. Sie hielt nach roten Augen Ausschau, die wie ein ewiger Sonnenuntergang am Horizont ihrer Angst glühten.

Nun hatte Malystryx offenbar doch ihren Zug gemacht, einen Schachzug, der ebenso unerwartet wie listig gewesen war. Erst vor wenigen Tagen hatte die Grüne entdeckt, dass fast alle ihre Untergebenen – Drachen aus Krynn, die Beryl die Treue geschworen hatten – spurlos verschwunden waren. Nur zwei rote Drachen waren geblieben, aber denen traute sie nicht. Roten hatte sie noch nie getraut. Wo die anderen hin waren, konnte ihr niemand mit letzter Sicherheit sagen, doch Beryl wusste Bescheid. Diese kleineren Drachen hatten die Seite gewechselt. Sie waren zu Malystryx übergelaufen. Zweifellos lachte ihre Cousine gerade über Beryl. Die Grüne biss die Zähne zusammen und stieß eine Giftgaswolke aus, als hätte sie ihre verräterische Cousine in den Klauen.

Beryl durchschaute Malys' Spiel. Die Rote hatte sie überlistet. Malys hatte Beryl zu diesem Feldzug gegen die Elfen veranlasst und sie dazu gezwungen, ihre Truppen nach Süden zu verlagern. Während Beryl sich verausgabte, baute Malys ihre Kräfte weiter aus. Malys hatte Beryl dazu gebracht, die Zitadelle des Lichts zu zerstören – diese Mystiker waren Parasiten, die der Roten schon lange unter den Schuppen juckten. Mittlerweile argwöhnte Beryl, dass Malys diejenige gewesen war, die das magische Gerät so platziert hatte, dass Beryl davon hören musste.

Beryl hatte überlegt, ob sie ihre Armeen zurückrufen sollte, aber diese Idee hatte sie sofort verworfen. Einmal losgelassen, würden die Hunde nie wieder bei Fuß gehen. Sie hatten die Witterung aufgenommen, hatten Elfenblut geschmeckt und würden ihren Ruf nicht mehr befolgen. Inzwischen war sie auch froh, diesen Versuch nicht unternommen zu haben.

Von hoch oben blickte Beryl voller Stolz auf die endlose Schlange ihrer militärischen Streitmacht, die sich durch den dichten Wald von Qualinesti wälzte. Sie kam nur langsam voran. Eine Armee marschiert auf dem Bauch, sagt das Sprichwort. Die Truppen kamen nur so schnell vorwärts wie die schwer beladenen Proviantwagen. Man wagte nicht, das Land zu plündern, was anderswo vielleicht möglich gewesen wäre, denn nicht nur die Tiere, sondern sogar die Pflanzen von Qualinesti hatten den Kampf aufgenommen.

Äpfel vergifteten die, die sie aßen. Vom Brot aus Elfenweizen wurde einer ganzen Division übel. Die Soldaten berichteten, wie Kameraden von Schlingpflanzen erdrosselt oder von Bäumen erschlagen wurden, welche riesige Äste zu Boden stürzen ließen. Dieser Gegner allerdings war leicht zu besiegen, denn gegen ihn half Feuer. Die Rauchwolken aus dem brennenden Wald von Qualinesti machten in einem Großteil von Abanasinia den Tag zur Nacht. Beryl sah zu, wie die Schwaden in die Luft stiegen, um dann vom Wind nach Westen geweht zu werden. Entzückt atmete sie den Geruch der sterbenden Bäume ein. Während ihre Armeen langsam, aber unaufhaltsam weiterzogen, wurde Beryl mit jedem Tag stärker.

Malys hingegen würde den Rauch des Krieges wittern und darin den Gestank ihres eigenen Verhängnisses wahrnehmen.

»Denn du magst mich zwar zum Handeln gezwungen haben, Cousine«, fauchte Beryl jene verhassten roten Augen an, die sie von Westen her anstarrten, »aber in Wahrheit hast du mir einen Gefallen getan. Bald herrsche ich über ein riesiges Gebiet. Tausende von Sklaven werden meine Befehle befolgen. Ganz Ansalon wird von meinem Sieg über die Elfen hören. Deine Armeen werden dich verlassen und sich um meine Fahne scharen. Der Turm der Erzmagier von Wayreth wird mein sein. Die Zauberer werden ihn und seine mächtige Magie nicht mehr länger vor mir verbergen können. Je länger du im Schatten hockst und abwartest, desto stärker werde ich. Bald wird dein hässlicher dicker Schädel mein Totem krönen, und ich werde Ansalon regieren.«

Beryl rechnete fest mit ihrem Sieg. Dennoch wurde sie das beunruhigende Gefühl nicht los, dass irgendwo im Schatten, außerhalb des Kreises, noch ein Spieler wartete. Es schaute noch jemand zu.

Weit, weit unten gab es tatsächlich Augen, die Beryl beobachteten, aber es waren nicht die Augen eines Teilnehmers an diesem Spiel. Jedenfalls konnte er sich dessen nicht rühmen. Es waren seine Knochen, die im Becher klapperten und auf den Tisch geworfen wurden, wo sie ziellos herumrollten, bis sie würdelos in einer Ecke liegen blieben, während der Sieger ausgerufen wurde.

Gilthas stand am verborgenen Eingang zu einem der unterirdischen Tunnel, um Beryl im Blick zu behalten. Der Drache war ein ungeheures Monster. Ihr aufgeblasener, missgestalteter Schuppenleib war so schwer, dass es unmöglich erschien, dass ihre Flügel dieses Ekel erregende Fleischpaket vom Boden heben konnten. Unmöglich, bis man die schwere, dicke Schultermuskulatur und die enorme Spannweite ihrer Flügel in Betracht zog. Ihr Schatten breitete sich über dem Land aus, verdeckte die vom Rauch verhangene Sonne und verwandelte den hellen Tag in schreckliche Nacht.

Gilthas erschauerte, als der Schatten der Drachenflügel über ihn hinwegzog. Ihm wurde kalt. Obwohl die Flügel bald verschwunden waren, kam es ihm so vor, als stünde er immer noch im schwarzen Schatten des Todes.

»Ist alles sicher, Majestät?«, fragte eine zitternde Stimme.

Nein, du dummes Kind, hätte Gilthas gern gerufen. Nein, es ist nicht sicher. Nirgendwo in dieser weiten Welt sind wir sicher. Beryl hält Tag und Nacht Ausschau nach uns. Ihre Soldaten marschieren zu Tausenden heran, morden und brennen alles nieder. Mit dem Rauch des Todes haben sie die Sonne selbst verdeckt. Wir können sie eine Weile aufhalten, was uns kostbare Leben kostet, aber wir bringen sie nicht zum Stillstand. Nicht dieses Mal. Wir rennen, aber wo rennen wir hin? Wo ist der sichere Hafen, nach dem wir suchen? Tod. Der Tod ist die einzige Zuflucht …

»Majestät«, rief die Stimme wieder.

Mit einem Ruck riss Gilthas sich zusammen. »Es ist nicht sicher«, warnte er gedämpft, »aber im Augenblick ist der Drache nicht zu sehen. Kommt jetzt, schnell! Schnell!«

Bei diesem Tunnel handelte es sich um einen der vielen Zwergentunnel, die Hunderten von Elfen die Flucht aus der Stadt Qualinost und den kleineren Siedlungen im Norden ermöglichten, jenen Gebieten, die Beryls Armeen bereits besetzt hatten. Der Eingang zu diesem Tunnel lag nur ein paar Meilen südlich der eigentlichen Stadt – die Zwerge hatten ihre Tunnel bis zur Stadt erweitert. Während Gilthas mit Flüchtlingen redete, die oberirdisch festsaßen, liefen bereits andere Elfen hinter ihm durch den Tunnel.

Vor sechs Tagen hatten die Elfen mit der Evakuierung von Qualinost begonnen, an dem Tag, als Gilthas seinem Volk mitgeteilt hatte, dass die Truppen des Drachen Beryl Qualinesti angriffen. Er hatte den Elfen die ganze grausame Wahrheit gesagt. Die einzige Hoffnung, diesen Krieg zu überleben, lag darin, das zurückzulassen, was sie am meisten liebten: ihre Heimat. Und obwohl ihr Volk vielleicht überleben würde, hatte Gilthas ihnen nicht zusichern können, dass sie als Nation bestehen bleiben würden.

Er hatte den Qualinesti seine Befehle erteilt. Die Kinder

mussten gehen. Sie waren die Hoffnung der Elfen, sie mussten beschützt werden. Mit den Kindern sollten die gehen, die für sie sorgten, Mütter, Väter, Großeltern, Tanten, Onkel, Cousinen oder Cousins. Die Elfen, die kämpfen konnten, und alle ausgebildeten Krieger bat man darum, zurückzubleiben, um Qualinost in der Schlacht zu verteidigen.

Er hatte den Elfen keinen sicheren Zufluchtsort versprochen, denn einen solchen konnte er ihnen nicht nennen. Er würde seinem Volk keine tröstlichen Lügen erzählen. Die Qualinesti hatten zu lange unter der Decke tröstlicher Lügen geschlummert. Er hatte ihnen die Wahrheit gesagt, die sie mit stiller Stärke akzeptiert hatten.

In diesem Moment – und in den leidvollen Momenten, die darauf folgten – war er auf sein Volk stolz gewesen. Ehepaare hatten sich getrennt, und einer der Partner zog mit den Kindern fort, während der andere blieb. Die Zurückbleibenden küssten liebevoll ihre Kinder, drückten sie an sich und baten sie, brav und gehorsam zu sein. Da Gilthas seinem Volk keine Lügen aufgetischt hatte, logen auch die Eltern ihre Kinder nicht an. Die Zurückbleibenden versprachen nicht, dass sie ihre Familien wiedersehen würden. Sie gaben ihnen nur einen Auftrag: Erinnert euch. Denkt immer daran.

Auf Gilthas' Zeichen hin schlüpften die Elfen aus ihren Verstecken unter den Bäumen, deren schattige Zweige sie vor Beryls suchenden Augen geschützt hatten. Als der Drache gekommen war, hatte sich Schweigen im Wald ausgebreitet. Die Tiere waren still geworden, die Vögel waren verstummt. Alle Lebewesen hatten sich zitternd zusammengekauert, bis Beryl vorübergezogen war. Jetzt, da sie weg war, erwachte der Wald wieder zum Leben. Die Elfen nahmen ihre Kinder an die Hand, halfen den Alten und Kranken und schlüpften eilig eine enge

Schlucht hinunter. Ganz unten lag hinter schützenden Zweigen der Eingang zum Tunnel.

»Schnell!« Gilthas, der aufmerksam auf die Rückkehr des Drachen wartete, winkte ihnen zu. »Beeilt euch!«

Die Elfen hasteten an ihm vorbei in den dunklen Tunnel, wo sie von Zwergen erwartet wurden, welche ihnen den Weg wiesen. Einer der Zwerge, der am Eingang stand und auf Elfisch sagte: »Links, links, immer links halten, und passt auf die Pfütze dort auf«, war Tarn Rauchgranit, der Zwergenkönig. Er war wie alle Zwergenarbeiter gekleidet, hatte Erdklumpen im Bart und staubige Stiefel. Kein Elf hätte ihn als König anerkannt.

Im ersten Moment wirkten die Elfen erleichtert, als sie die Sicherheit des dunklen Tunnels erreichten, und duckten sich bereitwillig, um hineinzuschlüpfen. Sobald sie die Zwerge vor sich sahen, die sie mit Gesten anwiesen, immer tiefer in die Erde einzudringen, wurde ihnen jedoch unbehaglich zumute. Elfen fühlten sich unter der Erde nicht wohl. Sie verabscheuten die Enge, liebten hingegen den Himmel über ihren Köpfen, die Zweige der Bäume und die frische Luft. Unter der Erde glaubten sie sich eingeschlossen und dem Ersticken nahe. Die Tunnel rochen nach Dunkelheit, nach Schwarzerde und den Riesenwürmern, den Urkhanen, die sich durch das Gestein bohrten. Manche Elfen zögerten und warfen noch einen letzten Blick zurück zum hellen Sonnenlicht. Ein älterer Elf, in dem Gilthas ein Mitglied des Thalas-Enthia, des Elfensenats, erkannte, machte tatsächlich wieder kehrt.

»Ich kann es nicht, Majestät«, erklärte der Senator Gilthas entschuldigend. Mit bleichem Gesicht rang er nach Luft. »Ich ersticke! Da unten komme ich um!«

Gilthas setzte zu einer Erwiderung an, aber Tarn Rauchgranit trat vor und versperrte dem Senator den Weg.

»Mein lieber Herr«, begann der Zwerg, nachdem er den Elfensenator kurz gemustert hatte. »Ja, es ist hier unten dunkel. Es riecht wirklich nicht gut, und die Luft ist auch nicht die frischeste. Aber bedenkt eines, lieber Herr.« Tarn hob einen knorrigen Finger. »Wie dunkel wird es im Bauch des Drachen sein? Wie übel wird es *dort* riechen?«

Der Senator warf einen Blick auf den Zwerg und brachte ein mattes Lächeln zu Stande. »Ihr habt Recht, mein Herr. Dieses besondere Argument hatte ich nicht bedacht. Ich gebe zu, dass es sehr einleuchtend ist.«

Der Senator schaute noch einmal den Gang entlang, dann nach draußen. Ein letztes Mal sog er die frische Luft ein. Dann berührte er Gilthas zum Zeichen seines Respekts mit der Hand, verneigte sich vor dem Zwerg, senkte den Kopf und schritt mit angehaltenem Atem in den Tunnel, als wolle er während all der Meilen, die unter der Erde vor ihm lagen, nicht mehr Luft holen.

Gilthas lächelte. »Diese Worte habt Ihr nicht zum ersten Mal gesagt, Lehnsherr. Darauf wette ich.«

»Viele Male«, bestätigte der Zwerg, der sich grinsend über seinen Bart strich. »Viele Male. Wenn nicht ich, dann die anderen.« Er zeigte auf seine Zwergenhelfer. »Wir greifen immer auf dasselbe Argument zurück. Es versagt nie.« Er schüttelte den Kopf. »Elfen, die unter der Erde leben. Wer hätte das gedacht, was, Majestät?«

»Eines Tages«, gab Gilthas zurück, »werden wir den Zwergen beibringen müssen, wie man auf Bäume klettert.«

Rauchgranit schnaubte vor Lachen über diesen Gedanken. Kopfschüttelnd stapfte er durch den Tunnel, wo er die Zwerge anfeuerte, die sich bemühten, herunterrieselnde Steine aus dem Weg zu räumen. Er vergewisserte sich, dass das Holz, mit dem der Tunnel abgestützt wurde, wirklich sicher hielt.

Die letzten Elfen, die den Tunnel betraten, kamen zu zwölft, allesamt Mitglieder einer einzigen Familie. Die älteste, fast erwachsene Tochter hatte freiwillig angeboten, die Kinder zu nehmen. Beide Eltern waren Krieger und würden zurückbleiben, um ihre Stadt zu retten.

Gilthas erkannte das Mädchen wieder. Sie war ihm vor gar nicht langer Zeit auf dem Maskenball vorgestellt worden. Er erinnerte sich daran, wie sie in ihrem feinsten Seidenkleid getanzt hatte, die Haare mit Blumen bekränzt, die Augen leuchtend vor Glück und Aufregung. Jetzt waren ihre Haare ungekämmt und ungewaschen. Tote Blätter, unter denen sie sich versteckt hatte, hingen darin. Ihr Kleid war zerrissen und vom Marsch verschmutzt. Sie sah blass und verängstigt aus, aber dennoch entschlossen. Sie würde ihrer Angst nicht nachgeben, denn die jüngeren Kinder erwarteten von ihr, dass sie ihnen Mut machte.

Von Qualinost aus waren sie nur langsam weitergekommen. Seit Beryl eine Gruppe Elfen auf der Straße erwischt und alle mit ihrem giftigen Odem getötet hatte, hatten sich die Elfen nicht mehr ins Freie gewagt, sondern im Wald Schutz gesucht. Wie die Hasen angesichts des Fuchses hatten sie stillgehalten, wenn der grüne Drache über ihnen kreiste. Deshalb waren sie nur erschütternd langsam vorangekommen.

Unter Gilthas' Augen hob das Mädchen ein Kleinkind aus einem Nest aus Blättern und Piniennadeln auf. Dann rief sie die anderen Kinder zu sich und rannte zum Tunnel. Die Kinder folgten ihr. Die Älteren trugen die Jüngeren auf dem Rücken.

Wohin gingen sie? Silvanesti … Ein Land, das für dieses Mädchen nicht mehr war als ein Traum. Ein bedrückender Traum, denn ihr ganzes Leben lang hatte sie gehört, dass die Silvanesti ihren Vettern aus Qualinesti Misstrauen und wenig

Liebe entgegenbrachten. Dennoch war sie unterwegs, um dort um Asyl zu bitten. Bevor sie Silvanesti überhaupt erreichten, würden sie und ihre Geschwister viele Meilen unter der Erde hinter sich bringen müssen. Dann mussten sie noch die trockenen, endlosen Staubebenen überqueren.

»Schnell, schnell!«, drängte Gilthas, der glaubte, er hätte über den Wipfeln einen Blick auf den Drachen erhascht.

Sobald das letzte Kind drinnen war, griff er nach den schützenden Zweigen und zog sie über die Öffnung, damit diese nicht mehr zu sehen war.

Das Mädchen blieb im Tunnel stehen, um kurz durchzuzählen. Nachdem sie sich vergewissert hatte, dass die Familie vollzählig war, brachte sie ein Lächeln für Gilthas zu Stande, hob den Kopf, drückte das Kind auf ihrem Rücken zurecht und wollte den eigentlichen Tunnel betreten.

Einer der kleineren Jungen blieb zurück. »Ich will nicht da rein, 'Trina«, flehte er mit zitternder Stimme. »Hier drin ist es dunkel.«

»Nein, nein, das stimmt nicht«, versicherte Gilthas. Er zeigte auf eine Lampe an der Decke. Aus der Kugel drang ein weicher, warmer Schein, der das Dunkel erhellte. »Solche Laternen werdet ihr überall in den Tunneln finden. Weißt du, wer dieses Licht macht?«

»Feuer?«, riet der Junge zweifelnd.

»Ein Babywurm«, erklärte Gilthas. »Die großen Würmer graben die Tunnel für uns, und die kleinen leuchten uns unterwegs. Jetzt hast du keine Angst mehr, oder?«

»Nein«, erwiderte der kleine Elf. Seine Schwester warf ihm einen empörten Blick zu, woraufhin er rot anlief. »Ich meine, nein, Majestät.«

»Gut«, befand Gilthas. »Dann ab mit euch.«

Eine tiefe Stimme warnte zuerst auf Zwergisch, dann auf Elfisch: »Aus dem Weg! Wurm kommt! Aus dem Weg!«

Der Zwerg sprach zwar Elfisch, aber so, als hätte er den Mund voller Steine. Die Kinder verstanden ihn nicht. Gilthas sprang zu dem Mädchen hin. »Zurück!«, schrie er den anderen Kindern zu. »An die Wand! Schnell!«

Der Boden des Tunnels begann zu beben.

Gilthas packte das überraschte Mädchen und zog es an die Tunnelwand. Sie war entsetzt, und das Kind auf ihrem Rücken begann vor Angst zu weinen. Gilthas nahm es auf die Arme und beruhigte es, so gut er konnte. Die anderen Kinder drängten sich mit großen Augen an ihn. Einige begannen zu wimmern.

»Schaut nur«, forderte er sie lächelnd auf. »Ihr braucht keine Angst zu haben. Das sind unsere Retter.«

Am anderen Ende des Tunnels kam der Kopf eines der Riesenwürmer zum Vorschein, welche die Zwerge zum Bohren ihrer Tunnel benutzten. Der Wurm hatte keine Augen, denn er lebte immer im Dunkeln unter der Erde. Zwei Hörner ragten oben aus seinem Kopf. Auf dem Rücken des Wurms saß in einem großen Korb ein Zwerg, der die Zügel eines Ledergeschirrs in der Hand hielt. Dieses Geschirr war um die beiden Hörner geschlungen und gestattete es dem Wurmreiter, den Urkhan zu lenken wie ein Elfenreiter sein Pferd.

Der Wurm achtete wenig auf den Zwerg auf seinem Rücken, denn er war nur an Fressen interessiert. Er spie eine Flüssigkeit auf den harten Fels in der Tunnelwand. Sein Speichel traf zischend auf und begann zu blubbern. Große Felsstücke brachen ab und fielen auf den Tunnelboden. Das Maul des Urkhans öffnete sich, um einen solchen Brocken zu verschlingen.

Es war ein erschreckender Anblick, als der Wurm näher

kroch. Sein enormer, sich windender, von Schleim bedeckter Körper war rötlich braun und füllte den halben Tunnel aus, dessen Boden unter seinem Gewicht erbebte. Die so genannten Urkhanzügler unterstützten den Reiter durch Zügel, die an Riemen befestigt waren, welche um den ganzen Leib des Urkhans liefen.

Als sich der Wurm Gilthas und den Kindern näherte, warf er plötzlich seinen blinden Kopf herum und wollte auf ihre Seite des Tunnels kriechen. Einen Augenblick lang befürchtete Gilthas, sie würden gleich zermalmt werden. Das Mädchen klammerte sich an ihn. Er drückte sie hinter sich an die Wand und schirmte mit seinem Körper möglichst viele der Kinder ab.

Die Zügler jedoch kannten sich aus und reagierten sofort. Unter lauten Flüchen zerrten die Zwerge an ihren Leinen und schlugen mit Fäusten und Stöcken auf den Urkhan ein. Das Tier stieß ein lautes, schniefendes Geräusch aus, schüttelte den riesigen Kopf und setzte seine Mahlzeit fort.

»Da seht ihr es. War doch gar nicht so schlimm«, munterte Gilthas die Kinder auf.

Sie wirkten nicht besonders zuversichtlich, doch auf ein scharfes Wort ihrer Schwester hin bildeten sie wieder eine Reihe und begannen den Tunnel entlangzulaufen. Den Wurm, der an ihnen vorbeikroch, behielten sie allerdings genau im Auge.

Gilthas blieb zurück. Er hatte seiner Frau versprochen, am Tunneleingang auf sie zu warten. Gerade als er zurückgehen wollte, fühlte er ihre Hand auf seiner Schulter.

»Mein Schatz«, begrüßte sie ihn.

Ihre Berührung war sanft, ihre Stimme weich und tröstend. Sie musste den Tunnel betreten haben, während er den Kindern beigestanden hatte. Bei ihrem Anblick lächelte er, denn der Glanz des Larvenlichts auf ihrer goldenen Haarmähne vertrieb die finstere Verzweiflung, die wegen des Drachens über ihn gekommen war. Ein flüchtiger Kuss, mehr Zeit blieb ihnen nicht, denn beide hatten Neuigkeiten füreinander und dringende Dinge zu besprechen.

Sie sprudelten gleichzeitig los.

»Liebster, was wir gehört haben, ist wahr. Der Schild ist gefallen!«

»Liebe Frau, die Zwerge sind einverstanden!«

Beide brachen ab, sahen einander an und lachten.

Gilthas konnte sich nicht entsinnen, wann er das letzte Mal selbst gelacht oder das Lachen seiner Frau gehört hatte. Da er dies für ein gutes Omen hielt, forderte er sie auf: »Du zuerst.«

Sie wollte schon fortfahren, sah sich dann aber stirnrunzelnd um. »Wo ist Planchet? Wo sind deine Wachen?«

»Planchet ist zurückgeblieben, um dem Marschall zu helfen, ein paar Drakonier zu übertölpeln. Meine Wachen habe ich nach Qualinost zurückgeschickt. Nicht schimpfen, Liebling.« Gilthas lächelte. »Sie werden dort gebraucht, um die Verteidigung vorzubereiten. Wo sind denn Eure Wachen, Madame Löwin?«, erkundigte er sich mit gespielter Strenge.

»Rundherum«, erwiderte sie lächelnd. Ihre Elfensoldaten konnten ganz nah sein, doch er würde sie niemals hören oder sehen, wenn sie dies nicht wünschten. Nun aber wich das Lächeln aus ihren Augen und von ihren Lippen. »Wir haben das Elfenmädchen mit den Kindern getroffen. Ich bot ihr an, ihr einen meiner Männer mitzugeben, aber sie hat abgelehnt. Sie sagte, sie dächte nicht daran, einen Krieger aus der Schlacht abzuziehen.«

»Vor ein paar Wochen erst hat sie auf ihrem ersten Ball getanzt. Jetzt steht sie in einem Tunnel und muss um ihr Leben rennen.« Er unterbrach sich, denn seine Gefühle drohten ihn zu überwältigen. »Was für einen Mut unser Volk hat!«, schloss er mit belegter Stimme.

Beide standen im Tunnel, dessen Boden unter ihren Füßen erneut bebte. Die Zügler brüllten herum. Am Eingang warteten zusammengekauerte Zwerge, die weiteren Flüchtlingen beistehen würden. Andere Elfen, die von weiter unten im Tunnel kamen, liefen an ihnen vorbei. Beim Anblick ihres Königs nickten sie, lächelten ihm zu und verhielten sich, als wäre die Flucht durch einen finsteren, wackelnden Tunnel, geführt von Zwergen, ein alltägliches Ereignis.

Nachdem Gilthas sich geräuspert hatte, sagte er forscher: »Du hast die Berichte, die wir anfangs gehört haben, überprüft?«

Die Löwin schob eine glänzende Haarsträhne aus ihrem Gesicht. »Ja, aber was der Fall des Schildes bedeutet, ob das nun gut oder schlecht ist, kann niemand sagen.«

»Was ist geschehen? Wie ist es dazu gekommen? Haben die Silvanesti selbst ihn gesenkt?«

Sie schüttelte den Kopf, worauf ihr die unbändige goldene Lockenmähne, der sie den Beinamen Löwin verdankte, wieder über das Gesicht fiel. Liebevoll strich ihr Mann die Locken mit der Hand zurück. Er sah ihr so gern ins Gesicht. Manche Elfendamen aus Qualinesti, die auf ihren hellen, rosigen Teint so stolz waren, verachteten die Kagonesti, deren Haut vom Leben im Sonnenschein gebräunt war.

Im Gegensatz zu seinem Gesicht mit dem kantigen Kinn und den leicht runden Augen, das sein menschliches Erbe verriet, war ihr Gesicht ganz elfisch, herzförmig und mit Mandelaugen. Ihre Züge waren nicht zart, sondern kräftig, ihr Blick kühn und entschlossen. Als sie die Liebe und Bewunderung in seinen Augen sah, ergriff die Löwin seine Hand und küsste die Innenfläche.

»Ich habe dich vermisst«, flüsterte sie.

»Und ich dich.« Mit einem tiefen Seufzer zog er sie an sich. »Werden wir je in Frieden leben, Geliebte? Wird es je eine Zeit geben, in der wir bis lange, lange nach Sonnenaufgang schlafen können, um dann zu erwachen und den Rest des Tages nur damit zu verbringen, uns zu lieben?«

Sie antwortete nicht. Er küsste ihr wunderbares Haar und hielt sie fest in seinen Armen.

»Was ist mit dem Schild?«, fragte er schließlich.

»Ich habe mit einem Läufer gesprochen, der gesehen hat, dass er verschwunden ist, aber als er Alhana und ihre Leute suchte, waren sie weitergezogen. Das war natürlich zu erwarten. Alhana hat bestimmt sofort die Grenze überschritten. Wahrscheinlich werden wir vorläufig nichts mehr von ihr hören.«

»Ich wollte mir keine falschen Hoffnungen machen«, gestand Gilthas, »aber du erleichterst mein Los und nimmst mir die Angst. Wenn die Silvanesti den Schild gesenkt haben, ist das ein Zeichen dafür, dass sie bereit sind, wieder in die Welt zurückzukehren. Ich werde sofort Boten schicken, die ihnen von unserer Lage berichten und sie um Hilfe bitten sollen. Wenn unsere Pläne scheitern – wenn Qualinost fällt –, können wir mit Hilfe unseres Brudervolks eine große Armee aufstellen. Wir werden zurückkehren und den Drachen aus unserer Heimat vertreiben.«

Die Löwin legte eine Hand über seinen Mund. »Schsch, mein Mann. Du spinnst schon wieder Stahl aus Mondlicht. Wir haben keine Ahnung von dem, was in Silvanesti vorgehen mag, warum der Schild gesenkt wurde oder was das zu bedeuten hat. Der Läufer erzählte, dass in der Nähe des Schilds alles Lebende tot war oder im Sterben lag. Vielleicht war dieser Schild für die Silvanesti kein Segen, sondern ein Fluch. Außerdem kommt hinzu«, ergänzte sie gnadenlos, »dass unser Brudervolk sich in der Vergangenheit wenig brüderlich verhalten hat. Deinen Onkel Porthios haben sie als Dunkelelfen ausgestoßen. Für deinen Vater hatten sie auch nicht viel übrig. Dich sehen sie als Mischling, deine Mutter als noch Schlimmeres.«

»Sie können uns nicht von ihrer Schwelle jagen«, beharrte Gilthas. »Das werden sie nicht. Du wirst mir mein Mondlicht nicht nehmen, Liebling. Ich glaube, der gesenkte Schild zeigt, dass die Silvanesti umdenken. Damit kann ich unserem Volk Hoffnung anbieten. Sie werden die Staubebenen überqueren. Sie werden Silvanesti erreichen, und wenn sie erst dort sind, werden unsere Brüder sie willkommen heißen. Es wird keine leichte Reise werden, aber du weißt besser als jeder andere, welcher Mut im Herzen unseres Volkes schlummert. Mut, wie ihn dieses junge Mädchen bewiesen hat.«

»Ja, es wird eine harte Reise«, bestätigte die Löwin mit einem ernsten Blick auf ihren Mann. »Unser Volk wird es schaffen, aber sie brauchen einen Anführer: jemanden, der uns drängt, weiterzugehen, obwohl wir müde sind, obwohl wir Hunger und Durst leiden, obwohl wir weder ausruhen noch essen noch trinken können. Wenn unser König mit uns zieht, werden wir ihm folgen. Sobald wir in Silvanesti eintreffen, muss unser König unser Botschafter sein. Unser König muss für uns sprechen, damit wir nicht wie Bettler aussehen.«

»Die Senatoren, die Oberhäupter der Häuser –«

»– werden sich nie einigen, das weißt du doch, Gilthas. Ein Drittel wird nach Westen marschieren wollen anstatt nach Osten. Das nächste Drittel wird nach Norden wollen anstatt nach Süden, und das letzte Drittel wird überhaupt nicht weiterwollen. Sie werden monatelang darum ringen. Wenn sie es tatsächlich schaffen sollten, irgendwann in Silvanesti anzukommen, werden sie zuallererst allen Zwist der letzten dreihundert Jahre auftischen, womit alles zu Ende ist. Du, Gilthas, du bist der Einzige, der hoffen kann, es zu schaffen. Du bist der Einzige, der die verschiedenen Parteien einen und die Elfen durch die Wüste führen kann. Du bist der Einzige, der es mit den Silvanesti aufnehmen kann.«

»Aber«, begehrte Gilthas auf, »ich kann doch nicht an zwei Orten gleichzeitig sein. Ich kann nicht Qualinost verteidigen und unser Volk über die Staubebenen führen.«

»Nein, das kannst du nicht«, pflichtete die Löwin ihm bei. »Die Verteidigung von Qualinost musst du einem anderen übertragen.«

»Was wäre das für ein König, der sich selbst in Sicherheit bringt und sein Volk zurücklässt, damit es statt seiner umkommt?«, wollte Gilthas stirnrunzelnd wissen.

»Ein König, der dafür sorgt, dass das letzte Opfer derer, die zurückbleiben, nicht vergebens ist«, mahnte seine Frau. »Glaube nicht, dass du den leichteren Part gewählt hast, nur weil du nicht hier bleibst und gegen den Drachen kämpfst. Du willst ein Volk aus den Wäldern, das in saftigen Gärten und mit reichlich Wasser aufgewachsen ist, in die Staubebenen führen, ein dürres Land mit Wanderdünen und einer gnadenlosen Sonne. Gib mir den Oberbefehl über Qualinost –«

»Nein«, befand er knapp. »Davon will ich nichts hören.«

»Liebster –«

»Das kommt nicht in Frage. Ich habe Nein gesagt, und das meine ich so. Wie kann ich tun, was ich deiner Meinung nach tun muss, ohne dich an meiner Seite zu wissen?«, schimpfte Gilthas, dessen Stimme vor Erregung lauter wurde.

Sie starrte ihn schweigend an. Er beruhigte sich wieder.

»Das kommt überhaupt nicht in Frage«, wiederholte er.

»Aber irgendwann müssen wir darüber sprechen.«

Gilthas schüttelte den Kopf. Seine Lippen waren zu einer harten, festen Linie zusammengedrückt. »Was gibt es sonst noch Neues?«, fragte er übergangslos.

Die Löwin, die ihren Mann gut genug kannte, verstand, dass jedes weitere Argument sinnlos war. »Unsere Truppen setzen Beryls Armeen zu. Aber sie sind so zahlreich, dass wir wie Mücken sind, die ein hungriges Wolfsrudel angreifen.«

»Zieh deine Leute zurück. Schick sie nach Süden. Wir brauchen sie, um die Überlebenden zu beschützen, sollte Qualinost fallen.«

»Mit diesem Befehl hatte ich gerechnet«, sagte sie. »Ich habe es bereits getan. Von jetzt an werden Beryls Truppen ungehindert plündern, brennen und morden können.«

Gilthas merkte, wie die Hoffnung, die sein Blut erwärmt hatte, versickerte. Wieder erfüllte ihn eisige Verzweiflung.

»Aber wir werden unsere Rache bekommen. Du hast gesagt, die Zwerge hätten deinem Plan zugestimmt.« Der Löwin tat es Leid, dass sie so grob gewesen war, darum versuchte sie, ihn aus der bedrückenden Stimmung herauszuholen, die sich über ihn legte.

»Ja«, nickte er. »Ich habe mit Tarn Rauchgranit gesprochen. Wir haben uns zufällig getroffen. Ich hatte nicht damit gerechnet, ihm in den Tunneln zu begegnen, sondern geglaubt, ich müsse bis Thorbardin laufen, um mit ihm zu reden. Aber er kümmert sich persönlich um die Arbeiten, sodass wir diese Frage gleich klären konnten.«

»Er weiß, dass ein Teil seines eigenen Volkes bei der Verteidigung der Elfen umkommen könnte?«

»Er weiß besser, als ich ihm erklären kann, welchen Preis die

Zwerge zahlen würden. Aber sie sind zu diesem Opfer bereit. ›Wenn dieses große grüne Ungeheuer Qualinesti schluckt, bekommt es als Nächstes Appetit auf Thorbardin‹, sagte er zu mir.«

»Wo steckt dann die Zwergenarmee?«, wollte die Löwin wissen. »Sie haben sich unter der Erde eingegraben, um Thorbardin zu verteidigen. Eine Armee aus Hunderttausenden zäher Krieger. Mit denen könnten wir Beryls Angriff abwehren –«

»Liebste«, erinnerte Gilthas sanft, »die Zwerge haben das Recht, ihre Heimat zu verteidigen. Würden wir Elfen ihnen zu Hilfe eilen, wenn man sie angreifen würde? Sie haben schon viel für uns getan. Sie haben zahllosen Elfen das Leben gerettet, und sie sind bereit, ihr Leben für eine Sache zu opfern, die sie eigentlich nichts angeht. Wir sollten sie dafür ehren, nicht schelten.«

Die Löwin starrte ihn einen Augenblick lang trotzig an. Dann gab sie achselzuckend und mit reumütigem Lächeln zu: »Du hast natürlich Recht. Du siehst beide Seiten, ich hingegen nur eine. Deshalb wiederhole ich, dass du derjenige sein musst, der unser Volk anführt.«

»Ich habe gesagt, darüber reden wir später«, entgegnete Gilthas kühl. Er wechselte das Thema.

»Ich frage mich, ob dieses junge Mädchen wohl weint, wenn sie nachts allein wach liegt, während die ihr Anvertrauten rings um sie herum friedlich schlafen, weil sie ihr vertrauen, obwohl alles so finster ist.«

»Nein«, antwortete die Löwin. »Sie weint nicht, denn eines der Kinder könnte aufwachen, ihre Tränen sehen und das Vertrauen verlieren.«

Gilthas seufzte tief auf und drückte seine Frau an sich. »Beryl hat die Grenze unseres Landes überschritten. Wie viel Zeit bleibt noch, ehe die Armee Qualinost erreicht?«

»Vier Tage«, erwiderte die Löwin.

2 Der Marsch nach Nachtlund

Minas kleine Armee aus ein paar hundert Mann bestand vor allem aus den Rittern, die ihr aus jenem schaurigen Tal bei Neraka nach Sanction und Silvanesti gefolgt waren. Jetzt ging es in dieses fremde Land.

Die Drachen flogen durch eine Dunkelheit, die so schwarz war, dass Galdar nicht einmal Hauptmann Samuval auf dem Drachen neben sich erkennen konnte. In der abgrundtiefen Finsternis konnte Galdar noch nicht einmal den langen Schwanz oder die Flügel seines eigenen Drachen ausmachen. Er sah nur einen Drachen, nämlich das fremdartige Wesen, auf dem Mina ritt. Von ihrem Todesdrachen ging ein schimmernder Glanz aus, der gleichermaßen schrecklich wie schön war. Rot, blau, grün, weiß, rot-blau, wo zwei Seelen toter Drachen sich vereinten, dann wieder weiß-grün – es war ein ständiger Wechsel, von dem ihm schwindlig wurde. Schließlich musste er wegsehen.

Aber sein staunender Blick wurde erneut von dem Todesdrachen angezogen. Er fragte sich, woher Mina den Mut nahm, auf einem Wesen zu reiten, das so substanzlos wirkte wie der Morgennebel, denn er konnte durch den Drachen hindurchsehen. Er sah die Finsternis dahinter. Nur Mina schien keine Bedenken zu haben. Ihr Glaube wurde belohnt, denn der Drache trug sie sicher durch den Himmel von Ansalon und setzte sie rücksichtsvoll und ehrfürchtig auf dem Boden ab.

Die anderen Drachen landeten auf einer riesigen Ebene, wo sie ihre Reiter absteigen ließen, um sich dann wieder in die Lüfte zu schwingen.

»Wartet auf meinen Ruf«, befahl Mina den Drachen. »Ich werde euch wieder brauchen.«

Die Drachen – riesige Rote und flinke Blaue, heimtückische Schwarze, hochmütige Weiße und Ränke schmiedende Grüne – senkten die Köpfe, breiteten die Flügel aus und neigten die stolzen Hälse vor ihr. Der Todesdrache kreiste einmal über ihr, um dann zu verschwinden, als hätte ihn die Dunkelheit verschluckt. Die anderen Drachen flogen in verschiedene Richtungen davon. Ihr Abflug erzeugte so viel Wind, dass die Männer fast umgeblasen worden wären. Nachdem die Drachen verschwunden waren, standen sie ohne Reittiere in einem fremden Land. Sie hatten keine Ahnung, wo sie sich befanden.

Es war Mina, die es ihnen sagte.

»Nachtlund«, erklärte sie.

Einst hatte ein Ritter von Solamnia mit dem Namen Soth dieses Land regiert. Als die Götter ihm die Gelegenheit gaben, die Umwälzung aufzuhalten, hatte Lord Soth versagt und damit einen Fluch über sich und dieses Land heraufbeschworen. Seit der Zeit der Umwälzung hatten andere verlorene Seelen, Lebende wie Tote, in Nachtlund Zuflucht gesucht und in diesen tiefen Schatten gelebt. Sobald die Ritter von Solamnia, die über diese Gegend herrschten, erkannten, dass das Land zum Schlupfwinkel für alle geworden war, die vor dem Gesetz flohen, hatten sie immer wieder versucht, Nachtlund zu säubern. Doch alles blieb vergeblich. Bald gaben es die Ritter auf, in den Wald einzudringen. Sie überließen die Herrschaft dem verfluchten Ritter Soth. Nachtlund war zum Niemandsland geworden, das kein Lebender freiwillig betrat.

Selbst bei den Schwarzen Rittern von Neraka war dieses Land verrufen, denn die Toten fühlten sich an keine Regierung der Lebenden gebunden. Minas Ritter und Soldaten stellten sich in Reihen auf und marschierten klaglos hinter ihr her. Inzwischen brachten sie ihr so viel Vertrauen entgegen und glaubten so fest an sie – und ihren Einen Gott –, dass niemand ihr Urteilsvermögen in Frage stellte.

Tollkühn drangen Minas Soldaten nach Nachtlund vor. Sie fanden keine Feinde, weder lebende noch tote, sondern zogen unter riesigen Zypressen hindurch, die schon alt gewesen waren, als der Graustein geschaffen wurde. Sie sahen kein Tier, weder Eichhörnchen noch Vogel, weder Maus noch Marder, weder Hirsch noch Bär. Auch Tote sahen sie nicht, denn keiner von ihnen besaß etwas Magisches, weshalb die Toten sich nicht für sie interessierten. Dennoch spürten die Soldaten und Ritter die Toten um sich herum, so wie man es spürt, wenn einen unsichtbare Augen beobachten. Nachdem sie mehrere Tage durch diesen unheimlichen Wald gestreift waren, kamen den Männern, die Mina rückhaltlos nach Nachtlund gefolgt waren, allmählich doch Bedenken.

Galdar standen die Nackenhaare zu Berge. Unablässig fuhr er mit dem Kopf herum, um zu sehen, ob sich etwas von hinten anschlich. Hauptmann Samuval klagte – leise und nur dann, wenn Mina ihn nicht hören konnte –, er bekäme »das kalte Grausen«. Auf die Frage, was das für ein Leiden sei, konnte er nur angeben, dass seine Hände und Füße davon so kalt würden, dass kein Feuer sie wärmen konnte, und außerdem hätte er Bauchschmerzen. Beim scharfen Knacken eines herunterfallenden Astes warfen sich die Männer auf den Boden, wo sie zitternd vor Schreck liegen blieben, bis jemand ihnen erklärte, was geschehen war. Danach standen sie schamrot wieder auf und liefen weiter.

Bei Nacht verdoppelte man die Wachen, obwohl Mina ihnen

erklärte, sie bräuchten überhaupt keine Wachen aufzustellen. Den Grund dafür teilte sie ihnen nicht mit, doch Galdar vermutete, dass sie von jenen bewacht wurden, die keinen Schlaf mehr brauchten. Das beruhigte ihn allerdings auch nicht besonders. Wiederholt schreckte er aus einem Traum auf, in dem Hunderte von Leuten um ihn herumstanden und aus leeren, traurigen Augen auf ihn herabstarrten.

Mina blieb während dieses Marsches seltsam still. Sie lief ganz vorn, lehnte jede Gesellschaft ab und sprach mit niemandem, obwohl Galdar mitunter sah, dass ihre Lippen sich bewegten, als würde sie etwas sagen. Als er einmal zu fragen wagte, mit wem sie redete, erwiderte sie: »Mit ihnen« und beschrieb eine umfassende Geste, die nichts umfing.

»Den Toten, Mina?«, vergewisserte sich Galdar zögernd.

»Mit ihren Seelen. Die Hüllen, die sie einst beherbergten, brauchen sie nicht mehr.«

»Und du kannst sie sehen?«

»Der Eine Gott hat mir diese Macht verliehen.«

»Aber ich kann es nicht.«

»Ich könnte dafür sorgen, dass du sie siehst, Galdar«, versicherte ihm Mina, »aber du fändest es sehr unangenehm und beunruhigend.«

»Nein, Mina, nein. Ich will sie nicht sehen«, wehrte Galdar hastig ab. »Wie … wie viele sind es denn?«

»Tausende«, erwiderte sie. »Tausende und Abertausende und noch viel mehr. Die Seelen aller, die seit dem Chaoskrieg auf dieser Welt gestorben sind, Galdar. Genau so viele, und es werden täglich mehr. Elfen, die in Silvanesti und Qualinesti sterben, Soldaten, die bei der Verteidigung von Sanction fallen, Mütter, die im Kindbett verbluten, Kinder, die Krankheiten erliegen, die Alten, die in ihren Betten einschlafen – all diese Seelen fließen in einem breiten Strom nach Nachtlund. Vom Einen Gott hierher geführt, damit sie tun, was er gebietet.«

»Du sagst, seit dem Ende des Chaoskriegs. Wohin sind die Seelen vorher gegangen?«

»Die gesegneten Seelen kamen in andere Reiche. Verfluchte Seelen waren dazu verdammt, hier zu bleiben, bis sie die Lektionen begriffen, die sie im Leben nicht erlernt hatten. Dann sind auch sie zur nächsten Stufe übergegangen. Die alten Götter ermutigten die Seelen zum Gehen. Sie ließen ihnen keine Wahl. Die alten Götter haben ignoriert, dass die Seelen nicht gehen wollten. Sie wollten lieber auf der Welt bleiben und die Lebenden nach Kräften unterstützen. Das hat der Eine Gott erkannt und den Seelen die Gabe verliehen, auf der Welt zu bleiben und dem Einen zu dienen. Genau das tun sie, Galdar. Jetzt und in Zukunft.«

Mina sah ihn mit ihren Bernsteinaugen an. »Du würdest doch nicht gehen wollen, nicht wahr, Galdar?«

»Ich würde dich nicht verlassen wollen, Mina«, gab er zur Antwort. »Das ist das, was ich am Sterben am meisten fürchte. Dass ich dich verlassen müsste.«

»Das wirst du niemals, Galdar«, versicherte Mina mit sanfter Stimme. Der Bernstein wurde wärmer. Ihre Hand berührte seinen Arm. Auch ihre Berührung war warm wie Bernstein. »Ich verspreche es. Das wirst du nie.«

Galdar druckste herum. Er wollte ungern weitersprechen, weil er ihr nicht missfallen wollte, doch er war ihr Stellvertreter. Daher hatte er auch eine Verantwortung den Männern gegenüber, die unter seinem Oberbefehl standen.

»Wie lange bleiben wir noch hier, Mina? Den Männern gefällt es nicht in diesem Wald. Ich kann es ihnen kaum verdenken. Die Lebenden haben hier nichts verloren. Wir sind unerwünscht.«

»Nicht mehr lange«, erwiderte sie. »Ich muss noch jemanden besuchen, der in diesem Wald lebt. Ja, er *lebt*«, betonte sie. »Ein Zauberer namens Dalamar. Vielleicht hast du von ihm gehört?«

Galdar schüttelte den Kopf. Mit Zauberern hatte er so wenig wie möglich zu tun. Sie und ihre Angelegenheiten interessierten ihn auch nicht.

»Anschließend«, fuhr Mina fort, »muss ich für kurze Zeit fortgehen –«

»Fortgehen?«, wiederholte Galdar, der unwillkürlich die Stimme erhob.

»Fortgehen?« Hauptmann Samuval eilte herbei. »Was soll das heißen? Wer geht fort?«

»Mina«, teilte Galdar ihm mit. Seine Kehle schnürte sich zusammen.

»Mina, die Männer bleiben ausschließlich deinetwegen«, ereiferte sich Samuval. »Wenn du gehst –«

»Ich werde nicht lange weg sein«, sagte Mina stirnrunzelnd.

»Kurz oder lang, Mina, ich bin nicht sicher, ob wir die Männer halten können«, gab Hauptmann Samuval zu bedenken. Auch er blickte unablässig über seine Schultern. »Und ich kann es ihnen nicht verdenken. Dieses Land ist verflucht. Überall kriechen Geister herum. Ich spüre, wie sie über mich hinwegkriechen!«

Er erschauerte, rieb seine Arme und sah sich ängstlich um. »Man erkennt sie nur aus dem Augenwinkel. Aber sobald man hinschaut, sind sie weg. Das treibt einen in den Wahnsinn!«

»Ich werde zu den Männern sprechen, Hauptmann Samuval«, beschloss Mina. »Auch ihr beide müsst zu ihnen sprechen und ihnen durch euer Vorbild zeigen, dass ihr keine Angst habt.«

»Was allerdings nicht stimmt«, knurrte der Minotaurus.

»Die Toten werden euch nichts tun. Sie wurden zu einem einzigen Zweck hierher gerufen, nur zu diesem Zweck. Der Eine Gott hat sie gerufen. Sie dienen dem Einen Gott, und durch die Macht des Einen dienen sie mir.«

»Welcher Zweck ist das, Mina? Du sagst das, aber du verrätst uns nichts.«

»Es wird alles offenbar werden. Ihr müsst Geduld haben und glauben«, mahnte Mina. Ihre Bernsteinaugen wurden kühl und hart.

Galdar und Samuval wechselten einen Blick. Samuval blieb ganz still stehen. Er sah sich weder um noch rieb er seine Arme, denn er wollte Mina nicht beleidigen.

»Wie lange wirst du fortbleiben?«, erkundigte sich Galdar.

»Ihr begleitet mich zum Turm des Zauberers. Dann reise ich nach Norden, wo ich mit dem Drachen sprechen will, der über Palanthas herrscht. Dem Drachen mit dem Namen Khellendros oder, wie ich ihn lieber nenne, Skie.«

»Skie? Der ist doch weg. Jeder weiß, dass er zu einem irrwitzigen Abenteuer aufgebrochen ist.«

»Der Drache ist da«, beharrte Mina. »Er wartet auf mich, ohne es jedoch zu wissen.«

»Vielleicht wartet er darauf, dich anzugreifen«, schnaubte Samuval. »Er ist nicht wie unsere blauen Drachen, Mina. Dieser Skie ist ein Schlächter. Er frisst seine eigenen Artgenossen, um mächtiger zu werden, genau wie Malystryx.«

»Du solltest nicht allein gehen, Mina«, drängte Galdar besorgt. »Nimm ein paar von uns mit.«

»Die Hand des Einen Gottes hat Cyan Blutgeißel zu Fall gebracht«, erinnerte ihn Mina streng. »Die Hand des Einen Gottes wird Skie fällen, wenn er sich den Befehlen des Einen widersetzt. Skie wird gehorchen. Er hat keine Wahl. Er kann nicht anders. Auch ihr werdet mir gehorchen, Galdar, Hauptmann Samuval«, fügte Mina hinzu. »Genau wie die Männer.«

Ihr Tonfall und ihr Blick wurden milder. »Ihr braucht nichts zu fürchten. Der Eine Gott belohnt Gehorsam. Im Wald der Toten werdet ihr sicher sein. Sie beschützen euch. Sie denken gar nicht daran, euch ein Leid zuzufügen. Ruf die Männer zusammen, Galdar. Wir müssen uns sputen. Die Ereignisse in der Welt entwickeln sich rasch, und wir werden gerufen.«

»Wir werden gerufen«, murmelte Galdar, nachdem Mina verschwunden war, um tiefer in den Wald vorzudringen. »Offenbar werden wir immer nur gerufen.«

»Zum Sieg«, stellte Hauptmann Samuval fest. »Zum Ruhm. Dagegen habe ich nichts. Du etwa?«

»Nein, dagegen nicht«, räumte Galdar ein.

»Was also stimmt nicht – außer dass dieser Ort einem das Blut in den Adern gerinnen lässt.« Samuval blickte sich erschauernd in dem düsteren Wald um.

»Ich glaube, ich würde mir gern einbilden, dass ich bei der ganzen Sache etwas zu sagen habe«, grollte Galdar. »Dass ich die Wahl hätte.«

»Beim Militär?«, grinste Samuval. »Deine Mama hat dich als Kälbchen wohl mal auf den Kopf fallen lassen, dass du so etwas denkst!«

Er blickte den Weg entlang. Mina war nicht mehr zu sehen. »Komm schon«, forderte er Galdar unruhig auf. »Gehen wir. Je eher wir von hier verschwinden, desto besser.«

Darüber dachte Galdar noch eine ganze Weile nach. Samuval hatte natürlich Recht. Beim Militär gehorchte man Befehlen. Ein Soldat stimmte nicht darüber ab, ob er eine Stadt erstürmen wollte oder nicht, ob er sich einem Pfeilhagel aussetzen wollte oder ob es ihm passte, dass man einen Kessel mit siedendem Öl über ihm ausschüttete. Ein Soldat tat fraglos, was man von ihm verlangte. Das wusste Galdar. Er akzeptierte es. Warum war das hier dann aber anders?

Diese Frage konnte Galdar nicht beantworten.

3 Unerwarteter Besuch

Palin sah von dem Buch auf, in dem er gelesen hatte, und rieb sich die tränenden Augen und den Nacken. Seine einst so scharfen Augen hatten mit zunehmendem Alter nachgelassen. Auf die Entfernung konnte er immer noch gut sehen, aber zum Lesen brauchte er Linsen, die den Text vergrößerten. Wenn sie fehlten (weil er sie ständig verlegte), musste er den Kopf tief über die Seite neigen. Nachdem er das Buch enttäuscht zugeschlagen hatte, schob er es über den Steintisch zu den anderen Büchern, die ihm ebenso wenig geholfen hatten.

Ohne allzu viel Hoffnung musterte Palin die restlichen Bücher, die er auf den Regalen gefunden hatte und noch lesen musste. Er hatte sie nur deshalb ausgewählt, weil er die Handschrift seines Onkels auf den Deckeln erkannte und weil es in ihnen um magische Gegenstände ging. Es gab keinen Grund zu der Annahme, dass sich auch nur einer der Bände gezielt mit dem Zeitreisegerät beschäftigte.

Um die Wahrheit zu sagen, fand er die Bücher deprimierend. Ihre Hinweise auf die Magie und die Götter der Magie weckten sehnsüchtige Erinnerungen in ihm. Der Raum, in dem er saß – das Laboratorium seines Onkels –, war ebenso bedrückend.

Er dachte an die Unterhaltung zurück, die er am Vortag mit Dalamar geführt hatte, dem Tag, an dem sie feststellen mussten, dass der Kender fort war, dem Tag, an dem Palin darauf bestanden hatte, das alte Laboratorium seines Onkels zu betreten, um Raistlins Bücher über Magie zu durchsuchen. Er hatte gehofft, nützliche Informationen über das Zeitreisegerät zu entdecken.

»Ich weiß, dass der Rat der Zauberer die Versiegelung von Raistlins Laboratorium angeordnet hat«, hatte Palin zugegeben, als sie die tückische Treppe hinaufgestiegen waren, die sich um das Herz des Turms der Erzmagier wand – ein Name, der inzwischen völlig fehl am Platze zu sein schien. »Aber sie sind nicht hier, genauso wenig wie die Magie. Ich bezweifle, dass sie uns suchen kommen.«

Dalamar warf ihm einen belustigten Blick zu. »Was bist du nur für ein Narr, Majere. Hast du wirklich geglaubt, ich würde mich aufgrund von Regeln, die Par-Salian aufgestellt hat, von dem Labor fern halten? Ich habe das Siegel zum Laboratorium schon vor langer Zeit aufgebrochen.«

»Warum?«

»Dreimal darfst du raten«, gab Dalamar gereizt zurück.

»Du hast gehofft, die Magie zu finden.«

»Ich dachte ... ach, das spielt jetzt keine Rolle mehr.« Dalamar zuckte mit den Achseln. »Das Portal zum Abgrund ... die Zauberbücher ... es könnte noch etwas übrig sein. Vielleicht habe ich einfach gehofft, an diesem Ort wäre noch etwas von der Macht des *Shalafi* geblieben. Vielleicht habe ich mir auch erhofft, die Götter zu finden ...«

Dalamar sprach mit leiser Stimme. Er starrte in die dunkle Leere. »Ich war wie im Fieber. Es ging mir nicht gut. Anstelle der Götter habe ich den Tod gefunden. Ich habe die Nekromantie entdeckt. Oder sie mich.«

Sie stiegen die Treppe hinauf, bis sie vor der Tür standen, die so viele Erinnerungen weckte. Diese streng verbotene Tür, die einst so gebieterisch gewirkt hatte, sah jetzt klein und schäbig aus. Palin dachte an die vielen langen Jahre, die vergangen waren, seit er sie zum letzten Mal gesehen hatte.

»Die Untoten, die sie früher behütet haben, sind jetzt fort«, bemerkte Dalamar. »Sie werden nicht mehr gebraucht.«

»Was ist mit dem Portal zum Abgrund?«, wollte Palin wissen.

»Das führt überall und nirgends hin«, antwortete Dalamar.

»Und die Zauberbücher meines Onkels?«

»Für die hat Jenna in ihrem Laden einen guten Preis erzielt, aber nur als Antiquitäten – Kuriositäten.« Dalamar löste das Zauberschloss. »Ohne den Kender hätte ich die Tür nicht einmal verschlossen.«

»Kommst du nicht mit?«, fragte Palin.

Dalamar wehrte ab. »Es erscheint zwar hoffnungslos, aber ich werde die Suche nach dem Kender fortsetzen.«

»Er ist schon einen Tag und eine Nacht verschwunden. Wenn Tolpan hier wäre, könnte er es bestimmt nicht so lange aushalten, ohne aufzutauchen und einen von uns zu ärgern. Sieh es endlich ein, Dalamar, ihm ist die Flucht geglückt.«

»Ich habe einen magischen Kreis um diesen Turm gelegt«, beharrte Dalamar finster. »Der Kender konnte nicht entkommen.«

»Seine letzten Worte«, bemerkte Palin.

Als Palin das Laboratorium seines Onkels Raistlin betreten hatte, hatten ihn Aufregung und Ehrfurcht überwältigt. Hier hatte sein Onkel einige seiner mächtigsten, erschreckendsten Zauber durchgeführt. Doch diese Gefühle waren bald der unglücklichen Enttäuschung derer gewichen, die in das Haus ihrer Kindertage zurückkehren und feststellen, dass es kleiner ist, als man es in Erinnerung hatte, und dass die gegenwärtigen Besitzer es verfallen lassen.

Der berühmte Steintisch, ein Tisch, auf dem ein ausgestreckter Minotaurus Platz gefunden hätte, war staubig und von Mäusekot übersät. Die Gläser, die einst die Ergebnisse von Raistlins Versuchen, Leben zu erschaffen, enthalten hatten, standen zwar noch auf den Regalen, aber ihr Inhalt war eingetrocknet. Die berühmten Zauberbücher, die nicht nur Raistlin Majere, sondern vor ihm bereits dem Erzmagier Fistandantilus gehört hatten, lagen überall verstreut. Ihre Einbände schimmelten, die Seiten zerfielen, und alles war von Spinnweben überzogen.

Palin stand auf, um seine schmerzenden Beine auszustrecken. Mit der Lampe, die seinen Arbeitsplatz erhellt hatte, wanderte er zur hintersten Ecke des Labors, wo sich das Portal zum Abgrund befand.

Dieses gefürchtete Portal hatten die Zauberer von Krynn geschaffen, um denen, die von Glauben, Mut und mächtiger Magie beseelt waren, den Zugang zum dunklen Reich der Königin Takhisis zu ermöglichen. Raistlin Majere hatte es genutzt, wenn auch um einen hohen Preis. Das Böse, das von dem Portal ausging, war so mächtig, dass Dalamar als Meister des Turms das Laboratorium mit allem, was sich darin befand, versiegelt hatte.

Das Tuch, welches einst das Portal verdeckt hatte, war verrottet und hing in Fetzen herunter. Die geschnitzten Köpfe der fünf Drachen, die zu Ehren der Königin der Finsternis strahlend geleuchtet hatten, waren dunkel. Spinnweben überzogen ihre Augen, in ihren Mäulern krabbelten die Spinnen dazu. Früher hatten sie den Eindruck erweckt, einen stummen Schrei auszustoßen. Jetzt schienen sie nach Luft zu schnappen. Palin blickte an den Köpfen vorbei in das Portal.

Wo einst die Ewigkeit gewartet hatte, war jetzt nur ein leerer Raum, nicht sehr groß, verstaubt und von Spinnen bevölkert.

Als Palin auf der Treppe zum Laboratorium Roben rascheln hörte, zog er sich eilig von dem Portal zurück. Er begab sich wieder an seinen Platz und tat so, als sei er immer noch mit dem Durchsehen der alten Zauberbücher beschäftigt.

»Der Kender ist geflohen«, berichtete Dalamar, während er die Tür aufstieß.

Nach einem Blick auf das Gesicht des Elfen, auf dem sich kalte Wut abzeichnete, verbiss sich Palin sein »Siehst du?«.

»Ich habe einen Spruch angewendet, der mir jedes Lebewesen im Turm zeigen sollte«, fuhr Dalamar fort. »Der Spruch fand dich und Milliarden Mäuse, aber keinen Kender.«

»Wie ist er rausgekommen?«, wollte Palin wissen.

»Komm mit in die Bibliothek, dann zeige ich es dir.«

Palin hatte nichts dagegen, das Laboratorium zu verlassen. Die Bücher, die er noch nicht gelesen hatte, nahm er mit, denn er hatte nicht vor, zurückzukommen. Es tat ihm ohnehin schon Leid, dass er hier gewesen war.

»Es war natürlich kurzsichtig von mir, aber ich bin einfach nicht darauf gekommen, auch den Kamin zu versiegeln!«, fluchte Dalamar. Er bückte sich, blickte auf die Feuerstelle und machte eine irritierte Handbewegung. »Da, man sieht jede Menge Ruß auf dem Gitter, dazu kleine Steinbrocken, die wohl heruntergerieselt sind. Der Kamin ist eng, und es ist ein langer, anstrengender Weg, aber einen Kender hält das nicht auf. Es ermutigt ihn höchstens. Sobald er draußen war, konnte er einen Baumstamm hinunterrutschen und quer durch Nachtlund spazieren.«

»Nachtlund ist voller Toter –«, setzte Palin an.

»Was es für einen Kender noch reizvoller macht«, warf Dalamar trocken ein.

»Das ist meine Schuld. Ich hätte ihn im Auge behalten sollen. Aber, um ehrlich zu sein, ich hätte es nicht für möglich gehalten, dass er entkommen kann.«

»Das sieht diesen vermaledeiten Wichten mal wieder ähnlich«, erboste sich Dalamar. »Wenn man einen loswerden *will*, ist es einfach unmöglich. Aber das einzige Mal, wo wir wirklich einen behalten wollen, entwischt er uns. Keine Ahnung, wo er hin ist. Er könnte schon auf halbem Weg nach Treibgut sein.«

»Die Toten –«

»Die tun ihm nichts. Sie sind nur hinter der Magie her.«

»Die sie dir geben«, betonte Palin bitter.

»Nur einen Bruchteil. Was sie mit dem Rest anstellen, habe ich noch nicht herausgefunden. Ich kann sie da draußen praktisch sehen. Es ist wie ein endloser Ozean, aber ich bekomme nur ein Rinnsal, kaum genug für den schlimmsten Durst. Nie genug, um ihn zu stillen. Als der Schattenzauberer mich zur Nekromantie hinführte, bekam ich anfangs alles, was ich wollte. Meine Macht war unermesslich. Diese Macht wollte ich vergrößern, indem ich hierher umzog. Zu spät habe ich gemerkt, dass ich mir mein eigenes Gefängnis geschaffen habe. Dann hörte ich von Jenna, dass du an das magische Zeitreisegerät gekommen warst. Zum ersten Mal seit Jahren fasste ich wieder Mut. Das wäre endlich ein Ausweg gewesen.«

»Für dich«, bemerkte Palin kalt.

»Für uns alle!«, gab Dalamar zurück. Seine dunklen Augen blitzten auf. »Doch was muss ich feststellen? Du hast es kaputtgemacht. Und nicht nur das, du hast die Teile in der ganzen Zitadelle des Lichts verstreut!«

»Besser, als wenn Beryl es bekommt!«

»Vielleicht hat sie es schon. Vielleicht war sie schlau genug, die Einzelteile aufzusammeln –«

»Sie wäre nicht in der Lage, sie wieder zusammenzusetzen. Ich bin mir nicht einmal sicher, dass uns das gelingen würde.« Palin wies auf die auf dem Tisch aufgestapelten Bücher. »Ich finde keinen Hinweis auf das, was man machen soll, wenn das Ding kaputtgeht.«

»Weil es nicht dazu da ist, kaputtzugehen. Sein Schöpfer konnte nicht ahnen, dass die Toten sich davon nähren würden. Wie sollte er auch? Im Krynn der Götter, dem Krynn, das wir kannten, ist so etwas nie vorgekommen.«

»Warum nähren sich die Toten erst jetzt davon?«, überlegte Palin. »Warum nicht vor fünf Jahren oder vor zehn? Früher konnte ich mit der wilden Magie arbeiten, genau wie du mit der Nekromantie. Goldmond und die Mystiker konnten heilen. Damals haben sich die Toten nicht eingemischt.«

»Nicht einmal die Weisesten unter uns wussten wirklich, was aus den Seelen der Verstorbenen wurde«, sann Dalamar. »Wir wussten, dass manche auf unserer Ebene blieben, solche, die eine Bindung an diese Welt hatten – wie dein Onkel – oder die zum Bleiben verflucht waren. Über diese ruhelosen Seelen herrschte der Gott Chemosh. Aber was ist mit den anderen? Wohin sind sie verschwunden? Weil niemand je zurückgekommen ist, um es uns zu erzählen, haben wir es nie herausgefunden.«

»Die Kleriker des Paladin lehrten, dass die gesegneten Seelen diese Stufe des Lebens verlassen, um in die nächste überzugehen«, führte Palin an. »Daran glaubten meine Eltern. Aber –«

Er blickte aus dem Fenster in der Hoffnung – und in der Angst –, unter diesen unglücklichen Geistern den seines Vaters zu entdecken.

»Ich will sagen, was ich glaube«, begann Dalamar. »Wohlgemerkt, es ist nur das, was ich glaube, und mitnichten etwas, das ich weiß. Einst mag es den Toten gestattet gewesen sein, fortzugehen. Jetzt ist ihnen das nicht mehr erlaubt. Die Nacht des Sturms … Hast du diesen schrecklichen Sturm wahrgenommen?«

»Ja«, bestätigte Palin. »Das war kein gewöhnlicher Sturm. Er knisterte vor Magie.«

»Im Sturm war eine Stimme«, fuhr Dalamar fort. »Eine Stimme, die im Donner dröhnte und in den Blitzen gellte. Ich hätte sie beinahe gehört und verstanden. Beinahe, aber nicht ganz. In jener Nacht sandte die Stimme einen Ruf aus, und daraufhin begannen die Toten, in Nachtlund zusammenzuströmen. Ich habe sie von meinem Fenster aus beobachtet. Aus allen Richtungen kamen sie herbei, ein unermesslicher Strom der Seelen. Sie wurden zu einem bestimmten Zweck hergerufen. Was dieser Zweck ist –«

»Wir grüßen den Turm!«, rief eine Stimme unter dem Fenster des Laboratoriums. Gleichzeitig ertönte ein hallendes Klopfen an der Turmtür.

Verblüfft starrten Palin und Dalamar einander an.

»Wer mag das sein?«, fragte Palin. Noch während er diese Worte aussprach, stellte er fest, dass er ein Selbstgespräch führte.

Dalamars Körper stand zwar vor ihm, aber dieser Körper hätte auch eine Wachsfigur aus einer Jahrmarktsbude sein können. Die Augen waren offen und starrten Palin genau ins Gesicht, ohne ihn jedoch zu sehen. Der Körper atmete zwar noch, aber mehr auch nicht.

Bevor Palin reagieren konnte, blinzelten Dalamars Augen. Leben, Glanz und Ausdruck kehrten zurück.

»Was war das?«, wollte Palin wissen.

»Zwei Ritter von Neraka, wie sie sich heutzutage nennen. Der eine ist ein Minotaurus, der andere ist sehr eigenartig.«

Beim Reden begann Dalamar, Palin quer durch den Raum zu drängen. An der gegenüberliegenden Mauer angelangt, drückte er auf bestimmte Weise auf einen Stein, worauf ein Teil der Mauer zur Seite glitt. Dahinter lagen eine enge Öffnung und eine Treppe.

»Sie dürfen dich hier nicht finden!«, betonte Dalamar, während er Palin hineinschob.

Palin war bereits zu demselben Schluss gelangt. »Wie sind sie durch den Wald gekommen? Wie haben sie den Turm gefunden?«

»Keine Zeit! Die Treppe runter!«, zischte Dalamar. »Sie führt zu einer Kammer neben der Bibliothek. In der Wand ist eine Öffnung. Du wirst uns hören und sehen können. Beeil dich! Sie schöpfen bestimmt bald Verdacht.«

Das Klopfen und Rufen war lauter geworden.

»Zauberer Dalamar!«, polterte die tiefe Stimme des Minotaurus. »Wir kommen von weither, um mit Euch zu sprechen!«

Palin duckte sich in die Öffnung hinein, während Dalamar die Hand auf den Stein drückte. Sogleich schob sich die Wand wieder geräuschlos in ihre ursprüngliche Position zurück. Palin war von völliger Dunkelheit umgeben.

Er brauchte einen Augenblick, um sich von dem Schrecken und der Hast zu erholen. Dazu legte er eine Hand auf das kühle Gestein. Unsicher wagte er einen Lichtzauber, doch zu seiner Erleichterung funktionierte der Zauber perfekt. In seiner Handfläche leuchtete eine Flamme, die einer Kerzenflamme glich.

Leise eilte Palin die Treppe hinunter, eine Hand an der

Wand, um das Gleichgewicht zu halten, die andere erhoben, um den Weg zu beleuchten. Die Treppe wand sich so steil nach unten, dass er nach der letzten Windung so urplötzlich vor einer kahlen Mauer stand, dass er sich beinahe den Kopf daran angeschlagen hätte.

Er suchte nach der Öffnung, von der Dalamar gesprochen hatte, fand aber nichts. Die Steine saßen fest aufeinander, keine Ritze, kein Sprung im Mörtel. Hätte er nicht die immer lauter werdenden Stimmen gehört, so hätte er vielleicht befürchtet, dass Dalamar ihn mit dieser List nur hatte einsperren wollen.

Palin streckte die Hand aus und begann, jeden einzelnen Stein abzutasten. Die ersten waren alle hart, fest und kalt. Er versuchte es weiter oben. Als er einen Stein über seinem Kopf berühren wollte, traf seine Hand jedoch auf kein Hindernis.

»Natürlich«, sagte er sich. »Dalamar ist einen vollen Kopf größer als ich. Daran hätte ich gleich denken können.«

Nachdem die Illusion des Steins verflogen war, blickte Palin direkt in die Bibliothek. Von seinem Standort aus konnte er den Tisch sehen, denjenigen, der dort saß, und die Besucher. Er hörte jedes Wort so deutlich, als befände er sich im Raum, und er musste gegen das unangenehme Gefühl ankämpfen, dass die in der Bibliothek Anwesenden ihn ebenso klar sehen konnten wie er sie.

Vielleicht hatte sich Dalamar hier einst als Lehrling versteckt, um Raistlin Majere nachzuspionieren, seinem *Shalafi*. Dieser Gedanke belustigte Palin ein wenig, während er eine bequeme Position suchte – ein ziemlich schwieriges Unterfangen, denn er musste sich möglichst hoch aufrichten und den Hals strecken, um durch die Öffnung in der Wand sehen zu können. Dass Raistlin gewusst hatte, dass sein Lehrling ihm nachspionierte, trug auch nicht zu Palins Wohlbefinden bei. Er erinnerte sich daran, wie er selbst in dieser Bibliothek gestanden und zweifellos auch auf diese Wand gestarrt hatte, ohne zu ahnen, dass ein kleiner Teil davon nicht echt war.

Die Tür ging auf. Dalamar bat seine Besucher herein. Der eine war ein Minotaurus, gewaltig und viehisch, doch mit einem intelligenten Schimmer in den Tieraugen, der gleichermaßen beunruhigend wie gefährlich wirkte. Der andere Schwarze Ritter war, wie Dalamar schon gesagt hatte, »sehr eigenartig«.

»Ja, aber ...«, flüsterte Palin schockiert, als er sie in Dalamars Bibliothek schreiten sah, wo ihre Rüstung im Feuerschein glänzte. »Die kenne ich! Jedenfalls kannte ich sie. Mina!«

Das Mädchen betrat den Raum und sah sich um. Zunächst hielt Palin ihren Gesichtsausdruck für kindliches Staunen. Sie betrachtete die Bücherregale, den schönen Tisch mit den kunstvollen Schnitzereien, die staubigen Samtvorhänge, die ausgeblichenen, elfischen Seidenteppiche auf dem Steinboden. Er kannte junge Mädchen, denn er hatte in seiner Schule welche unterrichtet, daher erwartete er das übliche schrille Quietschen beim Anblick schauerlicher Dinge wie dem Schädel eines Baaz-Drakoniers. (Raistlin hatte einst Studien über diese Wesen durchgeführt, vielleicht in der Absicht, selbst welche zu erschaffen. Das vollständige Skelett war zusammen mit einigen eingelegten Organen im alten Laboratorium zu finden.)

Mina bewahrte Ruhe und ließ sich offenbar von nichts beeindrucken, nicht einmal von Dalamar.

Ihr Blick schweifte durch den Raum, während sie alles in sich aufnahm. Ihr Gesicht wandte sich auch Palin zu. Bernsteinfarbene Augen konzentrierten sich auf die Stelle der Wand, hinter der er sich versteckte. Palin hatte den Eindruck, sie blicke direkt durch die Illusion. Sie schien ihn so deutlich zu sehen, als stünde er mitten im Raum. Es war ein so massives Gefühl, dass er zurückschrak und sich nach einem Fluchtweg umschaute. Bestimmt würde sie ihn gleich entlarven und seine Festnahme verlangen.

Ihre Augen fixierten ihn, absorbierten ihn. Das flüssige Harz umgab ihn, verfestigte sich und ging dazu über, den Rest des Raums zu untersuchen. Sie sagte nichts, erwähnte ihn nicht. Palins Herzrasen ließ nach, bis sein Puls wieder halbwegs normal schlug.

Natürlich, sie hatte ihn nicht gesehen. Er tadelte sich. Wie sollte sie auch? Er dachte an das letzte Mal zurück, als er sie gesehen hatte, an das Waisenkind in der Zitadelle des Lichts, das magere, kleine Mädchen mit den aufgeschlagenen Knien und der prachtvollen roten Haarmähne. Jetzt war sie eine schmale, junge Frau, die sich die Haare geschnitten hatte und in eine Ritterrüstung geschlüpft war. Doch ihr Gesichtsausdruck war ganz und gar nicht kindlich. Entschlossen, zielstrebig, selbstbewusst – all das und dann noch etwas. Erfüllt …

»Ihr seid der Zauberer Dalamar«, stellte Mina fest, als sie ihre Augen schließlich auf den Elfen richtete. »Mir wurde gesagt, dass ich Euch hier finden würde.«

»Ich bin Dalamar, der Herr des Turms. Ich würde zu gern erfahren, wer Euch gesagt hat, wo Ihr mich suchen sollt«, begann Dalamar, der in den Ärmeln seiner Robe die Hände faltete und sich formvollendet verneigte.

»Der Herr des Turms …«, wiederholte Mina leise mit dem Anflug eines Lächelns, als kenne sie die Wahrheit. »Wo ich Euch finden würde, haben mir die Toten verraten.«

»Tatsächlich?« Diese Information schien Dalamar zu irritieren. Er versuchte, ihren Augen auszuweichen, um sich dem

Bernsteinblick zu entziehen. »Mit wem habe ich es zu tun, Frau Ritterin, dass Ihr auf so vertrautem Fuße mit den Toten steht?«

»Ich bin Mina«, stellte sie sich vor. Sie schlug die Augen auf, und dieses Mal erwischte sie ihn doch. Dann wies sie auf den Minotaurus: »Das ist mein Stellvertreter, Galdar.«

Der Minotaurus nickte kurz mit seinem gehörnten Kopf. Er fühlte sich in diesem Turm nicht wohl. Ständig sah er sich finster um, als würde er jeden Moment einen Angriff aus dem Hinterhalt erwarten. Doch er war nicht um sich selbst besorgt. Seine einzige Sorge galt Mina, die er mit einer Hingabe beschützte, welche an Anbetung grenzte.

Palin platzte fast vor Neugier. Dalamar blieb auf der Hut.

»Ich würde gern erfahren, wie Ihr unbehelligt durch Nachtlund kommen konntet, Lady Mina«, fuhr Dalamar fort. Er setzte sich auf den Stuhl hinter seinem Schreibtisch, vielleicht um ihrem fesselnden Blick zu entrinnen. »Wollt Ihr Euch nicht setzen?«

»Nein, danke«, erwiderte Mina. Sie blieb stehen. Jetzt blickte sie auf ihn herab, was Dalamar unerwartet in die Defensive zwang. »Warum verwundert Euch meine Gegenwart in Nachtlund, Zauberer?«

Dalamar setzte sich zurecht. Er wollte nicht wieder aufstehen, um nicht wankelmütig und schwach zu erscheinen, doch es gefiel ihm nicht, dass sie ihn so von oben herab ansah.

»Ich bin Nekromant. Ich spüre die Magie, die Euch umgibt«, sagte er. »Die Toten entziehen einem Magie. Sie nähren sich davon. Es überrascht mich, dass Ihr nicht behelligt wurdet.«

»Was Ihr an mir spürt, ist keine Magie«, erwiderte Mina. Ihre Stimme klang ungewöhnlich tief und reif für eine Frau ihres Alters. »Ihr spürt die Macht des Gottes, dem ich diene, des

Einen Gottes. Und die Toten rühren mich nicht an. Der Eine Gott gebietet über die Toten. Sie erkennen in mir den Einen und verneigen sich vor mir.«

Dalamars Mund zuckte.

»Es ist wahr!«, begehrte Galdar zornig auf. »Ich habe es selbst gesehen. Mina ist gekommen, um –«

»– um meine Armee nach Nachtlund zu führen«, schloss Mina. Sie legte dem Minotaurus eine Hand auf den Arm, um ihn zum Schweigen zu bringen.

»Gegen wen führt Ihr Eure Armee?«, erkundigte sich Dalamar sarkastisch. »Gegen die Toten?«

»Gegen die Lebenden«, räumte Mina ein. »Wir wollen Solamnia unter unsere Herrschaft bringen.«

»Da müsst Ihr eine große Armee mitbringen, Frau Ritterin«, meinte Dalamar. »Vermutlich habt Ihr jeden Soldaten der Schwarzen Ritterschaft dabei.«

»Meine Armee ist klein«, gab Mina zu. »Ich musste einen Teil zurücklassen, um Silvanesti zu halten, das vor kurzem an uns gefallen ist –«

»Silvanesti ... gefallen ...« Dalamar wurde aschfahl. Er starrte sie an. »Das glaube ich nicht!«

Mina zuckte mit den Schultern. »Was Ihr glaubt oder nicht glaubt, ist für mich nicht von Belang. Außerdem, was kümmert es Euch? Euer Volk hat Euch ausgestoßen, wie ich mir sagen ließ. Aber das ist nicht der Grund meines Kommens. Ich wollte Euch um einen Gefallen bitten, Herr des Turms.«

Dalamar war bis ins Innerste erschüttert, erkannte Palin. Trotz der Behauptung, ihr nicht zu glauben, war dem Dunkelelfen klar, dass sie die Wahrheit gesagt hatte. Es war unmöglich, dieser ruhigen, entschlossenen, selbstsicheren Stimme zuzuhören, ohne ihr jedes Wort zu glauben.

Dalamar kämpfte darum, wenigstens äußerlich die Fassung zu wahren. Gern hätte er Fragen gestellt, Antworten eingefordert, aber wie sollte er das tun, ohne seine ungewöhnliche Betroffenheit preiszugeben? Dalamars Liebe zu seinem Volk war eine Liebe, die er zwar ständig verleugnete, durch diese Verleugnung aber beständig erneuerte.

»Ihr habt richtig gehört«, bestätigte er mit gezwungenem Lächeln. »Sie haben mich ausgestoßen. Welchen Gefallen kann ich Euch erweisen, Lady Mina?«

»Ich beabsichtige, mich hier mit jemandem zu treffen«, begann sie.

»Hier? Im Turm?« Dalamar verschlug es die Sprache. »Völlig unmöglich. Ich betreibe hier kein Gasthaus, Lady Mina.«

»Dessen bin ich mir bewusst, Zauberer Dalamar«, erwiderte Mina mit sanfter Stimme. »Mir ist klar, dass meine Bitte für Euch eine Zumutung bedeutet, Unannehmlichkeiten, die Euch von Euren Studien ablenken. Seid versichert, dass ich dies nicht von Euch verlangen würde, wenn für den Ort dieses Treffens nicht gewisse Voraussetzungen nötig wären. Der Turm der Erzmagier erfüllt all diese Voraussetzungen. In der Tat ist er der einzige Ort auf Krynn, der ihnen gerecht wird. Deshalb muss das Treffen hier stattfinden.«

»Ich habe in dieser Sache also nichts zu sagen? Was sind das für Voraussetzungen, von denen Ihr sprecht?«, wollte Dalamar stirnrunzelnd erfahren.

»Es ist mir nicht gestattet, darüber zu sprechen. Noch nicht. Und was Ihr davon haltet, spielt tatsächlich keine Rolle. Der Eine Gott hat es so verfügt, also wird es so sein.«

Dalamars dunkle Augen loderten auf. Sein Gesicht glättete sich.

»Euer Gast ist im Turm willkommen, Frau Ritterin. Damit er

jedoch einen angenehmen Aufenthalt hat, wäre es hilfreich, wenn ich etwas über seine Person erfahren könnte ... ein Mann oder eine Frau? Einen Namen vielleicht?«

»Danke, Zauberer«, erklärte Mina und drehte sich um.

»Wann wird der Gast eintreffen?«, fuhr Dalamar fort. »Woher soll ich wissen, dass die Person, die kommt, auch die Person ist, die Ihr erwartet?«

»Ihr werdet es wissen«, sagte Mina. »Wir gehen jetzt, Galdar.«

Der Minotaurus hatte schon den Raum durchmessen und griff nach der Türklinke.

»Ihr könnt mir auch einen Gefallen erweisen, meine Dame«, schob Dalamar freundlich nach.

Mina blickte zurück. »Welchen, Zauberer?«

»Mir ist ein Kender entwischt, den ich für ein wichtiges Experiment brauche«, erläuterte Dalamar in beiläufigem Ton, als wären Kender Versuchskaninchen, die man regelmäßig fand oder verlor. »Sein Verschwinden ist eigentlich weniger wichtig, doch das Experiment schon. Ich hätte ihn wirklich sehr gern wieder, und wenn Ihr eine Armee nach Nachtlund geführt habt, könntet Ihr vielleicht auf ihn stoßen. In diesem Fall würde ich seine Rückkehr zu schätzen wissen. Er nennt sich Tolpan«, setzte Dalamar mit einem bezaubernd harmlosen Lächeln hinzu, »wie so viele Kender heutzutage.«

»Tolpan!« Minas Aufmerksamkeit war sofort geweckt. Sie runzelte die Stirn. »Der Tolpan mit dem magischen Zeitreisegerät? Ihr hattet ihn hier? Ihr hattet ihn und das Gerät, und Ihr habt ihn *verloren*?«

Dalamar starrte sie verwirrt an. Der Elfenzauberer war Hunderte von Jahren älter als dieses Mädchen. Er hatte zu den größten Magiern aller Zeiten gezählt. Obwohl er mit den

Schatten der Magie arbeitete, hatte er den Respekt, wenn auch nicht die Liebe derer errungen, die im Licht wirkten. Minas Bernsteinblick nagelte den mächtigen Mann auf seinem Stuhl fest. Dalamar wand sich unter ihrem Blick, kämpfte dagegen an, doch sie hatte ihn erwischt und ließ nicht mehr los.

Auf Dalamars bleiche Wangen malten sich zwei leuchtende Flecken. Die dünnen Finger des Elfen betasteten eine Schnitzerei am Tisch, ein Eichenblatt. Wieder und wieder fuhren sie die Form nach, bis Palin am liebsten aus seinem Versteck gesprungen wäre, um die nervöse Hand festzuhalten.

»Wo ist das Gerät?«, forderte Mina, die vortrat, bis sie, direkt an seinem Tisch stehend, auf ihn niederstarrte. »Hatte er es bei sich? Habt Ihr es hier?«

Dalamar hatte genug. Er erhob sich, damit er an seiner Adlernase vorbei mit der ganzen Sicherheit, die ihm seine eigene Macht verlieh, nun seinerseits auf sie hinabsehen konnte.

»Was geht Euch das an, Lady Mina?«

»Nicht *mich*«, entgegnete Mina, ohne sich einschüchtern zu lassen. Tatsächlich war es Dalamar, der bei ihren Worten zu schrumpfen schien. »Den Einen Gott. Alles, was auf dieser Welt geschieht, geht den Einen Gott etwas an. Der Eine Gott sieht in dein Herz, in deine Gedanken und in deine Seele, Zauberer. Vor meinen sterblichen Augen magst du die Wahrheit verbergen, vor dem Einen Gott jedoch kannst du es nicht. Wir werden nach diesem Kender suchen, und wenn wir ihn finden, tun wir mit ihm, was getan werden muss.«

Sie drehte sich um und schritt ungerührt davon.

Dalamar blieb an seinem Tisch stehen. Die Hand, die nervös das Eichenblatt betastet hatte, ballte sich zu einer harten Faust, welche er unter seinen Roben verbarg.

An der Tür drehte sich Mina um. Ihr Blick ging über Dalamar hinweg – ein weiteres Insekt für ihre Sammlung – und blieb an Palin hängen. Vergeblich redete der sich ein, sie könne ihn nicht sehen. Sie fing ihn ein, hielt ihn fest.

»Ihr glaubt, das Gerät sei in der Zitadelle des Lichts geblieben. Das ist es nicht. Es ist zu dem Kender zurückgekehrt. Es befindet sich in seinem Besitz. Deshalb ist er davongelaufen.«

Palin löschte das magische Licht. In der Dunkelheit sah er nichts als ihre Bernsteinaugen, hörte nichts als ihre Stimme. Er harrte so lange aus, dass Dalamar ihn schließlich suchen kam. Die Schritte des Elfen waren auf der Steintreppe so leise, dass Palin seine Anwesenheit erst wahrnahm, als er eine Bewegung spürte. Erschrocken sah er auf. Dalamar stand genau vor ihm.

»Was machst du denn noch hier? Geht es dir gut? Ich dachte schon, dir wäre etwas zugestoßen«, schimpfte Dalamar verärgert.

»Mir ist etwas zugestoßen«, erwiderte Palin. »*Sie* ist mir zugestoßen. Sie hat mich gesehen. Sie hat mich angesehen. Ihre letzten Worte waren für mich bestimmt!«

»Unmöglich«, wehrte Dalamar ab. »Nicht einmal Bernsteinaugen können durch harten Stein und Magie blicken.«

Palin schüttelte wenig überzeugt den Kopf. »Sie hat zu mir gesprochen.«

Er erwartete eine sarkastische Bemerkung von Dalamar, aber der Dunkelelf war anscheinend nicht in der Stimmung für Geplänkel, denn er stieg schweigend die Treppe zum Labor hinauf.

»Ich kenne dieses Mädchen, Dalamar«, meinte Palin.

Dalamar blieb stehen und sah sich um. »Woher?«

»Ich habe sie seit langer Zeit nicht mehr gesehen. Nicht mehr, seit sie fortgelaufen ist. Sie war ein Waisenkind, das ein Fischer gestrandet an der Küste der Schallmeerinsel fand. Er brachte sie in das Waisenhaus in der Zitadelle des Lichts. Sie wurde Goldmonds Liebling, war wie eine Tochter für sie. Vor drei Jahren ist sie weggelaufen. Damals war sie vierzehn. Goldmond war am Boden zerstört. Mina hatte ein gutes Zuhause. Sie wurde geliebt und verwöhnt. Sie machte einen glücklichen Eindruck, obwohl mir nie ein Kind begegnet ist, das so viele Fragen stellte. Keiner von uns hat begriffen, weshalb sie fortgelaufen ist. Und jetzt ... eine Schwarze Ritterin. Das wird Goldmond das Herz brechen.«

»Das ist aber seltsam«, murmelte Dalamar nachdenklich, während sie weiterstiegen. »Sie wurde also von Goldmond aufgezogen ...«

»Glaubst du, es stimmt, was sie über Tolpan und das Gerät gesagt hat?«, wollte Palin wissen, als sie die verborgene Treppe hinter sich gebracht hatten.

»Natürlich stimmt es«, gab Dalamar zurück. Er ging zum Fenster, um auf die Zypressen draußen zu starren. »Es erklärt auch, warum der Kender verschwunden ist. Er hatte Angst, wir würden es herausfinden.«

»Das hätten wir auch, wenn wir vernünftig nachgedacht hätten, anstatt wie verrückt überall herumzusuchen. Wie dumm von uns! Das Gerät kehrt immer zu seinem Besitzer zurück. Sogar in Einzelteilen kehrt es zurück.«

Palin war gleichermaßen verärgert wie enttäuscht. Er hatte das dringende Bedürfnis, etwas zu tun, aber es gab nichts zu tun.

»Du könntest ihn suchen, Dalamar. Wenigstens dein Geist kann durch die Welt streifen –«

»Und dann?«, fluchte Dalamar. »Wenn ich ihn tatsächlich finde – was einem Wunder gleichkäme –, könnte ich ihn doch höchstens noch tiefer in sein Mauseloch jagen.«

Dalamar hatte aus dem Fenster gestarrt. Jetzt erstarrte er.

»Was ist denn?«, fragte Palin erschrocken. »Was ist passiert?«

Dalamar antwortete nicht, sondern zeigte nur aus dem Fenster.

Mina schritt durch den Wald. Ihre Füße trugen sie über die braunen Nadeln.

Die Toten versammelten sich um sie. Sie verneigten sich vor ihr.

4 Wenn alte Freunde sich wiedersehen

Ein Kender ist nie sehr lange fassungslos, nicht einmal, wenn er seinem eigenen Geist begegnet. Der Anblick war zwar ein erheblicher Schock gewesen, und Tolpan wurde immer noch übel, wenn er darüber nachdachte, aber mit Übelkeit konnte er umgehen. Man hält den Atem an und trinkt fünf Schluck Wasser, dann geht sie vorbei. Danach beschloss er, diesen schrecklichen Ort zu verlassen, wo Geister herumliefen, von denen einem übel wurde. Er musste von hier verschwinden, und zwar schnell, und nie, nie wieder zurückkehren.

Das Moos und sein Vater erwiesen sich als wenig hilfreich, denn so weit Tolpan sehen konnte, hatte das Moos die schlechte Angewohnheit, auf allen Seiten von Felsen und Bäumen zu wachsen, ohne sich darum zu scheren, ob jemand es vielleicht gern dazu benutzen wollte, die Himmelsrichtung festzustellen. Also entschied sich Tolpan lieber für altehrwürdige Methoden, welche die Kender während ihrer Jahrhunderte dauernden Wanderschaft verfeinert hatten, Methoden, mit denen man sich zurechtfindet, falls man sich verlaufen hat. Zu den besten und beliebtesten dieser Methoden zählte der Körperkompass.

Die Theorie zum Körperkompass lautet folgendermaßen: Bekanntlich besteht der Körper aus verschiedenen Elementen, darunter Eisen. Wir wissen, dass der Körper Eisen enthält, weil wir das Eisen in unserem Blut schmecken können. Deshalb erscheint es vernünftig, dass das Eisen in unserem Blut nach Norden ziehen dürfte, wie die Eisennadel im Kompass nach Norden gezogen wird. (Kender behaupten sogar, dass wir uns alle am Nordende der Welt versammeln würden, wenn es nach unserem Blut ginge. Wir kämpfen ständig gegen unser Blut an, sonst würden wir uns alle auf dem Dach der Welt versammeln, die infolgedessen umkippen würde.)

Damit der Körperkompass funktioniert, muss man die Augen schließen, um nichts durcheinander zu bringen, den rechten Arm mit ausgestrecktem Zeigefinger hochnehmen und sich dann links herum dreimal um sich selbst drehen. Wenn man stehen bleibt, schlägt man die Augen auf und stellt fest, dass man genau nach Norden blickt.

Kender, die dieser Methode vertrauten, gelangen fast nie dorthin, wo sie hinwollen, werden aber behaupten, dass sie immer dort ankommen, wo sie hingehören. Deshalb wanderte Tolpan auch mehrere Stunden durch die Wälder von Nachtlund (ohne sich zu verirren), fand allerdings weder Solanthus noch einen Weg hinaus. Als er gerade zum allerletzten Mal den Körperkompass einsetzen wollte, hörte er Stimmen – echte, lebende Stimmen, nicht das wispernde Flüstern der armen Seelen.

Instinktiv wollte Tolpan sich den Stimmen vorstellen. Vielleicht hatte sich jemand verirrt. Er könnte ihnen zeigen, wo Norden war. Doch an diesem Punkt hörte er noch eine Stimme. Die Stimme erklang in seinem Kopf und gehörte Tanis dem Halbelfen. Tolpan hatte Tanis' Stimme oft in derartigen Situationen gehört, und meistens sollte er innehalten und darüber nachdenken, ob das, was er gerade vorhatte, »der Selbsterhaltung dienlich« sei. Manchmal hörte Tolpan auf Tanis' Stimme in seinem Kopf und manchmal nicht, ungefähr so wie damals, als Tanis noch gelebt hatte.

Diesmal fiel Tolpan ein, dass er gerade vor Dalamar und Palin davonlief, die ihn beide umbringen wollten, und dass sie entweder selbst auf der Jagd nach ihm waren oder ihre Lakaien geschickt hatten. Schließlich schickten Zauberer immer ihre Lakaien. Tolpan war sich nicht ganz sicher, was ein Lakai war – er hielt ihn für eine kleinere Fischart –, doch er entschied, es würde seiner Selbsterhaltung dienlich sein, wenn er auf einen Baum kletterte und sich dort versteckte.

Geschickt und schnell stieg Tolpan den Baum hoch und hockte bald gemütlich hoch oben in den Zweigen. Die drei zu den Stimmen gehörenden Körper gingen direkt unter ihm vorbei.

Als er feststellte, dass es sich um Ritter von Neraka handelte – oder wie auch immer die sich heutzutage nannten –, gratulierte Tolpan sich dazu, auf Tanis gehört zu haben. Eine ganze Armee Ritter und Soldaten marschierte unter Tolpans Baum durch. Sie liefen schnell, schienen aber schlechte Laune zu haben. Manche warfen nervöse Blicke nach links und rechts, als suchten sie nach etwas, während andere ihre Augen stur geradeaus richteten, als ob sie fürchteten, sie könnten es sonst finden. Es wurde wenig geredet, und wer sprach, tat dies mit gedämpfter Stimme. Gerade als das Ende der Schlange unter Tolpans Baum durchzog und er sich schon dazu gratulierte, dass er erfolgreich einer Entdeckung entgangen war, kam der vordere Teil der Reihe zum Stehen, was bedeutete, dass auch der hintere Teil anhalten musste.

Die Soldaten verharrten genau unter Tolpan. Sie keuchten und sahen zum Umfallen müde aus, doch als von vorne der Befehl nach hinten drang, dass man eine Viertelstunde rasten würde, wirkte niemand erfreut. Ein paar hockten sich auf den Boden, ohne jedoch den Weg zu verlassen. Sie setzten nicht einmal ihr Gepäck ab.

»Ich würde lieber weitermachen«, sagte einer. »In diesem Totennest will ich nicht noch eine Nacht verbringen.«

»Da hast du Recht«, pflichtete ihm ein anderer bei. »Lieber nach Solanthus ziehen. Jetzt gleich. Ich hätte gern einen Gegner aus Fleisch und Blut.«

»Wir zweihundert Männer sollen Solanthus einnehmen«, höhnte ein Dritter. »Blödsinn! Nicht einmal zweihunderttausend könnten diese Stadt erobern, selbst mit Hilfe des Einen Gottes nicht. Ihre Mauern sind so hoch wie der Berg Machtnichts. Dazu sollen sie Teufelsmaschinen haben, Wurfmaschinen, mit denen man sogar Drachen vom Himmel holen kann.«

»Du hast auch gesagt, wir würden die Elfenstadt niemals bekommen«, erinnerte ihn ein anderer Kamerad hitzig. »Wisst ihr noch, Jungs? Wir müssten zweihunderttausend Mann stark sein, um diese Spitzohren auszuhebeln.«

Die anderen lachten, aber es war ein nervöses Gelächter, das nicht lange anhielt.

»Es geht weiter«, bemerkte einer und stand auf.

Die anderen erhoben sich und nahmen wieder ihre Plätze ein. Die Vorderen gaben eine Parole an die Hinteren aus.

»Haltet weiter Ausschau nach dem Kender. Weitersagen.« So kam die Parole die Linie entlang. »Weiter Ausschau halten nach dem Kender.«

Die Soldaten am Ende warteten ungeduldig darauf, dass man vorne endlich losmarschierte. Schließlich setzte sich die Reihe mit einem trägen Ruck in Bewegung. Bald konnte Tolpan sie nicht mehr hören und sehen.

»›Haltet weiter Ausschau nach dem Kender‹«, wiederholte Tolpan. »Ha! Das müssen Dalamars Lakaien sein. Das mit dem Fisch ist dann wohl falsch. Ich warte hier, bis ich sicher bin, dass sie weg sind. Ich frage mich, wer dieser Eine Gott ist. Muss sehr langweilig sein, nur einen Gott zu haben. Außer natürlich, wenn es Fizban ist, aber dann gäbe es vermutlich keine Welt, denn der würde sie dauernd verlegen, genau wie er seinen Hut verlegt. Oh je!«

Der Kender unterdrückte ein Stöhnen, denn ihm fiel auf, dass die Truppen in dieselbe Richtung zogen, in die sein Finger gezeigt hatte. »Sie gehen nach Norden. Das heißt, ich muss eine andere Richtung einschlagen. Am besten die entgegengesetzte.«

Und auf diese Weise fand Tolpan schließlich aus Nachtlund hinaus und auf die Straße nach Solanthus – was wieder einmal beweist, dass der Kenderkörperkompass funktioniert.

Nach seiner Ankunft vor der großen Festungsstadt Solanthus umrundete Tolpan die Mauern, bis er das Haupttor erreichte. Dort ruhte er sich ein Weilchen aus und beobachtete interessiert das Kommen und Gehen der Menschen. Wer in die Stadt wollte, stellte sich in einer langen Schlange an, die nur langsam vorankam. Man stand auf der Straße, fächelte sich Luft zu und unterhielt sich mit seinen Nachbarn. Die Bauern dösten auf ihren Wagen ein, denn die Pferde wussten ohnehin, dass sie mit der Reihe vorrücken mussten. Soldaten außerhalb der Mauern passten auf, dass die Reihe weiter vorwärts kam und dass niemand die Geduld verlor und versuchte, sich vorzudrängeln. Die Verzögerung schien niemanden besonders aufzuregen. Die Leute hatten damit gerechnet und nahmen sie in Kauf.

Alle, die in die Stadt wollten, wurden von den Wachen verhört, welche auch Beutel und Wagen durchsuchten. Bei Wagen, die eine Ladung mit sich führten, wurden die Waren untersucht. Die Soldaten machten Säcke auf, öffneten Kisten und stießen Mistgabeln ins Heu. Nachdem Tolpan mit den Regeln vertraut war und beschlossen hatte, sich daran zu halten, stellte er sich hinten an.

»Hallo, wie heißt Ihr?«, fragte er eine behäbige Frau mit einem riesigen Korb Äpfel, die mit einer anderen dicken Frau, die einen Korb Eier trug, plauderte. »Mein Name ist Tolpan Barfuß. Das ist aber eine lange Schlange. Gibt es noch einen anderen Weg hinein?«

Die beiden drehten sich zu ihm um. Beide Frauen machten ein finsteres Gesicht. Die eine drohte ihm sogar mit der Faust.

»Halt dich bloß von mir fern, du Taugenichts. Du verschwendest deine Zeit. Kender werden nicht eingelassen.«

»Was für ein überaus ungastlicher Ort«, stellte Tolpan fest und ging davon.

Ein Stückchen weiter setzte er sich in der Nähe des Tors unter einen Baum, um seinen Apfel zu vertilgen. Beim Essen beobachtete er, dass zwar keine Kender in die Stadt gelassen wurden, dass die Wachen jedoch zwei hinauswarfen.

Tolpan wartete, bis die Kender sich aufgerappelt, abgeklopft und ihre Beutel aufgesammelt hatten. Dann rief und winkte er. Die Kender waren glücklich, einen der Ihren zu sehen, und kamen sofort herbeigelaufen.

»Blattwurz Daumenpeitscher«, sagte der eine und streckte ihm die Hand hin.

»Klingeling Harthorn.« Auch der andere streckte die Hand aus.

»Tolpan Barfuß«, stellte Tolpan sich vor.

»Nein, wirklich?«, staunte Klingeling hocherfreut. »Wir haben uns doch erst letzte Woche kennen gelernt. Du siehst jetzt aber ganz anders aus. Hast du eine neue Frisur?«

»Was hast du denn in deinen Beuteln?«, erkundigte sich Blattwurz.

Während der darauf folgenden Aufregung bei der Beantwortung dieser spannenden Frage, an die sich Tolpans Frage anschloss, was sie denn in ihren Beuteln hätten, was mit allgemeinem Beutelauskippen und Sachentauschen endete, erklärte Tolpan, dass er keiner der unzähligen Tolpans war, die durch Ansalon streiften. Er war der Echte. Mit beträchtlichem Stolz zeigte er ihnen die Stücke des Zeitreisegeräts und erzählte, wie er und Caramon damit in die Vergangenheit gereist waren, wie es ihn versehentlich in den Abgrund befördert hatte und wie er damit in eine Zukunft geraten war, die nicht diese Zukunft, sondern eine andere war.

Die beiden Kender waren beeindruckt und tauschten gern ihre wertvollsten Fundsachen gegen Teile des Geräts ein. Tolpan sah die Bruchstücke in ihren Beuteln verschwinden, obwohl er wenig Hoffnung hatte, dass sie dort bleiben würden. Immerhin war es einen Versuch wert. Als endlich alles getauscht war, was man nur tauschen konnte, und alle Geschichten erzählt waren, die man nur erzählen konnte, verriet er ihnen, warum er in Solanthus war.

»Ich befinde mich auf einer Mission«, verkündete Tolpan. Die beiden anderen Kender wirkten beeindruckt. »Ich suche einen Ritter von Solamnia.«

»Da bist du hier richtig«, lobte Blattwurz, der mit dem Daumen auf die Stadtmauern hinter sich wies. »Da drin sind mehr Ritter, als man mit einem Stock ärgern kann.«

»Was hast du denn vor, wenn du einen hast?«, wunderte sich Klingeling. »Für mich sehen sie nicht so aus, als wenn man mit ihnen viel Spaß haben könnte.«

»Ich suche einen bestimmten Ritter«, erklärte Tolpan. »Ich hatte ihn nämlich schon mal, aber ich habe ihn verloren, und ich hatte gehofft, er wäre vielleicht hierher gekommen, weil das hier so ein Ort ist, an dem Ritter sich angeblich gern treffen. Er ist ungefähr so groß«, Tolpan sprang auf, stellte sich auf die Zehenspitzen und reckte den Arm in die Luft, »und furchtbar hässlich, selbst für einen Menschen. Seine Haare sind so gelb wie Tikas Maisküchlein.«

Die beiden Kender schüttelten den Kopf. Sie hatten zwar viele Ritter gesehen, die sie ihm auch eifrig beschrieben, aber mit denen konnte Tolpan nichts anfangen.

»Ich muss meinen eigenen finden«, beharrte er. »Wir sind nämlich dicke Freunde. Ich schätze, ich muss einfach selbst nachsehen. Diese Damen haben mir erzählt – ach so, möchte jemand einen Apfel? Jedenfalls haben mir zwei Damen erzählt, dass Kender in Solanthus unerwünscht sind.«

»Das stimmt nicht. Im Gegenteil, in Solanthus ist man richtig nett zu Kendern«, versicherte Klingeling.

»Sie sagen das bloß, um den Schein zu wahren«, fügte Blattwurz hinzu.

»In Solanthus wirft man Kender nicht ins Gefängnis«, fuhr Klingeling begeistert fort. »Stell dir das vor! Sobald sie einen fangen – äh – finden, bekommt man eine bewaffnete Eskorte durch die Stadt –«

»– bei der man alle Sehenswürdigkeiten zu Gesicht bekommt –«

»– und dann werfen sie dich am Haupttor raus. Wie ganz normale Leute.«

Tolpan stimmte ihnen zu, dass sich die Zustände, die in Solanthus herrschten, wunderbar anhörten. Jetzt musste er nur noch einen Weg in die Stadt hinein finden. Seine neuen Freunde verrieten ihm zahlreiche Zugänge, die nicht allgemein bekannt waren, denn sie fanden, es sei am besten, einen Ausweichweg zu kennen, falls der Erste, den man ausprobierte, dummerweise von den Wachen versperrt worden war.

Danach verabschiedete Tolpan sich von seinen neuen Freunden und zog ab, um sein Glück zu versuchen. Weg Nummer zwei erwies sich als ausgesprochen einfach (wir wurden darum gebeten, ihn nicht zu verraten), sodass Tolpan schon nach einer Stunde innerhalb der Stadtmauern angelangt war. Er war verschwitzt und schmutzig, aber alle Beutel waren heil, und das war selbstverständlich von oberster Wichtigkeit.

Fasziniert von der Weitläufigkeit der Stadt und von den vielen Leuten, streifte er durch die Straßen, bis seine Füße wund waren und er sich an den Apfel kaum noch erinnern konnte. Er sah viele Ritter, aber keiner davon ähnelte Gerard. Tolpan hätte natürlich nach ihm fragen können, aber er befürchtete, man würde ihn so zuvorkommend behandeln, wie die Berichte der anderen Kender angekündigt hatten. Zwar hätte er sich gern von ein paar Wachen die Sehenswürdigkeiten zeigen lassen, und nichts hätte ihn glücklicher gestimmt, als am Haupttor hinausgeworfen zu werden, doch solche kleinen Freuden mussten leider warten, denn vorerst hatte er Wichtigeres zu tun.

Gegen Abend begann Tolpan, sich ernstlich über Gerard zu ärgern. Da er zu der Ansicht gelangt war, dass der Ritter in Solanthus sein müsse, fand Tolpan es ausgesprochen ungezogen, dass er nicht dort war, wo er hingehörte. Er hatte es satt, alle Straßen nach ihm abzusuchen, hatte keine Lust mehr, den Stadtwachen auszuweichen (was anfangs lustig gewesen war, allmählich jedoch langweilig wurde). Daher beschloss Tolpan grollend, sich jetzt hinzusetzen und zur Abwechslung mal Gerard nach ihm suchen zu lassen. Der Kender ließ sich im Schatten einer großen Statue an einem Brunnen auf der Hauptstraße in der Nähe des Haupteingangs nieder, wo er bestimmt alle kommen und gehen sah. Hier würde Gerard ihn garantiert irgendwann entdecken.

Mit dem Kinn in der Hand saß er da und versuchte zu entscheiden, welches Gasthaus er zum Abendessen mit seiner Gegenwart beehren solle, als er jemanden durch das Tor kommen sah. Es war nicht Gerard, sondern jemand noch Besseres. Mit einem Freudenschrei sprang Tolpan auf.

»Goldmond!«, jauchzte er winkend.

Aus Respekt vor Goldmonds weißen Roben, die sie als Mystikerin aus der Zitadelle des Lichts auswiesen, führte eine Wache sie persönlich in die Stadt. Der Mann wies in eine bestimmte Richtung. Goldmond nickte dankend. Er salutierte und kehrte an seinen Platz zurück. Hinter Goldmond folgte eine kleine, staubige Gestalt, die sich bemühte, mit ihren langen Schritten mitzuhalten. Auf diese Person achtete Tolpan kaum. Er war so froh und dankbar, Goldmond zu sehen, dass er niemanden sonst bemerkte und Gerard völlig vergaß. Wenn jemand ihn vor Dalamar und Palin retten konnte, dann Goldmond.

Tolpan flitzte die überfüllte Straße entlang, prallte gegen Menschen, entging geschickt dem langen Arm des Gesetzes und wollte Goldmond schon wie gewohnt umarmen, als er abrupt zum Stehen kam.

Es war Goldmond, aber auch wieder nicht. Sie steckte noch

immer in dem jungen Körper, den sie so verabscheut hatte. Sie war auch noch immer schön mit ihren glänzenden, goldblonden Haaren und den hinreißenden Augen, aber die Haare waren strähnig und ungekämmt, und ihre Augen blickten unstet in die Ferne, als würde sie nichts richtig wahrnehmen, was in ihrer Nähe war. Ihre weißen Roben waren fleckig, der Saum ausgefranst. Sie wirkte zum Umfallen müde, aber dennoch schritt sie entschlossen vorwärts und stützte sich beim Gehen auf einen Holzstab. Die kleine, staubige Person blieb ihr auf den Fersen.

»Goldmond?«, begrüßte Tolpan sie unsicher.

Sie blieb nicht stehen, warf aber immerhin einen Blick auf ihn. »Hallo, Tolpan«, sagte sie etwas zerstreut und lief weiter.

Mehr nicht. Hallo, Tolpan. Nicht, du liebe Güte, Tolpan, wie schön, dich wiederzusehen, wo warst du denn die ganze Zeit? Nur »Hallo, Tolpan«.

Die kleine, staubige Person allerdings war tatsächlich überrascht, ihn zu sehen. Und hocherfreut.

»Barfuß!«

»Conundrum!«, rief Tolpan, der den Gnom unter all dem Staub nun endlich erkannte.

Die beiden tauschten einen Händedruck.

»Was machst du denn hier?«, wollte Tolpan wissen. »Bei unserer letzten Begegnung hast du noch das Labyrinth in der Zitadelle des Lichts aufgezeichnet. Ach, übrigens, als ich das letzte Mal im Labyrinth war, stand es in Flammen.«

Zu spät ging Tolpan auf, dass er dem Gnom diese Nachricht nicht so plötzlich hätte beibringen dürfen.

»In Flammen!«, keuchte Conundrum. »Meine Lebensaufgabe! In Flammen!«

Zutiefst getroffen sackte er an eine Hauswand, presste die Hände auf die Brust und schnappte nach Luft. Tolpan fächelte dem japsenden Gnom mit seinem Hut Luft zu, ohne Goldmond aus den Augen zu lassen. Sie ging einfach weiter, ohne das Unglück des Gnoms zu bemerken. Als Conundrum sich wieder ein wenig gefasst hatte, packte Tolpan ihn am Arm und zog ihn die Straße entlang hinter ihr her.

»Überleg doch mal«, tröstete Tolpan den taumelnden Gnom. Er musste ihn stützen. »Wenn sie es neu pflanzen, müssen sie zu dir kommen, denn du besitzt die einzige Karte.«

»Das stimmt!«, rief Conundrum, nachdem er darüber nachgedacht hatte. Er lebte beträchtlich auf. »Du hast vollkommen Recht.« Am liebsten hätte er die Karte augenblicklich aus seinem Reisesack gezogen, aber Tolpan erklärte eilends, dazu hätten sie keine Zeit. Sie müssten bei Goldmond bleiben.

»Wir kommt ihr beide überhaupt nach Solanthus?«, fragte Tolpan, um den Gnom von dem Gedanken an das brennende Labyrinth abzubringen.

Daraufhin erzählte Conundrum Tolpan die traurige Geschichte vom Schiffbruch der *Unzerstörbaren*, wie er und Goldmond an fremden Gestaden gestrandet und wie sie seither zu Fuß unterwegs waren.

»Du wirst es nicht glauben«, flüsterte Conundrum besorgt, »aber sie folgt *Geistern!*«

»Wirklich?«, staunte Tolpan. »Ich habe gerade erst einen Wald voller Geister verlassen.«

»Nicht du auch noch!« Der Gnom sah Tolpan erschüttert an.

»Mit Untoten kenne ich mich ganz gut aus«, versicherte Tolpan unbekümmert. »Skelettkrieger, körperlose Hände, kettenrasselnde Ghoule … Für einen erfahrenen Wandersmann kein Problem. Mein Onkel Fallenspringer hat mir den Kenderlöffel der Vertreibung geschenkt. Falls du ihn gerne sehen möchtest –«

Er begann, in seinem Beutel herumzustöbern, hörte jedoch abrupt damit auf, als er auf die Einzelteile des Zeitreisegeräts stieß.

»Ich persönlich glaube, die Frau ist verrückt. Schraube locker, durchgeknallt, plemplem, meschugge, irre und so«, erklärte Conundrum in leisem, ernstem Ton.

»Ja, vermutlich hast du Recht«, seufzte Tolpan mit einem Blick zu Goldmond. »Jedenfalls benimmt sie sich nicht wie die Goldmond, die ich kannte. *Die* Goldmond hat sich gefreut, einen Kender zu treffen. *Die* Goldmond hätte nicht zugelassen, dass böse Zauberer einen Kender wegschicken, damit er von einem Riesen zerquetscht wird.« Tolpan tätschelte Conundrum den Arm. »Es ist furchtbar lieb von dir, dass du bei ihr bleibst und auf sie aufpasst.«

»Ich will ehrlich sein«, gestand Conundrum. »Ohne das Geld würde ich das nicht machen. Schau mal.«

Nachdem er sich umgesehen hatte, ob auch keine Taschendiebe in der Nähe waren, zog der Gnom eine pralle Geldbörse ganz unten aus dem Knappsack hervor. Tolpan drückte seine Bewunderung aus und wollte einen Blick in den Beutel werfen. Conundrum schlug dem Kender auf die Finger und stopfte die Börse wieder in den Sack.

»Und nicht berühren!«, warnte der Gnom finster.

»Ich mach mir nicht viel aus Geld«, meinte Tolpan, der sich die schmerzende Hand rieb. »Ist zu schwer zum Tragen, und was hat man schon davon? Ich habe Äpfel dabei. Für diese Äpfel kriege ich keins übergezogen, aber wenn ich Geld hätte, um die Äpfel zu kaufen, würde man mir eins überbraten, um die Münze zu stehlen, deshalb sind die Äpfel viel besser. Meinst du nicht auch?«

»Was redest du da von Äpfeln?«, schimpfte Conundrum und

riss die Arme hoch. »Was haben Äpfel damit zu tun? Oder Löffel, wo wir schon dabei sind?«

»Du hast angefangen«, stellte Tolpan fest. Da er aber Gnome und ihre Erregbarkeit kannte, beschloss er, dass es höflich wäre, das Thema zu wechseln. »Woher hast du denn überhaupt das ganze Geld?«

»Das haben die Leute ihr geschenkt«, erwiderte Conundrum mit einer Handbewegung in Goldmonds Richtung. »Wo wir hinkommen, geben ihr die Leute Geld, lassen sie übernachten, laden sie zum Essen ein oder geben ihr Wein aus. Sie sind überaus freundlich zu ihr. Zu mir sind sie auch freundlich. Noch nie war jemand nett zu mir«, fügte der Gnom sehnsüchtig hinzu. »Immer kriege ich dumme Gemeinheiten zu hören wie: ›Soll das wirklich so rauchen?‹ oder ›Und wer kommt für den Schaden auf?‹ Aber seit ich mit Goldmond unterwegs bin, sagt man mir nette Dinge. Ich bekomme Essen und kaltes Bier und ein Bett und Geld. Sie will das Geld nicht. Gibt es mir. Ich behalte alles.« Conundrum sah wild entschlossen aus. »Die Reparatur der *Unzerstörbaren* wird eine Menge kosten. Ich fürchte, sie war nicht ausreichend versichert, nicht gegen Schiffbruch –«

Tolpan hatte das Gefühl, das Thema könnte bald langweilig werden, deshalb unterbrach er den Gnom: »Wo wollen wir eigentlich hin?«

»Hat was mit Rittern zu tun«, meinte Conundrum. »Mit lebendigen Rittern, hoffe ich, obwohl ich nicht darauf wetten würde. Du glaubst nicht, wie satt ich es habe, die ganze Zeit von Toten zu hören.«

»Ritter!«, jubelte Tolpan entzückt. »Dazu bin ich auch hier!«

In diesem Moment blieb Goldmond stehen. Sie blickte erst eine Straße hinauf, dann eine andere hinunter. Offenbar hatte sie sich verlaufen. Tolpan ließ den Gnom stehen, der immer noch etwas von Versicherungen in sich hineinmurmelte, und eilte zu Goldmond. Vielleicht brauchte sie Hilfe.

Goldmond achtete nicht auf ihn, sondern hielt eine Frau an, deren Wappenrock mit der roten Rose sie als Ritterin von Solamnia auswies. Die Frau beschrieb ihr den Weg und fragte, was Goldmond nach Solanthus geführt hatte.

»Ich bin Goldmond, eine Mystikerin aus der Zitadelle des Lichts«, stellte diese sich vor. »Ich hoffe, dass ich vor dem Ritterrat sprechen kann.«

»Ich bin Fürstin Odila, Ritterin der Rose«, erwiderte die Frau und verbeugte sich respektvoll. »Von Goldmond aus der Zitadelle des Lichts haben wir gehört. Eine Frau von großem Ansehen. Ihr müsst ihre Tochter sein.«

Plötzlich wirkte Goldmond sehr verbraucht und müde, als hätte sie diese Worte schon viele Male gehört.

»Ja«, nickte sie seufzend, »ich bin ihre Tochter.«

Fürstin Odila verneigte sich noch einmal tief. »Willkommen in Solanthus, Tochter von Goldmond. Der Ritterrat hat viele dringende Angelegenheiten zu besprechen, aber sie sind immer froh, von einer Mystikerin aus der Zitadelle des Lichts zu hören, besonders nach den schrecklichen Nachrichten, die wir über den Angriff auf die Zitadelle erhalten haben.«

»Was für ein Angriff?« Goldmond wurde kreidebleich, so bleich, dass Tolpan ihr mitleidig die Hand drückte.

»Ich kann es dir erzählen –«, begann Tolpan.

»Gütiger Himmel, ein Kender«, stieß Fürstin Odila im gleichen Ton aus, als hätte sie gesagt: »Gütiger Himmel, ein Grottenschrat.« Die Ritterin löste Tolpans Hand und baute sich zwischen ihm und Goldmond auf. »Keine Sorge, Heilerin. Ich kümmere mich darum. Wache! Hier ist noch so ein kleines Ungeheuer. Entfernt ihn –«

»Ich bin *kein* kleines Ungeheuer!«, konstatierte Tolpan empört. »Ich bin mit Goldmond hier ... das heißt, mit ihrer Tochter. Ich bin ein Freund ihrer Mutter.«

»Und ich bin ihr Agent«, plusterte sich Conundrum wichtigtuerisch auf. »Wenn Ihr vielleicht eine Spende machen möchtet –«

»Was für ein Angriff?«, wollte Goldmond verzweifelt wissen. »Ist das wahr, Tolpan? Wann ist das passiert?«

»Es ging los, als – entschuldige mal, aber ich rede gerade mit Goldmond!«, schimpfte Tolpan, der sich im Griff einer Stadtwache wand.

»Bitte, lasst ihn gehen. Er ist wirklich mit mir hier«, bat Goldmond. »Ich übernehme die volle Verantwortung.«

Der Wächter machte ein zweifelndes Gesicht, konnte aber schlecht gegen den ausdrücklichen Wunsch einer verehrten Mystikerin aus der Zitadelle angehen. Er warf einen Blick auf Fürstin Odila, die ihm achselzuckend zuraunte: »Keine Sorge. Ich sorge dafür, dass er vor Einbruch der Nacht verschwindet.«

Zwischenzeitlich erzählte Tolpan seine Geschichte.

»Es ging alles los, als ich in Palins Zimmer kam. Ich hatte nämlich beschlossen, edel zu sein und in die Zeit zurückzureisen, damit mich der Riese zerquetschen kann, bloß inzwischen habe ich es mir doch anders überlegt, Goldmond. Weißt du, ich habe darüber nachgedacht, und –«

»Tolpan!«, mahnte Goldmond scharf und schüttelte ihn kurz durch. »Der Angriff!«

»Ach, ja. Nun, Palin und ich unterhielten uns darüber, da sah ich aus dem Fenster und entdeckte einen großen Drachen, der auf die Zitadelle zuflog.«

»Was für ein Drache?« Goldmond presste eine Hand auf die Brust.

»Beryl. Derselbe Drache, der mich verflucht hat«, erklärte Tolpan. »Das weiß ich, weil ich am ganzen Leib elendiglich zitterte, sogar im Bauch. Genau wie Palin. Wir haben versucht, mit dem Zeitreisegerät zu entkommen, aber Palin hat es kaputtgemacht. Inzwischen war Beryl angekommen und mit ihr ein Haufen anderer Drachen. Die Drakonier sprangen vom Himmel, und alles rannte kreischend herum. Wie damals in Tarsis. Weißt du noch? Als der rote Drache uns angegriffen hat und das Haus über mir zusammenstürzte und wir Tanis und Raistlin verloren haben?«

»Meine Freunde!«, flüsterte Goldmond halb erstickt. Sie wankte. »Was ist mit meinen Freunden?«

»Heilerin, bitte setzt Euch«, sagte Fürstin Odila sanft. Sie nahm Goldmond in den Arm und führte sie zu einer niedrigen Mauer um einen Springbrunnen.

»Kann das wahr sein?«, fragte Goldmond die Ritterin.

»Ich bedauere. So seltsam es scheinen mag, die Geschichte des Kenders ist wahr. Wir haben Berichte von unserer Garnison auf der Schallmeerinsel, dass die Zitadelle von Beryl und ihren Drachen angegriffen wurde. Sie haben alles verwüstet, aber die meisten Leute konnten sich in den Bergen in Sicherheit bringen.«

»Dank sei dem Einen Gott«, murmelte Goldmond.

»Wie bitte, Heilerin?«, vergewisserte sich Fürstin Odila verdutzt. »Was habt Ihr gesagt?«

»Ich bin mir nicht sicher«, stammelte Goldmond. »Was *habe* ich denn gesagt?«

»Ihr sagtet: ›Dank sei dem Einen Gott.‹ Wir haben nicht gehört, dass ein Gott nach Krynn gekommen wäre.« Fürstin Odila wirkte wie gebannt. »Was meint Ihr damit?«

»Ich wünschte, ich wüsste es«, flüsterte Goldmond. Ihr

Blick ging ins Leere. »Ich weiß nicht, warum ich das gesagt habe …«

»Ich bin auch entkommen«, meldete sich Tolpan laut zu Wort. »Zusammen mit Palin. Das war wirklich aufregend. Palin warf die Stücke des Geräts nach den Drakoniern, es gab richtig phänomenale Magie, und wir rannten im Rauch des brennenden Labyrinths die Silbertreppe hinauf –«

Bei dieser neuerlichen Erinnerung daran, dass eine Lebensaufgabe in Flammen aufgegangen war, begann Conundrum zu schluchzen. Schwerfällig setzte er sich neben Goldmond.

»– und Dalamar hat uns gerettet«, verkündete Tolpan. »Einen Augenblick standen wir ganz oben auf der Silbertreppe, aber dann – witsch! – waren wir im Turm der Erzmagier in Palanthas, bloß da ist er nicht mehr. In Palanthas. Es ist immer noch ein Turm der Erzmagier –«

»Was bist du nur für ein kleiner Lügenbold«, meinte Fürstin Odila. Da es fast respektvoll klang, nahm Tolpan ihre Bemerkung als Kompliment.

»Danke«, sagte er bescheiden, »aber das ist keine Erfindung. Ich war wirklich bei Dalamar in seinem Turm. Soweit ich weiß, war er eine ganze Weile verschwunden.«

»Ich habe sie in der Stunde der Not allein gelassen«, klagte Goldmond abgelenkt, ohne auf Tolpan zu achten. »Ich habe meine Freunde im Stich gelassen, als die Drachen kamen, aber was sollte ich tun? Die Toten haben mich gerufen … ich musste ihnen folgen!«

»Hört Ihr?«, warf Conundrum ein, der mit dem Finger auf die Ritterin zeigte. »Geister. Ghoule. Sie redet mit ihnen, müsst Ihr wissen. Verrückt. Total plemplem.« Er schüttelte seinen Geldbeutel. »Falls Ihr etwas spenden möchtet … es ist steuerlich abzugsfähig –«

Fürstin Odila betrachtete sie, als wären sie alle passende Kandidaten für eine Spende, aber angesichts von Goldmonds Müdigkeit und Verzweiflung wurde ihr Gesichtsausdruck freundlicher. Sie legte der Heilerin einen Arm um die schmalen Schultern.

»Ihr steht unter Schock, Heilerin. Offenbar habt Ihr eine lange Reise mit seltsamen Gefährten hinter Euch. Kommt mit. Ich bringe Euch zu Sternenmeister Mikelis.«

»Ja, den kenne ich! Obwohl er mich nicht erkennen wird.« Goldmond seufzte tief.

Fürstin Odila stand auf, um Goldmond davonzuführen. Tolpan und Conundrum erhoben sich ebenfalls und trabten hinterher. Als die Ritterin ihre Schritte vernahm, drehte sie sich um. Auf ihrem Gesicht stand der Ausdruck, den Ritter aufsetzen, wenn sie gleich die Stadtwache rufen und einen ins Gefängnis werfen lassen wollen. Da Tolpan erriet, dass er selbst dieser eine sein könnte, überlegte er schnell.

»Hört mal, Fürstin Odila«, begann er. »Kennt Ihr einen Ritter namens Gerard uth Mondar? Den suche ich nämlich.«

Die Ritterin, die tatsächlich gerade die Wachen rufen wollte, klappte bei diesen Worten ihren Mund wieder zu und starrte ihn an.

»Was hast du gesagt?«

»Gerard uth Mondar. Kennt Ihr ihn?«, erkundigte sich Tolpan.

»Möglich. Entschuldigt mich einen Augenblick, Heilerin. Es wird nicht lange dauern.« Fürstin Odila hockte sich vor Tolpan, damit sie ihm in die Augen sehen konnte. »Beschreibe ihn mir.«

»Seine Haare sind so gelb wie Tikas Maisbrot, und sein Gesicht sieht zunächst hässlich aus, bis man ihn besser kennt. Dann sieht es komischerweise nicht mehr so hässlich aus, besonders wenn er einen vor Schwarzen Rittern rettet. Seine Augen sind –«

»Kornblumenblau«, sagte Fürstin Odila. »Maisgelb und kornblumenblau. Ja, die Beschreibung passt ziemlich gut. Woher kennst du ihn?«

»Er ist ein guter Freund von mir«, versicherte Tolpan. »Wir sind zusammen nach Qualinesti geritten –«

»Also da kam er her.« Fürstin Odila sah Tolpan durchdringend an, ehe sie ihm mitteilte: »Dein Freund Gerard ist hier in Solanthus. Er wird dem Ritterrat vorgeführt. Man verdächtigt ihn der Spionage.«

»Oh je! Das tut mir aber Leid«, versicherte Tolpan. »Wo ist er denn? Er freut sich bestimmt, wenn er mich sieht.«

»Nun, diese Begegnung dürfte wahrlich interessant werden«, gab die Ritterin zurück. »Behaltet die beiden im Auge, Wache. Der Gnom steckt anscheinend auch in der Sache drin?«

»Aber ja«, versicherte Tolpan, der Conundrum fest an der Hand nahm. »Er hat das Geld.«

»Kein Wort von dem Geld!«, fauchte Conundrum.

»Offenbar ist hier einiges durcheinander«, flüsterte Tolpan. »Keine Bange, Conundrum. Ich bring das in Ordnung.«

Das Wissen, dass den Annalen von Krynn zufolge dieses *Ich bring das in Ordnung* für viele Begleiter von Kendern die letzten Worte waren, die sie in ihrem Leben hörten, war für den Gnom kein großer Trost.

5 Der Ritterrat von Solamnia

Goldmond war von der langen Reise erschöpft, als wäre ihr fremder, jugendlicher, starker Körper so alt und gebrechlich wie ihr rechtmäßiger Leib. Inzwischen benutzte sie ihren Körper wie früher den Holzstab. Immerhin brachte er sie dorthin, wohin ihr seltsames Schicksal sie rief. Unermüdlich legte er jeden Tag weite Strecken zurück. Er aß und trank, war jung und schön. Die Leute ließen sich davon blenden und halfen ihr gern. Bauern nahmen sie in ihre einfachen Katen auf und ließen sie auf ihren Karren mitfahren. Edle Fürsten und Fürstinnen öffneten ihre Schlösser für sie und schickten sie in feinen Kutschen weiter. So war sie wegen dieses Körpers viel schneller nach Solanthus gelangt, als sie zu hoffen gewagt hatte.

Goldmond glaubte, dass ihre Jugend und Schönheit die anderen bezauberte, doch da irrte sie sich. Die Bauern wie die Fürsten sahen zwar zuerst ihre Schönheit, aber dann blickte man ihr in die Augen. Dort waren ein Leid und eine Suche zu lesen, die jeden tief berührten, den Bauern, der mit ihr sein Brot teilte und mit gesenktem Kopf ihren Dank annahm, wie auch die Edelfrau, die sie küsste und um ihren Segen bat. In Goldmonds Leid erkannten sie ihre eigenen Sorgen und Ängste. In ihrer Suche erkannten sie ihre eigene Sehnsucht nach etwas mehr, etwas Besserem, etwas, woran sie glauben konnten.

Da Fürstin Odila Goldmonds Blässe und ihre schwankenden Schritte bemerkte, brachte sie die Heilerin direkt zum Rathaus, wo der Ritterrat zusammenkam. Im Haupttrakt entdeckte sie ein kleines, gemütliches Zimmer mit einem warmen Feuer. Die Ritterin schickte Bedienstete los, die Wasser zum Abwaschen der Reisespuren, Essen und Trinken bringen sollten. Nachdem sie sich vergewissert hatte, dass sie nicht noch mehr zu Goldmonds Bequemlichkeit beitragen konnte, verabschiedete sich Fürstin Odila. Allerdings schickte sie noch einen Läufer zum Tempel der Mystiker, der Goldmonds Ankunft melden sollte, ehe sie sich persönlich um die Unterbringung ihrer Gefangenen, Tolpan und Conundrum, kümmerte.

Goldmond aß und trank, ohne etwas zu schmecken, ohne zu wissen, dass sie etwas verzehrt hatte. Ihr Körper verlangte nach Nahrung, um zu funktionieren, deshalb war sie dazu gezwungen, seinen Forderungen Rechnung zu tragen. Sie musste weiter, musste dem Fluss der Toten folgen, die sie riefen und in ihrem eisigen, schaurigen Strom mitrissen. Unter den geisterhaften Gesichtern, die sie umdrängten, suchte sie nach denen, die sie kannte: Flusswind, Tika, Caramon, ihre eigene geliebte Tochter … all die alten Freunde, die diese Welt verlassen und sie hier zurückgelassen hatten. Dass sie sie nicht fand, war nicht überraschend, denn die Schar der Toten war wie Wassertropfen in einem Fluss, überwältigend und erschütternd.

Ihr Körper war stark und gesund, aber sie war müde – so müde. Sie sah sich als Kerzenflamme in einer prächtigen Laterne. Die Flamme war heruntergebrannt, das ganze Wachs geschmolzen, der Docht nur noch ein winziges Stückchen. Doch sie konnte nicht erkennen, dass ihr eigenes Licht immer heller erstrahlte, je kleiner die Flamme wurde.

Der Eine Gott. Goldmond erinnerte sich nicht daran, vom Einen gesprochen zu haben. Sie hatte nichts dergleichen gesagt, aber sie hatte von dem Einen Gott geträumt. Oft, viele Male denselben Traum, immer wieder, bis ihr Schlaf sie fast genauso erschöpfte wie die wachen Stunden.

In ihrem Traum befand sich Goldmond wieder im Tempel der Götter in der Ruinenstadt Xak Tsaroth. In den Händen hielt sie den blauen Kristallstab. Vor ihr stand die Statue der heiligen Mishakal, der Göttin der Heilkunst. Die Hand der Statue war gekrümmt, als hielte sie einen Stab, doch der Stab war nicht da. Wie damals, vor so langer Zeit, reichte Goldmond der Statue den magischen Stab. Damals hatte die Statue ihn angenommen, und Goldmond hatte begriffen, welche Liebe die Götter ihren Kindern entgegenbrachten. Wenn sie jedoch in ihrem Traum versuchte, der Göttin den Stab zu geben, zersprang der Kristall und zerschnitt ihre Hände, die bald blutüberströmt waren. Ihr Glück verwandelte sich in Entsetzen.

Immer endete der Traum damit, dass Goldmond zitternd und verwirrt erwachte.

Sie dachte darüber nach, was dieser Traum wohl bedeuten mochte. Erst kam sie auf eine Bedeutung, dann auf eine andere. Sie dachte nach, bis die Bilder in ihrem Kopf im Kreis tanzten, bis sie einander jagten wie eine Schlange, die sich in den Schwanz beißt. Goldmond schloss die Augen und schlug die Hände davor, um das Rad zu bannen.

»Tochter von Goldmond?«, erklang eine besorgte Stimme.

Überrascht nahm sie die Hände vom Gesicht und blickte in das freundliche, verwunderte Gesicht von Sternenmeister Mikelis. Sie kannte ihn von früher. Er hatte in der Zitadelle des Lichts studiert, ein ausgezeichneter Schüler und ein begabter, liebevoller Heiler. Als gebürtiger Solamnier war er nach Solanthus zurückgekehrt, wo er jetzt dem Tempel des Lichts vorstand. Sie hatten sich oft stundenlang unterhalten. Seufzend begriff sie, dass er sie nicht erkannte.

»Entschuldigung«, bat er leise. »Ich wollte dich nicht erschrecken, Tochter. Ich wäre nicht eingetreten, ohne anzuklopfen, wenn Fürstin Odila nicht gesagt hätte, dass du möglicherweise krank bist. Sie hoffte, du würdest schlafen. Aber ich freue mich, dass du offenbar mit großem Appetit gegessen hast.«

Etwas irritiert betrachtete er die vielen Teller und den leeren Brotkorb. Ihr seltsamer Körper hatte eine Mahlzeit verzehrt, die für zwei gereicht hätte. Es war kein Krümel mehr übrig.

»Danke, Sternenmeister«, lächelte Goldmond. »Du hast mich nicht erschreckt. Ich habe einen langen Weg hinter mir und bin erschöpft. Die Nachricht, dass die Zitadelle angegriffen wurde, hat mich schwer erschüttert. Das habe ich nicht gewusst. Es war das Erste, was ich hörte –«

»Ein paar wurden getötet«, bestätigte Mikelis, der nun neben ihr Platz nahm. »Wir betrauern sie und vertrauen darauf, dass ihre Seelen den Weg von dieser Welt in die nächste finden. Tochter«, sagte er alarmiert, »bist du krank? Kann ich etwas für dich tun?«

Bei der Bemerkung über die Seelen war Goldmond zusammengezuckt und hatte sich erschauernd umgesehen. Der Raum war von Geistern erfüllt. Manche beobachteten sie, manche streiften ruhelos umher, manche versuchten, sie zu berühren, andere beachteten sie nicht. Sie blieben nicht lange, denn sie waren dazu gezwungen, weiterzuziehen und sich dem Fluss anzuschließen, der unablässig nach Norden wogte.

»Nein«, wehrte sie verwirrt ab. »Es ist nur diese schreckliche Nachricht …«

Sie würde nicht versuchen, es zu erklären. Mikelis war ein guter, ergebener Mann, aber er würde nicht verstehen, dass die Geister nirgendwo hinfliegen konnten. Sie waren Gefangene, saßen hier fest.

»Ich bedauere«, fügte er hinzu, »dass wir nichts über den Verbleib deiner Mutter wissen. Allerdings schöpfen wir daraus die Hoffnung, dass Goldmond bei dem Angriff nicht verletzt wurde.«

»Das wurde sie auch nicht«, erklärte Goldmond kühl. Lieber alles zu Ende bringen und die Wahrheit sagen. Sie hatte nicht viel Zeit. Der Fluss zog sie weiter. »Goldmond wurde bei dem Angriff nicht verletzt, weil sie nicht dort war. Sie ist geflohen. Sie hat ihre Anhänger zurückgelassen, die sich den Drachen allein stellen mussten.«

Sternenmeister Mikelis wirkte verstört. »Tochter, rede nicht so respektlos von deiner Mutter.«

»Ich weiß, dass sie geflohen ist«, fuhr Goldmond unerbittlich fort. »Ich bin *nicht* Goldmonds Tochter, wie du sehr wohl weißt, Sternenmeister. Du weißt, dass ich nur zwei Töchter habe, die eine davon ist … tot. *Ich* bin Goldmond. Ich bin nach Solanthus gekommen, um dem Ritterrat meine Geschichte zu erzählen. Ich wollte sehen, ob sie mir helfen können. Außerdem muss ich sie warnen. Sicher hast du Gerüchte über meine wundersame Verwandlung gehört«, fügte sie hinzu.

Sternenmeister Mikelis fühlte sich sichtlich unwohl. Er bemühte sich zwar, sie nicht anzustarren, konnte aber die Augen nicht abwenden. Er sah sie an, schaute schnell wieder weg und starrte gleich darauf verwundert wieder zu ihr.

»Ein paar unserer jungen Mystiker sind vor kurzem zur Zitadelle gepilgert«, räumte er ein. »Sie kamen mit der Geschichte von dem Wunder zurück, das dir deine Jugend zurückgegeben hat. Ich gestehe, dass ich das ihrem jugendlichen Überschwang zuschrieb.« Er stockte. Jetzt starrte er sie offen an. »Bist du es wirklich, Großmeisterin? Vergib mir«, bat er beschämt, »aber wir haben Berichte erhalten, dass die Schwarzen Ritter den Orden der Mystiker infiltriert haben …«

»Erinnerst du dich an jene Nacht unter dem Sternenhimmel,

Sternenmeister? Wir sprachen von den Göttern deiner Jugend und wie du dich schon als Knabe zum Kleriker Paladins berufen fühltest.«

»Großmeisterin!«, schrie Mikelis auf. Er ergriff ihre Hände und führte sie an seine Lippen. »Du bist es wirklich, und dies ist wahrlich ein Wunder.«

»Nein, das ist es nicht«, wehrte Goldmond erschöpft ab. »Ich bin es, aber ich bin es auch nicht. Es ist kein Wunder, sondern ein Fluch. Ich erwarte nicht, dass du mich verstehst. Wie könnte ich, wo ich es doch selbst nicht begreife? Ich weiß, dass die Ritter dich in hohen Ehren halten. Deshalb habe ich nach dir geschickt. Ich möchte dich um einen Gefallen bitten. Ich muss vor dem Ritterrat sprechen, und ich kann nicht bis nächste Woche oder nächsten Monat warten oder wann auch immer sie sich für mich Zeit nehmen. Kannst du mir gleich Zutritt verschaffen, noch heute?«

»Das kann ich!«, versicherte Mikelis lächelnd. »Ich bin nicht der einzige Mystiker, den sie verehren. Wenn sie hören, dass Großmeisterin Goldmond da ist, werden sie dir bereitwillig Gehör schenken. Der Rat ist gerade gegangen, aber nur zum Essen. Nachher gibt es eine Sondersitzung, in der es um einen Spion geht, doch das wird nicht lange dauern. Sobald diese unangenehme Angelegenheit vom Tisch ist, kommst du als Lichtstrahl in die Finsternis.«

»Ich fürchte, ich komme nur, um die Finsternis noch mehr zu verdüstern. Aber wie auch immer«, Goldmond stand auf und griff nach ihrem Stock, »bring mich in den Ratssaal.«

»Aber, Meisterin«, wandte Mikelis ein, der nun ebenfalls aufstand, »die Ritter sitzen noch zu Tisch. Es kann noch eine Weile dauern. Und dann der Spion. Bleib lieber gemütlich hier –«

»Für mich ist es überall ungemütlich.« Ihre Stimme war vor

Ärger und Ungeduld scharf geworden. »Deshalb spielt es keine Rolle, ob ich hier sitze oder in einem zugigen Saal. Ich muss noch heute vor dem Rat sprechen. Am Ende zieht sich die Sache mit dem Spion länger hin, und sie teilen mir mit, dass ich morgen wiederkommen soll.«

»Meisterin, ich versichere dir –«

»Nein! Ich werde mich *nicht* bis morgen aufhalten lassen oder wann immer es ihnen passt. Wenn ich im Saal bin, können sie sich kaum weigern, mir zuzuhören. Und du sagst kein Wort von diesem so genannten Wunder.«

»Gewiss, Meisterin, wenn du es so wünschst«, murmelte Mikelis.

Er wirkte verletzt und von ihr enttäuscht. Hier war das Wunder, gleich vor seinen Augen, doch sie gestattete ihm nicht, darin zu schwelgen.

In meinen Händen zersprang der blaue Kristallstab.

Goldmond begleitete Sternenmeister Mikelis zum Ratssaal, wo er die Wachen dazu brachte, sie einzulassen. Sobald sie drinnen waren, wollte er fragen, ob sie es bequem hatte – sie sah schon die Worte auf seinen Lippen –, aber er stammelte nur und erklärte, er würde jetzt dem Ritterfürsten melden, dass sie hier sei. Goldmond nahm in dem großen, hallenden Saal Platz, der mit Rosen geschmückt war. Ihr Duft durchströmte die Luft.

So wartete sie allein in der Dunkelheit, denn die Nachmittagssonne war im Sinken begriffen, und die Kerzen, die den Raum erhellten, hatte man während der Abwesenheit der Ritter gelöscht. Die Diener boten an, Licht zu bringen, doch Goldmond zog es vor, im Dunkeln zu sitzen.

Im selben Moment, als Goldmond zum Ratssaal geleitet wurde, führte Fürstin Odila Gerard aus seiner Zelle zur Versammlung des Ritterrats. Man hatte ihn nicht schlecht behandelt, zumindest nach den Maßstäben der Ritter von Neraka. Weder hatte man ihn auf die Streckbank gespannt noch an den Daumen aufgehängt. Man hatte ihn nur dem Inquisitor vorgeführt, der ihm tagelang dieselben Fragen gestellt hatte, wieder und wieder. Der Mann hatte sie wie zufällig ausgestoßen, war in der Zeit vor- und wieder zurückgesprungen, immer in der Hoffnung, ihn bei einer Lüge zu ertappen.

Gerard sah sich vor die Wahl gestellt. Entweder erzählte er seine Geschichte von Anfang bis Ende, von einem toten Kender, der durch die Zeit reiste, bis zu seinem unbeabsichtigten Seitenwechsel zum Adjutanten von Marschall Medan, einem der berüchtigtsten Ritter von Neraka. Oder er beharrte einfach darauf, dass er ein Ritter von Solamnia war, den Fürst Warren auf geheime Mission geschickt hatte. Seine absolut logische, vernünftige und überzeugende Erklärung, weshalb er auf einem blauen Drachen und in der Lederkluft eines Schwarzen Ritters gekommen war, würde er dem Ritterrat ausführlich darlegen.

Obwohl das zugegebenermaßen nicht unbedingt die beste Wahl war, hatte Gerard sich für Letzteres entschieden.

Schließlich hatte der Inquisitor seinen Vorgesetzten nach zahllosen, zähen Stunden gemeldet, dass der Gefangene bei seiner Geschichte blieb und nur vor dem Ritterrat sprechen wollte. Er hatte hinzugefügt, dass dieser Gefangene entweder die Wahrheit sagte oder einer der schlauesten Spione aller Zeiten sei. In jedem Fall sollte er dem Ritterrat vorgeführt werden und dort Rede und Antwort stehen.

Als Fürstin Odila Gerard zum Rathaus brachte, irritierte ihn ihr wiederholter Blick auf seine Haare, die vermutlich wie üblich senkrecht nach oben standen.

»Sie sind gelb«, sagte er irgendwann konsterniert. »Und ich müsste sie schneiden lassen. Normalerweise laufe ich nicht –«

»Tikas Maisküchlein«, bemerkte Odila, deren grüne Augen auf seinen Haaren ruhten. »Eure Haare sind so gelb wie Tikas Maisküchlein.«

»Woher kennt Ihr Tika?«, wollte Gerard erstaunt wissen.

»Woher kennt *Ihr* Tika?«, gab sie zurück.

»Sie war Wirtin im Gasthaus ›Zur letzten Bleibe‹ in Solace, wo ich, wie schon gesagt, stationiert war. Falls Ihr mich gerade überprüfen wollt –«

»Ah«, staunte Fürstin Odila. »Diese Tika.«

»Woher kennt Ihr – wer hat gesagt –«

Fürstin Odila schüttelte nachdenklich den Kopf, denn sie hatte nicht vor, seine Fragen zu beantworten. Sie hielt seinen Arm unerbittlich fest – sie hatte ungewöhnlich große, starke Hände – und zwang ihn gedankenverloren dazu, sich ihren eigenen langen Schritten anzupassen. Dass ihn Handschellen und Ketten behinderten und er nur durch einen schmerzhaften, humpelnden Trott mit ihr Schritt halten konnte, übersah sie einfach.

Er sah keinen Grund, sie darauf aufmerksam zu machen, denn er wollte bestimmt nichts mehr zu dieser vertrackten Frau sagen, die aus jeder Bemerkung gleich einen Scherz oder ein Rätsel machte. Bald würde er vor den Ritterrat treten, dessen Fürsten ihn vorurteilsfrei anhören würden. Er hatte bereits entschieden, welche Teile seiner Geschichte er freimügig erzählen und welche er lieber für sich behalten wollte (zum Beispiel den toten Kender, der durch die Zeit gereist war). Seine Geschichte war zwar merkwürdig, aber glaubhaft.

Dann kamen sie im Rathaus an, dem ältesten Gebäude der Stadt, das aus der Zeit der Stadtgründung stammte, welche der

Legende nach auf einen Sohn des Gründers der Ritterschaft, Vinas Solamnus, zurückging. Ursprünglich war das Rathaus, ein marmorverkleideter Granitbau, ein einfaches Gebäude gewesen, das einem Blockhaus geähnelt hatte. Mit den Jahren waren weitere Bereiche hinzugekommen, Seitenflügel und Türme, bis das schlichte Blockhaus sich in einen Gebäudekomplex um einen Innenhof herum verwandelt hatte. Man hatte eine Schule eingerichtet, die den künftigen Rittern nicht nur die Kunst der Kriegführung vermittelte, sondern auch den Maßstab und die Auslegung seiner Gesetze lehrte. Denn diese Ritter würden nur einen Bruchteil ihrer Zeit mit Kämpfen verbringen. Als Fürsten waren sie ihren Ländereien verpflichtet, wo man von ihnen erwartete, dass sie Bittsteller anhörten und Recht sprachen. Obwohl das weitläufige Gebäude demnach schon längst weit mehr war als ein Rathaus, hielten die Ritter an dem Namen fest – als Verneigung vor der Vergangenheit.

Einst hatten auch Tempel für Paladin und Kiri-Jolith, einen von den Rittern besonders verehrten Gott, zum Komplex gehört. Nach dem Abzug der Götter hatten die Ritter den Priestern zwar höflicherweise das Bleiben gestattet, aber da ihre Gebete machtlos waren, hatten diese sich überflüssig und unwohl gefühlt. Die Tempel bargen solch traurige Erinnerungen, dass die Priester gegangen waren. Dennoch blieben die Tempel geöffnet. Sie entwickelten sich zu einem Lieblingsplatz der Ritter, wenn sie lernen oder einen Abend mit ausgedehnten philosophischen Diskussionen verbringen wollten. Die Tempel strahlten einen Frieden aus, der angeblich zum Nachdenken anregte. Viele jüngere Studenten hielten sie für eine Sehenswürdigkeit.

Gerard war noch nie in Solanthus gewesen, hatte jedoch Beschreibungen seines Vaters gehört. Diese rief er sich jetzt ins

Gedächtnis, um herauszufinden, welche Gebäude welche waren. Das eigentliche Rathaus mit seinem spitz zulaufenden Dach, den auskragenden Erkern und den Ornamenten im Stein war natürlich leicht zu erkennen.

Odila führte ihn hinein. Er erhaschte einen Blick auf den geräumigen Saal, in dem sich die Bewohner der Stadt versammeln konnten. Odila eskortierte ihn eine steinerne Wendeltreppe hinauf und einen langen, hallenden Gang entlang. Der Gang war von Öllampen erhellt, die auf hohen, schweren Podesten aus Stein standen, die Jungfrauen darstellten, welche die Lampen in ihren ausgestreckten Händen hielten. Es waren ganz besondere Skulpturen, denn jede Figur war anders, alle nach echten Modellen gefertigt, aber Gerard war so in Gedanken versunken, dass er ihnen wenig Aufmerksamkeit schenkte.

Der Rat, der sich aus drei Rittern zusammensetzte, den Oberhäuptern der drei Ritterorden – Schwert, Rose und Krone –, trat gerade zusammen. Die Ritter hatten sich am Ende des Gangs versammelt, abseits der Adligen und der wenigen einfachen Bürger, die als Zuschauer gekommen waren und jetzt leise in den Saal einzogen. Eine Zusammenkunft des Ritterrats war eine feierliche Angelegenheit. Kaum jemand sprach. Wer doch etwas sagte, dämpfte die Stimme. Fürstin Odila ließ Gerard anhalten, übergab ihn den Wachen und verschwand, um dem Herold mitzuteilen, dass der Gefangene da war.

Als alle Zuschauer auf der Galerie Platz genommen hatten, betraten die Ritterfürsten den Saal. Ihnen voraus liefen mehrere Knappen, welche das Wappen der Ritter von Solamnia mit Schwert, Rose und Eisvogel trugen. Dann kam die Fahne der Stadt Solanthus, danach die Banner der Ritterfürsten, die sich hier versammelten.

Während Gerard wartete, dass alle ihre Plätze einnahmen, suchte er in der Menge nach jemandem, der ihn oder seinen Vater kennen könnte. Zu seinem Leidwesen erkannte er niemanden wieder.

»Es ist tatsächlich jemand hier, der behauptet, Euch zu kennen«, klärte Fürstin Odila ihn auf. Sie hatte gesehen, wie er die Menge absuchte, und erraten, was ihn bewegte.

»Wirklich?«, fragte er erleichtert. »Wer denn? Vielleicht Fürst Jeffrey von Lynchburg oder Fürst Grantus?«

Fürstin Odila schüttelte den Kopf. Ihre Mundwinkel zuckten. »Nein, nein. Nicht die. Es ist überhaupt kein Ritter. Aber man wird die Person aufrufen, damit sie zu Euren Gunsten aussagt. Ich versichere Euch mein Beileid.«

»Was –«, hob Gerard verärgert an, doch sie schnitt ihm das Wort ab.

»Oh, falls Ihr Euch übrigens um Euren blauen Drachen gesorgt habt, kann ich Euch die erfreuliche Nachricht mitteilen, dass wir ihn bisher noch nicht erschlagen konnten. Seine Höhle war leer, aber wir wissen, dass er noch in der Gegend ist, denn es verschwindet nach wie vor Vieh.«

Gerard wusste, dass er in dieser Sache auf der Seite der Solamnier sein müsste. Dennoch bemerkte er, wie er für Raser Partei ergriff, der ihm treu und ritterlich gedient hatte. Dass der Drache sein Leben aufs Spiel setzte, um in der Nähe zu bleiben, obwohl er inzwischen wissen musste, dass Gerard etwas zugestoßen war, beeindruckte den Ritter.

»Führt den Gefangenen vor«, rief der Gerichtsdiener.

Fürstin Odila griff nach Gerard, um ihn in den Saal zu führen.

»Tut mir Leid, dass Ihr die Handschellen tragen müsst«, flüsterte sie ihm zu, »aber so will es das Gesetz.«

Erstaunt sah er sie an. Er wurde einfach nicht schlau aus ihr. Mit widerstrebendem Nicken entwand er sich ihrem Griff und ging hinter ihr her. Wenn er den Ratssaal schon in Ketten betreten musste, würde er doch aus eigenem Antrieb und mit hoch erhobenem Haupt hineingehen.

Als er in den Raum humpelte, hörte er von der Galerie her leises Gemurmel. Die Ritterfürsten saßen hinter einem langen Holztisch im vorderen Bereich des Saals. Gerard kannte den Brauch. Er hatte bereits Ratssitzungen miterlebt, deshalb ging er direkt in die Saalmitte, um sich vor den dreien zu verbeugen, die über ihn zu Gericht sitzen würden. Die Ritterfürsten sahen mit ernsten Mienen zu, doch ihrem anerkennenden Nicken entnahm er, dass er einen guten Eindruck erweckte. Nachdem er sich wieder aufgerichtet hatte, wollte er seinen Platz auf der Anklagebank einnehmen. Da hörte er eine Stimme, die all seine Hoffnungen und Erwartungen zunichte machte. Vielleicht sollte er gleich den Scharfrichter rufen und ihnen allen die Mühe ersparen.

»Gerard!«, jubelte die Stimme. »Hier drüben, Gerard! Ich bin's! Tolpan! Tolpan Barfuß!«

Die Zuschauer saßen am anderen Ende des großen, rechteckigen Saals. Die Ritterfürsten hatten vorne Platz genommen. Die Anklagebank für die Gefangenen und ihre Wachen befand sich links. Zur Rechten standen Stühle für die, die vor dem Ritterrat sprechen sollten, Petitionen brachten oder als Zeuge aussagen durften.

Auf einem dieser Stühle saß Goldmond. Sie wartete schon zwei Stunden darauf, dass der Rat zusammentrat. Eine Zeit lang hatte sie geschlafen, doch ihr Schlaf war wie üblich von dem wirbelnden Rad aus vielfarbigen Bildern und Formen aufgewühlt worden. Als das Publikum auf der Galerie Platz nahm, war sie erwacht. Die Leute sahen sie forschend an. Manche starrten, andere waren aufs peinlichste darum bemüht, es nicht zu tun. Die einziehenden Ritterfürsten verbeugten sich tief vor ihr. Einer kniete nieder und bat um ihren Segen.

Dadurch begriff Goldmond, dass Sternenmeister Mikelis die Nachricht von ihrer wundersam zurückgekehrten Jugend weitererzählt hatte.

Im ersten Moment war sie verstimmt, ja, verärgert über den Sternenmeister, den sie immerhin deutlich aufgefordert hatte, nichts zu sagen. Nach einigem Nachdenken gestand sie sich ein, dass sie unvernünftig gewesen war. Er musste ihre äußerliche Veränderung irgendwie erklären. Also hatte er ihr die erneute mühsame Beschreibung des Geschehenen erspart, bei der sie die Nacht ihrer schrecklichen Verwandlung noch einmal hätte durchleben müssen. Geduldig nahm sie die Ehrbezeugung der Ritter entgegen. Auch die Toten umschwärmten sie, aber die waren schließlich immer da.

Sternenmeister Mikelis kehrte zurück und setzte sich schützend neben sie. In seinem Blick mischten sich Ehrfurcht, Mitleid und Verwirrung. Offenbar konnte er nicht begreifen, warum sie nicht durch die Straßen eilte, um das herrliche Geschenk zur Schau zu stellen, das sie erhalten hatte. Sie verstanden es alle nicht. Ihre Geduld verwechselten sie mit Demut, wofür sie Goldmond verehrten, die sie ihr andererseits aber auch verübelten. Sie hatte dieses wunderbare Geschenk erhalten, ein Geschenk, das jeder von ihnen mit Freuden angenommen hätte. Sie könnte sich wenigstens darüber freuen.

Der Ritterrat begann mit den förmlichen Ritualen, welche die Solamnier liebten. Derlei Rituale würdigten von der Geburt bis zum Tod jeden wichtigen Lebensabschnitt eines Solamniers, und nur das, was durch unzählige, feierliche Erklärungen, Lesungen und Zitate aus dem Maßstab begleitet war, galt als wirklich geschehen.

Goldmond sank an die Wand zurück, schloss die Augen und schlief ein. Zuerst wurde einem Ritter der Prozess gemacht, aber davon bekam Goldmond nichts mit. Die eintönigen Stimmen durchzogen ihre Träume, in denen sie wieder in Tarsis war. Die Stadt wurde von einem riesigen Drachenschwarm angegriffen. Erschüttert kauerte sie sich zusammen, als die Schatten ihrer vielfarbigen Flügel den hellen Tag in finstere Nacht verwandelte. Tolpan rief ihren Namen. Er wollte ihr etwas mitteilen, etwas Wichtiges ...

»Tolpan!«, schrie sie und schreckte auf. »Tolpan, hol Tanis! Ich muss mit ihm reden –«

Sie blinzelte und sah sich verwirrt um.

»Goldmond. Großmeisterin«, sagte Mikelis leise. Er streichelte ihr begütigend die Hände. »Du hast geträumt.«

»Ja«, murmelte sie, »ich habe geträumt ...«

Sie versuchte sich an den Traum zu erinnern, denn sie hatte etwas Wichtiges erkannt, was sie unbedingt Tanis erzählen wollte. Aber Tanis war natürlich nicht hier. Keiner von ihnen war hier. Sie war allein und konnte sich nicht einmal daran erinnern, was sie eigentlich geträumt hatte.

Der ganze Saal starrte sie an. Ihr Ausbruch hatte das Verfahren unterbrochen. Sternenmeister Mikelis gab ein Zeichen, dass alles in Ordnung sei. Daraufhin konzentrierten sich die Ritterfürsten wieder auf ihren Fall und riefen den Gefangenen auf, vor sie zu treten.

Goldmonds Blick streifte ziellos durch den Saal, in dem die rastlosen Toten zwischen den Lebenden herumwanderten. Die Stimmen der Ritterfürsten drangen an ihr Ohr, aber sie achtete nicht auf sie, bis man Tolpan als Zeugen aufrief. Er trat in den Zeugenstand, wo er zwischen den prächtig ausstaffierten großen Wachen schäbig und winzig wirkte.

Der Kender, der sich weder von Zeremonien noch von Machtgepränge einschüchtern ließ, berichtete den Ritterfürsten von seiner Ankunft in Solace und erzählte, was ihm anschließend widerfahren war.

Goldmond hatte diese Geschichte bereits in der Zitadelle des Lichts gehört. Sie erinnerte sich daran, dass Tolpan von einem Solamnier erzählt hatte, der ihn nach Qualinesti begleitet hatte, um Palin zu suchen. Während sie dem Kender zuhörte, wurde ihr klar, dass der Ritter, der gerade auf der Anklagebank saß, eben der Ritter war, der den Kender im Grabmal der Letzten Helden entdeckt hatte, der bei Caramons Tod zugegen gewesen und der zurückgeblieben war, um die Schwarzen Ritter zu bekämpfen, damit Palin aus Qualinesti entkommen konnte. Der Ritter, der das erste Glied einer langen Kette von Ereignissen geschmiedet hatte.

Jetzt betrachtete sie diesen Ritter mit echtem Interesse. Beim Betreten des Saals hatte er verletzte Würde ausgestrahlt, aber seit der Kender ihn verteidigte, wirkte er, als sei er am Boden zerstört. Er sackte auf der Bank zusammen, ließ die Hände schlaff herunterhängen und hatte den Kopf gesenkt, als wäre sein Schicksal besiegelt, als führe man ihn bereits zum Block. Tolpan hingegen ging es bestens.

»Kender, du behauptest, du hättest schon einmal an einem Ritterrat teilgenommen«, sagte Fürst Ulrich, Ritter des Schwerts, der offenbar versuchte, dem Kender den Ernst der Lage klar zu machen.

»Aber ja«, versicherte Tolpan. »Bei Sturm Feuerklinge.«

»Wie bitte?« Fürst Ulrich reagierte verdutzt.

»Sturm Feuerklinge.« Tolpan wurde lauter. »Ihr wisst doch, wer Sturm war? Einer der Helden der Lanze. So wie ich.« Bescheiden legte Tolpan eine Hand auf seine Brust. Als er sah, dass die Ritter ihn verständnislos anstarrten, hielt er es für angebracht, sich präziser auszudrücken. »Ich war zwar nicht selbst im Turm des Oberklerikers, als Sir Derek versuchte, Sturm wegen Feigheit aus der Ritterschaft auszustoßen, aber ich habe alles von meinem Freund, Flint Feuerschmied, gehört, als ich dann kam, nachdem ich beim Treffen von Weißstein die Kugel der Drachen zerbrochen hatte. Die Elfen und die Ritter stritten darum, wer die Kugel nehmen sollte –«

Fürst Tasgall, Ritter der Rose und Vorsitzender des Rats, unterbrach ihn. »Diese Geschichte ist uns bekannt, Kender. Du kannst unmöglich dort gewesen sein, also verschone uns mit deinen Lügen. Und nun erzähle uns bitte noch einmal, wie du in das Grabmal gelangt bist –«

»Oh, aber er war tatsächlich dort, meine Herren«, meldete sich Goldmond zu Wort, während sie sich erhob. »Wenn ihr eure Geschichte so gut kennt, wie ihr behauptet, dann wisst ihr auch, dass Tolpan Barfuß beim Treffen von Weißstein dabei war. Er hat dort wirklich die Kugel der Drachen zerbrochen.«

»Mir ist bewusst, dass der Kenderheld Tolpan Barfuß diese Dinge getan hat, Meisterin«, erwiderte Fürst Tasgall mit respektvoller Freundlichkeit. »Vielleicht verwirrt es Euch, dass dieser Kender sich Tolpan nennt, zweifellos zu Ehren des Kenderhelden, der einst diesen Namen trug.«

»Ich bin *nicht* verwirrt«, gab Goldmond erzürnt zurück. »Das angebliche Wunder, das meinen Körper verändert hat, hat meinem Verstand nicht geschadet. Ich kannte den Kender, von dem hier die Rede ist. Ich kannte ihn damals, und ich erkenne ihn jetzt. Habt Ihr ihm nicht zugehört?«, wollte sie ungeduldig wissen.

Die Ritter starrten sie an. Gerard hob hoffnungsvoll den Kopf. Sein Gesicht nahm wieder etwas Farbe an.

»Wollt Ihr damit sagen, dass Ihr seine Geschichte bestätigt, Großmeisterin?«, erkundigte sich Fürst Nigel, Ritter der Krone, stirnrunzelnd.

»Allerdings«, nickte Goldmond. »Palin Majere und Tolpan Barfuß sind in die Zitadelle des Lichts gekommen, um sich dort mit mir zu treffen. Ich habe Tolpan erkannt. Man vergisst ihn nicht leicht. Palin erzählte mir, Tolpan sei im Besitz eines magischen Geräts, das es ihm gestattet, durch die Zeit zu reisen. In der Nacht des schrecklichen Sturms kam Tolpan im Grabmal der Letzten Helden an. Das war die passende Nacht für Wunder«, ergänzte sie mit bitterer Ironie.

»Dieser Kender hier«, Fürst Tasgall warf einen unsicheren Blick auf Tolpan, »behauptet, der hier anwesende Ritter hätte ihn nach Qualinesti begleitet, wo sie sich im Haus von Laurana, der Frau von Fürst Tanis dem Halbelf, mit Palin Majere trafen.«

»Mir hat Tolpan dieselbe Geschichte erzählt, meine Herren. Ich habe keinen Grund, sie anzuzweifeln.Wenn ihr der Geschichte misstraut oder an meinen Worten zweifelt, gibt es einen leichten Weg, sie zu überprüfen. Nehmt mit Fürst Warren in Solamnia Kontakt auf und fragt ihn.«

»Natürlich möchten wir Euer Wort nicht in Frage stellen, Großmeisterin«, antwortete der Ritterfürst beschämt.

»Das solltet ihr aber, meine Herren«, mischte sich Fürstin Odila ein. Sie stand auf und sah Goldmond an. »Woher wissen wir, dass Ihr die seid, für die Ihr Euch ausgebt? Nur durch Euer Wort. Warum sollen wir Euch glauben?«

»Das solltet Ihr nicht«, sagte Goldmond. »Ihr solltet Fragen stellen, Tochter. Ihr solltet immer Fragen stellen. Nur wer fragt, bekommt Antworten.«

»Meine Herren!« Sternenmeister Mikelis war schockiert. »Die Großmeisterin und ich sind alte Freunde. Ich kann bezeugen, dass sie wirklich Goldmond ist, die Großmeisterin aus der Zitadelle des Lichts.«

»Sagt mir, was Ihr denkt, Tochter«, forderte Goldmond sie auf, ohne auf den Sternenmeister zu achten. Ihr Blick fixierte Fürstin Odila, als wären sie die Einzigen im Raum. »Sprecht frei heraus. Stellt Eure Frage.«

»Nun gut, das will ich tun.« Fürstin Odila wandte sich dem Ritterrat zu. »Meine Herren, Großmeisterin Goldmond ist über neunzig! Diese Frau hier ist jung, schön und kräftig. Wie ist ein solches Wunder ohne die Götter möglich?«

»Ja, das ist die Frage«, erwiderte Goldmond und sank wieder auf ihren Stuhl.

»Kennt Ihr die Antwort, Großmeisterin?«, wollte Fürst Tasgall wissen.

Goldmond sah ihn eindringlich an. »Nein, ich kenne sie nicht. Ich weiß nur, dass das, was mit mir geschehen ist, ohne die Götter nicht möglich ist.«

Die Zuschauer begannen zu flüstern. Die Ritter wechselten zweifelnde Blicke. Sternenmeister Mikelis starrte sie hilflos verwirrt an. Der Ritter, Gerard, legte den Kopf in die Hände.

Tolpan hüpfte hoch. »Ich weiß die Antwort«, meldete er sich zu Wort, wurde jedoch gleich vom Gerichtsdiener zum Schweigen gebracht.

»*Ich* habe noch etwas zu sagen«, mischte sich nun Conundrum mit seiner dünnen, nasalen Stimme ein. Er rutschte von seinem Stuhl und zupfte nervös an seinem Bart.

Fürst Tasgall gewährte dem Gnom freundlicherweise die Erlaubnis zu sprechen. Die Ritter von Solamnia fühlten sich seit jeher ein wenig zu den Gnomen hingezogen.

»Ich will nur sagen, dass ich all diese Leute mein ganzes Leben nicht gesehen habe. Aber dann sabotierte dieser Kender vor ein paar Wochen meine Bemühungen, das Labyrinth aufzuzeichnen, und diese Menschenfrau stahl mein Unterseeboot. Ich habe einen Rechtshilfefonds ins Leben gerufen. Möchte vielleicht jemand etwas dazu beitragen?«

Hoffnungsvoll blickte Conundrum sich um. Als sich niemand meldete, setzte er sich wieder. Fürst Tasgall wirkte deutlich irritiert, nickte jedoch und bedeutete den Schreibern, die Aussage zu Protokoll zu nehmen.

»Der Ritter Gerard uth Mondar hat bereits ausgesagt«, befand Fürst Tasgall. »Wir haben die Aussage des Kenders gehört, der sich als Tolpan Barfuß bezeichnet, außerdem die von Fürstin Odila Ankerspill und die der … ähem … Großmeisterin. Wir werden uns jetzt zurückziehen, um alle Aussagen zu überdenken.«

Alles erhob sich. Die Ritter zogen ab. Nach ihrem Gehen setzten sich manche Leute wieder hin. Die meisten aber eilten nach draußen auf den Gang, wo sie aufgeregt über die Angelegenheit diskutierten. Ihre Stimmen waren drinnen gut zu hören.

Goldmond lehnte den Kopf an die Wand und schloss die Augen. Sie wollte nur noch allein sein, fern von all dieser lärmenden Unruhe.

Als ihre Hand berührt wurde, blickte sie auf und sah Fürstin Odila vor sich stehen.

»Warum wolltet Ihr, dass ich nach den Göttern frage, Großmeisterin?«, erkundigte sich Odila.

»Weil die Frage gestellt werden musste, Tochter«, gab Goldmond zurück.

»Wollt Ihr behaupten, es gäbe einen Gott?« Die Fürstin runzelte die Stirn. »Ihr habt einen erwähnt ...«

Goldmond ergriff die Hand der Frau, schlang ihre Finger darum und drückte sie fest. »Ich sage, öffnet Euer Herz, Tochter. Öffnet es der Welt.«

Fürstin Odila lächelte trocken. »Ich habe mein Herz einmal geöffnet. Jemand trat ein und plünderte es.«

»Deshalb verschließt Ihr es jetzt mit Eurer Zungenfertigkeit. Gerard uth Mondar sagt die Wahrheit, Fürstin Odila. Natürlich wird man Boten nach Solace und in seine Heimat schicken, um seine Geschichte zu überprüfen, aber Ihr wisst ebenso gut wie ich, dass das Wochen dauern kann. Dann wird es zu spät sein. Ihr glaubt ihm doch, oder?«

»Maisgelb und Kornblumenblau«, murmelte Odila mit einem Blick auf den Gefangenen, der geduldig, aber müde an seinem Platz ausharrte. Wieder sah sie Goldmond an. »Vielleicht. Vielleicht auch nicht. Aber, wie Ihr schon sagtet, nur wer fragt, bekommt Antworten. Ich werde tun, was ich kann, um seine Behauptung entweder zu beweisen oder zu widerlegen.«

Die Ritter kehrten zurück. Goldmond hörte ihre Entscheidung, aber die Stimmen drangen wie von fern zu ihr, wie über einen breiten Strom hinweg.

»Wir haben beschlossen, dass wir uns über die wichtigen Fragen, die in diesem Fall angesprochen wurden, kein Urteil erlauben können, bis wir weitere Zeugen vernommen haben. Deshalb schicken wir Boten in die Zitadelle des Lichts und zu Fürst Warren nach Solace. In der Zwischenzeit werden wir uns in Solanthus erkundigen, ob jemand hier die Familie des Angeklagten kennt und seine Identität bezeugen kann.«

Goldmond hörte kaum zu. Sie spürte, dass ihr auf dieser Welt nur noch wenig Zeit vergönnt war. Selbst dieser junge Körper konnte ihre Seele nicht mehr halten, die sich danach sehnte, die Bürde des Fleisches abzustreifen. Goldmond lebte von einem Augenblick zum anderen, von Herzschlag zu Herzschlag. Jeder Schlag war ein wenig schwächer als der vorherige. Dennoch gab es etwas, was sie noch zu tun hatte. Einen Ort, den sie noch erreichen musste.

»In der Zwischenzeit«, führte Fürst Tasgall aus, der die Sitzung schließen wollte, »bleiben der Gefangene Gerard uth Mondar, der Kender mit dem Namen Tolpan Barfuß und der Gnom Conundrum in Haft. Die Sitzung ist vertagt –«

»Meine Herren, ich möchte noch etwas sagen!«, schrie Gerard. Er schüttelte den Gerichtsdiener ab, der ihn zur Ruhe rufen wollte. »Macht mit mir, was ihr wollt. Glaubt mir oder nicht, wie es euch beliebt.« Er wurde noch lauter, um die wiederholten Befehle, still zu sein, zu übertönen. »Bitte! Ich bitte euch! Steht den Elfen von Qualinesti bei. Lasst nicht zu, dass der Drache Beryl sie gnadenlos ausrottet. Selbst wenn euch die Elfen als Brudervolk gleichgültig sein mögen, müsst ihr doch wenigstens einsehen, dass Beryls Blick sich nach der Vernichtung der Elfen nach Norden wenden wird, nach Solamnia –«

Der Gerichtsdiener rief die Wachen zu Hilfe, die Gerard schließlich zum Schweigen brachten. Fürstin Odila sah wortlos zu und warf einen kurzen Blick auf Goldmond. Die Heilerin schien zu schlafen. Ihr Kopf war auf die Brust gesunken, die Hände ruhten auf ihrem Schoß wie bei einer alten Frau, die am Feuer oder im warmen Sonnenlicht eindöst, ohne sich darum zu kümmern, was um sie herum vorgeht. Sie träumte von dem, was kam.

»Sie *ist* Goldmond«, murmelte Odila.

Nachdem die Ordnung wieder hergestellt war, fuhr Fürst Tasgall fort: »Die Großmeisterin wird Sternenmeister Mikelis übergeben. Wir ersuchen sie, die Stadt Solanthus nicht zu verlassen, bis die Boten zurückkehren.«

»Es wird mir eine Ehre sein, dich in meinem Haus als Gast willkommen zu heißen, Großmeisterin«, sagte Sternenmeister Mikelis, der sie sanft rüttelte.

»Danke«, erklärte Goldmond. Sie war hochgeschreckt. »Aber ich kann nicht lange bleiben.«

Der Sternenmeister blinzelte. »Verzeihung, Großmeisterin, aber du hast doch gehört, was die Ritter gesagt haben –«

Goldmond hatte kein Wort mitbekommen. Sie achtete weder auf die Lebenden noch auf die Toten, die sich um sie drängten.

»Ich bin sehr müde«, sagte sie allen, griff nach ihrem Stab und ging durch die Tür.

6 Auf das Ende gerüstet

Seit ihr König ihnen von der Gefahr erzählt hatte, bereiteten sich die Bewohner von Qualinesti auf den Kampf gegen Beryl und ihre Armeen vor, die auf die Elfenhauptstadt zurückten. Beryl konzentrierte alle Kräfte auf die Einnahme der Elfenstadt, die so viele Jahre die Welt geziert hatte. Diese Stadt sollte ihr gehören. Bald würden Menschen die Elfenhäuser beziehen, die geliebten Wälder der Elfen zu Bauholz verarbeiten und ihre Schweine in die Rosengärten treiben.

Die Flüchtlinge waren inzwischen abgezogen. Man hatte sie

durch die Zwergentunnel evakuiert, oder sie waren durch den Wald geflohen. Seit sie fort waren, kümmerten sich die Elfen, die freiwillig zurückgeblieben waren, um den Drachen zu bekämpfen, nur noch um die Verteidigung ihrer Stadt. Sie machten sich keine Illusionen, denn sie wussten, dass sie diese Schlacht nur durch ein Wunder gewinnen konnten. Bestenfalls konnten sie sich kämpfend zurückziehen. Wenn sie den Feind ein paar Stunden länger hinhalten konnten, waren ihre Familien und Freunde ein paar Meilen weiter. Die Elfen hatten gehört, dass der Schild gefallen war, und redeten von der Schönheit von Silvanesti, wie ihre Verwandten die Flüchtlinge aufnehmen und liebevoll in ihre Häuser einladen würden. Sie sprachen von der Heilung alter Wunden und von der künftigen Vereinigung der Elfenreiche.

Ihr König, Gilthas, bestärkte sie in ihrem Glauben und ihrer Hoffnung. Marschall Medan fragte sich, wann der junge Mann Zeit zum Schlafen fand. Gilthas schien überall zugleich zu sein. Einmal war er unter der Erde, wo er die Zwerge und ihre wühlenden Würmer unterstützte, dann half er dabei, eine Brücke über den Weißen Fluss in Brand zu setzen. Das nächste Mal sah Medan den König wieder in den unterirdischen Tunneln, wo die meisten Elfen inzwischen wohnten. In diesen von den Zwergen geschaffenen Gängen waren die Elfen Tag und Nacht am Schmieden, am Ausbessern von Waffen und Rüstungen und am Seilflechten. Sie brauchten Meilen von feinen, reißfesten Seilen, um den Plan ihres Königs zur Vernichtung des Drachen durchzuführen.

Jeder Fetzen Stoff, der erübrigt werden konnte, diente der Seilherstellung, von Strampelhosen über Brautkleider bis hin zu Totenhemden. Die Elfen holten seidene Laken aus ihren Betten, Wolldecken aus den Wiegen, sogar die Wandteppiche, die schon Jahrhunderte im Sonnenturm hingen. Rücksichtslos wurden sie aufgetrennt.

Man arbeitete pausenlos. Wenn jemand zu müde zum Flechten oder Schneiden wurde, wenn die Hände zu steif oder blasig wurden, übernahm ein anderer. Sobald die Nacht hereinbrach, wurden die Seilrollen, die über Tag angefertigt worden waren, aus den Tunneln geschmuggelt und in Elfenhäusern, Gaststätten, Weinstuben, Geschäften und Lagerschuppen verstaut. Elfenmagier gingen von Ort zu Ort, um die Seile mit Zaubern zu belegen. Manchmal glückte die kapriziöse Magie, manchmal auch nicht. Wenn ein Zauberer versagte, versuchte es ein anderer später noch einmal.

Oberirdisch befolgten die Schwarzen Ritter ihre Befehle. Sie sollten Qualinost von seinen Bewohnern befreien. Also zerrten sie Elfen aus ihren Häusern, schlugen sie und schleppten sie in die Lager, die man vor der Stadt errichtet hatte. Die Soldaten warfen Möbel auf die Straßen, setzten Häuser in Brand, plünderten und raubten.

Beryls Spione, die über der Stadt kreisten, sahen alles und meldeten Beryl, dass ihre Befehle getreulich befolgt wurden. Die Spione wussten nicht, dass die Elfen, die tagsüber verängstigt im Lager kauerten, bei Nacht freigelassen wurden. Dann verteilten sie sich auf andere Häuser, um am Morgen erneut »verhaftet« zu werden. Wenn die Spione genauer hingesehen hätten, wäre ihnen vielleicht aufgefallen, dass die Möbel, die auf die Straßen geworfen wurden, die Hauptdurchgänge versperrten und dass sogar die Häuser, die in Flammen standen, strategisch ausgewählt waren, damit die Armee langsamer vorankam.

Die einzige Person, die Medan während dieser emsigen Zeit nicht zu Gesicht bekam, war Laurana. Seit dem Tag, an dem die Königsmutter ihn so geschickt bei der Überlistung von Beryls Drakoniern unterstützt hatte, war Medan mit Plänen für die Verteidigung und unzähligen anderen Aufgaben beschäftigt gewesen. Er wusste, dass auch sie viel zu tun hatte. Sie packte ihre Sachen und die des Königs für die Reise nach Süden, obwohl ihr – wie er gesehen hatte – wenig zum Packen geblieben war. Sie hatte alle ihre Kleider, außer denen, die sie am Leib trug, hergeschenkt, damit sie zu Seilen verarbeitet werden konnten. Sogar ihr Hochzeitskleid.

Medan hatte gehört, dass sie es persönlich gebracht hatte. Als die Elfen protestiert hatten, sie solle wenigstens dieses Kleid behalten, hatte sie zur Schere gegriffen und den zarten Seidenstoff eigenhändig zerschnitten. Dabei hatte sie pausenlos Geschichten von ihrer Hochzeit mit Tanis dem Halbelfen zum Besten gegeben, damit sie über die Einfälle des Kenders Tolpan Barfuß lachten, der mit den Hochzeitsringen abgezogen war und sie um ein Haar bei einem fahrenden Händler gegen ein Glas Kaulquappen eingetauscht hätte. Caramon Majere, der Gute, war so aufgeregt gewesen, dass er Tanis' Namen vergessen hatte, als er sich zum Trinkspruch erhob.

Marschall Medan warf einen Blick auf dieses besondere Stück Seil. Er hielt den hyazinthfarbenen Strang aus glänzender Seide in der Hand und dachte bei sich, dass dieses Seil keine zusätzliche Verzauberung mehr brauchte. Es war nicht aus Stoff, sondern aus Liebe geflochten.

Aber auch der Marschall hatte schrecklich viel zu tun. Jede Nacht bekam er nur wenige Stunden Schlaf, zu denen er sich nur deshalb zwang, weil er sehr wohl wusste, dass er ohne sie nicht mehr richtig arbeiten konnte. Für einen Besuch bei der Königsmutter hätte er sich natürlich Zeit nehmen können, doch das wollte er lieber nicht. Ihre bisherige Beziehung – respektvolle Feindschaft – hatte sich verändert. Als sie bei ihrer letzten Begegnung auseinander gegangen waren, hatten beide gewusst, dass sie einander nicht mehr dasselbe bedeuteten wie früher.

Medan hatte das Gefühl, sie verloren zu haben. Er machte sich nichts vor. Er hatte kein Anrecht auf ihre Liebe. Für seine Vergangenheit schämte er sich nicht. Er war Soldat und hatte getan, was ein Soldat tun musste. Aber das bedeutete, dass das Blut ihres Volkes an seinen Händen klebte. Deshalb konnte er sie nicht berühren, ohne sie mit diesem Blut zu besudeln. Das würde er niemals tun. Doch er fühlte, dass sie sich auch nicht einfach wie alte Freunde behandeln konnten. Dazu war zu viel zwischen ihnen geschehen. Ihre nächste Begegnung würde für beide peinlich und unglücklich verlaufen. Er würde sich verabschieden und ihr für ihre Reise in den Süden Glück wünschen. Wenn sie fort war und er die Gewissheit hatte, sie nie wiederzusehen, würde er sich auf den Tod vorbereiten, der ihm immer bevorgestanden hatte. Er wollte als Soldat sterben, der seine Pflicht tat.

In dem Moment, als Gerard vor dem Ritterrat in Solanthus beredt, wenn auch vergeblich die Sache der Elfen vertrat, bereitete Marschall Medan im Palast ein letztes Treffen der Offiziere und Befehlshaber vor. Er hatte den Lehnsherrn der Zwerge, Tarn Rauchgranit, König Gilthas und dessen Frau, die Löwin, sowie die Elfenkommandanten dazu eingeladen.

Medan hatte dem König mitgeteilt, dass morgen der letzte Tag war, an dem die königliche Familie die Stadt verlassen konnte und noch hoffen durfte, den feindlichen Armeen zu entkommen. Es machte ihm ohnehin schon Sorgen, dass der König zu lange gewartet hatte, aber Gilthas hatte eine frühere Abreise abgelehnt. Heute Nacht würde Medan sich von Laurana verabschieden. Der Abschied würde beiden leichter fallen, wenn sie ihn in Gegenwart anderer vollzogen.

»Das Treffen ist für Mondaufgang anberaumt«, sagte Medan zu Planchet, der die Elfenkommandanten benachrichtigen sollte. »Es findet in meinem Garten statt.«

Seine Ausrede war, dass die Elfen sich hinter den dicken Mauern des bedrückenden Hauptquartiers nicht wohl fühlen würden, doch in Wirklichkeit wollte er ihnen seinen Garten präsentieren und ihn zum vermutlich letzten Mal genießen.

Als er diejenigen aufzählte, die kommen sollten, erwähnte er nebensächlich: »Die Königsmutter –«

»Nein«, widersprach Gilthas.

Der König war im Zimmer auf und ab geschritten, den Kopf gesenkt, beide Hände hinter dem Rücken verschränkt und tief in Gedanken versunken, sodass Medan angenommen hatte, der König würde ihn überhaupt nicht beachten. Als Gilthas sich zu Wort meldete, war Medan daher ziemlich überrascht.

»Wie darf ich das verstehen, Eure Majestät?«, fragte Medan nach.

Gilthas blieb stehen und kam zu dem Tisch herüber, auf dem jetzt große Karten von der Stadt und ihrer Umgebung ausgebreitet lagen.

»Ihr werdet meiner Mutter nichts von diesem Treffen mitteilen«, erklärte Gilthas.

»Dieses Treffen ist von allergrößter Bedeutung, Majestät«, hielt der Marschall dagegen. »Wir werden die Planung für die Verteidigung der Stadt und für Eure sichere Evakuierung abschließen. Eure Mutter ist in solchen Dingen erfahren, deshalb –«

»Ja«, unterbrach ihn Gilthas mit ernster Stimme. »Sie ist erfahren. Genau aus diesem Grund möchte ich sie nicht dabei haben. Versteht Ihr denn nicht, Marschall?«, fügte er hinzu, beugte sich vor und blickte Medan eindringlich in die Augen. »Wenn wir sie zu diesem Kriegsrat einladen, wird sie davon ausgehen, dass wir von ihr erwarten, ihr Wissen beizusteuern, teilzunehmen …«

Er brachte seinen Satz nicht zu Ende, sondern richtete sich abrupt auf, fuhr sich mit der Hand durch die Haare und starrte blicklos aus dem Fenster. Die Strahlen der untergehenden Sonne leuchteten waagerecht durch die Scheiben und schienen direkt auf den jungen König. Medan sah ihn erwartungsvoll an, denn er glaubte, Gilthas würde noch weiterreden. Er bemerkte, wie der junge Mann durch die Anspannung der letzten paar Wochen gealtert war. Dies war nicht mehr der träge Poet, der sich auf dem Tanzparkett so teilnahmslos umgesehen hatte. Natürlich hatte er diese Maske aufgesetzt, um seine Feinde zu täuschen. Aber sie hatten sich täuschen lassen, weil ein Teil der Maske der Wahrheit entsprach.

Gilthas war ein begabter Dichter, ein träumerisch veranlagter Mann, der sich selbst gelehrt hatte, einen Großteil seines Lebens nach innen zu verlegen, weil er zu der Überzeugung gekommen war, dass er niemandem trauen konnte. Das Gesicht, das er der Welt präsentierte – das Gesicht des zuversichtlichen, starken, mutigen Königs –, war ebenso sehr Maske wie das andere. Hinter den Masken steckte ein Mann, der von Selbstzweifeln, Unsicherheit und Angst gepeinigt wurde. Diese Seite verbarg er meisterhaft, aber das Sonnenlicht auf seinem Gesicht enthüllte die dunklen Ringe unter seinen Augen, das verbissene, schmallippige Lächeln, das nur aufgesetzt war, die Augen, die sich auf seine inneren Schatten, nicht auf die Sonne der Außenwelt richteten.

Er muss seinem Vater sehr ähnlich sein, dachte Medan. Zu

schade, dass sein Vater nicht hier war, um ihm jetzt einen Rat zu geben, ihm die Hand auf die Schulter zu legen und zu versichern, dass seine Gefühle kein Zeichen der Schwäche waren. Er brauchte sich nicht dafür zu schämen. Ganz im Gegenteil, sie würden ihn zu einem besseren Anführer und König machen. Medan hätte diese Worte selbst aussprechen können, aber er wusste, dass sie aus seinem Mund nur Widerstand auslösen konnten. Gilthas wandte sich vom Fenster ab. Der Augenblick war vorüber.

»Ich verstehe«, meinte Medan, als das lastende Schweigen signalisierte, dass der König nicht vorhatte, seinen Satz zu Ende zu bringen, einen Satz, der dem Marschall eine neue, erstaunliche Möglichkeit andeutete. Er war davon ausgegangen, dass Laurana Qualinost verlassen wollte. Vielleicht hatte er sich geirrt. »Also gut. Planchet, wir werden die Königsmutter nicht über dieses Treffen informieren.«

Der aufgehende Mond hing blass und kränklich am Himmel. Medan hatte für diesen seltsamen Mond nie viel übrig gehabt. Im Vergleich zum Silberglanz von Solinari oder dem Glutrot von Lunitari wirkte dieser Mond verloren und matt. Manchmal stellte der Marschall sich vor, wie der Mond sich bei jedem Auftauchen bei den Sternen entschuldigte, als schäme er sich, seinen Platz unter ihnen einzunehmen. Heute tat er seine Pflicht und verbreitete ausreichend Licht, damit der Marschall keine auffälligen Fackeln oder Lampen in den Garten bringen lassen musste. Ihr Licht hätte jedem fliegenden Beobachter verraten, dass hier unten eine Zusammenkunft stattfand.

Die Elfen fanden bewundernde Worte für seinen Garten. Sie waren in der Tat erstaunt, dass ein Mensch solche Schönheit erschaffen konnte, und ihr Staunen machte Medan ebenso zufrieden wie ihr Lob, denn es bedeutete, dass die Lobesworte ehrlich gemeint waren. Noch nie hatte sein Garten so zauberhaft ausgesehen wie heute Nacht im Mondschein. Selbst der Zwerg, der in Pflanzen nur Viehfutter sah, blickte sich mit nur aufgesetzter Langeweile um und fand den Garten hübsch. Gleich darauf nieste er allerdings kräftig und rieb sich während der ganzen Sitzung die juckende Nase.

Zuerst erstattete die Löwin Bericht. Zum Garten sagte sie nichts, sondern blieb kühl und sachlich, denn sie wollte offensichtlich zügig fertig werden. Auf einer Karte, die auf einem Tisch am Fischteich ausgebreitet war, zeigte sie, wo die feindliche Armee stand.

»Unsere Truppen haben ihr Möglichstes getan, um den Vormarsch des Feindes zu verlangsamen, aber für diesen Lindwurm sind wir nur lästige Stechfliegen. Wir haben ihn geärgert, wir haben ihn irritiert, wir haben Blut geschmeckt. Wir könnten ihn behindern, aber nicht aufhalten. Selbst wenn wir hundert Mann töten, wäre das nichts als ein Ärgernis. Deshalb habe ich meinen Leuten befohlen, sich zurückzuziehen. Wir helfen jetzt den Flüchtlingen.«

Medan nickte anerkennend. »Ihr werdet eine Eskorte für die Königsfamilie bereitstellen. Zu der Ihr natürlich selbst zählt«, fügte er mit höflichem Lächeln hinzu.

Die Löwin gab das Lächeln nicht zurück. Sie hatte viele Jahre gegen ihn gekämpft und vertraute ihm nicht, was ihr nicht zu verdenken war. Er vertraute ihr ebenso wenig. Ohne Gilthas' Eingreifen hätte der Marschall wahrscheinlich längst das Messer der Löwin zwischen den Rippen gehabt.

Gilthas wirkte so grimmig wie jedes Mal, wenn seine eigene Abreise zur Sprache kam. Medan bedauerte den jungen König, denn er konnte nachvollziehen, wie dieser sich fühlte. Die meisten Elfen verstanden den Grund seines Abzugs. Es gab auch solche, die es nicht verstanden. Man munkelte, der Elfenkönig würde Qualinost in der Stunde der Not im Stich lassen. Er würde die Elfen sterben lassen, um selbst zu überleben. Medan beneidete den jungen Mann nicht um das Leben, das vor ihm lag: das Leben eines Flüchtlings, ein Leben im Exil.

»Ich werde Seine Majestät persönlich durch die Tunnel führen«, erklärte Rauchgranit. »Dann bleiben diejenigen aus meinem Volk, die sich freiwillig gemeldet haben, unter der Stadt zurück, um in die Schlacht einzugreifen. Wenn die Armeen der Finsternis nach Qualinost einmarschieren«, der Zwerg grinste breit, »werden nicht nur die Waldmurmeltiere aus ihren Löchern springen, um sie zu begrüßen.«

Wie um seine Worte zu bekräftigen, erzitterte der Boden unter ihren Füßen, ein Zeichen dafür, dass die riesigen, Erde fressenden Würmer im Einsatz waren.

»Ihr und alle, die Euch begleiten, müssen bei Tagesanbruch in den Tunneln sein, Majestät«, fügte der Lehnsherr hinzu. »Wir dürfen nicht mehr länger abwarten.«

»Wir werden dort sein«, seufzte Gilthas. Er starrte auf seine Hände, die gefaltet auf dem Tisch lagen.

Medan räusperte sich und fuhr fort: »Was die Verteidigung der Stadt angeht: Die Spione, die wir in Beryls Armee eingeschleust haben, melden keine Änderungen des Angriffsplans. Zuerst wird sie die Stadt von den kleineren Drachen auskundschaften lassen, um sich zu vergewissern, dass alles nach Plan läuft, und um alle Zurückgebliebenen durch ihre Drachenangst einzuschüchtern.« Der Marschall gestattete sich ein finsteres Lächeln. »Sobald Beryl sich davon überzeugt hat, dass die Stadt leer ist und ihre kostbare Haut in Sicherheit, wird sie ihre Armeen persönlich nach Qualinost führen.«

Medan zeigte auf die Karte. »Die Stadt ist durch einen natürlichen Burggraben vor Angriffen geschützt – die zwei Arme des Weißen Flusses, die Qualinost umgeben. Uns wurde gemeldet, dass Beryls Armeen sich bereits am Ufer dieser Arme sammeln. Wir haben zwar die Brücken zerstört, aber der Wasserstand ist zu dieser Jahreszeit niedrig. Sie werden die Flüsse hier, hier und hier durchwaten können.« Er deutete auf die drei Bereiche. »Die Überquerung wird sich hinziehen, weil sie schnell fließendes Wasser durchqueren müssen, welches stellenweise bis in Bauchhöhe reicht. Unsere Streitkräfte werden hier, hier und hier postiert«, wieder deutete er auf die Karte, »und sollen eine größere Anzahl Soldaten durchlassen, bevor sie zuschlagen.«

Er sah sich unter den Offizieren um. »Wir müssen unseren Soldaten einschärfen, dass sie das Zeichen zum Angriff abwarten müssen. Wir wollen die feindlichen Truppen teilen – eine Hälfte auf der einen Seite des Flusses, die andere auf der anderen. Wir wollen Panik und Chaos erzeugen, damit denen im Wasser von den anderen, die am Ufer um ihr Leben kämpfen, der Weg abgeschnitten wird. Hier und hier werden die Bogenschützen der Elfen stehen und mit Pfeilen schießen. Die Zwergenarmee unter der Führung des Vetters ihres Lehnsherrn«, Medan verbeugte sich vor dem Zwerg, »wird hier zuschlagen und sie ins Wasser zurücktreiben. Die anderen Elfentruppen werden hier am Hang stehen, um ihre Flanken anzugreifen. Haben alle diesen Plan verstanden? Heißt jeder ihn gut?«

Sie hatten dieses Szenario bereits mehrfach durchgespielt. Alles nickte.

»Bei unserer letzten Zusammenkunft haben wir darüber gesprochen, ob wir die Grauen Roben benachrichtigen und um Hilfe bitten sollen, die am Westrand von Qualinesti stationiert sind. Wir hatten uns dagegen entschieden, weil das Gefühl vorherrschte, dass man diesen Zauberern nicht trauen kann, ein Gefühl, dem ich von ganzem Herzen zugestimmt habe. Wie sich herausgestellt hatte, war es gut, nicht mit ihnen zu rechnen. Offenbar sind sie spurlos verschwunden, und nicht nur sie, sondern der ganze Wald von Wayreth. Ich habe eine Meldung erhalten, dass eine Einsatztruppe Drakonier, eine von Beryls Eliteeinheiten, die nach Süden geschickt wurde, um Flüchtlinge zu erschlagen, in den Wald eingedrungen ist und nicht wieder herauskam. Wir haben nichts mehr von ihnen gehört, und das werden wir wohl auch nicht mehr. Ich schlage vor, wir erheben unsere Gläser auf den Meister des Turms von Wayreth.«

Medan erhob ein Glas Elfenwein aus einer seiner letzten Flaschen. Diesen Wein wollte er bestimmt nicht den Goblins hinterlassen. Alle schlossen sich ihm an, getröstet von dem Wissen, dass ausnahmsweise einmal eine mächtige Kraft auf ihrer Seite stand, so geheimnisvoll und unberechenbar sie auch sein mochte.

»Ich habe Lachen gehört. Anscheinend stoße ich zum richtigen Zeitpunkt dazu«, bemerkte Laurana.

Medan hatte zwar Wachen aufgestellt, doch diese hatten den Befehl, die Königsmutter einzulassen, falls sie käme. Ihr zu Ehren stand er auf, ebenso alle anderen Anwesenden. Die Löwin begrüßte ihre Schwiegermutter mit einem liebevollen Kuss. Auch Gilthas küsste seine Mutter, warf Medan jedoch einen vorwurfsvollen Blick zu.

»Ich habe Eure verehrte Mutter persönlich eingeladen«, bestätigte der Marschall mit einer Verbeugung vor dem König. »Ich weiß, dass ich damit gegen den ausdrücklichen Wunsch Eurer Majestät gehandelt habe, aber angesichts der überaus ernsten Lage hielt ich es für besser, meine Autorität als militärischer Oberbefehlshaber zu nutzen. Wie Ihr schon sagtet, Majestät, die Königsmutter ist in solchen Dingen erfahren.«

»Bitte, nehmt Platz«, forderte Laurana sie auf, während sie sich neben den Marschall auf einen Stuhl setzte. Medan hatte dafür gesorgt, dass dieser Stuhl noch frei war. »Ich bedauere meine Verspätung, aber mir kam noch eine Idee, die ich erst überdenken wollte, bevor ich sie erwähne. Erzählt mir, was ich verpasst habe.«

Medan berichtete, was bisher besprochen worden war, ohne seine eigenen Worte richtig wahrzunehmen. Er sprach wie in Trance. Wie sein Garten war auch Laurana in dieser Nacht zauberhaft schön. Das Mondlicht schluckte alle Farben, sodass ihre goldenen Haare silbern wirkten, die Haut weiß, die Augen leuchtend, das Gewand grau. Sie hätte ein Geist sein können, ein Geist aus seinem Garten, denn ihr haftete Jasminduft an. Medan prägte sich ihre Erscheinung ein, die er ins Reich des Todes mitnehmen wollte, wo sie ihm hoffentlich die endlose Dunkelheit erhellen würde.

Die Sitzung ging weiter. Er fragte die Elfenkommandanten nach dem Stand der Dinge. Sie erklärten, dass alles fertig oder zumindest beinahe fertig sei. Sie brauchten mehr Seile, aber es würden auch noch mehr kommen, denn die Seilflechter arbeiteten unermüdlich und würden bis zum letzten Augenblick weitermachen. Die Barrikaden waren an Ort und Stelle, die Gräben ausgehoben, die Fallen gestellt. Die Bogenschützen hatten ihren ungewöhnlichen Auftrag erhalten. Obwohl sie diese Aufgabe zunächst schwierig und merkwürdig fanden, hatten sie sich bald an die Anforderungen gewöhnt und warteten jetzt nur noch auf das Signal zum Angriff.

»Es ist unabdingbar … unabdingbar«, wiederholte Medan

eindringlich, »dass der Drache keinen Elfen auf der Straße sieht. Beryl muss die Stadt für geräumt halten. Sie muss glauben, dass alle Elfen entweder geflohen sind oder gefangen sitzen. Die Ritter werden offen durch die Straßen patrouillieren, zusammen mit den Elfen, die als Ritter verkleidet sind, um unsere Zahl zu erhöhen. Sobald man mir morgen Nacht mitteilt, dass die Königsfamilie in Sicherheit ist«, bei diesen Worten schaute er den König an, der widerstrebend nickte, »werde ich Beryl einen Boten schicken und ihr sagen, dass die Stadt Qualinost sich ihrer Macht unterwirft und dass wir alle ihre Forderungen erfüllt haben. Ich werde meinen Platz auf dem Sonnenturm einnehmen. Erst dann –«

»Verzeihung, Marschall Medan«, unterbrach Laurana, »aber Ihr habt die Forderungen des Drachen nicht erfüllt.«

Medan hatte mit diesem Einwand gerechnet. Aus Gilthas' starrer Haltung und plötzlicher Blässe schloss er, dass der König dasselbe vermutete.

»Verzeihung, Madame«, erwiderte Medan höflich, »aber mir fällt keine Unterlassung ein.«

»Beryl hat verlangt, dass ihr die Mitglieder der Königsfamilie ausgeliefert werden. Ich meine, ich sei unter denen gewesen, die sie namentlich erwähnte.«

»Zu meinem tiefen Bedauern«, sagte der Marschall mit trockenem Lächeln, »ist den Mitgliedern der Königsfamilie die Flucht geglückt. Sie werden bereits verfolgt, und ich bin sicher, dass man sie fasst.«

Laurana schüttelte den Kopf. »Das wird nicht ausreichen, Marschall Medan. Beryl ist nicht dumm. Sie wird Verdacht schöpfen. All unsere sorgfältig ausgearbeiteten Pläne wären zunichte.«

»Ich bleibe«, erklärte Gilthas mit fester Stimme. »Das wollte ich ohnehin die ganze Zeit. Wenn ich als Gefangener des Marschalls bei ihm auf dem Turm stehe, schöpft der Drache keinen Verdacht. Beryl wird begierig sein, mich in die Klauen zu bekommen. Du, Mutter, führst unser Volk ins Exil. Du verhandelst mit den Silvanesti. Du bist unsere Diplomatin. Die Elfen vertrauen dir.«

»Die Elfen vertrauen ihrem König«, widersprach Laurana leise.

»Mutter …« Gilthas bettelte gequält. »Mutter, das kannst du nicht tun!«

»Mein Sohn, du bist König der Qualinesti. Du gehörst nicht mehr mir. Du gehörst nicht mehr dir selbst. Du gehörst ihnen.«

Laurana griff über den Tisch und hielt die Hand ihres Sohnes fest. »Ich verstehe, wie schwer es ist, die Verantwortung für viele Tausende zu übernehmen. Ich weiß, was vor dir liegt. Du wirst denen, die zu dir kommen, Antworten geben müssen, während du selbst nur Fragen hast. Du wirst denen, die verzweifeln, versichern müssen, dass du Hoffnung hegst, während die Verzweiflung auf deinem eigenen Herzen lastet. Du wirst den Verängstigten Mut machen, obwohl du selbst innerlich vor Angst vergehst. Dem Drachen entgegenzutreten würde großen Mut erfordern, mein Sohn. Ich bewundere dich dafür, dass du diesen Mut aufbringst, aber vor dem Mut, den du brauchen wirst, um dein Volk in die Zukunft zu führen, eine ungewisse, gefährliche Zukunft, verblasst er.«

»Und wenn ich es nicht kann, Mutter?« Gilthas hatte alle anderen Anwesenden vergessen. Sie sprachen nur noch zueinander. »Wenn ich nun versage?«

»Du wirst versagen, mein Sohn. Wieder und wieder wirst du versagen. Ich habe gegenüber denen, die mir folgten, versagt, als ich meine eigenen Wünsche über ihre Bedürfnisse stellte.

Dein Vater hat seine Freunde enttäuscht, als er seiner Liebe zur Drachenfürstin Kitiara nachgab.«

Laurana lächelte ein zitterndes Lächeln, und in ihren Augen glänzten Tränen. »Deine Eltern waren nicht perfekt, mein Sohn. Wie wir wirst du straucheln, in die Knie gehen und geschlagen im Staub liegen. Aber erst wenn du dort liegen bleibst, hast du wirklich versagt. Wenn du aufstehst und weitergehst, wirst du dein Versagen in einen Erfolg verwandeln.«

Gilthas sagte lange nichts, sondern drückte seiner Mutter die Hand. Laurana hielt ihn fest, weil sie wusste, dass sie ihren Sohn beim Loslassen für immer loslassen würde.

»Ich werde dich nicht enttäuschen, Mutter«, versprach Gilthas leise. »Ich werde das Andenken meines Vaters nicht entehren.« Er ließ ihre Hand los und stand auf. »Wir sehen uns morgen früh, Mutter. Vor meiner Abreise.« Er stockte nicht bei diesen Worten.

»Ja, Gilthas«, sagte sie. »Ich warte auf dich.«

Er nickte. Der Abschied, den sie dann nehmen würden, musste für alle Ewigkeit reichen. Solche endgültigen, schmerzhaften Worte sagte man nur unter vier Augen.

»Wenn das alles ist, Marschall Medan«, fuhr Gilthas mit abgewandtem Blick fort. »Ich habe heute Nacht noch viel zu tun.«

»Ich verstehe, Majestät«, pflichtete der Marschall ihm bei. »Wir haben nur noch kleinere, unbedeutendere Dinge zu bereden. Ich danke Euch für Euer Kommen.«

»Kleinere, unbedeutendere Dinge«, murmelte Gilthas. Er sah seine Mutter an, denn er wusste sehr wohl, worüber sie reden würden. Er holte tief Luft. »Dann wünsche ich Euch eine gute Nacht, Marschall, und Euch wie allen Anwesenden viel Glück.«

Medan stand auf. Wieder erhob er sein Glas Elfenwein. »Auf Seine Majestät, den König.«

Die Elfen fielen einstimmig mit ein. Rauchgranit schmetterte seinen Toast so herzhaft heraus, dass der Marschall zusammenfuhr und rasch zum Himmel blickte. Hoffentlich war keiner von Beryls Spionen in Hörweite.

Auch Laurana hob ihr Glas und trank auf ihren Sohn. In ihrer Stimme mischten sich Liebe und Stolz.

Gilthas nickte überwältigt. Er wollte lieber nichts erwidern, weil er seiner Stimme nicht traute. Seine Frau legte einen Arm um ihn. Planchet ging hinter ihm her. Eine andere Wache hatte der König nicht. Nach wenigen Schritten warf er einen Blick über die Schulter. Seine Augen suchten den Marschall.

Medan verstand die schweigende Botschaft, entschuldigte sich und geleitete den König durch das abgedunkelte Haus. Gilthas sagte kein Wort, bis er die Tür erreichte. Dort blieb er stehen und sah sich nach dem Marschall um.

»Ihr wisst, was meine Mutter vorhat, Marschall Medan.«

»Ich glaube schon, Majestät.«

»Seid auch Ihr der Ansicht, dass dieses Opfer notwendig ist?«, vergewisserte sich Gilthas aufgebracht. »Werdet Ihr ihr gestatten, dies durchzuführen?«

»Eure Majestät«, erwiderte der Marschall gemessen. »Ihr kennt Eure Mutter. Glaubt Ihr, dass wir eine Möglichkeit haben, sie aufzuhalten?«

Gilthas starrte ihn an. Dann begann er zu lachen. Als das Lachen in Weinen umzuschlagen drohte, wurde er still, bis er sich wieder in der Gewalt hatte.

Er holte tief Luft und sah den Marschall an. »Wir haben eine Chance, Beryl zu schlagen, vielleicht sogar zu töten. Eine Chance, ihre Armeen aufzuhalten und zum Rückzug zu zwingen. Diese Chance existiert, nicht wahr, Marschall?«

Medan zögerte. Er wollte keine Hoffnungen wecken, wo es

seiner Meinung nach keine Hoffnung gab. Aber wer wusste schon, was die Zukunft bringen würde?

»In Solamnia gibt es ein altes Sprichwort, Majestät, das ich jetzt zitieren könnte. Man sagt, die Chance sei etwa ebenso hoch wie die Chance, dass die Monde vom Himmel fallen.« Medan lächelte. »Wie Eure Majestät wissen, *sind* die Monde vom Himmel gefallen. Darum sage ich jetzt nur, ja, wir haben eine Chance. Es gibt immer Hoffnung.«

»Ob Ihr's glaubt oder nicht, Marschall Medan, Ihr habt mich gerade aufgemuntert«, sagte Gilthas. Er streckte die Hand aus. »Ich bedaure, dass wir Feinde waren.«

Medan nahm die Hand des Königs und legte seine zweite darüber. Er kannte die Angst in Gilthas' Herzen. Der Marschall fand es ehrenvoll, dass er sie nicht aussprach, denn das hätte Lauranas Opfer seiner Größe beraubt.

»Bitte seid versichert, Majestät, dass mir die Königsmutter heilig ist«, gelobte Medan. »Das heiligste Gut meines Lebens. Bei meiner Hochachtung vor ihr schwöre ich, dass ich bis zu meinem letzten Atemzug treu zu ihr stehen werde.«

»Danke, Marschall«, erwiderte Gilthas leise. »Danke.«

Ihr Händedruck war kurz. Der König ging fort. Medan blieb einen Augenblick in der Tür stehen und sah Gilthas nach, vor dem der Weg im Mondlicht silbergrau glänzte. Die Zukunftsaussichten für den Marschall waren düster. Er konnte die ihm verbleibenden Tage an den Fingern einer Hand abzählen. Dennoch, dachte er, gegen die Zukunft, die diesem jungen Mann bevorstand, wollte er sie nicht eintauschen.

Ja, Gilthas würde leben, aber sein Leben würde niemals ihm selbst gehören. Wenn ihm sein Volk gleichgültig gewesen wäre, wäre es anders. Doch so war es nicht, und diese Anteilnahme würde ihn umbringen.

7 Miteinander allein

Nach ein paar weiteren Fragen und abschweifenden Bemerkungen gingen die Befehlshaber auseinander. Medan und Laurana sagten nichts zueinander, denn zwischen ihnen waren Worte nicht mehr nötig. Laurana blieb, als die anderen gingen. Die beiden waren miteinander allein.

Miteinander allein. Medan sann über diese Wendung nach. Mehr konnten zwei Leute einander niemals bedeuten, überlegte er. Allein. Miteinander. Wir können einander zwar unsere geheimen Herzenswünsche anvertrauen, doch Worte sind nur karger Ersatz. Worte können niemals vollständig ausdrücken, was wir mit ihnen sagen wollen, denn sie tasten, straucheln und zerbrechen das beste Porzellan. Man kann nur hoffen, unterwegs jemanden zu finden, der denselben Weg geht und damit zufrieden ist, ihn schweigend zu gehen. Denn das Herz ist am beredsten, wenn es nicht zu sprechen versucht.

Die beiden saßen im Garten im Licht jenes seltsam blassen Mondes, der ihnen wie sein eigener Geist vorkam.

»Jetzt wird Beryl nach Qualinost kommen«, stellte der Marschall zufrieden fest. »Sie wird sich nicht die Gelegenheit entgehen lassen, zu sehen, wie Ihr – der Goldene General, der Königin Takhisis besiegt hat – vor ihrer aufgeblasenen Herrlichkeit vor Angst vergeht. Wir werden Beryl geben, was sie begehrt. Wir werden ihr eine hinreißende Inszenierung liefern.«

»In der Tat«, bekräftigte Laurana. »Dazu habe ich allerdings noch ein paar Ideen, Marschall Medan. Ich habe es vorhin bereits angedeutet.« Bedauernd sah sie sich im Garten um. »Dieser Ort ist so schön, dass es eigentlich eine Schande ist, ihn zu verlassen, doch das, was ich Euch zeigen will, sollte lieber im

Schutz der Dunkelheit gezeigt werden. Begleitet Ihr mich zurück nach Qualinost, Marschall?«

»Ich stehe Euch zur Verfügung, Madame«, erwiderte er. »Die Straße ist lang und könnte gefährlich sein. Wer weiß, ob Beryl Meuchelmörder postiert hat. Falls Ihr damit einverstanden seid, sollten wir reiten.«

Sie galoppierten durch die mondhelle Nacht und sprachen von Drachen.

»Es heißt, der Goldene General hätte sich nie durch Drachenangst einschüchtern lassen«, bemerkte Medan mit einem bewundernden Blick auf Laurana. Sie saß exzellent zu Pferd, obwohl sie behauptete, jahrelang nicht mehr geritten zu sein.

Laurana lächelte peinlich berührt und schüttelte den Kopf. »Wer das behauptet, kannte mich schlecht. Die Drachenangst war entsetzlich. Sie ging nie fort.«

»Wie also habt Ihr es geschafft?«, wollte er wissen. »Denn immerhin habt Ihr mit Drachen gekämpft und habt sie besiegt.«

»Ich hatte solche Angst, dass die Angst ein eigenständiger Teil von mir wurde«, antwortete Laurana mit leiser Stimme. Sie sah nicht ihn an, sondern blickte in die Nacht. »Ich konnte ihren Pulsschlag in mir fühlen, als wäre mir ein schreckliches Herz gewachsen, ein Herz, das nicht richtig in meine Brust passte, weil es mir dauernd den Atem abzuschnüren schien.«

Sie schwieg einen Augenblick, weil sie die Stimmen der Vergangenheit wachrief. Er hörte die Stimmen seiner Vergangenheit nicht mehr, aber er wusste noch, wie sie einen verfolgen konnten. Deshalb sagte er nichts.

»Am Anfang dachte ich, ich würde es nicht schaffen. Ich hatte furchtbare Angst. Aber dann lehrte mich ein weiser Mann – sein Name war Elistan –, den Tod nicht zu fürchten. Der Tod ist unausweichlich, er ist Teil unseres Lebens. Er ereilt uns alle – Menschen, Elfen, selbst Drachen. Wir bekämpfen den Tod, indem wir leben, indem wir aus unserem Leben etwas machen, das den Tod überdauert. Was ich fürchte, ist die Angst, Marschall. Ich bin sie nie losgeworden. Ich kämpfe unablässig dagegen an.«

Wortlos ritten sie weiter, miteinander allein. Dann sprach sie: »Ich möchte Euch danken, Marschall. Es ehrt mich, dass Ihr nicht versucht, mich von meiner Entscheidung abzubringen.«

Er senkte den Kopf zum Zeichen, dass er sie gehört hatte, erwiderte aber nichts. Sie hatte noch mehr zu sagen, überlegte aber, wie sie es in Worte fassen sollte.

»Ich werde diese Gelegenheit nutzen, es wieder gutzumachen«, fuhr sie fort. Diese Worte galten nicht nur ihm, sondern all den Stimmen der Vergangenheit. »Ich war ihr General. Ihre Anführerin. Ich habe sie verlassen. Im Stich gelassen. Der Lanzenkrieg stand vor der Entscheidung. Die Soldaten erwarteten meine Führung, aber ich habe sie enttäuscht.«

»Ihr standet vor der Wahl zwischen Liebe und Pflicht. Ihr habt die Liebe gewählt. Eine Wahl, die auch ich getroffen habe«, bemerkte er mit einem Blick auf die Espen, unter denen sie einherritten.

»Nein, Marschall«, gab sie zurück. »Ihr wählt die Pflicht. Die Verpflichtung gegenüber dem, was Ihr liebt. Das ist etwas anderes.«

»Am Anfang vielleicht«, räumte er ein. »Am Ende nicht.«

Sie sah zu ihm hinüber und lächelte.

Sie näherten sich Qualinost. Die Stadt war leer. Sie wirkte verlassen. Medan zügelte sein Pferd. »Wo wollen wir hin, Madame? Wir sollten nicht offen durch die Stadt reiten. Man könnte uns sehen.«

»Wir müssen zum Sonnenturm«, erwiderte sie. »Dort finden wir alles, was wir für meinen Plan brauchen. Ihr zweifelt, Marschall. Vertraut mir.« Sie bedachte ihn mit einem durchtriebenen Lächeln, als er ihr beim Absitzen behilflich war. »Ich kann Euch nicht versprechen, dass der Mond vom Himmel fällt. Aber ich möchte Euch einen Stern schenken.«

Die Straßen von Qualinost waren vollkommen leer. Die beiden duckten sich tief in die Schatten, denn sie spürten, dass oben am Himmel Beobachter umherflogen, die sie nur nicht sehen konnten. Durch den Frühnebel vom Fluss her, der sich so zärtlich um die Espenstämme schmiegte, würden Drachen im Mondlicht schwer zu erkennen sein.

Es war ein stiller Morgen, geradezu unheimlich still. Die Tiere kauerten sich zusammen, die Vögel hockten lautlos in den Bäumen. In der Luft hing Brandgeruch, der Gestank von Drachen und der Hauch des Todes, vor dem alle Kreaturen flohen.

»Alle, die klug genug sind«, sagte sich Medan. »Im Gegensatz zu uns Übrigen.«

Die Stille war so vollkommen, dass er bei genauem Horchen die Herzschläge derer zu hören vermeinte, die in den Häusern versteckt lagen. Er konnte sich vorstellen, wie Liebende und Freunde in der Dunkelheit schweigend beieinander saßen, sich an den Händen hielten und mit dieser Berührung die Worte übermittelten, die sie nicht aussprechen konnten und die ohnehin nicht ausreichend gewesen wären.

Sie erreichten den Sonnenturm in dem Moment, als der Mond vom Himmel verschwand. Der Turm zierte den höchsten Hügel ganz im Osten von Qualinost. Er bot einen überwältigenden Blick auf die Stadt. Der Turm bestand aus blankem Gold, das in den ersten Strahlen der Morgensonne wie eine zweite Sonne erstrahlte, ihn mit warmem Leben und dem Glück eines neuen Tages aufleuchten ließ. Das Licht war so hell, dass es die Augen blendete. Wenn Medan sich dem Turm bei Tag genähert hatte, musste er oft die Augen abwenden, um nicht geblendet zu werden.

Bei Nacht reflektierte der Turm die Sterne, sodass seine von unzähligen Sternen übersäte Oberfläche vor dem Nachthimmel schwer auszumachen war.

Sie betraten den Turm durch eine Eingangshalle, deren Türen nie verschlossen waren, und gingen von dort aus in den Hauptsaal. Laurana hatte eine kleine Laterne mitgebracht, um den Weg zu beleuchten. Fackellicht wäre zu hell gewesen. Es hätte zu leicht von außen bemerkt werden können.

Medan hatte schon verschiedenen Zeremonien im Turm beigewohnt, dessen Schönheit ihn stets aufs Neue beeindruckt hatte. Der Turm reckte sich mehrere hundert Fuß in die Luft. Er bestand aus einem Hauptturm in der Mitte und zwei kleineren Nebentürmen, die an den Seiten herausragten. Wer auf dem Boden stand, konnte bis zur Spitze blicken, wo ein wunderbares Mosaik prangte. Die Fenster, die sich spiralenförmig die Turmwände hinaufzogen, waren so berechnet, dass sie das Sonnenlicht einfingen und nach unten auf das Podest warfen, das sich in der Mitte des Hauptsaals befand.

Die Dunkelheit gestattete ihm jetzt keinen Blick auf das Mosaik, welches den Himmel bei Tag und bei Nacht zeigte. Für die Qualinesti symbolisierte es die Beziehung zu ihrem Brudervolk, den Silvanesti. Der Schöpfer des Mosaiks hatte die beiden optimistisch durch einen Regenbogen verbunden. Es wäre angemessener gewesen, wenn er sie durch einen zackigen Blitz getrennt hätte.

»Vielleicht ist das der Grund«, bemerkte Laurana gedämpft,

als sie zum Mosaik hinaufstarrte, das noch nicht vom Sonnenlicht beleuchtet wurde, sondern in dunklen Schatten verborgen lag. »Vielleicht ist das Opfer meines Volkes notwendig, damit es einen Neuanfang geben kann – einen Anfang, durch den sich unsere entzweiten Völker endlich vereinen können.«

Medan hätte ihr erklären können, dass die Gründe für die Zerstörung von Qualinost nichts mit einem Neuanfang zu tun hatten. Diese Gründe waren boshaft und grausam, sie entsprangen Beryls Hass auf alles, das sie bewunderte, ihrem Bedürfnis, niederzureißen, was sie niemals erschaffen konnte, und zu zerstören, was sie sich am sehnlichsten wünschte.

Er behielt seine Gedanken für sich. Wenn diese Vorstellung Laurana Frieden schenkte, war er mehr als bereit, ihr diesen Glauben zu lassen. Und vielleicht waren letzten Endes ihre Gedankengänge nur die andere Seite der Medaille. Sie sah die helle Seite, er die dunkle.

Nachdem sie den zentralen Saal verlassen hatte, führte Laurana den Marschall über eine Treppe auf einen Balkon mit Blick auf den Saal. Von dem kreisrunden Gang gingen Türen aus Gold und Silber ab, die Laurana unterwegs zählte. Als sie die aus beiden Richtungen siebente Tür erreichte, zog sie einen Schlüssel aus dem blauen Samttäschchen an ihrem Handgelenk. Auch der Schlüssel bestand aus Gold und Silber. Die siebente Tür trug das Bild einer Espe, die ihre Äste der Sonne entgegenreckte. Medan sah kein Schloss.

»Ich weiß, was sich in diesem Raum befindet«, bemerkte der Marschall. »Die königliche Schatzkammer.« Er legte seine Hand auf die ihre, um sie aufzuhalten. »Seid Ihr sicher, dass Ihr mir das zeigen wollt, Madame? Darin gibt es Geheimnisse, welche die Elfen tausend Jahre hindurch gehütet haben. Vielleicht wäre es unklug, sie zu verraten, selbst jetzt.«

»Dann wären wir wie der alte Geizhals, der sein Geld für schlechte Zeiten spart und dabei verhungert. Soll ich hinter Schloss und Riegel lassen, was uns retten könnte?«, gab Laurana zurück.

»Euer Vertrauen ehrt mich, Madame«, versicherte der Marschall mit einer Verbeugung.

Laurana zählte vom untersten Ast sieben Zweige nach oben, dann sieben Blätter weiter. Das siebente Blatt berührte sie mit ihrem Schlüssel.

Die Tür ging nicht auf. Sie verschwand.

Medan starrte in eine riesige Kammer, in welcher der Schatz des Elfenreiches Qualinesti funkelte. Als Laurana die Laterne hob, blendete der Anblick die Augen mehr als das Sonnenlicht, wenn es auf den Turm fiel. Truhen voller Stahlmünzen, Gold und Silber standen dicht an dicht. An den Wänden hingen hinreißend gearbeitete Waffen. Auf dem Boden standen kistenweise Perlen und Edelsteine. Auf samtüberzogenen Ständern war der Schmuck der Königsfamilie zur Schau gestellt – Kronen, Zepter und Diademe, schwere Umhänge, die mit Rubinen, Diamanten und Smaragden bestickt waren.

»Nicht bewegen, Marschall«, warnte Laurana.

Medan hatte nicht die Absicht, sich zu bewegen. Erstarrt stand er in der Tür, sah sich um und wurde immer wütender. Aufgebracht drehte er sich zu Laurana um.

»Ihr sprecht von Geizkragen, Madame«, brauste er mit umfassender Geste auf. »Hier liegen genügend Schätze, um jeden Söldner von Ansalon anzuwerben, aber Ihr hortet das Gold und opfert lieber das Leben Eures Volkes!«

»Vor langer Zeit, zu Lebzeiten von Kith-Kanan, besaßen wir einen solchen Schatz«, erklärte Laurana. »Dies ist die Erinnerung daran.«

In dem Augenblick, als sie dieses Wort aussprach, verstand er. Durch die Illusion hindurch erkannte er die Realität.

Vor seinen Füßen tat sich ein tiefes Loch auf. Eine Wendeltreppe aus Stein führte in die Schwärze hinunter. Wer die Geheimnisse dieses Raumes nicht kannte, würde nur zwei Schritte über diesen trügerischen Boden tun, ehe er sich zu Tode stürzte.

Ihr einziges Licht war der Schein der kleinen Laterne. In diesem steten, zuverlässigen Licht folgte Medan Laurana die Treppe hinunter. Ganz unten sah er den wahren Schatz des Elfenreichs der Qualinesti: eine einzige Truhe mit wenigen Beuteln Stahlmünzen. Daneben zahlreiche leere Kisten mit offenen Deckeln, in denen sich Spinnen und Mäuse eingenistet hatten. Die Waffen, die einst an den Wänden gehangen hatten, waren längst abgenommen worden. Bis auf eine, die Lanze eines Fußsoldaten. Als der Lichtstrahl der Laterne auf sie fiel, leuchtete sie silbern wie einst der silberne Mond Solinari.

»Eine Drachenlanze.« Marschall Medans Stimme bebte vor Ehrfurcht. »Ich habe noch nie eine zu Gesicht bekommen, aber ich würde sie überall erkennen.«

Mit stillem Stolz sah Laurana zu der Lanze hoch. »Ich möchte, dass Ihr sie nehmt, Marschall Medan.« Sie schaute zu ihm zurück. »Versteht Ihr jetzt, was ich im Sinn habe?«

»Möglich«, erwiderte er langsam. Sein Blick hing wie gebannt an der Lanze. »Vielleicht beginne ich zu verstehen.«

»Ich wünschte, ich könnte Euch berichten, dass sie eine heroische Vergangenheit hat«, meinte sie, »aber falls es so ist, kennen wir sie nicht. Tanis hat die Lanze kurz nach unserer Hochzeit erhalten. Eine Frau brachte sie ihm. Sie sagte, man hätte sie nach dem Tod ihres Mannes zwischen dessen Sachen gefunden. Er habe sie immer gehütet und eine Nachricht hinterlassen, aus der hervorging, dass er sie jemandem geben wollte, der verstehen würde. Sie wusste, dass er im Krieg gekämpft hatte, aber er hatte nie davon erzählt. Er hätte nur seine Pflicht getan wie so viele andere, behauptete er, nichts Besonderes.«

»Aber ich erinnere mich, dass nur angesehenen, erprobten Kriegern die Ehre zukam, eine Drachenlanze zu tragen«, warf Medan ein.

»Wisst Ihr, Marschall, ich kannte ihn. Ich erinnerte mich an ihn. Natürlich nicht persönlich. Aber ich erinnerte mich an alle, die so viel aufgegeben haben, um sich uns anzuschließen. Sie wurden nie in Liedern besungen oder durch Grabmale oder Statuen unsterblich gemacht. Sie nahmen ihr Leben als Metzger, Schneider, Bauern oder Schäfer wieder auf. Was sie taten, taten sie ausschließlich deshalb, weil sie es für ihre Pflicht hielten. Ich halte es für passend, wenn wir diese Lanze nutzen.

Was die anderen Waffen angeht, die hier aufbewahrt wurden, so habe ich viele denen mitgegeben, die Qualinost verlassen haben. Wieder andere habe ich an die verteilt, die hier bleiben, um zu kämpfen. In diesem Kasten«, Lauranas Hand fuhr über ein schlichtes Kästchen aus Rosenholz, »liegen die wirklich wertvollen, alten Schmuckstücke. Sie bleiben hier, denn sie symbolisieren die glanzvolle Vergangenheit. Sollte einst eine Zeit kommen, in der Frieden herrscht, wird man sie wiederfinden. Wenn eine Zeit anbricht, in der sich niemand mehr an uns erinnert, wird man sie vielleicht entdecken und die Träume der Elfen in die Welt zurückbringen.«

Sie wandte sich von dem Rosenholzkasten ab und legte die Hand auf einen Ast. Merkwürdig, dachte er, dass in diesem Raum ein Ast liegt. Laurana kniete sich daneben und zog ein beinahe unsichtbares Stück Holz aus der Mitte heraus. Jetzt konnte Medan erkennen, dass der Ast längsseits gespalten war und einen Hohlraum enthielt. Laurana hob den Deckel hoch.

Darin lag ein Schwert. Es war eine gewaltige Waffe, ein Zweihänder-Breitschwert, das nur durch zwei sehr große, starke Hände geführt werden konnte. Die Klinge bestand aus schimmerndem, perfekt erhaltenem Stahl, den kein Rostfleck, keine Kerbe, kein Kratzer verunzierte. Das Schwert war schlicht, ohne die fantasievollen Verzierungen, die einen Anfänger in Verzückung versetzen, den erfahrenen Kämpfer hingegen abstoßen. Es besaß nur eine einzige Zierde. In den Griff war ein strahlender Sternsaphir eingelassen, so groß wie eine Männerfaust.

Das Schwert war hinreißend in seiner todbringenden Schönheit. Medan streckte verlangend die Hand danach aus, zögerte jedoch.

»Greift zu, Marschall«, forderte Laurana ihn auf. »Es ist für Euch.«

Medan ergriff das Schwert und hob es aus dem Astkasten. Mit sanftem Schwung prüfte er sein Gleichgewicht. Es war wie für ihn geschaffen. Überrascht stellte er fest, dass es zwar schwer aussah, aber so gut gearbeitet war, dass er es mit Leichtigkeit führen konnte.

»Das Schwert trägt den Namen ›Verlorener Stern‹«, erklärte Laurana. »Es wurde für den Elfenpaladin Kalith Rian geschmiedet, der die Elfen im Ersten Drachenkrieg in die Schlacht gegen Takhisis führte.«

»Wie ist es zu diesem Namen gekommen?«, fragte Medan.

»Der Legende nach erzählte der Schmied, der Kalith Rian dieses Schwert brachte, folgende Geschichte: Während der Arbeit an dem Schwert sah der Schmied eine Sternschnuppe über den Himmel zucken. Als er am nächsten Morgen kam, um die

Arbeit zu beenden, fand er diesen Sternsaphir in den Kohlen seines Schmiedefeuers liegen. Er sah darin ein Zeichen der Götter und setzte den Edelstein in den Knauf des Schwerts ein. Rian gab dem Schwert den Namen ›Verlorener Stern‹. Mit ihm hat er den großen, roten Drachen Feuerzahn erschlagen – sein letzter Kampf, denn bei diesem Ringen kam er selbst ums Leben. Es heißt, das Schwert sei magisch.«

Stirnrunzelnd wollte Medan Laurana das Schwert mit dem Knauf voran zurückgeben. »Vielen Dank, Madame, aber ich würde es vorziehen, mein Glück mit einem gewöhnlichen Schwert aus gewöhnlichem Stahl zu versuchen. Ich halte wenig von einem Schwert, das mitten in der Schlacht ein Elfenliedchen anstimmt oder mich und sich in ein Schlangenpaar verwandelt. Solche Dinge lenken mich zu sehr ab.«

»Das Schwert wird nicht anfangen zu singen, Marschall, das versichere ich Euch«, wehrte Laurana belustigt ab. »Hört die ganze Geschichte, bevor Ihr ablehnt. Es heißt, wer den Verlorenen Stern ansieht, wenn dieser leuchtet, kann nicht mehr wegsehen, sondern nur noch den Edelstein anstarren.«

»Das ist ja noch schlimmer«, erboste sich der Marschall ungeduldig. »Ich verliebe mich in mein eigenes Schwert!«

»Nicht Ihr, Marschall. Der Drache. Im Übrigen gebe ich Euch zwar die Drachenlanze, aber Ihr werdet sie nicht benutzen. Das tue ich.«

»Verstehe.« Medan wurde nachdenklich. Noch immer hielt er das Schwert fest, betrachtete es jetzt aber mit neuem Respekt.

»Als ich heute Nacht im Dunkeln zu der Versammlung ging, fielen mir das Schwert und seine Geschichte wieder ein. Da wurde mir klar, auf welche Weise es uns von Nutzen sein könnte.«

»Natürlich! Das könnte die entscheidende Wende bringen!«, rief Medan aus.

Er nahm die Drachenlanze von der Wand und musterte sie mit respektvollem Interesse. Er war ein großer Mann, doch die Drachenlanze überragte ihn um volle zwei Fuß. »Ich sehe nur eine Schwierigkeit. Wir werden diese Lanze vor Beryl kaum verbergen können. Soweit ich mich erinnere, spüren Drachen die Magie der Lanze.«

»Wir werden sie nicht vor ihr verbergen«, klärte Laurana ihn auf. »Wie Ihr schon sagtet, sie würde die Magie spüren. Wir legen sie offen bereit, sodass Beryl sie gut sehen kann.«

»Madame?« Medan reagierte ungläubig.

»Euer Geschenk an Eure Herrin, Marschall. Ein mächtiger, magischer Gegenstand aus dem Vierten Zeitalter.«

Medan verbeugte sich. »Ich verneige mich vor der Klugheit des Goldenen Generals.«

»Ihr werdet mich, Eure Geisel, dem Drachen auf dem Sonnenturm zur Schau stellen, wie verabredet. Ihr zeigt die Drachenlanze und bietet sie ihr zum Geschenk an. Wenn sie versucht, die Lanze zu schnappen –«

»Das wird sie«, warf Medan finster ein. »Sie dürstet nach Magie wie ein Säufer nach Alkohol.«

»Wenn sie die Lanze packt«, fuhr Laurana fort, »wird von der Lanze, einem Werk des Guten, ein lähmender Schock ausgehen. Dann hebt Ihr das Schwert und haltet es ihr vor die Augen. Während der Drache wie gebannt auf das Schwert starrt, ergreife ich die Lanze und stoße sie ihm tief in den Rachen. Ich habe eine gewisse Erfahrung im Umgang mit der Lanze«, fügte sie mit großer Bescheidenheit hinzu.

Medan willigte begeistert ein. »Euer Plan ist ausgezeichnet, General. Er wird unseren Erfolg besiegeln. Ich glaube, ich werde doch noch einmal lebend durch meinen Garten spazieren können.«

»Das hoffe ich, Marschall«, bestätigte Laurana, während sie ihm die Hand hinstreckte. »Meinen besten Feind würde ich vermissen.«

»Wie ich den meinen«, erwiderte er, nahm ihre Hand und küsste sie voller Respekt.

Sie stiegen die Treppe hoch und überließen die Schatzkammer wieder der Illusion. Sobald sie an der Tür angelangt waren, drehte sich Laurana um und warf den Samtbeutel mit dem Schlüssel nach innen. Sie hörten ihn mit einem leisen, erstickten Klirren auf dem Boden auftreffen.

»Jetzt hat mein Sohn den einzigen Schlüssel«, murmelte sie.

8 Die Strafe für Verrat

Der Drache Khellendros, den schlichtere Bewohner von Krynn als Skie kannten, hatte sich derzeit unterhalb eines Gipfels der kleineren Berge des Vingaard-Gebirges eingenistet. Im Gegensatz zu den anderen Drachenherrschern, Malystryx und Zobel, hatte Skie zahlreiche, gleichermaßen prächtige Horte, war jedoch in keinem davon zu Hause.

Er war ein riesiger blauer Drache, bei weitem der Größte seiner Art, für einen blauen Drachen ein Monstrum. Während die meisten Blauen nur rund vierzig Fuß lang wurden, war Skie mit den Jahren zu einer Länge von dreihundert Fuß gewachsen, von seinem schweren Kopf bis hin zum peitschenden Schwanz. Er hatte nicht dasselbe Blau wie die anderen Drachen seiner Art. Einst hatten seine Schuppen saphirblau gestrahlt, aber im Verlauf der letzten paar Jahre war das satte Blau der Schuppen verblichen und wirkte jetzt verwaschen, als wäre es von feinem, grauem Staub überzogen. Er war sich dessen bewusst, dass diese Farbveränderung unter den kleineren Blauen, die ihm dienten, lebhaft diskutiert wurde. Er wusste, dass sie ihn für eine Mutation hielten, eine Missgeburt. Obwohl sie ihm gehorchten, hielten sie sich deswegen tief in ihrem Innersten für die besseren Drachen.

Ihm war egal, was sie glaubten. Ihm war egal, wo er lebte, solange es nicht ständig derselbe Ort war. Rastlos zog er nach Lust und Laune aus einem geräumigen, gewundenen Tunnel, der sich in das Herz eines gewaltigen Berges bohrte, in den nächsten um, ohne je lange irgendwo auszuharren.

Ein armseliger Mensch hätte ein ganzes Leben durch diese wundervollen Labyrinthe wandern können, ohne ihr Ende zu erreichen. In diesen Horten waren die unermesslichen Schätze des Blauen aufgehäuft. Der Tribut an ihn glich einem nie versiegenden Strom. Skie herrschte über die reiche, »freie« Stadt Palanthas.

Der Reichtum war Skie gleichgültig. Wozu brauchte er Stahlmünzen? Alle Schatztruhen der Welt voller Stahl, Gold, Silber und Edelsteinen konnten ihm nicht verschaffen, was er sich wünschte. Nicht einmal seine magische Kraft – die zwar unerklärlicherweise zurückging, aber immer noch beträchtlich war – konnte ihm diesen einen Wunsch erfüllen.

Schwächere Drachen wie der Drache Saphir, Skies neuer Stellvertreter, würden in einem solchen Reichtum vielleicht schwelgen und bereitwillig ihr jämmerliches Leben hingeben, um ihn zu erringen. Skie kümmerte das Geld nicht. Er würdigte es keines Blickes, hörte sich nicht einmal die Bilanzen an. Er streifte durch die Gänge seines Höhlenschlosses, bis er sie nicht mehr sehen konnte. Dann flog er zum nächsten Höhlensystem, kroch hinein und hatte auch dieses bald wieder satt.

Seit der Nacht des Sturms, jenes magischen Sturms, der über Ansalon hinweggefegt war, hatte Skie viermal den Hort gewechselt. In diesem Sturm hatte er eine Stimme vernommen – und er hatte sie wiedererkannt. Seit jener Nacht hatte er sie nicht wieder gehört, darum suchte er voller Zorn nach ihr. Man hatte ihn reingelegt, verraten, und an diesem Verrat gab er der Stimme im Sturm die Schuld. Er machte aus seiner Wut keinen Hehl, sondern sprach gegenüber seinen Untergebenen ständig davon. Er wusste genau, dass auf diese Weise die richtigen Ohren von seinem Groll hören würden. Jemand würde kommen, um ihn zu beschwichtigen.

»Sie sollte mich lieber besänftigen«, fuhr Skie Saphir an. »Sie sollte mir lieber geben, was ich begehre. Bis jetzt habe ich mich wie abgesprochen zurückgehalten. Bis jetzt habe ich sie ihr Eroberungsspielchen spielen lassen. Aber ich habe noch keine Gegenleistung erhalten, und ich bin das Warten leid. Wenn sie mir nicht gibt, was mir zusteht, was mir versprochen wurde, werde ich ihr Spielchen beenden. Ich zerbreche das Schachbrett und zerschmettere die Figuren, ob Bauer oder Schwarzer Ritter.«

Skie war über Minas Bewegungen informiert. Einige seiner eigenen Blauen hatten zu denen gehört, die nach Silvanost geflogen waren, um Mina und ihre Armee nach Nachtlund zu tragen. Deshalb war er nicht überrascht, als Saphir erschien, um anzukündigen, dass Mina ein Treffen vereinbaren wollte.

»Wie hat sie von mir gesprochen?«, wollte Skie wissen. »Was hat sie gesagt?«

»Sie äußert sich sehr respektvoll über dich, o Sturm über

Ansalon«, antwortete Saphir. »Sie bittet darum, dass du Zeit und Ort der Begegnung festlegst. Sie wird kommen, sobald es dir passt, obwohl sie dadurch ihre Armee zu einem wichtigen Zeitpunkt verlassen muss. Dennoch hält Mina dieses Treffen mit dir für wichtig. Sie sieht in dir einen Verbündeten und ist betrübt, dass du mit den gegenwärtigen Vereinbarungen unzufrieden zu sein scheinst. Sie ist sicher, dass alles nur ein Missverständnis ist, das leicht zu klären wäre, wenn ihr zusammenkommt.«

Skie grunzte. Das Geräusch erschütterte seinen Riesenleib – er war viele Male größer als der kleine Drache mit den glitzernden saphirblauen Schuppen, der demütig mit hängenden Flügeln und unterwürfig eingerolltem Schwanz vor ihm hockte.

»Mit anderen Worten, du bist ihrem Zauber erlegen, Saphir – wie sie alle. Streite es nur nicht ab.«

»Ich streite es nicht ab, o Sturm über Ansalon«, gab Saphir zur Antwort. In den Augen des Blauen lag ein ungewöhnlich trotziger Glanz. »Sie hat Silvanost erobert. Wie Weizen hat ihre Sichel die schändlichen Elfen niedergemäht. Lord Targonne hat versucht, sie zu töten. Stattdessen starb er von ihrer Hand. Jetzt führt sie die Schwarzen Ritter von Neraka an. Ihre Truppen stehen in Nachtlund, wo sie an Plänen für die Belagerung von Solanthus –«

»Solanthus?«, fauchte Skie.

Saphirs Schwanz zuckte nervös. Er sah, dass er im Besitz von Neuigkeiten war, die sein Herr noch nicht kannte. Wenn jedoch ein Herr allwissend zu sein glaubt, ist es nie gut, etwas vor dem Herrn zu wissen.

»Zweifellos wollte sie das zunächst mit dir besprechen«, stammelte Saphir. »Noch ein Grund für ihr Kommen, o Sturm über –«

»Oh, lass das Gefasel, Saphir!«, zischte Skie. »Raus mit dir.«

»Die Unterredung?«, wagte Saphir anzumerken.

»Sag ihr, sie soll an den Ostausgang dieses Horts kommen«, befahl Skie mürrisch. »Sie kann kommen, wann immer es ihr passt. Und jetzt lass mich in Ruhe.«

Was Saphir nur allzu gern befolgte.

Skie scherte sich keinen Deut um Solanthus. Er musste sogar erst scharf nachdenken, wo diese verdammte Stadt überhaupt lag. Als es ihm einfiel, glaubte er, seine Streitkräfte hätten Solanthus längst erobert – er erinnerte sich vage daran. Oder war es eine andere Menschenstadt gewesen? Er wusste es nicht, und es war ihm auch gleichgültig, zumindest war es bis eben so gewesen. Doch ein Angriff auf Solanthus, ohne ihn vorher um Erlaubnis zu fragen, war ein neuerliches Beispiel für Minas mangelnden Respekt vor ihm. Es war ein gezielter, verächtlicher Affront. Sie zeigte ihm, dass er überflüssig war. Er wurde nicht mehr gebraucht.

Jetzt war Skie verärgert, aber er bekam auch Angst. Er kannte sie von früher, kannte ihre Rachsucht und ihren Zorn. Sie hatten sich nie gegen ihn gewendet. Er war ihr Liebling. Aber dann hatte er einen Fehler gemacht. Und jetzt sollte er dafür bezahlen.

Die Angst erhöhte seine Wut. Er hatte den Eingang zum Hort als Treffpunkt gewählt, weil er dort die ganze Umgebung beobachten konnte. Er hatte nicht die Absicht, tief unter der Erde in einen Hinterhalt zu geraten. Sobald Saphir gegangen war, marschierte Skie in seinem Bau herum und wartete.

Der blinde Bettler hatte sein Ziel erreicht. Mit seinem Stab tastete er umher, bis er einen großen Stein fand, auf dem er sich zum Ausruhen niederlassen konnte. Jetzt wollte er überlegen, was als Nächstes zu tun war. Da er nichts sehen konnte, konnte er nicht genau feststellen, wo er war. Unterwegs hatte er die Leute befragt und erfahren, dass er sich in Solamnia befand, irgendwo im Hügelland vor dem Vingaard-Gebirge. Seinen genauen Aufenthaltsort jedoch brauchte er gar nicht zu kennen, denn er folgte keiner Karte. Er folgte lieber seinen Sinnen, die ihn zu diesem Ort geführt hatten. Dass er den Namen des Ortes kannte, bestätigte seinem Verstand nur, was die Seele bereits verstand.

Der Silberdrache Spiegel hatte in Menschengestalt seit der Nacht des magischen Sturms eine enorme Entfernung zurückgelegt. Der Sturm hatte ihn verwundet und verkrüppelt, über Neraka vom Himmel gefegt und auf die Felsen stürzen lassen. Benommen, blind und blutig hatte er dort eine unsterbliche Stimme vernommen, die das Lied der Toten angestimmt hatte. Es hatte ihn mit Ehrfurcht und Entsetzen erfüllt.

Eine Zeit lang war er ziellos umhergestreift, hatte Mina gesucht und gefunden. Er hatte mit ihr gesprochen. Sie war es, die das Lied der Toten sang.

Die Stimme im Sturm war ein Ruf gewesen. Sie hatte ihm die Wahrheit gesagt, und weil er die Wahrheit von sich gewiesen hatte, erhielt er seine Strafe. Seines Augenlichts beraubt, hatte Spiegel erkannt, dass er der Einzige in der Welt sein mochte, der die Wahrheit sah. Er hatte die Stimme erkannt, aber er begriff nicht, wie oder warum das möglich war. So hatte er sich aufgemacht, es herauszufinden. Um vorwärts zu kommen, hatte er menschliche Gestalt annehmen müssen, denn ein blinder Drache wagte nicht zu fliegen, aber ein blinder Mensch konnte laufen.

In diesem verletzlichen Körper gefangen, konnte Spiegel kaum etwas ausrichten. Seine Suche nach Antworten war aufreibend, denn die Stimme sprach ständig zu ihm, verhöhnte ihn, mehrte seine Ängste und sang ihm von den schrecklichen Ereignissen vor, die sich in der Welt zutrugen: dem Fall von Silvanesti, der Gefahr für Qualinost, der Zerstörung der Zitadelle des Lichts, der Versammlung der Toten in Nachtlund. Das war seine Strafe. Obwohl er nicht sehen konnte, sah er alle, die er liebte, nur allzu deutlich sterben. Er sah, wie sie ihm Hilfe suchend die Hände entgegenreckten, doch er hatte nicht die Macht, sie zu retten.

Die Stimme versuchte, ihn zur Verzweiflung zu bringen, was ihr beinahe gelungen war. Er stolperte den dunklen Weg entlang, den er sich mit dem Stock ertasten musste. Wenn er an Orte kam, wo er um sich herum nichts wahrnahm, fragte er sich mitunter, ob es nicht leichter wäre, weiterzugehen und über den Rand des Abgrunds in das ewige Schweigen zu stürzen, das seine Ohren vor der Stimme verschließen würde. Die Nacht des Todes konnte nicht finsterer sein als die, in der er jetzt lebte.

Seine Suche nach anderen seiner Art, welche die Stimme gehört und die alten Worte verstanden hatten, schlug fehl. Er konnte keine anderen Silberdrachen finden. Sie waren spurlos verschwunden. Immerhin war das ein Hinweis darauf, dass nicht nur er die Stimme erkannt hatte, doch solange er allein in der Welt stand – ein blinder Drache in Menschengestalt – und nichts ausrichten konnte, war das keine große Hilfe. Als Spiegel schließlich völlig verzweifelt war, fasste er einen ebenso verzweifelten Entschluss. Ein Drache würde die Wahrheit kennen und vielleicht bereit sein, sie ihm mitzuteilen. Doch der war kein Freund, sondern ein alter Feind.

Skie, der ungeheure blaue Drache, war nicht wie Malys und die anderen als Fremder nach Krynn gekommen. Er hatte schon Jahre hindurch dort gelebt. Allerdings hatte sich Skie nach dem Chaoskrieg erheblich verändert. Er war größer geworden, als es einem blauen Drachen zustand. Er hatte Palanthas erobert – die Schwarzen Ritter herrschten in seinem Namen über das reiche Land. Außerdem hatte er sich den widerstrebenden Respekt der großen roten Malystryx und ihrer grünen Cousine Beryl erworben. Obwohl man munkelte, er hätte sich gegen seine eigenen Artgenossen gestellt und fräße sie auf, genau wie Malys und Beryl, hatte zumindest Spiegel nicht daran geglaubt.

Aus diesem Glauben heraus setzte Spiegel sein Leben aufs Spiel.

Der Silberdrache verließ Solace, um Skie zu finden. Mit den Augen der Seele ging er der Spur seines alten Feindes nach. Seine Wanderung hatte ihn hierher geführt, an den Fuß eines seiner Horte in den Bergen. Den Eingang konnte Spiegel nicht sehen, doch er hörte den gewaltigen blauen Drachen im Inneren des Berges herumstreifen. Jeder Schritt von Skie ließ den Boden erzittern. Wenn er mit dem Schwanz peitschte, erbebten die Berge. Spiegel roch das Ozon des Blitzodems und fühlte die Elektrizität in der Luft.

Er ruhte sich ein paar Stunden aus. Als er wieder neue Kräfte gesammelt hatte, begann er mit dem Aufstieg. Als Drache wusste er, dass Skie viele Zugänge für seinen Hort geschaffen haben musste. Spiegel brauchte nur einen davon zu finden.

Skie betrachtete die zierliche Menschenfrau, die vor ihm stand, mit kaum verhohlener Verachtung. Er hatte die geheime Hoffnung gehegt, dass er in dieser Befehlshaberin endlich seine verlorene Kitiara wiederfinden würde. Diese Hoffnung hatte er fast augenblicklich verworfen. Hier war keine heißblütige Leidenschaft. Hier war keine Liebe zur Schlacht wegen der Herausforderung und der Erregung, dem Tod ein Schnippchen zu schlagen. Diese Frau unterschied sich von Kitiara wie Treibeis von den schäumenden Brechern einer Sturmflut.

Skie hätte dem Mädchen gern befohlen, zu verschwinden und lieber einen richtigen Erwachsenen zu schicken. Aber aufgrund der Berichte seiner Spione wusste er, dass sie die Solamnier in Sanction hereingelegt, dass sie den Schild über Silvanost zu Fall gebracht hatte und für Lord Targonnes Tod verantwortlich war – kein großer Verlust.

Furchtlos und unbeeindruckt stand sie vor ihm, obwohl er ihren schmalen, verwundbaren Körper mit dem Schnippen einer Klaue hätte zerbrechen können. Allein seine Zähne waren größer als dieses Menschlein.

»Du also bist die Heilerin, der Todesengel, Besatzerin der Elfen«, grunzte er.

»Nein«, erwiderte sie. »Ich bin Mina.«

Beim Sprechen sah sie ihm in die Augen. Als er ihren Bernsteinblick auffing, sah er darin sich selbst. Das Bild war klein, geschrumpft, mehr Eidechse als Drache. Es war ein beunruhigender Anblick, der ihn verstörte. Ein tiefes Grollen entrang sich seiner Brust, und er wölbte den langen Hals und verlagerte das Gewicht seines ungeheuren Leibs, sodass der Berg erschüttert wurde. Damit war er sich seiner Macht und Stärke wieder sicherer. Doch in den Bernsteinaugen blieb er sehr klein.

»Heilen, den Tod bringen, erobern – das ist Sache des Einen Gottes«, fuhr Mina fort. »Des Einen Gottes, dem ich diene. Des Einen Gottes, dem wir beide dienen.«

»Allerdings, ich habe gedient«, fauchte Skie finster. »Ich habe treu und gut gedient. Mir wurde eine Belohnung versprochen.«

»Die hast du erhalten. Dir wurde gestattet, ins Grau einzudringen, um sie zu suchen. Wenn deine Suche fehlgeschlagen ist, ist dies nicht der Fehler des Einen Gottes.« Mina zuckte mit den Schultern und lächelte leicht. »Du gibst zu schnell auf, Skie. Das Grau ist ein riesiger Bereich. Du kannst unmöglich überall nachgesehen haben. Schließlich hast du ihren Geist gespürt –«

»Habe ich das?« Skie senkte den Kopf, damit er direkt in ihre Bernsteinaugen blicken konnte. Er hoffte, dass er dadurch größer werden würde, doch das misslang. Jetzt war er ebenso enttäuscht wie wütend. »Oder war das ein Trick? Ein Trick, um mich loszuwerden? Ein Trick, um mich um das zu bringen, was ich mir verdient hatte?«

Er ließ seinen Riesenkopf niedersinken und stieß einen enttäuschten, nach Schwefel stinkenden Atemzug aus. »Vor zwei Jahrhunderten wurde ich aus meiner Heimatwelt geholt und heimlich in die Welt versetzt, die als Krynn bekannt ist. Als Gegenleistung für meine Dienste wurde mir zugesagt, dass ich eines Tages über diese Welt herrschen sollte. Ich habe den Befehlen gehorcht, die mir erteilt wurden. Ich bin durch die Portale geflogen. Ich bin auf Kundschaft gegangen. Ich habe alles vorbereitet. Jetzt beanspruche ich das Recht, über eine Welt zu herrschen – diese Welt. Das hätte ich schon vor achtunddreißig Jahren tun können, aber damals hieß es, es sei noch nicht der richtige Zeitpunkt.

Dann kamen die große rote Malys und meine Verwandten. Wieder forderte ich das Recht, meine Macht auszuüben. Damals hätte ich sie noch aufhalten können. Ich hätte sie einschüchtern können, bis sie vor mir kriechen. Wieder wurde mir bedeutet, es sei noch nicht der rechte Zeitpunkt. Inzwischen hat die Macht von Beryl und Malystryx zugenommen. Sie haben sie vermehrt, indem sie Drachen meiner eigenen Art getötet haben –«

»Nicht *deiner* eigenen Art«, stellte Mina ruhig richtig.

»Meiner Art!«, donnerte Skie, dessen Ärger zu heller Wut anwuchs. Nur in den Bernsteinaugen blieb er klein. »Ich habe über zweihundert Jahre unter blauen Drachen gelebt und auf ihrer Seite gekämpft. Sie stehen mir näher als diese aufgedunsenen Riesenechsen. Jetzt teilen die Großen die besten Stücke unter sich auf. Sie erweitern ihren Einflussbereich. Verdammt sei der Pakt, der geschlossen wurde. Mich – mich schickt man ins Grau. Auf eine absurde Kendermission. Ich wurde ausgetrickst!«

Der Blaue fauchte. »Ich wurde getäuscht. Kitiara ist nicht im Grau. Sie war nie im Grau. Man hat mich dorthin geschickt, damit jemand anders an meiner Statt regieren konnte. Wer ist dieser andere? Du, Mädchen? Oder vielleicht Malys? Wurde ein neuer Pakt geschlossen? Ein geheimes Abkommen? Darum bin ich zurückgekehrt – anscheinend lange bevor man mit mir gerechnet hat, denn ich höre, dass du mittlerweile nach Solanthus ziehst.«

Mina schwieg nachdenklich.

Skie wechselte die Position. Sein Schwanz peitschte donnernd gegen die Wände seines Horts, worauf der Berg wieder bebte. Obwohl der Boden unter ihren Füßen schwankte, blieb die Menschenfrau gelassen. Sie starrte den Drachen ungerührt an.

»Dein Recht zu herrschen hast du verspielt, als du deine Pflicht versäumt hast und gegenüber der einen, der du alles verdankst, eidbrüchig geworden bist. Stattdessen hast du dich dafür entschieden, deine Liebe und Ergebenheit einer Sterblichen zu schenken. Du willst die Welt regieren!« Mina betrachtete den Drachen mit kalter Verachtung. »Du bist es nicht wert, einen Misthaufen zu regieren. Deine Anhänger werden mir dienen, wie sie bisher dir dienten. Was deine kostbare Kitiara angeht, die wirst du niemals finden. Sie ist längst außerhalb deiner Reichweite. Aber das weißt du wahrscheinlich schon, nicht wahr, Skie?«

Minas Augen fixierten ihn durchdringend. Er war in ihnen gefangen. Obwohl er versuchte wegzusehen, sich loszureißen, wurde er festgehalten. Der Bernstein verhärtete sich um ihn.

»Du wolltest es dir nicht eingestehen«, fuhr sie gnadenlos fort. Ihre Stimme schien sich tief zwischen seine Schuppen einzugraben. »Kehre ins Grau zurück, Skie. Geh zurück und suche Kitiara. Du kannst jederzeit zurückgehen. Auch das weißt du, nicht wahr? Das Grau ist in deinem Geist, Skie. Du wurdest getäuscht, aber nicht vom Einen Gott. Du hast dich selbst getäuscht.«

Skie würde dem Einen Gott seine Antwort geben – einen verkohlten Klumpen. Er entfesselte seinen tödlichen Odem, um einen Blitz auf das Mädchen zu schleudern. Der Schlag traf Mina auf ihren schwarzen Brustharnisch, direkt über dem Herzen. Der zarte Körper brach auf dem Höhlenboden zusammen. Ihre feinen Glieder waren krumm und verrenkt wie die Beine einer toten Spinne. Sie rührte sich nicht.

Skie sah misstrauisch zu. Er blieb vorsichtig, denn er traute weder ihr noch diesem Einen Gott. Es war zu einfach gewesen.

Mina hob den Kopf. Aus ihren Bernsteinaugen zuckte ein gleißender Strahl, der Skie mitten auf die Stirn traf.

Der Blitz verbrannte ihm die Schuppen und jagte durch seinen Körper. Sein Herz lärmte schmerzhaft laut in seiner Brust, geriet aus dem Takt. Er konnte nicht atmen. Grauer Nebel wirbelte vor seinen Augen. Sein Kopf sank auf den Steinboden seines Horts. Die Augen schlossen sich über dem grauen Nebel, den er so gut kannte. Dem grauen Nebel, aus dem Kitiaras Stimme ihn gerufen hatte. Dem grauen Nebel, der leer war …

Mina stand auf. Sie hatte offenbar keinen Schaden genommen, denn ihr Körper war unversehrt und die Rüstung makellos. Einige Momente harrte sie noch in der Höhle aus, um den Drachen zu beobachten und sein Bild hinter ihren langen Wimpern einzufangen. Dann machte sie auf dem Absatz kehrt und marschierte nach draußen.

Der blinde Bettler blieb in der Finsternis seines Verstecks hocken, während er zu begreifen versuchte, was geschehen war. Er war ungefähr zur gleichen Zeit in Skies Hort eingetroffen wie Mina, doch Spiegel war durch einen Hintereingang gekommen, nicht von vorne. Als er Minas Stimme vernommen und erkannt hatte, war er völlig verblüfft gewesen. Das letzte Mal waren sie sich auf dem Weg nach Silvanost begegnet. Obwohl er sie nicht mit den Augen sehen konnte, hatte er sie über ihre Stimme erfasst. Die ganze Zeit hatte er Geschichten über sie gehört, und gestaunt, dass das Waisenkind, das er aus der Zitadelle des Lichts kannte, jenes unter solch geheimnisvollen Umständen verschwundene Kind, auf noch geheimnisvollere Weise wieder aufgetaucht war. Zudem hatte sie ihn erkannt. Sie hatte gewusst, dass er der Silberdrache war, der bisher die Zitadelle beschützt hatte.

Sein Erstaunen über ihr Auftauchen und während ihrer Unterredung mit Skie wich der noch größeren Verwunderung über den Inhalt des Gesprächs. Er begann zu begreifen, fand Antworten auf seine Fragen, doch diese Antworten waren für ihn so unfassbar, dass er noch nicht ihre volle Tragweite begriff.

Der Silberdrache spürte, wie die Wut des Blauen wuchs.

Spiegel fürchtete um Mina. Weniger um ihretwillen als um der Waise willen, die sie gewesen war. Er selbst würde zu Goldmond zurückkehren müssen, um ihr von dem schrecklichen Schicksal des Kindes zu erzählen, das sie so sehr geliebt hatte. Schließlich hörte er das Knistern des Blitzes und krümmte sich unter der Wucht des Donners.

Aber der qualvolle Aufschrei stammte nicht von Mina. Diese schmerzerfüllte Stimme gehörte Skie. Jetzt war der große blaue Drache still. Nur noch ein leises, jämmerliches Stöhnen war zu hören.

Schritte in Stiefeln – Menschenschritte – hallten durch den Hort und verklangen.

Spiegel fühlte das unregelmäßige Pochen von Skies Herz mehr, als dass er es hörte. Es pulsierte durch die Höhle und tat ihm körperlich weh. Das Herz des Riesen schlug langsamer. Spiegel hörte das leise Ächzen, das von Wut und Verzweiflung kündete.

In diesen gewundenen Gängen war selbst ein blinder Drache eher zu Hause als ein Mensch – ob mit oder ohne Augen. Ein Drache fand sich hier schneller zurecht. Einmal, vor langer Zeit, war Spiegel größer gewesen als der Blaue. Das hatte sich geändert. Skie war ein Gigant geworden. Jetzt kannte Spiegel den Grund dafür: Skie stammte nicht von Krynn.

Nachdem Spiegel seine wahre Gestalt angenommen hatte, konnte er ungehindert durch die Gänge von Skies Reich streifen. Mit fest gefalteten Flügeln glitt er durch den Tunnel, indem er seine Sinne ausfuhr, wie ein blinder Mensch sich mit den Händen weitertastet. Geräusche, Gerüche und das Wissen, wie Drachen ihre Horte bauen, führten ihn in die Richtung, aus welcher der letzte gequälte Schmerzensschrei gedrungen war.

Spiegel näherte sich vorsichtig. Im Umkreis des Horts gab es noch andere blaue Drachen, deren entfernte Stimmen er vernahm. Allerdings verstand er ihre Worte nicht. Er roch ihre Ausdünstung, die Mischung aus Drache und Ozon, daher fürchtete er, dass einer oder mehrere zurückkommen könnten, um nachzusehen, was ihrem Herrn widerfahren war. Wenn die Blauen Spiegel entdeckten, hatte der blinde Silberdrache keine Chance gegen sie.

Die Stimmen der blauen Drachen verklangen. Er hörte sie mit den Flügeln schlagen. Ihr Geruch blieb zurück, aber sein Instinkt verriet Spiegel, dass die anderen fort waren. Sie ließen Skie sterben. Die anderen Blauen hatten ihn verlassen, um Mina zu folgen.

Spiegel war nicht überrascht. Er konnte es ihnen nicht verdenken, denn er erinnerte sich noch lebhaft an seine eigene Begegnung mit Mina. Sie hatte ihm angeboten, ihn zu heilen, und er war ernsthaft in Versuchung gewesen, es geschehen zu lassen. Es ging ihm nicht so sehr um die Wiedergewinnung seines Augenlichts, sondern um die Wiederherstellung von etwas, das er beim Abzug der Götter verloren hatte. Zu seinem Schrecken hatte er es gefunden. Er hatte sie nicht in seine Nähe gelassen. Die Finsternis, die sie umgab, war viel schwärzer als die Finsternis, die ihn umschloss.

Spiegel erreichte den Hort, in dem Skie lag und nach Luft schnappte. Der ungeheure Schwanz des Blauen zuckte hin und her und schlug krampfhaft gegen die Wände. Sein Körper warf sich herum, schabte über den Boden, die Flügel flatterten, der Kopf pendelte hin und her. Seine Klauen kratzten über das Gestein.

Spiegel wäre vielleicht in der Lage gewesen, den Körper des Blauen zu heilen, aber das würde ihm wenig helfen, wenn er dessen Geist nicht heilen konnte. Die Treue zu Kitiara hatte sich in Liebe verwandelt, eine hoffnungslose Liebe, aus der eine Besessenheit geworden war, so lange genährt und gefördert, wie sie einem bestimmten Zweck diente. Nachdem sie ihren Zweck erfüllt hatte, kam sie als Waffe gelegen.

Es wäre ein Gnadenakt gewesen, den gepeinigten Skie sterben zu lassen. Aber Spiegel konnte sich keine Gnade leisten. Er brauchte Antworten, denn er musste wissen, ob seine Befürchtungen der Wahrheit entsprachen.

Also hockte er sich in der Höhle neben den Körper seines sterbenden Feindes, breitete die Silberflügel über Skie aus und begann, in der alten Sprache der Drachen zu reden.

9 Eine Stadt im Schlaf

Als Gerard im Dunkeln auf dem Brett saß, das ihm in der Zelle als Bett diente, und sich die vierte Onkel-Fallenspringer-Geschichte in einer Stunde anhörte, fragte er sich, ob auf das Erdrosseln eines Kenders wohl die Todesstrafe stand oder ob man es als verdienstvolle Tat ansehen würde, die einem Anerkennung einbrachte.

»... als Onkel Fallenspringer nach Treibgut zog, begleiteten ihn fünf andere Kender, ein Gnom und ein Gossenzwerg, dessen Name mir entfallen ist. Ich glaube, es war Phudge. Nein, das war ein Gossenzwerg, dem ich selbst einmal begegnet bin. Rolf? Hm, vielleicht. Sagen wir also, es war Rolf. Es spielt ohnehin keine Rolle, weil Onkel Fallenspringer den Gossenzwerg nie wieder sah. Um also mit der Geschichte fortzufahren, Onkel Fallenspringer war zu diesem Beutel Stahlmünzen gekommen. Woher er ihn hatte, wusste er nicht mehr. Vielleicht hatte ihn jemand fallen gelassen. Jedenfalls war keiner gekommen und hatte ihn für sich beansprucht, darum beschloss er, da es immer darauf ankommt, das Richtige dabeizuhaben, dass er einen Teil des Stahls für magische Dinge ausgeben würde – Ringe, Zaubersprüche und den einen oder anderen Trank. Onkel Fallenspringer war ein großer Freund der Magie. Er sagte immer, man wüsste nie, wann man einen guten Trank mal brauchen kann, man solle sich nur beim Trinken die Nase zuhalten. Er ging also in dieses Zaubereigeschäft, bloß in dem Moment, als er durch die Tür kam, ereignete sich etwas wirklich Fantastisches. Der Besitzer des Geschäfts war zufällig ein Zauberer, und dieser Zauberer erzählte Onkel Fallenspringer, dass es unweit von Treibgut eine Höhle mit einem schwarzen Drachen gäbe. Dieser Drache besäße die unglaublichste Sammlung magischer Gegenstände auf ganz Krynn. Der Zauberer könne Onkel Fallenspringers Geld einfach nicht annehmen, wo Onkel Fallenspringer doch mit wenig Aufwand den schwarzen Drachen töten und damit alle magischen Dinge haben könne, die er wollte. Na, das hielt Onkel Fallenspringer natürlich für eine ausgezeichnete Idee. Er fragte nach dem Weg zur Höhle, den ihm der Zauberer auch ganz zuvorkommend beschrieb, und dann –«

»Halt die Klappe!«, zischte Gerard durch zusammengebissene Zähne.

»Wie bitte?«, fragte Tolpan. »Hast du etwas gesagt?«

»Ich sagte: Halt die Klappe. Ich versuche zu schlafen.«

»Aber jetzt wird es doch erst richtig spannend! Wie Onkel Fallenspringer mit den fünf anderen Kendern zur Höhle geht und –«

»Wenn du nicht gleich still bist, komme ich rüber und bring dich zum Schweigen«, erklärte Gerard. Dem Tonfall nach meinte er es ernst. Er rollte sich zur Wand hin.

»Schlaf ist reine Zeitverschwendung, wenn du mich fragst –«

»Tu ich aber nicht. Sei still.«

»Ich –«

»Ruhe.«

Er hörte, wie sich der kleine Kender direkt gegenüber auf der harten Pritsche wand. Um ihn zu quälen, hatte man den Ritter mit dem Kender zusammengesperrt und den Gnom in die Zelle gegenüber verfrachtet.

»Pack schlägt sich«, hatte der Wärter bemerkt.

Gerard hatte noch nie jemanden so sehr gehasst wie diesen Wärter.

Der Gnom, Conundrum, hatte zwanzig Minuten lang nach dem Haftbefehl verlangt, *Kleinhoffel* gegen *Mencklewink* zitiert und irgendetwas über jemanden namens Miranda gefaselt, bis er schließlich in Stumpfsinn verfallen war. Jedenfalls nahm Gerard das an. Aus Richtung der Gnomenzelle hatte man ein Gurgeln und einen Bums gehört, dann herrschte gesegnete Ruhe.

Gerard war gerade selbst am Einschlafen gewesen, als Tolpan – der in dem Moment eingenickt war, als der Gnom den Mund aufgetan hatte – mit dem Verstummen des Gnoms erwachte und von Onkel Fallenspringer zu erzählen begann.

Gerard hatte das lange hingenommen, zumal die Geschichten des Kenders eine ähnlich geisttötende Wirkung hatten, wie wenn man seinen Kopf wiederholt gegen eine Steinmauer rammte. Enttäuscht und wütend – auf die Ritter, auf sich selbst, auf das Schicksal, das ihn in diese unerträgliche Lage gebracht hatte – lag er auf der harten Pritsche, fand nicht wieder in den

Schlaf und sorgte sich, was wohl in Qualinesti geschah. Was würden Medan und Laurana von ihm denken? Er hätte inzwischen zurück sein müssen. Womöglich hielten sie ihn für einen Feigling, der vor der drohenden Schlacht Reißaus genommen hatte.

Bezüglich seiner misslichen Lage hatte der Ritterfürst versprochen, einen Boten zu Fürst Warren zu schicken. Nur die Götter wussten, wie lange das dauern mochte. Ob sie Fürst Warren überhaupt fanden? Vielleicht war er aus Solace abgezogen. Oder er kämpfte gegen Beryl um sein Leben. Die Ritterfürsten hatten auch gesagt, sie würden in Solanthus Erkundigungen einziehen, ob jemand seine Familie kannte, aber darauf gab Gerard wenig. Erstens musste dazu wirklich jemand losgehen, und in seinem zynischen Pessimismus zweifelte Gerard daran, ob die Ritter sich diese Mühe machen würden. Doch selbst wenn zweitens wirklich jemand seinen Vater kannte, bedeutete das nicht unbedingt, dass er auch Gerard kannte. In den letzten zehn Jahren hatte Gerard getan, was er konnte, um nicht nach Hause zu müssen.

Gerard warf sich hin und her. Wie es einem in schlaflosen Nächten so häufig ergeht, steigerten sich seine Ängste ins Maßlose. Die Stimme des Kenders war eine willkommene Ablenkung von seinen düsteren Gedanken gewesen, aber jetzt hatte sie sich in das unablässige, störende Tropfen des Regens durch ein Loch im Dach verwandelt. Nachdem Gerard von der vielen Aufregung erschöpft war, drehte er sein Gesicht zur Wand. Das jämmerliche Gezappel des Kenders, das bei Gerard zweifellos Schuldgefühle erwecken sollte, damit er nach einer neuen Geschichte fragte, ignorierte der Ritter.

Gerade als er in den Schlaf gleiten wollte, hörte er – oder stellte es sich vor –, wie jemand ein Schlaflied sang.

Schlaf ein, mein Lieb', schlaf ein,
Von den Armen der Nacht liebkost,
Die deiner Seele schenkt Trost.
Schlaf ein, mein Lieb', schlaf ein.

Es war ein getragenes, beruhigendes Lied. Nachdem Gerard sich unter seinem Einfluss entspannt hatte, versank er in friedlichen Wogen, bis aus der Dunkelheit eine Stimme ertönte, eine Frauenstimme.

»Herr Ritter?«, rief die Frau.

Gerard erwachte. Sein Herz hämmerte. Er lag still. Sein erster Gedanke war, dass Fürstin Odila zurückgekommen war, um ihn erneut zu hänseln. Doch er wurde sofort eines Besseren belehrt. Die Stimme hatte einen anderen Beiklang, eine harmonischere Ausstrahlung. Auch der Akzent war nicht aus Solamnia. Zudem hätte ihn Odila nie mit »Herr Ritter« angesprochen.

Warmes gelbes Licht verscheuchte die Dunkelheit. Er rollte herum, damit er sehen konnte, wer mitten in der Nacht zu ihm ins Gefängnis kam.

Im ersten Augenblick sah er sie nicht. Die Frau war am Fuß der Treppe stehen geblieben, um auf eine Antwort zu warten. Die Treppenwand schirmte sie vor seinen Blicken ab. Ihr Licht waberte einen Augenblick, dann begann es sich zu bewegen. Die Frau umrundete die Ecke. Jetzt sah er sie deutlicher. Die weißen Roben schimmerten im Kerzenschein gelblich. Ihr Haar war gesponnenes Gold und Silber.

»Herr Ritter?«, rief sie wieder und sah sich suchend um.

»Goldmond!«, rief Tolpan aus. Er winkte. »Hier drüben!«

»Bist du das, Tolpan? Sei leise. Ich suche den Ritter, Sir Gerard –«

»Ich bin hier, Großmeisterin«, meldete sich Gerard.

Verwundert rutschte er von seiner Pritsche und stellte sich an die Eisenstäbe seiner Zelle, damit sie ihn sehen konnte. Der Kender erreichte die Stäbe mit einem einzigen Satz. Er streckte beide Arme und den Großteil seines Gesichts nach draußen. Auch der Gnom war erwacht und rappelte sich vom Boden auf. Conundrum machte einen verschlafenen, überaus misstrauischen Eindruck.

Goldmond hielt einen langen, spitz zulaufenden Wachsstock in der Hand. Nachdem sie das Licht vor Gerards Gesicht gehoben hatte, musterte sie ihn lange forschend.

»Tolpan«, sagte sie dann zu dem Kender, »ist das der Ritter von Solamnia, von dem du mir erzählt hast, derselbe Ritter, der dich nach Qualinesti zu Palin gebracht hat?«

»Aber, ja, Goldmond, das ist er«, bestätigte Tolpan.

Gerard wurde rot. »Ich weiß, dass es unglaubwürdig klingt, Großmeisterin. Aber in diesem Fall spricht der Kender die Wahrheit. Dass man mich mit den Abzeichen eines Schwarzen Ritters angetroffen hat –«

»Bitte, schweigt, Herr Ritter«, unterbrach ihn Goldmond abrupt. »Ich glaube Tolpan. Ich kenne ihn, und das seit vielen Jahren. Er hat mir erzählt, wie mutig und ritterlich Ihr Euch verhalten habt und dass Ihr ihm ein guter Freund wart.«

Gerards Röte vertiefte sich. Vorhin erst hatte sich Tolpans guter Freund gefragt, wie er wohl die Leiche des Kenders beseitigen könnte.

»Mein bester Freund«, beteuerte Tolpan. »Der beste Freund der Welt. Deshalb habe ich ja nach ihm gesucht. Jetzt haben wir uns wiedergefunden und wurden zusammen eingesperrt, ganz wie in alten Zeiten. Ich habe Gerard gerade von Onkel Fallenspringer erzählt –«

»Wo bin ich?«, fragte der Gnom plötzlich. »Wer seid ihr alle?«

»Großmeisterin, ich muss Euch etwas erklären –«, begann Gerard.

Goldmond hob die Hand, eine herrische Geste, die alle, einschließlich Tolpan, zum Schweigen brachte. »Ich brauche keine Erklärungen.« Wieder ruhte ihr Blick eindringlich auf Gerard. »Ihr seid auf einem blauen Drachen hergeflogen?«

»Ja, Großmeisterin. Wie ich gerade erklären wollte, hatte ich keine Wahl –«

»Ja, ja. Das spielt keine Rolle. Jetzt zählt nur schnelles Handeln. Die Ritterin sagte, der Drache sei noch in der Gegend, sie hätten nach ihm gesucht, könnten ihn aber nicht finden. Aber sie wüssten, dass er noch da sei. Stimmt das?«

»Ich … ich habe keine Ahnung, Großmeisterin.« Gerard war befremdet. Anfangs hatte er gedacht, sie wolle ihn anklagen. Dann vermutete er, sie wolle für ihn beten oder was Mystiker sonst zu tun pflegen. Jetzt wusste er, was sie wollte. »Ich halte es für möglich. Der blaue Drache hatte mir versprochen, auf meine Rückkehr zu warten. Ich wollte dem Ritterrat meine Nachricht überbringen und dann nach Qualinesti zurückfliegen, um den Elfen bei ihrer Schlacht nach Kräften beizustehen.«

»Bringt mich dorthin, Herr Ritter.«

Gerard starrte sie verständnislos an.

»Ich muss dorthin«, fuhr sie fort. Ihre Stimme klang verzweifelt. »Versteht Ihr denn nicht? Ich muss einen Weg finden, dorthin zu gelangen. Ihr und Euer Drache werdet mich hinbringen. Tolpan, du weißt doch, wie du zurückkommst, oder?«

»Nach Qualinesti?«, vergewisserte sich Tolpan aufgeregt. »Klar, den Weg kenne ich! Ich habe doch die ganzen Karten –«

»Nicht Qualinesti«, widersprach Goldmond. »Zum Turm der Erzmagier. Zu Dalamars Turm in Nachtlund. Du hast gesagt, du wärst dort gewesen, Tolpan. Du zeigst mir den Weg.«

»Großmeisterin«, stammelte Gerard. »Ich bin ein Gefangener. Ihr habt die Anklagen gehört, die man gegen mich erhebt. Ich kann nirgendwo hin.«

Goldmond legte die Hand um eine Gitterstange. Sie festigte ihren Griff, bis die Knöchel ihrer Hand knochig weiß hervortraten. »Der Wächter ist durch meinen Zauber eingeschlafen. Er wird mich nicht aufhalten. Niemand wird mich aufhalten. Ich muss zum Turm. Ich muss mit Dalamar und Palin reden. Ich könnte auch laufen, und das werde ich notfalls tun, aber der Drache ist schneller. Ihr bringt mich dorthin, nicht wahr, Sir Gerard?«

Goldmond war Stammeshäuptling gewesen. Ihr Leben lang hatte sie andere angeführt. Sie war es gewohnt, Befehle zu geben, denen man gehorchte. Ihre Schönheit berührte ihn. Ihr Leid bewegte ihn. Darüber hinaus bot sie ihm die Freiheit an. Die Freiheit, nach Qualinesti zurückzukehren und sich dort dem Kampf anzuschließen. Er konnte mit denen überleben oder umkommen, die er ins Herz geschlossen hatte.

»Der Schlüssel zur Zelle hängt am Ring der Wache«, begann er.

»Den brauche ich nicht«, wehrte Goldmond ab.

Sie legte die Hand um die Eisenstäbe. Das Eisen begann zu schmelzen wie das Wachs ihrer Kerze. Als die Stäbe sich einrollten und heruntersanken, entstand in der Mitte ein Loch.

Gerard riss die Augen auf. »Wie …« Seine Stimme war ein heiseres Krächzen.

»Schnell«, drängte Goldmond.

Er rührte sich nicht, sondern starrte sie nur an.

»Ich weiß nicht, wie«, räumte sie mit einem Anflug von Verzweiflung ein. Ihre Stimme zitterte. »Ich weiß nicht, woher ich die Macht zu dem habe, was ich tue. Ich weiß nicht, woher ich die Worte des Liedes kannte, das ich gesungen habe. Ich weiß nur, dass mir alles gegeben wird, was ich mir wünsche.«

»Ah, jetzt fällt mir ein, wer sie ist!« Conundrum stieß einen Seufzer aus. »Die Toten.«

Gerard verstand überhaupt nichts, aber das war schließlich nichts Neues. Er hatte ohnehin nicht viel von dem verstanden, was ihm im letzten Monat widerfahren war.

»Warum ausgerechnet jetzt damit anfangen?«, murrte er vor sich hin, als er durch das Loch stieg. Er fragte sich, wo sie wohl sein Schwert verstaut hatten.

»Komm schon, Tolpan«, befahl Goldmond streng. »Wir haben keine Zeit für Spielchen.«

Anstatt fröhlich in die Freiheit zu springen, hatte der Kender sich unerklärlicherweise plötzlich in die hinterste Ecke der Zelle zurückgezogen.

»Danke, dass du an mich gedacht hast, Goldmond«, meinte Tolpan aus seiner Ecke heraus. »Und danke für das Schmelzen der Gitterstäbe. Das war toll, so was sieht man nicht jeden Tag. Normalerweise würde ich dich gern begleiten, aber es wäre unhöflich, meinen lieben Freund Conundrum im Stich zu lassen. Er ist mein allerbester Freund –«

Nahezu am Ende ihrer Geduld angelangt, berührte Goldmond auch die Stäbe der Gnomenzelle. Sie lösten sich genauso auf wie die anderen. Conundrum kletterte durch das Loch. Stirnrunzelnd hockte er sich hin und begann, an dem geschmolzenen Eisen herumzukratzen. Dabei murmelte er etwas über Schmelzpunkte vor sich hin.

»Ich nehme den Gnom mit, Tolpan«, sagte Goldmond ungeduldig. »Jetzt komm endlich da raus.«

»Wir sollten uns lieber beeilen, Großmeisterin«, warnte Gerard. Er hätte Gnom wie Kender nur zu gern zurückgelassen. »Zwei Stunden nach Mitternacht wird der Wärter abgelöst.«

»Nicht heute Nacht.« Goldmond schüttelte den Kopf. »Die Ablösung wird verschlafen. Aber Ihr habt Recht. Wir müssen uns sputen, denn ich werde gerufen. Tolpan, komm augenblicklich aus dieser Zelle!«

»Bitte nicht, Goldmond!«, flehte Tolpan kläglich. »Bring mich nicht wieder in den Turm. Du weißt nicht, was sie mit mir vorhaben. Dalamar und Palin wollen mich umbringen.«

»Sei nicht albern. Palin würde nie –« Goldmond hielt inne. Ihr strenges Gesicht wurde weicher. »Ah, ich verstehe. Das hatte ich vergessen. Das Zeitreisegerät.«

Tolpan nickte.

»Ich dachte, es wäre kaputt«, klagte er. »Palin hat die Teile nach den Drakoniern geworfen. Sie sind explodiert, und ich dachte, ich müsste mir wenigstens deswegen keine Gedanken mehr machen.«

Er seufzte bedrückt. »Dann griff ich in die Tasche, und es war wieder da. In Einzelteilen, ja, aber alle Teile steckten wieder in meiner Tasche. Ich habe sie wieder und wieder weggeworfen. Ich habe sogar versucht, sie zu verschenken, aber sie kommen immer wieder zurück. Selbst jetzt, wo es kaputt ist, kommen sie zurück.« Tolpan schaute Goldmond flehentlich an. »Wenn ich zum Turm zurückkehre, werden sie es finden und reparieren, und dann muss ich mich von dem Riesen zertreten lassen und sterben. Ich will nicht sterben, Goldmond! Ich will nicht! Bitte, verlang das nicht von mir.«

Gerard hätte Goldmond am liebsten vorgeschlagen, dem

Kender einen Kinnhaken zu verpassen und ihn nach draußen zu schleifen, aber dann hielt er doch den Mund. Der Kender sah dermaßen niedergeschlagen aus, dass Gerard tatsächlich Mitleid empfand. Goldmond ging in die Zelle und setzte sich neben den Kender.

»Tolpan«, begann sie freundlich, streckte die Hand aus und strich eine Haarsträhne zurück, die sich aus dem Knoten gelöst hatte und ihm ins Gesicht fiel. »Ich kann dir nicht versprechen, dass am Ende alles gut wird. Im Augenblick habe ich das Gefühl, dass alles ein sehr bitteres Ende nehmen wird. Ich bin einem Fluss aus Seelen gefolgt, Tolpan. Sie sammeln sich in Nachtlund, aber nicht aus eigenem, freiem Willen. Sie sind Gefangene, Tolpan. Sie stehen unter einem furchtbaren Zwang. Caramon ist unter ihnen, Tika, Flusswind, meine Tochter, vielleicht alle, die wir lieben. Ich will den Grund dafür herausfinden. Ich will wissen, was da vorgeht. Du sagst, Dalamar sei in Nachtlund. Ich muss zu ihm, Tolpan. Ich muss mit ihm reden. Vielleicht ist er der Grund …«

Tolpan schüttelte den Kopf. »Das glaube ich nicht. Dalamar ist auch gefangen, jedenfalls hat er Palin das erzählt.« Der Kender ließ den Kopf hängen und zupfte nervös an seinem Hemd herum. »Es gibt da noch etwas, Goldmond. Etwas, das ich niemandem erzählt habe. Etwas, das mir in Nachtlund passiert ist.«

»Was denn, Tolpan?« Goldmond machte ein besorgtes Gesicht.

Der Kender hatte seine unbeschwerte Fröhlichkeit verloren. Er war geknickt und blass, und er zitterte – zitterte vor Angst. Gerard war erschüttert. Er hatte oft gedacht, dass ein ordentlicher Schrecken einem Kender nur gut tun würde. Nur so konnten diese hohlköpfigen kleinen Kerle lernen, dass das Leben nicht nur aus Picknicks am Grabmal, dem Ärgern von Wachtmeistern und dem Ergattern von Tand bestand. Das Leben war nicht leicht und sollte ernst genommen werden. Angesichts des niedergeschlagenen, ängstlichen Tolpan blickte Gerard zur Seite. Er wusste nicht wieso, aber er hatte das Gefühl, etwas verloren zu haben – nicht nur er, sondern die ganze Welt.

»Goldmond«, flüsterte Tolpan geknickt, »im Wald habe ich mich selbst gesehen.«

»Was meinst du damit, Tolpan?«, erkundigte sie sich sanft.

»Ich habe meinen eigenen Geist gesehen!«, beteuerte Tolpan erschauernd. »Das war überhaupt nicht aufregend. Es war nicht lustig, meinen eigenen Geist zu sehen. Ich war allein und verloren und suchte etwas oder jemanden. Es hört sich vielleicht komisch an, ich weiß, aber ich dachte immer, ich würde nach meinem Tod irgendwie bei Flint landen. Vielleicht ziehen wir miteinander auf Abenteuer aus, oder wir ruhen uns einfach aus, damit ich ihm Geschichten erzählen kann. Aber das war kein Abenteuer. Ich war nur allein … verirrt … und unglücklich.«

Er sah zu ihr auf. Zu seiner Überraschung sah Gerard eine Tränenspur, die sich über die Wange des Kenders zog.

»So mag ich nicht tot sein, Goldmond. Darum kann ich nicht zurückgehen.«

»Verstehst du denn nicht, Tolpan«, mahnte Goldmond. »Darum *musst* du zurück. Ich kann es nicht erklären, aber ich bin mir sicher, dass das, was du und ich gesehen haben, falsch ist. Das Leben auf dieser Welt ist als Zwischenstation auf einer langen Reise gedacht. Unsere Seelen sollen zur nächsten Ebene weiterziehen, damit sie weiter lernen und wachsen. Mitunter können wir verweilen und warten, bis ein geliebter Mensch sich uns anschließt, wie mein lieber Flusswind auf mich wartet und wie irgendwo vielleicht Flint auf dich wartet. Aber anscheinend kann keiner von uns gehen. Wir zwei müssen diese gefangenen Seelen befreien, die genauso in der Zelle der Welt festsitzen, wie du in dieser Zelle festgesessen hast. Das aber können wir nur, indem wir nach Nachtlund zurückkehren. Dort liegt der Kern des Geheimnisses.«

Sie streckte Tolpan die Hand hin. »Kommst du?«

»Du lässt nicht zu, dass sie mich zurückschicken?«, vergewisserte er sich zögernd.

»Ich verspreche dir, dass es deine Entscheidung sein wird, ob du zurückgehst oder nicht«, versprach sie. »Ich lasse nicht zu, dass sie dich gegen deinen Willen zurückschicken.«

»Na gut.« Tolpan stand auf, klopfte sich ab und sah nach, ob er alle seine Beutel hatte. »Ich bringe dich zum Turm, Goldmond. Rein zufällig habe ich einen äußerst zuverlässigen Körperkompass …«

An diesem Punkt begann Conundrum, der mit dem Abkratzen des geschmolzenen Eisens fertig war, über solche Dinge wie Kompasse und Magnetnadeln und die Theorie seines Urgroßonkels zu dozieren, weshalb Norden nur im Norden und nicht im Süden zu finden war, eine Theorie, die ziemliche Kontroversen hervorgerufen hatte und noch heute diskutiert wurde.

Goldmond achtete weder auf die Ausführungen des Gnoms noch auf Tolpans unzusammenhängende Erwiderungen. Sie hatte nur ihr Ziel vor Augen, das sie unbedingt erreichen wollte. Furchtlos, ruhig und gefasst führte sie die anderen die Treppe hinauf, an der schlafenden Wache vorbei, die über ihrem Tisch zusammengesunken war, und aus dem Gefängnis hinaus.

Sie eilten durch Solanthus, eine stille, schlafende Stadt im

Zwielicht. Die bevorstehende Dämmerung hatte den Himmel bereits perlgrau gefärbt. Der Gnom war schlaff wie eine ausgeleierte Sprungfeder. Tolpan blieb ungewöhnlich ruhig. Ihre Schritte waren kaum zu hören. Sie hätten auch Geister sein können, so leise streiften sie durch die leeren Straßen. Unterwegs sahen sie niemanden, und niemand sah sie. Sie trafen keine Patrouillen, keine Bauern, die zum Markt fuhren, keine Trunkenbolde, die aus der Taverne nach Hause stolperten. Kein Hund bellte, kein Säugling weinte.

Gerard hatte das merkwürdige Gefühl, dass Goldmond beim Vorbeiziehen mit ihrem wehenden Mantel eine Decke über die Stadt warf, Augen schloss, die sich öffnen wollten, und jeden, der aufwachte, wieder in süßen Schlummer versinken ließ.

Sie verließen Solanthus durch das Haupttor, wo niemand wachte, der sie hätte aufhalten können.

10 Verschlafen

Als Fürstin Odila erwachte, schien ihr die Sonne in die Augen. Verstimmt setzte sie sich im Bett auf. Normalerweise war sie eine Frühaufsteherin. Sie stieg kurz vor Anbruch der Morgendämmerung aus dem Bett, denn sie hasste es auszuschlafen. Jetzt war sie benommen und matt. Ihr Kopf schmerzte. Sie fühlte sich wie nach einer durchzechten Nacht. Richtig, nach der Ratssitzung war sie in den »Hund und Erpel« gegangen, eine bei den Rittern beliebte Weinstube, aber sie hatte sie nicht zum Trinken aufgesucht. Sie hatte getan, was sie der Großmeisterin versprochen hatte, nämlich herumgefragt, ob jemand Gerard uth Mondar kannte, womöglich gar persönlich.

Keiner der Ritter konnte ihr etwas sagen. Einer kannte immerhin jemanden, der ungefähr aus derselben Gegend stammte. Ein anderer glaubte, die Schneiderin seiner Frau hätte irgendwie einen Bruder, der als Seemann für Gerards Vater gearbeitet haben könnte. Nicht besonders zufriedenstellend. Odila hatte mit ihren Kameraden mit einem Krug Apfelwein angestoßen und war dann ins Bett gegangen.

Beim Anziehen murmelte sie Verwünschungen vor sich hin. Eilig streifte sie das Leinenhemd, die gepolsterte Ledertunika und die Wollsocken über, die sie unter ihrer Rüstung trug. Sie hatte beabsichtigt, früh aufzustehen, um mit einer Patrouille nach dem blauen Drachen zu fahnden. Vielleicht konnte man das Tier erwischen, wenn es im kühlen Frühnebel auf die Jagd ging, bevor es die sonnigen Stunden des Tages in seinem Hort verschlief. So viel dazu. Aber vielleicht konnten sie den Drachen ja wenigstens im Schlaf überraschen.

Nachdem sie die mit den Emblemen der Ritterschaft – Eisvogel und Rose – bestickte Tunika übergestreift hatte, schnallte Odila ihr Schwert um, schloss die Tür ab und verließ eilig ihr Quartier. Sie wohnte im Obergeschoss eines ehemaligen Gasthauses, das die Ritterschaft übernommen hatte, um diejenigen unterzubringen, die in Solanthus dienten. Während Odila klirrend die Treppe hinuntereilte, bemerkte sie, dass sich die anderen Ritter an diesem Morgen offenbar ebenso verspätet hatten wie sie. Beinahe wäre sie mit Sir Alfric zusammengestoßen, der eigentlich die Wachablösung am Haupttor leiten sollte und zu spät dran war. Mit Hemd und Schwertgurt in der einen Hand und dem Helm in der anderen kam er aus seinem Zimmer gerannt.

»Euch auch einen guten Morgen, mein Herr«, begrüßte ihn Odila mit vielsagendem Blick auf die Vorderseite seiner Hose.

Puterrot schnürte Sir Alfric die Hose anständig zu, ehe er durch die Tür floh.

Grinsend über ihren Scherz und froh, dass sie nicht seine Rüge hören würde, marschierte Odila zügig zum Rüstungsmacher. Gestern hatte sie ihren Brustpanzer dort abgegeben, um einen zerrissenen Lederriemen und eine verbogene Schnalle reparieren zu lassen. Man hatte ihr zugesagt, dass alles heute Morgen fertig sein würde. Jeder, dem sie begegnete, wirkte entweder verschlafen und benommen oder aufgebracht. Sie kam an dem Mann vorbei, der den Wärter im Gefängnis hätte ablösen sollen. Er gähnte und stolperte vor lauter Eile, seine Arbeit anzutreten, über seine eigenen Füße.

Hatte denn ganz Solanthus verschlafen?

Odila sann über diese beunruhigende Frage nach. Was ihr zunächst seltsam und ärgerlich erschienen war, nahm jetzt eine unheimliche Bedeutung an. Sie hatte keinen Grund zu der Annahme, dass dieser ungewöhnliche Anfall von Schläfrigkeit, der die Bewohner von Solanthus überwältigt hatte, irgendetwas mit den Gefangenen zu tun hatte, aber nur um sicherzugehen, änderte sie die Richtung und hielt auf das Gefängnis zu.

Als sie dort eintraf, war alles ruhig. Der Wärter hing zwar friedlich schnarchend quer über dem Tisch, aber die Schlüssel hingen noch an der Wand. Mit einem festen Knöchelschlag auf den kahlen Schädel weckte sie den Wärter. Er fuhr senkrecht hoch, zuckte zusammen und blinzelte sie verwirrt an. Während der Wärter sich den Kopf rieb, machte sie eine Runde. Alle Insassen des Gefängnisses schliefen in ihren Zellen. Es war hier noch nie so still gewesen.

Erleichtert beschloss Odila, dass sie auch nach Gerard sehen konnte, wenn sie schon einmal hier war. Sie wollte ihm mitteilen, dass sie jemanden gefunden hatte, der die Richtigkeit seiner Identität möglicherweise beschwören konnte. Also ging sie die Treppe hinunter, bog um die Ecke und blieb bass erstaunt stehen. Kopfschüttelnd drehte sie sich um, um langsam wieder nach oben zu steigen.

»Dabei hatte ich gerade beschlossen, ihm zu glauben«, sagte sie zu sich selbst. »Das wird mir eine Lehre sein – kornblumenblaue Augen anhimmeln! Männer! Geborene Lügner, allesamt. – Schlag Alarm!«, wies sie den schläfrigen Wächter an. »Schick die Wachen los. Die Gefangenen sind geflohen.«

Einen Augenblick blieb sie stehen und überlegte, was zu tun war. Nach der ersten Enttäuschung wurde sie jetzt wütend. Sie hatte ihm vertraut – die fernen Götter wussten, weshalb –, doch er hatte sie betrogen. Das war ihr nicht zum ersten Mal geschehen, doch diesmal würde es das letzte Mal sein. Odila hielt auf die Ställe zu. Sie wusste, wo Gerard und seine Freunde hingegangen waren. Sie mussten dort sein. Er würde seinen Drachen suchen. Als sie die Ställe erreichte, überprüfte sie, ob dort Pferde fehlten, was aber nicht der Fall war. Also ging sie davon aus, dass der Ritter zu Fuß floh. Das erleichterte sie. Der Gnom und der Kender mit ihren kurzen Beinen würden ihn aufhalten.

Sie warf sich auf ihr Pferd und galoppierte durch die Straßen von Solanthus, die nur langsam zum Leben erwachten, als litte die ganze Stadt an den Folgen eines hemmungslosen Trinkgelages.

Sie durchquerte die vielen Tore, wobei sie nur kurz anhielt, um zu fragen, ob die Wachen in der Nacht etwas von den Gefangenen bemerkt hatten. Das hatten sie nicht, aber ihren Blicken nach zu schließen, hatten sie in der Nacht ohnehin nur die Innenseite ihrer Augenlider gesehen. Am letzten Tor traf sie Sternenmeister Mikelis an.

Die Wachen waren schamrot im Gesicht und sehr zerknirscht. Ihr Vorgesetzter redete mit Mikelis.

»– schlafend im Dienst erwischt«, sagte er gerade wütend.

Odila zügelte ihr Pferd. »Was ist los, Sternenmeister?«, erkundigte sie sich.

Er war so in Sorge, dass er sie nicht wiedererkannte. »Die Großmeisterin wird vermisst. Sie hat letzte Nacht nicht in ihrem Bett geschlafen –«

»Offenbar war sie die *Einzige* in Solanthus, die nicht geschlafen hat«, gab Fürstin Odila schulterzuckend zurück. »Vielleicht wollte sie einen Freund besuchen.«

Der Sternenmeister schüttelte den Kopf. »Nein, ich habe überall nachgesehen und mit jedem gesprochen. Seit sie den Ritterrat verlassen hat, ist sie nicht mehr gesehen worden.

Odila überlegte in Ruhe. »Der Ritterrat. Wo die Großmeisterin Gerard uth Mondar verteidigt hat. Vielleicht interessiert es Euch, Sternenmeister, dass der Gefangene letzte Nacht aus seiner Zelle geflohen ist.«

Der Sternenmeister machte ein schockiertes Gesicht. »Edle Ritterin, Ihr wollt doch sicher nicht behaupten –«

»Er hatte Hilfe«, sprach Odila stirnrunzelnd weiter, »Hilfe von jemandem, der über mystische Kräfte verfügt.«

»Das glaube ich nicht!«, rief Sternenmeister Mikelis erregt. »Großmeisterin Goldmond würde niemals –«

Odila wartete nicht ab, was er über Großmeisterin Goldmond noch zu sagen hatte.

Nachdem sie ihr Pferd zum Galopp angespornt hatte, ritt sie durch das Tor auf die Hauptstraße. Unterwegs versuchte sie, aus all dem schlau zu werden. Sie hatte Gerard seine Geschichte geglaubt, so seltsam und absurd sie auch erscheinen mochte. Seine beredte Bitte am Ende des Prozesses hatte sie beeindruckt, denn er hatte nicht für sich, sondern um Hilfe für die Elfen von Qualinesti gefleht. Auch die Großmeisterin hatte sie tief beeindruckt, was schon deshalb seltsam war, weil Lady Odila nicht viel auf die Wunder des Herzens gab, oder wie auch immer die Kleriker das heutzutage nennen mochten. Sie hatte sogar dem Kender geglaubt, und als sie zu dieser Erkenntnis gelangte, fragte sie sich, ob sie wohl krank wurde.

Zwei Meilen jenseits der Stadt sah sie einen Reiter, der ihr entgegenkam. Er ritt schnell, tief über den Hals seines Pferdes gebeugt, das er in die Flanken trat, damit es noch schneller rannte. Dem Pferd triefte der Schaum vom Maul, als es an Odila vorbeidonnerte. An der Kleidung erkannte Odila, dass der Mann ein Späher war, und aus seinem halsbrecherischen Tempo schloss sie, dass er eilige Nachrichten brachte. Trotz ihrer Neugier setzte sie ihren Weg fort. Was er auch zu berichten hatte, es würde immer noch da sein, wenn sie zurückkam.

Nach weiteren zwei Meilen hörte sie die ersten Hörner erschallen.

Odila zügelte ihr Pferd, drehte sich im Sattel um und starrte verstört zur Stadt zurück. Dort riefen die Hörner und nun auch die Trommeln zu den Waffen. Man hatte einen Feind gesichtet, der sich mit Macht der Stadt näherte. Im Westen verdüsterte eine große Staubwolke den Horizont. Odila starrte wie gebannt auf die Staubwolke, um zu erkennen, was sie verursachte, doch sie war zu weit entfernt. Einen Augenblick blieb sie unentschlossen sitzen. Die Hörner riefen sie zum Dienst hinter den Stadtmauern. Ihr eigenes Pflichtgefühl rief sie auf, weiterzureiten, um den entflohenen Gefangenen zu erwischen.

Oder wenigstens mit ihm zu reden.

Odila warf einen letzten Blick auf die Staubwolke. Sie schien näher zu kommen. Dann ritt sie noch schneller die Straße hinunter.

Unterwegs behielt sie die Ränder der Straße im Auge, um die Stelle zu finden, wo die Gruppe die Straße verlassen hatte, um den Drachen zu suchen. Nach ein paar weiteren Meilen entdeckte sie die Stelle. Es war eine erfreuliche Überraschung, dass sie sich überhaupt nicht bemüht hatten, ihre Spuren zu verwischen. Ein flüchtiger Schurke – ein verschlagener, hart gesottener Verbrecher – hätte versucht, seine Verfolger in die Irre zu führen. Doch die vier hatten eine breite Schneise in das wogende Gras der Steppe getreten. Hier und dort gingen kleinere Wege zur Seite ab, wo jemand – vermutlich der Kender – umhergestreunt war, um sogleich zurückgeholt zu werden.

Odila trieb ihr Pferd auf den deutlich erkennbaren Pfad. Als sie sich dem Flüsschen näherte, stieß sie auf weitere Hinweise, dass sie auf der richtigen Fährte war, denn sie sichtete verschiedene Dinge, die dem Kender aus seinen Beuteln gerutscht sein mussten: ein verbogener Löffel, ein glänzendes Stück Katzengold, ein silberner Ring, ein Krug mit dem Wappen von Fürst Tasgall. Mittlerweile hatte sie die Bäume erreicht und ritt am Ufer des Flusses entlang, in dem sie Gerard erwischt hatte.

Der Boden war vom Morgennebel feucht. Sie konnte Fußabdrücke erkennen: ein Paar große Füße in Stiefeln, ein Paar kleinere Füße in Stiefeln mit weichen Sohlen, ein Paar kleine Kenderfüße – die waren vorne – und ein zweites Paar kleine Füße, das hinterhertrottete. Sie mussten dem Gnom gehören.

Odila kam zu einem Ort, wo die drei angehalten hatten und einer vorweggegangen war – der Ritter natürlich, der seinen Drachen suchte. Sie konnte erkennen, dass der Kender den Ritter hatte begleiten wollen, aber offensichtlich zurückgerufen worden war, denn die kleinen Fußabdrücke zeigten, dass er zögerlich wieder umgekehrt war. Sie konnte auch sehen, wo der Ritter zurückgekommen war und von wo aus die anderen ihn begleitet hatten.

Nach dem Absitzen ließ Odila ihr Pferd am Flussufer stehen und befahl ihm, dort zu bleiben, bis sie es rief. Sie schlich zu Fuß weiter, allerdings immer noch so schnell wie möglich. Die Fußabdrücke waren frisch. Der Boden begann gerade erst, in der Morgensonne zu trocknen. Sie befürchtete nicht, zu spät zu kommen. Die ganze Zeit über hatte sie den Himmel beobachtet und nach einem blauen Drachen Ausschau gehalten, aber sie hatte keine Spur von ihm entdeckt.

Es würde eine Zeit lang dauern, überlegte sie, bis der Ritter einen der blauen Drachen – die bekanntlich überaus stolz und dem Bösen von ganzem Herzen ergeben waren – überzeugt haben würde, einen Kender, einen Gnom und eine Mystikerin aus der Zitadelle des Lichts zu tragen. Eigentlich konnte Odila sich unter keinen Umständen vorstellen, dass die Großmeisterin, die vor langer Zeit ihr Leben riskiert hatte, um blaue Drachen und all das, was sie verkörperten, zu besiegen, eingewilligt hatte, zu einem blauen Drachen zu gehen oder ihn gar zu reiten.

»Es wird immer merkwürdiger«, fand Odila.

Die Rufe der Hörner erklangen in der Ferne, aber sie konnte sie noch hören. Jetzt läuteten auch alle Glocken der Stadt, um die Bauern und Schäfer und alle, die außerhalb der Mauern lebten, zu warnen und in die Sicherheit der Stadtmauern zu rufen. Odila bemühte sich, neben den Hörnern und den ungestüm läutenden Glocken noch etwas zu vernehmen. Da war es. Stimmen.

Aufmerksam schlich Odila weiter. Sie erkannte die Stimmen von Gerard und Goldmond. Nun löste sie das Schwert aus der

Scheide. Sie plante, hinzustürmen, Gerard niederzuschlagen, ehe er reagieren konnte, und ihn als Geisel zu nehmen, damit der Drache sie nicht angriff. Je nachdem, welche Beziehung zwischen Drache und Ritter bestand, konnte der Blaue sie natürlich ohne jede Rücksicht auf die Folgen für seinen Reiter angreifen. Das war ein Risiko, das Odila eingehen würde. Sie hatte es so satt, belogen zu werden. Dieser Mann würde ihr die Wahrheit sagen oder sterben.

Odila erkannte die Höhle wieder. Sie war bei ihren früheren Versuchen, den Drachen zu finden, darauf gestoßen. Sie und ihre Patrouille hatten die Höhle durchsucht, aber keine Spur von ihm gefunden. Er musste anschließend gekommen sein, folgerte sie, während sie weiterschlich. Sie konzentrierte sich ganz auf ihre Schritte, damit sie keinen Zweig zertrat und nicht gegen raschelnde Blätter stieß. Gebannt lauschte sie den Stimmen.

»Raser wird Euch nach Nachtlund bringen, Großmeisterin.« Das war Gerard. Seine Stimme klang leise und ehrfürchtig. Sie war voller Respekt. »Wenn sich der Turm der Erzmagier dort befindet, wie der Kender es behauptet, wird der Drache ihn ausmachen. Ihr braucht Euch *nicht* auf die Beschreibung des Kenders zu verlassen. Aber ich bitte Euch, Großmeisterin, überlegt es Euch noch einmal.« Seine Stimme wurde ernster, sein Tonfall beschwörend. »Nachtlund hat einen üblen Ruf, der nach allem, was ich höre, absolut berechtigt ist.«

Pause. Dann kam: »Also gut, Großmeisterin, wenn Ihr so fest entschlossen seid –«

»Das bin ich, Herr Ritter.« Goldmonds Stimme klang klar und entschlossen durch die Höhle.

Gerard redete weiter. »Caramon hat mir im Sterben aufgetragen, Tolpan zu Dalamar zu bringen. Vielleicht sollte ich

Euch doch lieber begleiten.« Er schien hin- und hergerissen zu sein. »Aber Ihr hört die Hörner. Solanthus wird angegriffen. Ich muss zurück…«

»Ich weiß, was Caramon im Sinn hatte, Sir Gerard«, tröstete ihn Goldmond, »und warum er diese Bitte ausgesprochen hat. Ihr habt mehr als genug getan, um seinen letzten Wunsch zu erfüllen. Ich spreche Euch von der Verantwortung frei. Euer Leben und das des Kenders haben sich verwoben, aber jetzt sind die Stränge wieder entwirrt. Ihr tut gut daran, Euch der Verteidigung von Solanthus anzuschließen. Ich werde aus eigener Kraft weiterkommen. Was habt Ihr dem Drachen über mich erzählt?«

»Ich habe Raser gesagt, Ihr wärt eine Schwarze Mystikerin in Verkleidung. Ihr hättet den Kender dabei, weil er behauptet, einen Weg in den Turm zu kennen. Der Gnom sei ein Komplize des Kenders; die beiden seien unzertrennlich. Raser hat mir geglaubt. Natürlich hat er mir geglaubt«, meinte Gerard bitter. »Wenn ich lüge, glaubt mir jeder. Nur die Wahrheit glaubt niemand. Was ist das für eine merkwürdige Welt, in der wir leben?«

Er seufzte tief.

»Ihr habt den Brief von König Gilthas«, munterte Goldmond ihn auf. »Den müssen sie als Beweis akzeptieren.«

»Müssen sie? Ihr vertraut ihnen zu sehr. Ihr solltet Euch sputen, Großmeisterin.« Gerard hielt inne. Er rang mit sich. »Je mehr ich darüber nachdenke, desto mehr hasse ich den Gedanken, Euch allein nach Nachtlund gehen zu lassen.«

»Ich brauche keinen Schutz«, versicherte ihm Goldmond mit sanfter Stimme. »Und ich glaube nicht, dass Ihr mir echten Schutz anbieten könntet. Wer mich gerufen hat, wird dafür sorgen, dass ich mein Ziel sicher erreiche. Verliert nicht den Glauben an die Wahrheit, Sir Gerard«, fügte sie liebevoll hinzu, »und fürchtet sie nicht, ganz gleich, wie schrecklich sie Euch erscheinen mag.«

Odila stand unentschlossen vor der Höhle und überlegte, was sie tun sollte. Gerard hatte die Chance zur Flucht, aber er ergriff sie nicht. Stattdessen wollte er zurückkehren und Solanthus verteidigen. *Wenn ich lüge, glaubt mir jeder. Nur die Wahrheit glaubt niemand.*

Sie zückte ihr Schwert und umfasste fest den Griff. Dann verließ Odila den Schutz der Bäume und marschierte kühn in die Höhle hinein. Gerard stand mit dem Rücken zu ihr und starrte in die Finsternis. Er trug die Lederkleider eines Drachenreiters, die einzigen Kleider, die er besaß. Auch im Gefängnis hatte er sie angehabt. Schwert und Schwertgurt hatte er sich zurückgeholt. In der Hand hielt er die lederne Kopfbedeckung eines Drachenreiters. Er war allein.

Bei Odilas Schritten sah Gerard sich um. Er erblickte sie, verdrehte die Augen und schüttelte den Kopf.

»Ihr!«, murmelte er. »Das fehlte mir gerade noch!« Wieder sah er in die Dunkelheit.

Odila berührte mit der Schwertspitze seinen Nacken. Dabei fiel ihr auf, dass er seine Ledersachen wohl sehr hastig angelegt hatte – oder er hatte sich im Dunkeln angezogen. Die Tunika saß verkehrt herum.

»Ihr seid mein Gefangener«, erklärte sie mit schroffer Stimme. »Keine Bewegung. Versucht nicht, den Drachen herauszurufen. Nur ein Wort, dann –«

»Was dann?«, wollte Gerard wissen.

Er fuhr herum, stieß mit der Hand ihr Schwert weg und lief an ihr vorbei aus der Höhle hinaus.

»Sputet Euch, Fürstin, wenn Ihr mitkommen wollt«, rief er

brüsk. »Sonst kommen wir erst nach dem Ende der Schlacht in Solanthus an.«

Odila lächelte, aber nur so lange er ihr den Rücken zudrehte und sie nicht sehen konnte. Sobald sie wieder ernst und streng dreinschauen konnte, setzte sie ihm nach.

»Wartet einen Augenblick!«, sagte sie. »Wo wollt Ihr denn überhaupt hin?«

»Nach Solanthus zurück«, teilte er ihr kühl mit. »Hört Ihr nicht die Hörner? Die Stadt wird angegriffen.«

»Ihr seid mein Gefangener –«

»Schön, ich bin Euer Gefangener«, willigte er ein, drehte sich um und gab ihr sein Schwert. »Wo ist Euer Pferd? Für mich habt Ihr bestimmt keins mitgebracht. Nein, natürlich nicht. Das hätte Umsicht erfordert, und Ihr habt den Verstand einer Erbse. Allerdings ist Euer Pferd ein kräftiges Tier. Nach Solanthus ist es nicht weit. Das Pferd kann uns beide tragen.«

Odila nahm das Schwert an. Mit dem Griff rieb sie sich über die Wange. »Wo ist die Mystikerin hin? Und die anderen? Der Kender und der Gnom, Eure … ähm … Komplizen.«

»Da drin«, antwortete Gerard mit einer Handbewegung zur Höhle. »Der Drache ist auch da drin, am anderen Ende. Sie wollten mit dem Aufbruch bis zum Abend warten. Geht ruhig rein und legt Euch mit dem Drachen an. Besonders da Ihr nur ein Pferd mitgebracht habt.«

Odila musste die Lippen fest aufeinander pressen, um nicht aufzulachen.

»Ihr wollt also wirklich zurück nach Solanthus?«, wollte sie stirnrunzelnd erfahren.

»Allerdings, Ritterfürstin.«

»Dann braucht Ihr vermutlich das hier«, lenkte sie ein und warf ihm das Schwert hin.

Er war so überrascht, dass er es beinahe fallen gelassen hätte.

Odila ging an ihm vorbei und zwinkerte ihm aus dem Augenwinkel zu. »Mein Pferd kann uns beide tragen, Maisschopf. Wie Ihr schon sagtet, wir sollten uns lieber beeilen. Oh, und macht ruhig den Mund zu. Sonst fliegt noch eine Fliege rein.«

Gerard starrte sie an wie vom Donner gerührt. Dann setzte er ihr nach.

»Ihr glaubt mir?«

»*Jetzt* schon«, betonte sie. »Ich möchte Eure Gefühle nicht verletzen, Maisschopf, aber Ihr seid nicht schlau genug, um eine Vorstellung zu ersinnen wie die, die ich gerade mitangehört habe. Außerdem«, sie seufzte tief, »ist Eure Geschichte ein solches Kuddelmuddel. Eine junge, neunzig Jahre alte Hexe, ein toter, lebender Kender *und* ein Gnom. Das muss man einfach glauben. So etwas kann sich niemand ausdenken.« Sie sah über die Schulter. »Ihr habt also wirklich einen Brief des Elfenkönigs?«

»Möchtet Ihr ihn sehen?«, fragte er mit widerstrebendem Lächeln.

Odila schüttelte den Kopf. »Ich doch nicht. Um ehrlich zu sein, ich wusste nicht einmal, dass die Elfen einen König haben. Ist mir auch ziemlich egal. Aber wahrscheinlich ist es gut, dass es jemandem nicht egal ist. Was für ein Kämpfer seid Ihr überhaupt, Maisschopf? Muskeln scheint Ihr nicht viele zu haben.« Sie warf einen verächtlichen Blick auf seine Arme. »Vielleicht seid Ihr mehr der kleine, drahtige Typ.«

»Wenn Fürst Tasgall mich überhaupt kämpfen lässt«, grollte Gerard. »Ich werde ihm mein Wort geben, dass ich keinen Fluchtversuch unternehmen werde. Wenn sie das nicht annehmen, werde ich tun, was ich kann, um den Verwundeten beizustehen, Feuer zu löschen oder auf andere Art zu helfen –«

»Ich denke, sie werden Euch glauben«, überlegte Odila. »Wie ich schon sagte, eine Geschichte mit einem Kender *und* einem Gnom …«

Sie erreichten die Stelle, wo Odila ihr Pferd zurückgelassen hatte. Die Ritterin schwang sich in den Sattel. Sie schaute Gerard an, der zu ihr hochblickte. Er hatte wirklich überwältigend blaue Augen. Noch nie hatte sie Augen dieser Farbe gesehen, Augen von solch strahlender Klarheit. Sie streckte ihm die Hand hin.

Gerard griff zu, worauf sie ihn hochzog, bis er unbequem hinter ihr auf der Kruppe saß. Mit einem Schnalzen trieb sie ihr Pferd an.

»Legt mir lieber die Arme um den Bauch, Maisschopf«, empfahl sie ihm, »damit Ihr nicht runterrutscht.«

Gerard schlang seine Arme fest um ihre Taille und rutschte auf dem Pferd nach vorn, bis er dicht an sie gedrückt war.

»Fühlt Euch bitte nicht belästigt, Fürstin Odila«, sagte er.

»Oh je«, gab sie mit einem abgrundtiefen Seufzer zurück, »dabei wollte ich mir gerade das Hochzeitskleid aussuchen.«

»Könnt Ihr denn nie ernst sein?«, fragte Gerard konsterniert.

»Nicht oft«, gab Odila zurück. Sie grinste ihn über die Schulter an. »Warum sollte ich, Maisschopf?«

»Mein Name ist Gerard.«

»Weiß ich«, antwortete sie.

»Warum nennt Ihr mich dann so?«

Sie zuckte mit den Schultern. »Der andere Name passt eben.«

»Ich glaube, es liegt daran, dass ich kein Witz mehr wäre, sondern ein Mensch, wenn Ihr meinen Namen benutztet. Ich verabscheue Frauen, und ich habe das Gefühl, Ihr haltet wenig von den Männern. Wir haben beide unsere Verletzungen. Vielleicht fürchten wir beide das Leben mehr als den Tod. Darüber können wir uns später mal bei einem kühlen Bier unterhalten. Vorläufig möchte ich mich aber mit Euch auf eine Sache einigen: Ihr nennt mich Gerard. Oder Sir Gerard, wenn Euch das lieber ist.«

Odila hätte darauf gern geantwortet, aber spontan fiel ihr nichts ein, jedenfalls nichts Komisches. Also ließ sie ihr Pferd angaloppieren.

»Halt!«, rief Gerard plötzlich. »Ich glaube, ich habe etwas gesehen.«

Odila zügelte das Pferd, das keuchend und mit heftig pumpenden Flanken stehen blieb. Sie hatten den Wald, der sich am Fluss entlang erstreckte, verlassen und ritten gerade ins Freie. Vor ihnen lag die Straße, die durch eine kleine Senke führte, ehe sie sich wieder der Stadt entgegenhob. Jetzt sah Odila, was Gerard bemerkt hatte. Was auch sie hätte bemerken sollen, wenn sie nicht dauernd an blaue Augen gedacht hätte.

Reiter auf Pferden. Hunderte von Reitern ergossen sich von Westen her über die Ebene. Sie ritten in Formation und ließen ihre Fahnen im Wind flattern. Ihre Speerspitzen und Stahlhelme warfen leuchtendes Sonnenlicht zurück.

»Eine Armee Schwarzer Ritter«, stellte Odila fest.

»Die zwischen uns und der Stadt steht«, ergänzte Gerard.

11 Doppelt gefangen

»Schnell, bevor sie uns sehen!«, flüsterte Gerard. »Wendet das Pferd. Wir können uns in der Höhle verstecken –«

»Verstecken!«, wiederholte Odila, die ihm einen schockierten Blick zuwarf. Dann grinste sie. »Ich mag Euch, Mais –« Nach einer Pause verbesserte sie sich mit schiefem Lächeln: »Sir Gerard. Jeder andere Ritter hätte darauf bestanden, dass wir uns in die Schlacht stürzen.« Hoch aufgerichtet legte sie eine Hand auf den Schwertknauf und deklamierte: »Ich werde standhalten und kämpfen, auch wenn es Hundert zu Eins steht. Die Ehre ist mein Leben.«

Sie wendete ihr Pferd und schickte sich an, zur Höhle zurückzureiten.

Jetzt wirkte Gerard schockiert. »Glaubt Ihr denn nicht daran?«

»Was nützt Euch Eure Ehre, wenn Ihr tot seid? Was nützt sie anderen? Ich will Euch sagen, was geschieht, Sir Gerard«, fuhr sie fort. »Man wird ein Lied über Euch dichten. Irgend so ein vollkommen dämliches Lied, das in den Schenken gesungen wird, und all die fetten Kaufleute bekommen feuchte Augen und blubbern durch ihr Bier von dem tapferen Ritter, der gegen sechshundert Mann gekämpft hat. Aber wisst Ihr, wer nicht singen wird? Die Ritter in Solanthus. Unsere Kameraden. Unsere Freunde. Die Ritter, die keine Gelegenheit bekommen werden, im Namen der Ehre eine glorreiche Schlacht auszufechten. Die Ritter, die um ihr Leben kämpfen müssen, damit sie die Leute beschützen können, die ihnen vertrauen.

Gut, wir haben nur zwei Schwerter, und die machen keinen großen Unterschied. Aber wenn nun jeder von diesen Rittern in Solanthus beschließt, aufs Schlachtfeld zu reiten und sechshundert Feinde zum glorreichen Zweikampf zu fordern? Was wird dann aus den Bauern, die bei den Rittern Schutz gesucht haben? Dürfen die auch glorreich sterben, oder werden sie vom Speer eines Soldaten aufgespießt? Was wird aus den fetten Kaufleuten? Dürfen die glorreich sterben, oder werden sie zusehen müssen, wie die feindlichen Soldaten ihre Frauen und Töchter schänden und ihre Geschäfte niederbrennen?

Meiner Ansicht nach, Sir Gerard, haben wir geschworen, diese Menschen zu beschützen. Wir haben nicht geschworen, glorreich und selbstsüchtig in einem hoffnungslosen, absurden Kampf umzukommen.

Das Hauptziel des Feindes ist, uns zu töten. Mit jedem Tag, an dem wir am Leben bleiben, haben wir dieses Ziel vereitelt. Mit jedem Tag, an dem Ihr am Leben bleibt, habt Ihr gesiegt und sie verloren – selbst wenn das bedeutet, dass man sich schmählich in einer Höhle versteckt, bis man einen Weg findet, zu den Kameraden zurückzukehren, um an ihrer Seite zu kämpfen. Das bedeutet Ehre für mich.«

Odila holte tief Luft. Sie hatte sich so in ihre Rede hineingesteigert, dass ihr Körper zitterte.

»So habe ich das nie gesehen«, gestand Gerard, der sie bewundernd ansah. »Anscheinend gibt es doch etwas, was Ihr ernst nehmt, Fürstin Odila. Leider scheint alles vergebens gewesen zu sein.« Er deutete an ihrer Schulter vorbei. »Sie schützen ihre Flanken durch Patrouillen. Man hat uns bemerkt.«

Eine halbe Meile entfernt kam ein Reitertrupp in Sicht, der am Waldrand entlanggeritten war. Das Pferd mit den zwei Reitern war im hohen Gras leicht zu sehen. Geschlossen galoppierte die Patrouille in ihre Richtung, um sie zu verhören.

»Ich habe eine Idee. Schnallt Euer Schwert ab und gebt es mir«, forderte Gerard sie auf.

»Was –« Stirnrunzelnd sah Odila sich um. Er stülpte sich gerade den Lederhelm über den Kopf. »Oh!« Nachdem ihr klar war, was er vorhatte, löste sie das Schwert. »Wisst Ihr, Sir Gerard, diese List könnte noch besser klappen, wenn Ihr nicht die

Tunika falsch herum anhättet. Schnell, dreht sie um, bevor sie uns genauer sehen können!«

Fluchend zog Gerard die Arme aus den Ärmeln und drehte die Tunika, damit das Emblem der Schwarzen Ritter von Neraka vorne war.

»Nein, nicht umdrehen«, befahl er. »Tut es einfach. Schnell. Bevor sie uns genauer sehen können.«

Odila legte ihm den Schwertgurt in die Hände. Er schob ihn zusammen mit dem Schwert in seinen eigenen Gurt. Dann rückte er den Helm zurecht. Er fürchtete nicht, dass man ihn erkennen könnte, aber der Helm eignete sich ausgezeichnet dazu, seine Mimik zu verbergen.

»Gebt mir die Zügel und legt Eure Hände auf den Rücken.«

Odila tat alles, was er sagte. »Ihr ahnt nicht, wie aufregend das für mich ist, Sir Gerard«, murmelte sie heftig atmend.

»Oh, seid still«, grollte er, während er mit dem Knoten kämpfte. »Bleibt wenigstens dies eine Mal ernst.«

Die Patrouille kam näher. Jetzt erkannte er Einzelheiten und bemerkte erstaunt, dass der Trupp von einem Minotaurus angeführt wurde. Gerards Hoffnung, lebend aus der Sache herauszukommen, wuchs. Er war zwar noch nie einem Minotaurus begegnet, aber sie galten als beschränkte Dickschädel. Bei den übrigen Mitgliedern der Patrouille handelte es sich um Ritter von Neraka, ihrem reiterlichen Geschick nach offenbar erfahrene Kavalleristen.

Die feindliche Patrouille galoppierte über das trockene Grasland, wobei die Pferde dicke Staubwolken aufwirbelten. Auf ein Zeichen des Minotaurus hin, der vorne ritt, fächerten die anderen aus, bis sie einen Kreis um Gerard und Odila bildeten.

Gerard hatte daran gedacht, ihnen entgegenzutreten, sich aber dann dagegen entschieden. Als Ritter von Neraka, in unmittelbarer Nähe einer feindlichen Festung und mit einer Gefangenen belastet, hatte er einen ebenso guten Grund wie sie, argwöhnisch zu reagieren.

Der Minotaurus hob die Hand zum Gruß. Gerard gab den Gruß zurück und dankte insgeheim jedem, der zuhören mochte, für seine Zeit bei Marschall Medan. Schweigend blieb er auf dem Pferd sitzen und wartete darauf, dass der ranghöhere Minotaurus das Wort ergriff. Odila war rot angelaufen. Wie versteinert starrte sie alle an. Gerard hoffte nur, dass ihr Schweigen anhalten würde.

Der Minotaurus musterte Gerard eindringlich. Seine Augen waren keine blöden Tieraugen, sondern funkelten vor Intelligenz.

»Euren Namen, Euren Rang und Euren Befehlshaber!«, verlangte der Minotaurus. Seine Stimme war schroff und grollend, aber Gerard hatte keine Schwierigkeiten, ihn zu verstehen.

»Ich bin Gerard uth Mondar, Adjutant von Marschall Medan.«

Er nannte seinen wahren Namen, falls sie tatsächlich bei Marschall Medan nachfragen sollten. Er würde Gerards Namen erkennen und wissen, wie er reagieren musste. Auch seine Einheit in Qualinesti nannte er, mehr aber nicht. Jeder echte Ritter von Neraka misstraute seinen Kameraden. Er würde nur antworten, wenn er gefragt wurde, und nichts freiwillig preisgeben.

Der Minotaurus runzelte die Stirn. »Ihr seid fern von zu Hause, Drachenreiter. Was führt Euch so weit nach Norden?«

»Ich war mit Marschall Medans blauem Drachen auf dem Weg nach Norden, um eine dringende Nachricht des Marschalls zu Nachtmeister Targonne zu bringen«, erwiderte Gerard schlagfertig.

»Dennoch seid Ihr weit weg von zu Hause«, beharrte der Minotaurus, dessen Augen sich verengten. »Jelek liegt weit östlich von hier.«

»Ja, Sir«, pflichtete Gerard bei. »Wir gerieten in einen Sturm und kamen vom Kurs ab. Der Drache dachte, er könnte es schaffen, aber eine plötzliche Windböe hat uns erwischt. Ich wäre fast aus dem Sattel gefallen, und der Drache hatte einen Muskelriss in der Schulter. Er ist noch möglichst lange weitergeflogen, aber irgendwann war es zu schmerzhaft. Wir hatten keine Ahnung, wo wir waren. Wir glaubten uns in der Nähe von Neraka, aber dann sahen wir die Türme der Stadt. Da ich hier in der Nähe aufgewachsen bin, erkannte ich Solanthus. Gleichzeitig sahen wir Eure Armee auf die Stadt zumarschieren. Aus Sorge, von den verfluchten Solamniern bemerkt zu werden, landete der Drache hier im Wald und suchte sich eine Höhle, wo seine Schulter in Ruhe ausheilen kann. Diese Solamnierin«, Gerard versetzte Odila einen groben Stoß in den Rücken, »sah uns landen. Sie ist uns bis zur Höhle gefolgt. Wir haben gekämpft, ich habe sie besiegt und entwaffnet.«

Der Minotaurus sah Odila neugierig an. »Ist sie aus Solanthus?«

»Sie redet nicht, Sir, aber ich zweifle nicht daran. Bestimmt kennt sie Einzelheiten über die Zahl der Soldaten in der Stadt, die Befestigungen und andere Dinge, die Euren Kommandanten interessieren werden. Und nun, Schwadronführer«, fügte Gerard hinzu, »wüsste ich gern Euren Namen und den Namen Eures Kommandanten.«

Das war gewagt, aber er hatte das Gefühl, genügend Fragen beantwortet zu haben. Weiter Antworten zu geben, ohne selbst ein paar Fragen zu stellen, wäre ungewöhnlich gewesen.

Die Augen des Minotaurus blitzten auf. Einen Augenblick

glaubte Gerard, er hätte den Bogen überspannt. Dann teilte der Minotaurus ihm mit: »Mein Name ist Galdar. Unsere Kommandantin ist Mina.« Diesen merkwürdigen Namen sprach er mit einer beunruhigenden Mischung aus Ehrfurcht und Respekt aus. »Welche Botschaft bringt Ihr nach Jelek?«

»Meine Botschaft ist für Lord Targonne persönlich bestimmt«, gab Gerard zurück. Bei dem Wort *Botschaft* setzte sein Herz einmal aus, ehe es ihm in die Hose rutschte.

Plötzlich fiel ihm ein, dass er tatsächlich eine Botschaft bei sich trug, aber nicht von Marschall Medan, sondern von Gilthas, dem König der Qualinesti. Wenn dieser Brief den Schwarzen Rittern in die Hände fiel, war er verloren. Gerard konnte sein Pech nicht fassen. An dem Tag, an dem der Brief ihm hätte helfen können, hatte er ihn bei dem Drachen gelassen. An dem Tag, an dem der Brief nicht wieder gutzumachenden Schaden anrichten konnte, steckte er in seinem Gürtel. Was hatte er verbrochen, dass ihm das Schicksal so übel mitspielte?

»Lord Targonne ist tot«, antwortete der Minotaurus. »Jetzt ist Mina die Nachtmeisterin. Ich bin ihr Stellvertreter. Ihr könnt Eure Nachricht mir übergeben, damit ich sie an Mina weiterleite.«

Gerard war nicht besonders überrascht, dass Targonne tot war. Bei den Schwarzen Rittern gründete eine Beförderung häufig darauf, dass jemandem des Nachts ein Messer zwischen die Rippen gestoßen wurde. Diese Mina hatte vermutlich das Kommando übernommen. Er löste seine Gedanken von dem verflixten, verräterischen Brief, um sich ganz auf diese neue Wendung der Ereignisse zu konzentrieren. Er konnte die falsche Botschaft dem Minotaurus übergeben und fertig. Was würde dann geschehen? Man würde ihm Odila abnehmen und sie auf die Streckbank spannen, während man ihm für seine

Dienste danken und ihn zu seinem Drachen zurückschicken würde.

»Ich habe strikte Anweisung, meine Botschaft nur dem Nachtmeister auszurichten«, beharrte Gerard störrisch. Er spielte den Inbegriff eines Adjutanten – übereifrig und selbstgefällig. »Wenn das nicht mehr Lord Targonne ist, bin ich verpflichtet, sie demjenigen zu überbringen, der seinen Platz eingenommen hat.«

»Wie Ihr wollt.« Der Minotaurus war in Eile. Er hatte Wichtigeres zu tun, als mit dem Adjutanten eines Marschalls herumzustreiten. Galdar wies mit dem Daumen in Richtung der Staubwolke. »Da hinten wird gerade das Kommandozelt aufgebaut. Dort findet Ihr Mina. Sie leitet die Belagerung. Ich gebe Euch einen Mann zu Eurem Schutz mit.«

»Das ist wirklich nicht nötig, Sir«, begann Gerard, aber der Minotaurus ignorierte seine Einwände.

»Was Eure Gefangene angeht«, fuhr Galdar fort, »die könnt Ihr dem Verhörmeister übergeben. Er dürfte sein Geschäft irgendwo in der Nähe des Schmieds betreiben.«

Gerard sah das unangenehme Bild von rot glühenden Eisenstäben und grausamen Zangen vor sich. Der Minotaurus stellte einen Ritter zu seiner Begleitung ab. Gerard hätte auf diese Gesellschaft lieber verzichtet, wagte aber keinen Widerspruch. Nachdem er vor dem Minotaurus salutiert hatte, trieb er das Pferd an. Einen Augenblick befürchtete er, dass das Tier der ungewohnten Hand an den Zügeln nicht gehorchen würde, aber nach einem leichten Fersendruck von Odila setzte es sich in Bewegung. Der Minotaurus starrte Gerard, dem der Schweiß über die Brust lief, durchdringend an. Dann wendete Galdar sein Pferd und galoppierte davon. Er und der Rest der Patrouille waren bald nicht mehr zu sehen, denn sie waren in den Wald eingedrungen. Gerard machte Halt und spähte zum Fluss zurück.

»Was ist denn?«, wollte der Schwarze Ritter wissen.

»Ich mache mir Gedanken wegen meines Drachens«, erklärte Gerard. »Raser gehört dem Marschall. Sie sind alte Kameraden. Wenn dem Drachen etwas zustößt, kostet es mich den Kopf.« Er sah dem Ritter ins Gesicht. »Ich würde gern nach ihm sehen und ihm mitteilen, was hier vorgeht.«

»Ich habe den Befehl, Euch zu Mina zu bringen«, hielt der Ritter dagegen.

»Ihr braucht nicht mitzukommen«, wehrte Gerard ab. »Ich glaube, Ihr versteht mich nicht. Raser wird die Hörner gehört haben. Er ist ein Blauer. Ihr wisst doch, wie die Blauen sind. Sie können eine Schlacht riechen. Er wird glauben, dass die verfluchten Solamnier aus der Stadt kommen, um ihn zu suchen. Wenn er sich bedroht fühlt, könnte er versehentlich Eure Armee angreifen –«

»Ich habe den Befehl, Euch zu Mina zu bringen«, wiederholte der Ritter ebenso dumm wie hartnäckig. »Wenn Ihr Eure Botschaft abgeliefert habt, könnt Ihr zu Eurem Drachen zurückkehren. Macht Euch seinetwegen keine Gedanken. Er wird uns nicht angreifen. Das würde Mina nie zulassen. Was seine Verletzungen angeht, die wird Mina heilen, damit ihr beide nach Qualinesti zurückfliegen könnt.«

Der Ritter hielt weiter auf den Hauptteil der Armee zu. Hinter dem schützenden Helm murmelte Gerard Verwünschungen über den Ritter, aber er hatte keine Wahl; er musste ihm folgen.

»Tut mir Leid«, raunte er, gedeckt durch den Hufschlag des Pferdes. »Ich hatte fest damit gerechnet, dass er darauf anspringt. Er ist uns los, ist frei von der Patrouille, macht eine Zeit lang, was er will, und meldet sich dann zurück.« Gerard schüttelte den Kopf. »Typisch, dass ausgerechnet ich auf den einzigen zuverlässigen Schwarzen Ritter von Krynn stoßen muss.«

»Ihr habt es versucht«, tröstete Odila. Sie verrenkte sich ein wenig, um ihm das Knie zu tätscheln. »Ihr habt Euch wirklich bemüht.«

Ihr Führer ritt voraus, denn er wollte seine Pflicht erfüllen. Verärgert darüber, dass sie nicht schneller nachkamen, bedeutete er ihnen mit einem Armwinken, sich zu sputen. Gerard ignorierte den Ritter. Er dachte über die Worte des Minotaurus nach, dass die Schwarzen Ritter Solanthus belagern wollten. Wenn das stimmte, ritt er vielleicht einer zehntausend Mann starken Armee entgegen.

»Wie habt Ihr das gemeint, als Ihr sagtet, ich würde die Männer hassen?«, wollte Odila wissen.

Gerard wurde aus seinen Gedanken gerissen. Er hatte keine Ahnung, wovon sie sprach, was er ihr auch sagte.

»Ihr sagtet, dass Ihr die Frauen verabscheut und dass ich die Männer hasse. Was meintet Ihr damit?«

»Wann habe ich das gesagt?«

»Als wir darüber sprachen, wie ich Euch anreden soll. Ihr sagtet, wir beide würden das Leben mehr fürchten als den Tod.«

Gerard merkte, wie seine Haut glühte. Er war froh, dass sein Gesicht hinter dem Helm verborgen war. »Das weiß ich nicht mehr. Manchmal rede ich, ohne nachzudenken –«

»Ich hatte das Gefühl, Ihr hättet schon länger darüber nachgedacht«, unterbrach ihn Odila.

»Ja, hm, vielleicht.« Gerard war unbehaglich zumute. Er hatte sich ihr nicht so weit öffnen wollen, und er wollte ganz bestimmt nicht mit ihr über sein Innenleben sprechen. »Habt Ihr keine anderen Sorgen?«, fuhr er sie missmutig an.

»Zum Beispiel, ob man mir glühende Nadeln unter die Fingernägel bohrt?«, gab sie kühl zurück. »Oder mir auf der Streckbank die Gelenke ausrenkt? Ich habe genug Sorgen. Darum möchte ich lieber über solche Dinge reden.«

Gerard schwieg einen Augenblick, ehe er betreten äußerte: »Ich weiß nicht genau, was ich damit meinte. Vielleicht war es nur, dass Ihr für Männer offenbar nicht viel übrig habt. Nicht nur für mich. Das ist verständlich. Aber ich habe gesehen, wie Ihr während der Ratssitzung auf die anderen Ritter reagiert habt oder auf den Wärter, und –«

»*Wie* reagiere ich denn?«, unterbrach sie ihn und drehte sich im Sattel zu ihm herum. »Was ist denn so schlimm an meinen Reaktionen?«

»Nicht umdrehen!«, fluchte Gerard. »Schließlich seid Ihr meine Gefangene. Wir sollten nicht so auffällig ein Schwätzchen halten.«

Sie rümpfte die Nase. »Zu Eurer Information, ich liebe die Männer. Ich bin bloß zu der Erkenntnis gekommen, dass sie alle lügnerische Schurken sind. Das macht sie so bezaubernd.«

Gerard wollte gerade darauf antworten, als der Schwarze Ritter im Galopp zu ihnen zurückkam.

»Verdammt!«, murmelte Gerard. »Was will dieser Hornochse denn nun schon wieder?«

»Ihr trödelt«, befand der Ritter anklagend. »Sputet Euch. Ich habe noch anderweitige Pflichten.«

»Ich habe bereits einen verletzten Drachen«, erwiderte Gerard. »Ich habe nicht vor, auch noch ein Pferd zu verlieren.«

Doch es half alles nichts. Der Ritter hatte offenbar vor, wie eine Schmeißfliege an ihnen zu kleben. Gerard erhöhte das Tempo.

Als sie den Rand des Lagers erreichten, sahen sie, dass die Armee bereits begonnen hatte, sich für die Belagerung einzugraben. Das Lager wurde außerhalb der Reichweite der Schützen errichtet. Ein paar Bogenschützen aus Solanthus versuchten zwar ihr Glück, aber ihre Pfeile trafen weit vor dem Lager auf, sodass das Feuer bald eingestellt wurde. Wahrscheinlich hatten ihre Vorgesetzten sie dazu angehalten, ihre Pfeile für später aufzuheben.

Im feindlichen Lager wurde ihnen keine große Bedeutung beigemessen. Man warf nur hin und wieder einen Blick auf die mit Soldaten dicht besetzte Mauer. Es waren flüchtige Blicke, denen oft ein Wortwechsel mit einem Kameraden folgte. Dann zogen die Beteiligten die Augenbrauen hoch, schüttelten den Kopf und gingen schnell wieder an die Arbeit, bevor ein Offizier etwas bemerkte. Der abschreckende Anblick der Mauern schien bei den Soldaten seine Wirkung zu verfehlen, er machte sie höchstens nachdenklich.

Gerard befriedigte seine Neugier, indem er sich genau umsah. Da er nicht dieser Armee angehörte, würde sein Interesse gerechtfertigt erscheinen.

Er wandte sich an seinen Führer: »Wann kommen die übrigen Soldaten?«

Die Stimme des Ritters klang gelassen, aber Gerard bemerkte, dass seine Augen hinter dem Helm zuckten. »Verstärkung ist unterwegs.«

»In großer Zahl, nehme ich an«, fuhr Gerard fort.

»Unendlich viele«, bestätigte der Ritter. »Mehr als Ihr Euch vorstellen könnt.«

»Sind sie schon nah?«

Der Ritter fasste Gerard prüfend ins Auge. »Wieso wollt Ihr das wissen? Was geht Euch das an?«

Gerard zuckte mit den Schultern. »Ich dachte, ich könnte die Sache mit meinem Schwert unterstützen, mehr nicht.«

»Was habt Ihr gesagt?«, fragte der Ritter nach.

Gerard erhob die Stimme, um sich über die Hammerschläge, die gebrüllten Befehle und den allgemeinen Tumult beim Aufbau des Lagers verständlich zu machen.

»Solanthus ist die am besten befestigte Stadt des Kontinents. In diese Mauern könnten nicht einmal die mächtigsten Belagerungsmaschinen von Krynn eine Bresche schlagen. In der Stadt stehen bestimmt fünftausend Mann zur Verteidigung bereit. Und was habt Ihr hier? Ein paar Hundert? Natürlich erwartet Ihr Verstärkung. Das kann man doch an drei Fingern abzählen.«

Der Ritter schüttelte den Kopf. Er stellte sich in den Steigbügeln auf und deutete nach vorn. »Das da ist Minas Kommandozelt. Ihr könnt die Flagge sehen. Von hier aus findet Ihr den Weg allein.«

»Moment«, rief Gerard dem Ritter nach. »Ich will meine Gefangene sicher an den Verhörmeister ausliefern. Ich kriege bestimmt eine Belohnung, darum will ich nicht, dass sie einfach weggeschleppt und erschlagen wird.«

Der Ritter bedachte ihn mit einem verächtlichen Blick. »Ihr seid hier nicht in Neraka«, sagte er abfällig, ehe er davonritt.

Gerard stieg ab und führte das Pferd durch das geordnete Chaos. Die Soldaten arbeiteten zügig und bereitwillig. Die Offiziere gaben Anweisungen, aber nirgends waren Schimpftiraden oder Drohungen zu hören. Es gab auch keine Peitschen, um die Männer anzutreiben. Die Moral schien hoch zu sein. Die Soldaten lachten und scherzten. Mit Singen erleichterten sie sich die Arbeit. Dennoch hätten sie nur zu den Mauern der Stadt hinüberblicken müssen, wo ein zehnfach überlegener Gegner auf sie wartete.

»Das ist doch ein Witz«, befand Odila in gedämpftem Ton.

Sie waren von Feinden umgeben. Trotz des ohrenbetäubenden Lärms hätte sie jemand hören können. »Es gibt keine Verstärkung. Unsere Patrouillen reiten täglich aus. Einen so gewaltigen Truppenaufmarsch hätten sie bemerkt.«

»Anscheinend nicht«, widersprach Gerard. »Solanthus wurde im Schlaf überrascht.«

Gerard behielt die Hand am Schwert für den Fall, dass jemand auf die Idee kommen sollte, sich mit der gefangenen Solamnierin ein wenig zu amüsieren. Die Soldaten warfen ihm neugierige Blicke zu, wenn sie vorbeikamen. Ein paar wollten die Solamnierin verhöhnen, aber die Offiziere riefen die Männer rasch wieder an die Arbeit.

Ihr seid hier nicht in Neraka, hatte der Ritter erklärt. Gerard war beeindruckt, aber ihm war nicht wohl dabei. Das hier war keine Söldnerarmee, die nur um der fetten Beute willen kämpfte. Das waren erfahrene Soldaten, eine disziplinierte Armee und ihrer Sache treu ergeben – was auch immer diese Sache sein mochte.

Die Flagge, die an dem Speer flatterte, den man neben dem Kommandozelt in den Boden gerammt hatte, war keine echte Fahne, sondern eher ein schmutziger Schal, der aussah, als hätte man ihn in Blut getaucht.

Zwei Ritter standen vor dem Kommandozelt Wache, das als Erstes aufgebaut worden war. Inzwischen wurden rings umher weitere Zelte hochgezogen. Am Kommandozelt stand ein Offizier, der sich mit einem anderen Ritter von Neraka unterhielt. Seine Kleidung und der enorme Langbogen über seiner Schulter wiesen den Offizier als Bogenschützen aus. Der Ritter wandte Gerard den Rücken zu. Sein Gesicht war nicht zu sehen. Die schmale Gestalt deutete auf einen Jüngling hin, höchstens achtzehn Jahre alt. Gerard fragte sich, ob es der Sohn eines Ritters war, der in die Rüstung seines Vaters geschlüpft war.

Der Bogenschütze erblickte Gerard und Odila zuerst. Sein Blick war scharf und prüfend. Nachdem er etwas zu dem Ritter gesagt hatte, drehte dieser sich nach ihnen um. Verdutzt erkannte Gerard, dass der Ritter nicht wie vermutet ein junger Mann war, sondern ein Mädchen. Ein roter, kurz geschorener Flaum bedeckte ihren Kopf. Ihre Augen erfassten Gerard und Odila mit bernsteinfarbenem Blick. Derart ungewöhnliche Augen hatte er noch nie gesehen. Unter ihrem prüfenden Blick fühlte er sich unwohl wie ein Kind, das man bei einer Schandtat erwischt hatte, beim Äpfelstehlen vielleicht oder beim Necken der kleinen Schwester. Sie vergab ihm, weil er es nicht besser wusste. Er war nur ein Kind. Vielleicht würde sie ihn bestrafen, aber diese Strafe würde ihm helfen, es in Zukunft besser zu machen.

Gerard war dankbar für den Helm, der es ihm gestattete, die Augen abzuwenden, ohne dass sie es bemerkte. Doch als er dies versuchte, konnte er den Blick nicht von ihr lösen. Wie gebannt starrte er sie an.

Hübsch war ebenso wenig das passende Wort für sie wie schön. Ihr Gesicht zeichnete sich durch Gleichmut aus, die Reinheit der Gedanken. Ihre glatte Stirn wurde nicht durch zweifelnde Falten verunziert. Ihre Augen waren klar und sahen weit mehr als seine eigenen Augen. Sie war jemand, der die Welt zum Guten oder zum Bösen verändern würde. An diesem ruhigen Gleichmut erkannte er Mina, die Befehlshaberin dieser Armee, deren Name voller Ehrfurcht und Respekt genannt worden war.

Gerard salutierte.

»Du bist keiner meiner Ritter, Fremder«, begrüßte ihn Mina. »Ich sehe gern die Gesichter. Nimm den Helm ab.«

Gerard fragte sich, woher sie wusste, dass er keiner ihrer Ritter war. Kein Abzeichen oder Emblem wies darauf hin, ob er aus Qualinesti, aus Sanction oder von einem anderen Ort in Ansalon kam. Widerstrebend nahm er den Helm ab, nicht weil er fürchtete, sie könnte ihn erkennen, sondern weil ihm dieser armselige Schutz vor ihren durchdringenden, bernsteingelben Augen lieb gewesen war.

Er nannte seinen Namen und erzählte seine Geschichte, die glücklicherweise zum größten Teil der Wahrheit entsprach. Seine Stimme klang fest genug, aber die Teile, für die er die Wahrheit verdrehen oder ausschmücken musste, erwiesen sich als schwierig. Er hatte das seltsame Gefühl, dass sie weit mehr über ihn wusste als er selbst.

»Wie lautet die Botschaft von Marschall Medan?«, wollte Mina wissen.

»Seid Ihr die neue Nachtmeisterin, Herrin?«, erkundigte sich Gerard. Man schien diese Frage von ihm zu erwarten, aber ihm war nicht wohl in seiner Haut. »Verzeiht mir, aber ich wurde angewiesen, meine Nachricht nur dem Nachtmeister zu überbringen.«

»Für den Einen Gott haben solche Titel keine Bedeutung«, gab sie zurück. »Ich bin Mina, eine Dienerin des Einen. Du kannst mir deine Botschaft ausrichten oder nicht, wie es dir beliebt.«

Gerard starrte sie verwirrt und unsicher an. Er wagte es nicht, Odila anzublicken, obwohl er sich fragte, was sie wohl dachte und wie sie reagierte. Er hatte keine Ahnung, was er tun sollte. Ganz gleich, wie er sich auch entschied, er würde sich zum Narren machen. Doch aus einem unerfindlichen

Grund wollte er sich vor diesen Augen nicht zum Narren machen.

»Dann entscheide ich mich dafür, meine Botschaft Mina auszurichten«, stieß er aus. Überrascht vernahm er den Respekt in seiner eigenen Stimme. »Meine Botschaft lautet: Qualinesti steht ein Angriff des grünen Drachen Beryl bevor. Beryl hat Marschall Medan befohlen, die Stadt Qualinost zu zerstören, und droht, dies andernfalls selbst zu übernehmen. Sie hat ihm weiterhin befohlen, die Elfen auszurotten.«

Mina sagte nichts. Nur ihr leichtes Nicken deutete an, dass sie aufmerksam zuhörte.

Gerard holte Luft und fuhr fort: »Marschall Medan erinnert den Nachtmeister respektvoll daran, dass dieser Angriff auf Qualinesti den Drachenpakt bricht. Der Marschall befürchtet den Ausbruch eines allgemeinen Drachenkrieges, falls Malys davon hört. Ein solcher Krieg würde vermutlich einen Großteil von Ansalon verwüsten. Marschall Medan ist der Ansicht, dass er nicht unter Beryls Oberbefehl steht. Er ist ein treuer Ritter von Neraka und erbittet daher von seinem Vorgesetzten, dem Nachtmeister, Anweisungen zum weiteren Vorgehen. Zudem erinnert Marschall Medan seine Lordschaft mit allem Respekt daran, dass eine zerstörte Stadt sehr wenig wert ist und dass tote Elfen keinen Tribut zahlen.«

Mina lächelte leicht. Das Lächeln schien Gerard wie Honig zu umströmen. »Diese Aussage hätte Lord Targonne tief bewegt. Den *verstorbenen* Lord Targonne.«

»Wie traurig, dass er gestorben ist.« Gerard warf einen etwas hilflosen Blick auf den Bogenschützen, der ihn angrinste, als wüsste er genau, wie Gerard sich gerade fühlte.

»Targonne ist beim Einen Gott«, erwiderte Mina feierlich. »Er hat Fehler gemacht, aber jetzt versteht er und bereut.«

Gerard war zutiefst erstaunt. Er hatte keine Ahnung, was er dazu sagen sollte. Wer war dieser Eine Gott überhaupt? Er wagte nicht zu fragen, denn als Schwarzer Ritter hätte er vielleicht davon wissen müssen.

»Von diesem Einen Gott habe ich gehört«, meldete sich Odila trocken zu Wort. Sie ignorierte Gerard, der sie warnend in die Wade kniff, damit sie den Mund hielt. »Es hat noch jemand davon gesprochen. Eine dieser falschen Mystikerinnen aus der Zitadelle des Lichts. Blasphemie! Ich sage es Euch. Jeder weiß, dass die Götter fort sind.«

Mina fixierte Odila mit ihren Bernsteinaugen.

»Für dich mögen die Götter fort sein, Solamnierin«, stellte Mina fest, »aber nicht für mich. Löse ihr die Fesseln. Lass sie absteigen. Keine Sorge. Sie wird keinen Fluchtversuch unternehmen. Wo soll sie schon hin?«

Gerard half Odila wie befohlen vom Pferd. »Wollt Ihr uns beide umbringen?«, fuhr er sie gedämpft an, während er den Lederriemen von ihren Handgelenken losknüpfte. »Das ist nicht der richtige Zeitpunkt für theologische Dispute!«

»Immerhin habe ich jetzt die Hände frei«, entgegnete Odila mit einem Blick durch ihre langen Wimpern.

Er versetzte ihr einen groben Schubs zu Mina hin. Odila stolperte, fing sich wieder und blieb vor dem Mädchen stehen, das ihr nur bis zur Schulter reichte.

»Es gibt keine Götter, für niemanden«, wiederholte Odila mit der typischen Sturheit der Solamnier. »Weder für Euch noch für mich.«

Gerard fragte sich, was sie im Sinn hatte. Er hatte keine Ahnung. Also musste er hellwach bleiben, um ihren Plan zu durchschauen und aufzugreifen.

Mina reagierte weder aufbrausend noch ärgerlich. Geduldig

betrachtete sie Odila wie eine Mutter ihr verwöhntes Kind während eines Wutanfalls. Sie streckte die Hand aus.

»Nimm sie«, forderte sie Odila auf.

Odila sah sie verständnislos an.

»Nimm meine Hand«, wiederholte Mina, als spräche sie mit einem begriffsstutzigen Kind.

»Tu, was sie sagt, verdammte Solamnierin«, befahl Gerard.

Odila warf ihm einen Blick zu. Damit hatte sie jedenfalls nicht gerechnet. Gerard seufzte in sich hinein und schüttelte den Kopf. Odila schaute zu Mina zurück. Offenbar hätte sie sich am liebsten geweigert. Dann hob sie doch die Hand, um die von Mina zu berühren. Erstaunt starrte die Ritterin ihre Hand an, als würde diese aus eigenem Antrieb entgegen ihrem Willen handeln.

»Was ist das für eine Hexerei?«, rief sie. Sie meinte es ernst. »Was tut Ihr mir an?«

»Ich mache gar nichts«, widersprach Mina sanft. »Der Teil von dir, der Nahrung für deine Seele sucht, greift nach mir.«

Mina nahm Odilas Hand in ihre eigene.

Odila keuchte auf, als litte sie Schmerzen. Sie versuchte, sich loszureißen, aber es war ihr nicht möglich. Dabei sah Gerard, dass Mina keinerlei Gewalt anwendete. Tränen traten Odila in die Augen. Sie biss sich auf die Lippen. Ihr Arm bebte, ihr Körper zitterte. Sie schluckte und schien sich gegen den Schmerz zu wehren, doch im nächsten Augenblick sank sie auf die Knie. Tränen liefen über ihre Wangen. Sie ließ den Kopf sinken.

Mina kam näher. Sie streichelte Odilas lange schwarze Haare.

»Jetzt siehst du es«, flüsterte Mina. »Jetzt verstehst du.«

»Nein!«, schrie Odila mit erstickter Stimme auf. »Nein, ich glaube es nicht.«

»Oh doch, du glaubst«, erklärte Mina. Sie legte Odila eine Hand unter das Kinn und hob ihren Kopf, sodass Odila in die Bernsteinaugen blicken musste. »Ich lüge dich nicht an. Du belügst dich selbst. Wenn du tot bist, wirst du zum Einen Gott gelangen. Dort gibt es keine Lügen mehr.«

Odila starrte sie fassungslos an.

Gerard erschauerte. Ihm war kalt bis ins Mark.

Der Schütze beugte sich vor und flüsterte Mina etwas zu. Sie hörte ihn an und nickte.

»Hauptmann Samuval meint, du könntest uns zweifellos wertvolle Informationen über die Verteidigungsanlagen von Solanthus verschaffen.« Mina zuckte lächelnd mit den Schultern. »Ich benötige keine derartigen Informationen, aber der Hauptmann glaubt, sie zu brauchen. Deshalb wird man dich noch verhören, bevor du hingerichtet wirst.«

»Ich werde nichts verraten«, gelobte Odila heiser.

Mina betrachtete sie mitleidig. »Nein, vermutlich nicht. Dein Leiden wird umsonst sein, denn ich versichere dir, dass du mir nichts sagen kannst, was ich nicht bereits weiß. Ich tue dies nur Hauptmann Samuval zuliebe.«

Sie bückte sich und küsste Odila auf die Stirn. »Ich empfehle deine Seele dem Einen Gott«, sagte Mina, ehe sie sich aufrichtete, um sich wieder an Gerard zu wenden.

»Ich danke dir für deine Botschaft. Ich rate dir, nicht nach Qualinost zurückzukehren. Beryl würde dir den Zutritt zur Stadt nicht gestatten. Morgen früh greift sie an. Marschall Medan ist übrigens ein Verräter. Er hat sich in die Elfen und ihre Lebensweise verliebt, und diese Liebe konzentriert sich auf die Königsmutter, Lauralanthalasa. Er hat die Stadt nicht geräumt, wie ihm befohlen wurde. Qualinost steckt voller Elfensoldaten, die bereit sind, die Stadt mit ihrem Leben zu verteidigen. König Gilthas hat Beryl und ihren Armeen eine Falle gestellt – zugegeben eine sehr intelligente Falle.«

Gerard klappte der Kiefer herunter. Er überlegte, ob er Medan verteidigen sollte, begriff jedoch, dass er damit sich selbst in Gefahr bringen würde. Vielleicht wusste sie sogar schon, dass Gerard nicht der war, für den er sich ausgab. Nichts, was er tat oder unterließ, würde einen Unterschied machen. Immerhin brachte er die eine Frage heraus, die ihm wichtig war.

»Wurde Beryl … gewarnt?« Gerards Mund war so trocken, dass er krächzte.

»Der Drache ist in der Hand des Einen Gottes – wie wir alle«, erwiderte Mina.

Sie drehte sich um. Ein paar wartende Offiziere traten vor, um Mina mit Fragen zu bestürmen. Sie hörte ihnen zu und antwortete. Gerard war entlassen.

Odila stand taumelnd auf und wäre gestürzt, wenn Gerard nicht vorgetreten wäre und sie – vorgeblich, um sie zu ergreifen – am Arm gestützt hätte. Allerdings fragte er sich, wer hier wen stützte. Er brauchte selbst festen Halt. Zudem schwitzte er so heftig, dass er sich wie ausgewrungen vorkam.

»Ich kann dir keine Antwort geben«, befand Hauptmann Samuval, obwohl Gerard gar keine Frage gestellt hatte. Der Hauptmann hatte wohl Lust, sich zu unterhalten. »Ist es wahr, was Mina über Medan sagt? Ist er ein Verräter?«

»Ich … ich …« Gerard versagte die Stimme. Er hatte die Lügen so satt, und sie kamen ihm auch sinnlos vor. Morgen früh würde die Schlacht um Qualinost stattfinden, wenn er ihr glaubte – und er glaubte ihr, obwohl er keine Ahnung hatte, wieso und weshalb. Bedrückt schüttelte er den Kopf. »Es spielt wohl keine Rolle. Nicht mehr.«

»Wir würden uns freuen, wenn du dich uns anschließt«, bot

Hauptmann Samuval an. »Hier, ich zeige dir, wo du deine Gefangene hinbringen kannst. Der Verhörmeister baut sein Zelt gerade erst auf, aber morgen früh dürfte er bereit sein. Einen Kämpfer können wir immer gebrauchen.« Er warf einen Blick auf die Stadt, deren Mauern von Soldaten wimmelten. »Was glaubst du, wie viele Männer sie haben?«

»Eine Menge«, versicherte Gerard nachdrücklich.

»Ja, da hast du bestimmt Recht.« Hauptmann Samuval rieb seinen grauen Bart. »Ich wette, sie weiß es, hm?« Er deutete auf Odila, die benommen neben ihnen herging und kaum wahrzunehmen schien, wohin sie lief. Es schien sie überhaupt nicht zu kümmern.

»Keine Ahnung, was sie weiß oder nicht weiß«, grollte Gerard. »Sie hat mir kein Wort verraten, und Eurem Folterknecht wird sie auch nichts preisgeben. Ein stures Weib! Wo soll ich sie hinbringen? Ich wäre sie gern los.«

Hauptmann Samuval führte Gerard zu einem Zelt nahe der Stelle, wo der Schmied und seine Gesellen die transportable Esse aufbauten. Hier blieb der Hauptmann stehen, nahm eiserne Bein- und Handschellen und half Gerard, sie Odila um Knöchel und Handgelenke zu legen. Den Schlüssel händigte er Gerard aus.

»Sie ist deine Gefangene«, betonte er.

Gerard dankte ihm und schob den Schlüssel in seinen Stiefel.

Das Zelt hatte keinen Schlafplatz, aber der Hauptmann brachte der Gefangenen Wasser und etwas zu essen. Das Essen lehnte Odila ab, aber sie trank etwas Wasser und presste einen widerwilligen Dank für die Aufmerksamkeit heraus. Nachdem sie sich auf den Boden gelegt hatte, starrte sie mit weit offenen Augen ins Leere.

Gerard ließ sie allein. Als er draußen stand, fragte er sich, was er jetzt machen sollte. Am besten aß er etwas. Bis er das Brot und das Dörrfleisch in der Hand des Hauptmanns gesehen hatte, hatte er überhaupt nicht gemerkt, wie hungrig er war.

»Wenn sie es nicht will«, meinte Gerard, »kann ich das ja essen.«

Samuval reichte ihm Brot und Fleisch. »Das Verpflegungszelt steht noch nicht, aber es ist genug da. Ich wollte selbst gerade essen gehen. Kommst du mit?«

»Nein«, lehnte Gerard ab. »Danke, aber ich behalte sie im Auge.«

»Die kann nirgendwo hin«, wehrte der Hauptmann amüsiert ab.

»Trotzdem, ich bin für sie verantwortlich.«

»Wie du willst«, meinte Samuval und marschierte davon. Anscheinend hatte er einen Freund entdeckt, denn er begann zu winken. Gerard bemerkte, dass der Minotaurus, der die Patrouille angeführt hatte, das Winken erwiderte.

Der Ritter nahm vor dem Gefangenenzelt Platz, wo er sein Essen verzehrte, ohne etwas zu schmecken. Als er bemerkte, dass er den Wasserschlauch bei Odila zurückgelassen hatte, ging er ins Zelt, um ihn zu holen. Er bewegte sich leise, weil sie vielleicht schlief.

Sie hatte sich nicht gerührt, seit er gegangen war. Nur ihre Augen waren geschlossen. Als er leise nach dem Wasserschlauch langte, sagte sie: »Ich schlafe nicht.«

»Versucht zu schlafen«, riet er ihr. »Wir können jetzt nur die Nacht abwarten. Ich habe den Schlüssel zu den Beinschellen. Ich versuche, eine Rüstung oder eine Tunika für Euch aufzutreiben –«

Sie blickte von ihm weg.

Gerard musste seine Frage loswerden. »Was habt Ihr gesehen, Odila? Was habt Ihr gesehen, als sie Euch berührt hat?«

Odila schloss erschauernd die Augen.

»Ich sah den Geist Gottes!«

12 Der Krieg der Seelen bricht aus

Galdar lief durch das schlafende Lager. Er gähnte so heftig, dass er ein scharfes Knacken hörte. Ein plötzlicher Schmerz im Kiefer ließ ihn zusammenzucken. Entschlossen, das nicht noch einmal zu tun, massierte er seinen Kiefer und ging weiter. Es war eine helle Nacht. Der Mond, der bald voll sein würde, war groß, klumpig und kahl. Galdar hatte den Eindruck, es sei ein einfältiger Mond. Er hatte ihn noch nie besonders gemocht, aber wenn alles nach Plan lief – nach Minas eigenartigem, unheimlichem Plan –, würde er seinen Zweck erfüllen. Galdar gähnte wieder, doch diesmal achtete er darauf, sich nicht den Kiefer auszurenken.

Die Wachen vor Minas Zelt erkannten ihn – als einziger Minotaurus der ganzen Armee war er schwer zu übersehen. Sie salutierten und blickten ihn erwartungsvoll an.

Ihr Zelt war dunkel. Das überraschte ihn nicht, denn schließlich war die Dämmerung noch nicht angebrochen. Er weckte sie nur ungern, denn sie war schon am Vortag vor Sonnenaufgang aufgestanden und erst lange nach Mitternacht zu Bett gegangen. Er zögerte. Schließlich gab es nichts mehr zu tun, was er nicht schon getan hätte. Dennoch fand er, sie sollte es wissen.

Er schlug die Klappe beiseite und betrat das Kommandozelt.

»Was ist los, Galdar?«, fragte sie.

Er war sich nie sicher, ob sie schon wach war, bevor er hereinkam, oder ob sie erwachte, sobald er eintrat. Jedenfalls war sie stets hellwach und ansprechbar.

»Die Gefangene ist geflohen, Mina. Die Ritterin aus Solamnia. Den, der sie gefangen hatte, können wir auch nicht finden. Wahrscheinlich steckten sie unter einer Decke.«

Sie hatte in ihren Kleidern geschlafen, in Wollhose und Tunika. Rüstung und Morgenstern standen vor ihrem Bett. Ihr kalkweißes Gesicht war noch kälter und schrecklicher als der schiefe Mond.

Mina wirkte nicht überrascht.

»Hast du davon gewusst, Mina? Ist schon jemand hier gewesen?« Galdar runzelte die Stirn. »Ich habe Befehl gegeben, dich nicht zu stören.«

»Aber dennoch störst du mich jetzt, Galdar.« Sie lächelte.

»Nur, weil alle unsere Bemühungen, die Solamnierin und den Verräter zu finden, fehlgeschlagen sind.«

»Sie sind schon wieder in Solanthus«, erwiderte Mina. Im Dunkeln zeigten ihre Augen keine Farbe. In der Dunkelheit fühlte er sich in ihrer Nähe sicherer, denn er sah nicht sich selbst im Bernstein. »Sie wurden wie Helden willkommen geheißen. Beide.«

»Wie kannst du das so ruhig hinnehmen, Mina?«, wollte Galdar wissen. »Sie waren in unserem Lager. Sie wissen, wie wenig wir sind. Sie haben uns gezählt.«

»Das sieht man auch von den Mauern aus, Galdar.«

»Nicht so deutlich«, hielt er dagegen. Er war von Anfang an gegen diesen absurden Plan gewesen. »Wir haben getan, was wir konnten, um sie zu täuschen. Leere Zelte aufgestellt und die Männer herumgescheucht, damit sie nicht so leicht zu zählen waren. Jetzt war die ganze Mühe vergebens.«

Mina stützte sich auf dem Ellbogen hoch. »Weißt du noch, dass du ihnen das Wasser vergiften wolltest, Galdar?«

»Ja«, gab er missmutig zu.

»Ich habe mich dagegen ausgesprochen, weil die Stadt dann auch für uns nutzlos wäre.«

Er schnaubte. Zur Zeit war die Stadt auch nutzlos für sie und würde dies, soweit er das übersah, auch bleiben.

»Du hast kein Vertrauen, Galdar«, erkannte Mina traurig.

Galdar seufzte. Unwillkürlich stahl sich seine Hand zum rechten Arm, um ihn zu reiben. Der Arm schien jetzt immerzu zu schmerzen, als hätte er Rheuma.

»Ich bemühe mich, Mina. Ganz ehrlich. Damals in Silvanost dachte ich, ich hätte meine Zweifel besänftigt, aber jetzt … ich mag unsere neuen Verbündeten nicht, Mina«, bekannte er plötzlich. »Und damit stehe ich nicht allein.«

»Das verstehe ich«, tröstete ihn Mina. »Darum habe ich auch mit dir und den anderen Geduld. Eure Augen sind von Angst umschattet, aber es wird eine Zeit kommen, da werdet ihr klarer sehen. Eure Augen werden die Einzigen sein, die klar sehen.«

Sie lächelte über ihren eigenen Scherz.

Galdar lächelte nicht. Soweit es ihn betraf, war diese Sache nicht zum Scherzen.

Sie sah ihn an und schüttelte fast unmerklich den Kopf. »Was die Ritterin angeht, so habe ich ihr ein Gift mitgegeben, das viel vernichtender ist als der Nachtschatten, den du in den Stadtbrunnen werfen wolltest.«

Er wartete und unterdrückte dabei ein Gähnen. Er hatte keine Ahnung, was sie meinte. Das Einzige, was er denken konnte, war, dass alles umsonst gewesen war. Eine schlaflose Nacht, die Suchtrupps, das Durchkämmen des ganzen Lagers, alles umsonst.

»Ich habe sie wissen lassen, dass es den Einen Gott gibt«, fuhr Mina fort, »und dass dieser Eine auf unserer Seite steht.«

Ihre Flucht war lächerlich einfach gewesen. So einfach, dass Gerard behauptet hätte, man habe sie ihnen extra leicht gemacht, wenn ihm ein einziger Grund eingefallen wäre, aus dem der Feind sie mit gefährlichen Informationen über die Armee vor den Stadtmauern nach Solanthus zurückkehren lassen wollte.

Das Schwierigste war der Moment vor dem Außentor von Solanthus, wo sich die Frage stellte, ob die Posten sie mit Pfeilen spicken würden oder nicht. Gerard segnete Odilas schneidende Stimme und ihren spöttischen Tonfall, denn man erkannte sie sofort. Auf ihr Wort hin ließ man sie ein.

Danach kamen stundenlange Befragungen durch die Offiziere der Ritterschaft. Inzwischen ging schon die Sonne auf, aber sie waren immer noch dabei.

Gerard hatte in der Nacht zuvor wenig Schlaf bekommen. Die Anspannung des Tages und das nächtliche Abenteuer hatten ihn völlig ausgelaugt. Er hatte ihnen schon zweimal genau erzählt, was er gesehen und gehört hatte. Inzwischen hielt er seine Augenlider mit den Fingern offen, aber die Worte, die Odila jetzt sprach, ließen ihn ruckartig wieder hellwach werden.

»Ich sah den Geist Gottes«, sagte sie.

Gerard stöhnte und sackte auf seinem Stuhl zusammen. Er hatte versucht, sie zu warnen. Sie sollte nichts davon verlauten lassen, aber sie hatte wie üblich nicht auf ihn gehört. Er hatte sich Hoffnungen auf ein Bett gemacht, und wenn es nur seine

Pritsche in der Zelle war, deren kalte, stille, kenderfreie Dunkelheit ihm jetzt nachgerade einladend erschien. Aber nun würden sie den ganzen Tag hier hocken.

»Was genau meint Ihr damit, Fürstin Odila?«, erkundigte sich Fürst Tasgall vorsichtig. Er war dreißig Jahre älter als Gerard. Seine langen Haare waren eisengrau, und er trug den traditionellen Schnurrbart der Ritter von Solamnia. Im Gegensatz zu anderen Rittern der Rose, die Gerard kennen gelernt hatte, war Fürst Tasgall kein sauertöpfischer Mann. Bei dieser ernsten Angelegenheit machte er zwar ein strenges Gesicht, aber die Lachfältchen um Mund und Augen zeugten von seinem Sinn für Humor. Fürst Tasgall, der bei seinen Untergebenen offenkundigen Respekt genoss, schien ein kluger, weiser Anführer zu sein.

»Das Mädchen mit dem Namen Mina hat meine Hand berührt, und ich sah … die Ewigkeit. Anders kann ich es nicht beschreiben.« Odila sprach leise und stockend. Ihr war sichtlich unwohl dabei. »Ich sah einen göttlichen Verstand. Einen Verstand, der den Nachthimmel erfassen und ihn klein und begrenzt erscheinen lassen konnte. Einen Verstand, der die Sterne zählen und ihre genaue Zahl wissen konnte. Einen Verstand so klein wie ein Sandkorn und so groß wie der Ozean. Ich sah diesen göttlichen Geist, und zuerst verspürte ich Freude, weil ich im Universum nicht allein war. Aber dann bekam ich Angst, furchtbare Angst, weil ich eine ungehorsame Rebellin war. Der Geist war unzufrieden mit mir. Wenn ich mich nicht unterwerfen würde, würde der Geist noch zorniger werden. Ich … ich konnte es nicht verstehen. Ich habe es nicht verstanden. Ich verstehe es immer noch nicht.«

Hilflos sah Odila die Ritterfürsten an, als ob sie eine Antwort erwartete.

»Das muss ein Trick gewesen sein, eine Illusion«, versuchte

Fürst Ulrich sie zu besänftigen. Er war ein Ritter des Schwerts, nur wenige Jahre älter als Gerard. Fürst Ulrich war eher untersetzt. Er hatte ein cholerisches Gesicht, dessen rote Nase verriet, dass er dem Schnaps vielleicht mehr zugetan war, als ihm gut tat. Er war ein guter Beobachter, der gern lächelte. »Wir alle wissen, dass die Schwarzen Mystiker Mitgliedern der Ritterschaft irreführende Visionen vorgaukeln. Richtig, Sternenmeister Mikelis?«

Der Sternenmeister nickte etwas abwesend. Der Mystiker sah verhärmt und müde aus. Er hatte die ganze Nacht nach Goldmond gesucht und mit Verwunderung auf Gerards Erklärung reagiert, dass sie auf dem Rücken eines blauen Drachen nach Nachtlund geflogen war, um den Zauberer Dalamar aufzusuchen.

»O weh«, hatte der Sternenmeister traurig gesagt. »Sie ist verrückt. Völlig verrückt. Sie hat das Wunder ihrer zurückgekehrten Jugend nicht verkraftet. Das sollte uns allen eine Lehre sein, uns mit dem zufrieden zu geben, was wir haben.«

Zu dieser Ansicht hätte auch Gerard geneigt, doch ihr Handeln in der vergangenen Nacht war das einer Person gewesen, welche die Lage vollkommen im Griff hatte. Er gab keinen Kommentar ab, sondern behielt seine Gedanken für sich. Obwohl er Goldmond nur aus dieser einen Nacht kannte, verspürte er ihr gegenüber ehrfürchtige Bewunderung. Er wollte die Erinnerung an die gemeinsamen Stunden bewahren, denn sie war ihm heilig. Gerard schloss die Augen.

Im nächsten Augenblick verpasste Odila ihm einen Rippenstoß. Gerard zuckte hoch, saß aufrecht, blinzelte und fragte sich unsicher, ob jemand bemerkt hatte, dass er eingenickt war.

»Ich neige dazu, mich Fürst Ulrich anzuschließen«, sagte Fürst Tasgall gerade. »Was Ihr gesehen habt, Fürstin Odila –

oder gesehen zu haben glaubt –, war kein Wunder, sondern der Trick einer Schwarzen Mystikerin.«

Odila schüttelte den Kopf, hielt aber den Mund, ein Wunder, für das Gerard dankbar war.

»Mir ist klar, dass wir über dieses Thema Tage bis Wochen diskutieren könnten, ohne zu einem zufrieden stellenden Ergebnis zu gelangen«, fügte Fürst Tasgall hinzu. »Doch zurzeit haben wir viel ernstere Dinge zu regeln, die nicht warten können. Außerdem ist mir klar, dass ihr beide nach diesen Strapazen vermutlich sehr müde seid.« Er lächelte Gerard an, der knallrot anlief und beschämt den Kopf einzog. »Zunächst ist da noch die Angelegenheit mit Sir Gerard uth Mondar. Bitte legt mir jetzt den Brief des Elfenkönigs vor, Herr Ritter.«

Gerard holte den zwar leicht verknitterten, aber gut lesbaren Brief hervor.

»Die Unterschrift des Königs kenne ich nicht«, meinte Fürst Tasgall, nachdem er den Brief gelesen hatte, »aber ich erkenne das königliche Siegel von Qualinesti. Bedauerlicherweise«, fügte er leise hinzu, »können wir wenig tun, um ihnen in der Stunde ihrer Not beizustehen.«

Gerard senkte den Kopf. Er hätte Einwände erheben können, aber die feindlichen Truppen, die vor Solanthus lagerten, würden jedes seiner Argumente hinfällig machen.

»Gut, dann hat er einen Brief von einem Elfen«, warf Fürst Nigel ein, der Ritter der Krone, »dennoch wurde er in Gesellschaft eines bösen Drachen aufgegriffen. Diese beiden Gesichtspunkte erscheinen mir unvereinbar.«

Fürst Nigel war Mitte vierzig und zählte zu den Menschen, die ungern eine Entscheidung treffen, ehe sie lang und ausgiebig darüber nachgedacht und jede Einzelheit dreimal aus allen möglichen Perspektiven beleuchtet haben.

»Ich glaube seine Geschichte«, meldete sich Odila in ihrer direkten Art zu Wort. »Ich habe ihn in der Höhle mit der Großmeisterin gesehen und gehört. Er hätte fliehen können, aber er hat es nicht getan. Er hat die Hörner gehört, wusste, dass wir angegriffen werden, und kam zurück, um bei der Verteidigung der Stadt zu helfen.«

»Oder um uns zu verraten«, hielt Fürst Nigel finster dagegen.

»Gerard hat mir erzählt, wenn er nicht wie ein echter Ritter sein Schwert führen darf, würde er auf jede erdenkliche andere Art helfen – von Feuer löschen bis zum Verbinden der Verwundeten«, gab Odila aufgebracht zurück. »Sein kluger Einfall hat uns beiden das Leben gerettet. Er verdient Anerkennung, nicht Tadel.«

»Dieser Meinung bin ich auch«, pflichtete Fürst Tasgall bei. »Ich glaube, wir sind uns einig?« Er sah die anderen beiden an. Fürst Ulrich nickte sofort und zwinkerte Gerard grinsend zu. Fürst Nigel runzelte die Stirn, hatte jedoch solch großen Respekt vor Fürst Tasgall, dass er dessen Urteil zustimmte.

Fürst Tasgall lächelte. »Sir Gerard uth Mondar, alle Anklagen Euch gegenüber sind offiziell aufgehoben. Ich bedauere, dass wir keine Zeit haben, Euren Namen öffentlich reinzuwaschen, aber ich werde ein entsprechendes Edikt ausgeben, damit jeder von Eurer Unschuld erfährt.«

Odila belohnte Gerard mit einem Grinsen und einem Fußtritt unter dem Tisch, was ihn daran erinnerte, dass er ihr noch einen Tritt schuldig war. Nachdem diese Sache erledigt war, konnten die Ritter ihre Aufmerksamkeit wieder dem Feind zuwenden.

Trotz der Informationen über die lächerlich geringe Stärke der feindlichen Armee, welche ihre Stadt belagerte, nahmen die Solamnier ihre Situation nicht auf die leichte Schulter. Immerhin hatte Gerard ihnen berichtet, dass mit Verstärkung gerechnet wurde.

»Vielleicht meint sie eine feindliche Armee aus Palanthas, Herr«, wagte Gerard anzumerken.

»Nein.« Fürst Tasgall schüttelte den Kopf. »In Palanthas haben wir Spione. Man hätte uns jeden größeren Truppenaufmarsch gemeldet. Es gab keinen. Wir haben auch Kundschafter an den Straßen, die ebenfalls nichts gesehen haben.«

»Verzeihung, Herr«, wandte Gerard ein, »aber diese Armee habt Ihr auch nicht kommen sehen.«

»Das war Hexerei«, erklärte Fürst Nigel grimmig. »Die ganze Stadt einschließlich ihrer Umgebung ist in einen Zauberschlaf verfallen. Die Patrouillen berichten, dass auch sie von diesem unheimlichen Schlaf übermannt wurden, der Mensch und Tier gleichermaßen betraf. Wir dachten, die Großmeisterin Goldmond hätte diesen Schlaf über uns gebracht, aber Sternenmeister Mikelis hat uns versichert, dass sie zu einem so mächtigen Zauber unmöglich in der Lage war.«

Unsicher sah Gerard zu Odila. Ihre Worte über den Geist Gottes hatten einen beunruhigenden Gedanken aufgeworfen. »Er sagte, kein Sterblicher sei dazu in der Lage. Dennoch haben wir alle geschlafen.«

Ich nicht, dachte Gerard. Ebenso wenig wie der Kender und der Gnom. Goldmond ließ die Eisenstäbe schmelzen, als wären sie aus Wachs. Was sagte sie noch? *Ich weiß nicht, woher ich die Macht zu dem habe, was ich tue. Ich weiß nur, dass mir alles gegeben wird, was ich mir wünsche.*

Wer gibt das alles? Verstört sah Gerard Odila an. Keiner der anderen Ritter sagte etwas. Sie alle teilten denselben unwillkommenen Gedanken, den keiner von ihnen aussprechen wollte. Sich so weit vorzuwagen war, als liefe man mit verbundenen Augen am Rand eines Abgrunds entlang.

»Sir Gerard, Fürstin Odila, ich danke Euch für Eure Geduld.« Fürst Tasgall erhob sich. »Wir haben jetzt genug Informationen, um zu handeln. Wenn wir Euch noch einmal brauchen, werden wir Euch rufen lassen.«

Sie waren entlassen. Gerard stand auf, salutierte und bedankte sich nacheinander bei jedem Ritter. Odila wartete auf ihn, um mit ihm nach draußen zu gehen. Als Gerard sich umsah, waren die Ritter bereits wieder ins Gespräch vertieft.

»Sie haben keine große Wahl«, meinte Odila kopfschüttelnd. »Wir können schließlich nicht herumsitzen und warten, bis ihre Verstärkung eintrifft. Wir müssen angreifen.«

»Verdammt merkwürdige Art, eine Stadt zu belagern«, überlegte Gerard. »Ich würde es ja verstehen, schließlich ist die Anführerin noch ein halbes Kind, aber dieser Hauptmann kam mir wie ein alter Haudegen vor. Warum folgen sie ihr?«

»Vielleicht hat sie auch *ihr* Innerstes berührt«, murmelte Odila.

»Wie?«, fragte Gerard. Sie hatte so leise gesprochen, dass er glaubte, sich verhört zu haben.

Bedrückt schüttelte sie den Kopf und lief weiter. »Egal. War nur so ein dummer Einfall.«

»Bald reiten wir in die Schlacht«, prophezeite Gerard in der Hoffnung, sie dadurch aufzumuntern.

»Ich hoffe nur, es geht bald los. Dieser rothaarigen Schlange möchte ich gern mit dem Schwert in der Hand begegnen. Trinken wir ein Glas?«, fragte sie plötzlich. »Oder zwei oder sechs oder dreißig?«

Der Tonfall ihrer Stimme ließ Gerard aufmerken. Er warf ihr einen scharfen Blick zu.

»Was?«, verteidigte sie sich wütend. »Ich will diesen verdammten Gott aus meinem Gehirn saufen, mehr nicht. Kommt schon. Ich zahle.«

»Nicht für mich«, wehrte er ab. »Ich gehe ins Bett. Schlafen. Das solltet Ihr auch.«

»Wie könnt Ihr erwarten, dass ich schlafe, solange mich diese Augen anstarren? Na, dann geht zu Bett, wenn Ihr so müde seid.«

Er wollte schon fragen: »Welche Augen?«, aber Odila lief davon und hielt auf eine Schenke zu, deren Schild einen Jagdhund mit einer erlegten Ente im Maul zeigte.

Gerard war viel zu erschöpft, um sich Gedanken zu machen. Er sehnte sich nur noch nach seiner wohlverdienten Ruhe.

Den Rest des Tages und die halbe Nacht verschlief Gerard. Er wachte erst auf, als jemand an seine Tür hämmerte.

»Aufstehen! Aufstehen!«, rief eine leise Stimme. »In einer Stunde Musterung im Hof. Kein Licht und kein Lärm.«

Gerard setzte sich auf. Im Zimmer war es hell, aber das war die unheimliche, weiße Helligkeit des Mondlichts, nicht die des Sonnenscheins. Draußen hörte er gedämpfte Geräusche von Rittern, ihren Pagen, Knappen und Dienstboten, die auf und ab eilten. Also wollte man bei Nacht angreifen. Ein Überraschungsangriff.

Kein Lärm. Keine Fackeln. Keine Trommeln, um die Krieger zusammenzurufen. Nichts sollte verraten, dass die Armee von Solanthus sich darauf vorbereitete, hinauszureiten und die Belagerung zu brechen. Gerard war einverstanden. Eine hervorragende Idee. Sie würden den Feind im Schlaf überraschen. Mit etwas Glück erwischten sie ihn sogar im Schlaf nach einer durchzechten Nacht.

Er hatte in seinen Kleidern geschlafen, darum brauchte er jetzt nur die Stiefel anzuziehen. Nachdem er die Treppe hinuntergeeilt war, auf der Dienstboten und Knappen durcheinander liefen, um irgendwelche Aufträge für ihre Herren auszuführen, schob er sich durch die Menge. Er hielt nur an, um nach dem Weg zur Rüstungskammer zu fragen.

Die Straßen waren erstaunlich still. Der Großteil der Stadt schlief tief und fest. Der Rüstungsmacher und seine Gehilfen waren nur spärlich bekleidet, denn man hatte sie erst kurz zuvor aus dem Bett geholt. Er war untröstlich, dass er Gerard nicht mit einer ordentlichen solamnischen Rüstung ausstatten konnte. Es blieb nicht genug Zeit dazu.

»Gebt mir einfach das Zeug, das Ihr zum Üben benutzt«, schlug Gerard vor.

Der Rüstungsmacher war erschüttert. Auf keinen Fall würde er einen Ritter in einer zerdellten, schlecht sitzenden, zerkratzten Rüstung in die Schlacht schicken. Gerard würde wie eine Vogelscheuche aussehen. Doch das war dem Ritter egal. Gleich ritt er in seine erste Schlacht. Er wäre auch splitternackt gegangen, ohne sich darum zu scheren. Er hatte sein Schwert, das Schwert, das er von Marschall Medan bekommen hatte, und nur das zählte. Der Rüstungsmacher protestierte, doch Gerard blieb dabei. Schließlich brachte der Mann das Gewünschte. Seine Gehilfen – zwei pickelige Dreizehnjährige – platzten fast vor Aufregung und beklagten sich darüber, dass sie nicht hinausreiten und kämpfen durften. Zunächst aber ersetzten sie Gerard die Knappen.

Vom Rüstungsmacher lief er zu den Stallungen, wo die Stallknechte hektisch damit beschäftigt waren, die Pferde zu satteln und die Tiere zu beruhigen, die durch den ungewohnten Aufruhr unruhig wurden. Der Stallmeister warf einen zweifelnden Blick auf den Ritter in der geborgten Rüstung, aber Gerard machte dem Mann unmissverständlich klar, dass er einfach ein Pferd stehlen würde, wenn er keines bekam. Trotzdem hätte man Gerards Wunsch möglicherweise nicht erfüllt, wenn nicht in diesem Augenblick Fürst Ulrich hereingekommen wäre. Obwohl er beim Anblick von Gerards schäbiger Aufmachung unverschämt losprustete, verbürgte er sich für dessen Glaubwürdigkeit und gab den Befehl, ihn mit allem Respekt zu behandeln, der einem Ritter zustand.

So weit ging der Stallmeister zwar nicht, aber immerhin verschaffte er Gerard ein Pferd. Das Tier wirkte eher wie ein Ackergaul als wie ein Streitross. Gerard hoffte nur, dass es tatsächlich aufs Schlachtfeld traben und nicht anfangen würde, die Morgenmilch auszuliefern.

Gerard war von fieberhafter Ungeduld erfüllt. All diese Argumente und Überredungsversuche schienen endlos viel Zeit zu verschlingen. Womöglich würde er die Schlacht verpassen. Am Ende war er den meisten anderen Rittern jedoch weit voraus. Als er im Hof ankam, stellten sich die Fußsoldaten gerade erst auf. Die gut ausgebildeten Kämpfer nahmen rasch ihre Position ein und gehorchten leisen Befehlen. Das Klirren ihrer Kettenrüstungen hatten sie durch Stofffetzen gedämpft, und wehe dem Speerkämpfer, der seine Waffe mit lautstarkem Geklapper auf das Pflaster fallen ließ! Unter zischenden Flüchen gingen die Offiziere auf den Missetäter los, dem sie die schrecklichsten Strafen androhten.

Jetzt begannen die Ritter, sich zu versammeln. Auch sie hatten Teile ihrer Rüstung mit Stoff umwickelt, um weniger Lärm zu verursachen. Neben jedem Pferd stand ein Knappe bereit, um Waffe, Schild und Schwert zu übergeben. Die Fahnenjunker bezogen ihre Plätze, dann die Offiziere. Abgesehen von den üblichen Geräuschen der Stadtwache, die ihre gewohnten Runden drehte, herrschte Stille in der restlichen Stadt. Niemand brüllte herum oder wollte wissen, was denn los war. Es hatten sich auch keine Schaulustigen versammelt. Gerard bewunderte sowohl das Durchsetzungsvermögen der Offiziere als auch die Klugheit und Ergebenheit der Bürger. Es musste sich von Haus zu Haus herumgesprochen haben, und jeder blieb daheim und entzündete kein Licht. Es kam einem Wunder gleich, dass alle sich daran hielten.

Die Ritter und die Soldaten – fünftausend Männer und Frauen – waren aufbruchbereit. Hier und da unterbrach das gedämpfte Wiehern eines aufgeregten Pferdes die Stille, man hörte das nervöse Hüsteln eines Soldaten oder ein Klappern, wenn ein Ritter seinen Helm anlegte.

Gerard sah sich nach Odila um. Als Ritterin der Krone hatte sie in den vorderen Rängen Position bezogen. Sie steckte in einer ähnlichen Rüstung wie die anderen Ritter, war jedoch sofort an den langen schwarzen Zöpfen zu erkennen, die unter dem glänzenden Silberhelm hervorlugten. Und an ihrem Lachen, das einen kurzen Augenblick aufklang, um sogleich wieder zu verstummen.

»Dieses verrückte Weib, die würde sich noch über ihre eigene Beerdigung lustig machen«, murmelte er grinsend. Als ihm aufging, welch böses Omen diese Bemerkung beinhaltete, wünschte er betreten, er hätte sie nie gemacht.

Fürst Tasgall, Ritter der Rose, und sein Stab ritten an der Spitze. In seiner Hand flatterte ein weißer Schal. Er hob ihn hoch, damit ihn alle sehen konnten, dann zog er ihn herunter. Die Offiziere befahlen ihren Männern, sich in Marsch zu setzen, die Ritter trabten los. Gerard suchte sich einen Platz in den hintersten Reihen zwischen den jüngsten Rittern. Es machte ihm nichts aus. Er wäre auch mit den Soldaten gelaufen, ohne dass es ihn gestört hätte. Die Armee von Solanthus zog mit einem kratzenden Schlurfen aus, das sich anhörte, als würde sich ein riesiger, flügelloser Drache über den Boden winden, der im Mondlicht glitzerte. Die inneren Tore mit ihren gut gefetteten Angeln wurden von schweigenden Männern lautlos auseinander geschoben.

Mehrere Brücken führten über den Graben. Nachdem der letzte Soldat darüber marschiert war, wurden sie hochgezogen. Die Tore wurden geschlossen und verriegelt, die Pechnasen bemannt.

Die Armee marschierte weiter zu den Außentoren in den dicken Vormauern, die sich um die Stadt herumzogen. Auch deren Tore waren gut geölt worden. Als Gerard an der Mauer entlangritt, sah er Schützen im Schatten der Zinnen hocken, wo man sie nicht sehen konnte. Er ging davon aus, dass die Schützen heute Nacht wenig zu tun haben würden. Die solamnische Armee müsste in der Lage sein, die Schwarzen Ritter dort draußen zu töten, bevor sie richtig wussten, wie ihnen geschah. Dennoch war es klug von den Ritterfürsten, kein Risiko einzugehen.

Sobald Fußsoldaten und Ritter das letzte Tor hinter sich hatten und auch dieses verschlossen, verriegelt und bemannt war, sah sich der Ritterfürst nach seinen Kommandanten um, die sich direkt hinter ihm befanden. Er hob einen zweiten weißen Schal hoch und zog ihn herunter.

Das Schweigen der Ritter war zu Ende. Während sie ein Lied anstimmten, das schon alt gewesen war, als Huma noch klein war, spornten sie ihre Pferde zum donnernden Galopp an. Das Lied brachte Gerards Blut in Wallung. Er merkte, wie er aus voller Brust mitsang und an den Stellen, wo ihm der Text entfallen war, alles schmetterte, was ihm in den Sinn kam. Die Kavallerie hatte den Befehl, sich zu teilen. Eine Hälfte der Krieger sollte nach Osten stürmen, die andere nach Westen. Man wollte das schlafende Lager umzingeln, die Bewohner in die Mitte treiben und sie dort von den Soldaten angreifen lassen, die direkt aufs Zentrum zuhalten sollten.

Gerards Augen fixierten das feindliche Lager. Das Donnern der Hufe hätte das Lager wecken sollen. Er erwartete, dass Fackeln aufflammten, Posten Alarm schlugen, Offiziere herumbrüllten und Männer aufsprangen, um zu den Waffen zu greifen.

Doch das Lager blieb seltsamerweise ruhig. Niemand stieß einen Warnruf aus. Wenn Gerard genauer hinsah, erblickte er nicht einmal eine Postenkette. Im Lager rührte sich nichts; man hörte nichts, und allmählich sah es so aus, als sei es in dieser Nacht verlassen worden. Aber warum sollte eine mehrere hundert Mann starke Armee aufmarschieren, um dann Zelte und Vorräte zurückzulassen?

Hatte das Mädchen erkannt, dass ihre Augen größer gewesen waren als ihr Mund? Hatte sie entschieden, im Schutz der Dunkelheit davonzuschleichen, um ihre Haut und die ihrer Männer zu retten? Wenn Gerard an sie und ihr vollständiges Vertrauen in den Einen Gott dachte, zweifelte er daran.

Der Angriff der Solamnier ging weiter. Von beiden Seiten her legten sie einen weiten Ring um das Lager. Sie sangen immer noch, aber das Lied hatte seinen Zauber verloren. Es konnte die Unsicherheit nicht vertreiben, die sich in ihre Herzen schlich. Die Stille war unheimlich, das gefiel ihnen nicht. Alles roch nach einer Falle.

Fürst Tasgall, der den Sturmangriff anführte, stand vor einem Problem. Lief alles nach Plan? Wie sollte er mit dieser neuen, unerwarteten Situation umgehen? Als erfahrener Feldherr war Fürst Tasgall völlig klar, dass auch die beste Strategie nicht länger hält als bis zum Feindkontakt. In diesem Fall jedoch schien der fehlende Feindkontakt das größere Problem zu sein. Tasgall überlegte, ob das Mädchen einfach wieder zu sich gekommen und abgezogen war. In diesem Fall hätten er und seine Ritter nichts als ein paar Stunden Schlaf verloren. Aber davon konnte Fürst Tasgall nicht ausgehen. Gut möglich, dass es eine Falle war. Lieber vorsichtig vorgehen. Wenn er aber jetzt die Strategie änderte, würde nur jeder verwirrt sein. Der Ritterfürst würde seinen Plan durchziehen, aber er hob die Hand, um den Sturm der Kavallerie zu verlangsamen. Sie mussten ja nicht blindlings in das hineinreiten, was sie erwartete.

Er hätte sich die Mühe sparen können. Auf das, was sie erwartete, waren die Ritter nicht vorbereitet. Damit konnten sie nicht rechnen.

Ein neues Lied stieg in die Luft, ein leises Lied gegen ihr lautes, ein Lied, das ihrem eigenen entgegenstand. Es wurde von nur einem Menschen gesungen. Gerard, der diese Stimme schon gehört hatte, erkannte, dass es sich um Mina handelte.

Ihr Marionetten spieltet einst
Vor langer Zeit zu alten Liedern.
Jetzt liegt ihr still, doch wartend da,
Im Kasten mit verrenkten Gliedern.
Kommt, fühlt das Zupfen an den Fäden.
Mit bebenden Flügeln erhebt sich der Staub.
Es ruft der alte Meister euch!
Erhebet euch allüberall.

Der Meister ruft euch aus ewiger Nacht,
Ihr seid sein Eigentum.

Nun gaukelt lebende Seelen uns vor,
Kostet vom alten Ruhm.
Genießt noch einmal warme Tage,
Zurück auf alte Wege strebt.
Erhebt euch aus der Finsternis,
Aus der Vergessenheit.
Jetzt tanzt, all ihr verlor'nen Seelen,
Bis das Blut ins Wallen kommt.
Ihr schwer geplagten Seelen spielt
Euer kühnes Leben von einst.

Der Meister zupft an den Strängen des Leids,
Reißt euch aus dem Dunkel heraus,
Damit ihr handelt, bis jeder es weiß:
Heut wird des Meisters Lied gespielt!

An der rechten Flanke begannen die Soldaten zu rufen, und sie deuteten auf etwas. Gerard drehte sich um, denn er wollte wissen, was geschah.

Von Westen her rollte dichter Nebel heran. Der seltsame Dunst kam rasch vorwärts. Er zog über das Gras und ließ alles verschwinden, was er berührte, schob sich vor die Sterne, verschlang den Mond. Wer ihn sah, konnte in oder hinter ihm nichts mehr erkennen. Nachdem der Nebel die Westmauer der Stadt erreicht hatte, schob er sich an ihr hinauf. Die westlichen Türme von Solanthus waren nicht mehr zu sehen, und es schien so, als wären sie nie gebaut worden. Aus jenem Teil der Stadt hörte man leise, gedämpfte Schreie, denen jedoch niemand entnehmen konnte, was dort geschah.

Als Fürst Tasgall das Vorrücken dieses seltsamen, unnatürlichen Nebels bemerkte, brach er den Angriff ab und rief seine

Offiziere zu sich. Fürst Ulrich und Fürst Nigel galoppierten zu ihm hin. Gerard rückte näher, um verstehen zu können, was sie sagten.

»Hier ist Hexerei am Werk.« Fürst Tasgalls Stimme klang ergrimmt. »Man hat uns überlistet. Aus der Stadt gelockt. Ich schlage vor, wir blasen zum Rückzug.«

»Herr«, protestierte Fürst Ulrich grinsend, »das ist doch bloß starker Tau.«

»Starker Tau!«, wiederholte Fürst Tasgall abfällig schnaubend. »Herold, blast zum Rückzug!«

Der Herold hob das Horn an die Lippen und gab sein Signal. Die Ritter reagierten diszipliniert, ohne in Panik zu geraten. Sie wendeten und ritten hintereinander zur Stadt zurück. Auch die Fußsoldaten machten kehrt. In Reih und Glied marschierten sie auf die Mauern zu. Die Ritter rückten vor, um den Rückzug der Soldaten zu decken. Jetzt sah man die Schützen, die schussbereit auf den Mauern warteten.

Dennoch konnte Gerard – genau wie alle anderen – erkennen, dass es keine Rolle spielte, wie schnell sie sich bewegten. Der seltsame Nebel würde sie erfassen, bevor auch nur der allererste Soldat die schützenden Mauern erreichte. Mit der Geschwindigkeit einer angreifenden Kavallerie im gestreckten Galopp rückte der Nebel vor. Gerard starrte hinein. Starrte, blinzelte, rieb sich die Augen. Das musste Einbildung sein.

Das war kein Nebel. Es war auch kein »starker Tau«. Das hier war Minas Verstärkung.

Eine Armee aus Seelen.

Eine Armee aus Unfreiwilligen, denn die Seelen der Toten saßen in dieser Welt fest, ohne abziehen zu können. Wenn eine Seele den Körper verließ, der sie an die Welt gebunden hatte, erlebte sie einen Moment der Glückseligkeit und Freiheit.

Doch dieses Gefühl wurde fast augenblicklich zermalmt. Ein unsterbliches Wesen ergriff von der Seele des Toten Besitz und flößte ihr unersättliche Gier ein, eine Gier nach Magie.

»Bring mir Magie, dann bist du frei«, hieß es. Ein nie eingehaltenes Versprechen. Die Gier war nie zu stillen. Je mehr man ihr gab, desto mehr verlangte sie. Seelen, die sich davon lösen wollten, stellten fest, dass sie nirgendwo hinkonnten.

Jedenfalls bis sie gerufen wurden.

Eine Menschenstimme, die Stimme einer Sterblichen, Minas Stimme, rief sie: »Kämpft für den Einen Gott, und ihr werdet belohnt. Dient dem Einen Gott, und ihr seid frei.«

Nach ihren endlosen Qualen gehorchten die verzweifelten Seelen. Sie bildeten keine Formation, dafür waren sie zu viele. Die Seele des Goblins, dessen hässliches Gesicht aus der Erinnerung an seine sterbliche Hülle stammte, griff sich ein Schwert aus Spinnweben und reagierte auf den Ruf. Die Seele eines Ritters von Solamnia, die schon vor langer Zeit jeden Begriff von Ehre und Treue aufgegeben hatte, folgte dem Ruf. Goblin und Ritter schwebten Seite an Seite, ohne zu wissen, was sie angriffen oder bekämpften. Ihr einziger Gedanke war, die Stimme zu erfreuen und auf diese Weise zu entkommen.

Zuerst kam es den Lebenden vor wie Nebel, aber Mina rief den Einen Gott an, ihnen die Augen zu öffnen, damit sie sahen, was ihnen verborgen geblieben war. Die Lebenden mussten die Toten ansehen.

Der Nebel hatte Augen und Münder. Hände langten heraus. Stimmen wisperten aus dem Nebel, der kein Nebel war, sondern aus unzähligen Seelen bestand, von denen sich jede daran erinnerte, was sie gewesen war, eine Erinnerung, die sich mit dem magischen Schimmern von Mondlicht und Irrlichtern durch den Äther zog. Das Gesicht einer jeden Seele zeigte den

Schrecken ihrer Existenz, einer ruhelosen Existenz, die nur eine endlose Suche und die hoffnungslose Verzweiflung des Scheiterns kannte.

Die Seelen hatten Waffen, aber ihre Waffen waren Nebel und Mondschein. Sie konnten weder töten noch verstümmeln. Doch ihre wahre Waffe wütete entsetzlich: Verzweiflung.

Beim Anblick der Armee der gefangenen Seelen ließen die Soldaten ihre Waffen fallen, ohne auf die wütenden Befehle ihrer Offiziere zu achten. Die Ritter an den Flanken sahen die Toten und erschauerten vor Entsetzen. Ihr Instinkt forderte dieselbe Reaktion wie bei den Soldaten; er wollte dem panischen Schrecken nachgeben. Vorläufig hielten Disziplin und Stolz sie zurück, doch wenn sie einander unsicher anschauten, entdeckten sie auf den Gesichtern ihrer Kameraden nur das Spiegelbild ihrer eigenen Angst.

Die Geisterarmee drang in das feindliche Lager ein. Ruhelos schwirrten die Seelen zwischen Zelten und Wagen umher. Gerard hörte das panische Wiehern der Pferde und jetzt endlich Lärm aus dem Lager – Offiziere brüllten, Stahl klirrte. Dann wurde jedes Geräusch von den Seelen verschluckt, als wären sie eifersüchtig auf Laute, die ihre toten Münder nie mehr hervorbringen konnten. Das feindliche Lager war nicht mehr zu sehen. Die Seelenarmee wogte auf die Stadt Solanthus zu.

Tausende von Mündern schrien in stummer Qual. Ihre geflüsterten Schreie waren ein eisiger Wind, der den Lebenden das Blut in den Adern gefrieren ließ. Abertausende toter Hände versuchten zu packen, was sie niemals halten konnten. Abertausende toter Füße marschierten über den Boden, ohne einen einzigen Grashalm zu krümmen.

Die Offiziere erlagen ebenso der Panik wie ihre Männer. Sie gaben es auf, für Ordnung sorgen zu wollen. Die Soldaten verließen ihre Plätze und rannten in heller Panik auf die Mauern zu. Die Schnelleren schoben die Langsameren beiseite oder schlugen sie nieder, um in Sicherheit zu kommen.

Doch die Mauern boten keine Sicherheit. Ein Graben schreckte die Toten nicht, sie hatten keine Angst vor dem Ertrinken. Pfeile vermochten niemanden aufzuhalten, der nicht aus Fleisch und Blut war. Die Legionen der Geister glitten unter den scharfen Spitzen des Fallgitters hindurch und überfluteten die geschlossenen Tore, sie drangen durch Pechnasen und durch Schießscharten ein.

Der Armee der Seelen folgte eine Armee der Lebenden. Die Soldaten unter Minas Oberbefehl hatten sich in ihren Zelten versteckt gehalten, bis die Armee der Seelen angerückt war. Sie sollte den Feind erschrecken, sollte Chaos und Panik auslösen. Im Schutz dieser entsetzlichen Armee krochen Minas Soldaten aus ihren Zelten und stürmten in die Schlacht. Sie hatten Befehl, die Ritter von Solamnia anzugreifen, so lange sie hier draußen im Freien waren, von der Armee abgeschnitten und von Entsetzen geschüttelt.

Gerard versuchte, die fliehenden Soldaten aufzuhalten, die auf ihrer verzweifelten Flucht vor der Geisterarmee übereinander hinwegtrampelten. Er setzte den Männern nach, schrie sie an, standzuhalten, aber sie ignorierten ihn und liefen weiter. Alles um ihn herum verschwand. Die Seelen der Toten umgaben ihn. Ihre körperlosen Gestalten schimmerten in einem undurchsichtigen Weiß, das Hände und Arme, Füße und Finger, Kleider und Rüstungen sowie Waffen und andere Dinge formte, die sie aus dem Leben kannten. Als sie näher kamen, wieherte sein Pferd vor Angst schrill auf, bäumte sich hoch, warf Gerard ab und hetzte davon. Rasch war es in dem wirbelnden Nebel der gierigen Geisterhände verschwunden.

Gerard rappelte sich auf. Instinktiv zog er sein Schwert, doch wen sollte er hier töten? Noch nie hatte er solche Angst gehabt. Die Berührung der Seelen war wie kalter Nebel. Er konnte die Toten nicht zählen, die ihn umringten. Einer, hundert, über tausend – die Seelen waren miteinander verwoben. Es war nicht zu erkennen, wo eine endete und die nächste begann. Sie huschten durch sein Blickfeld, sodass ihm schon vom Zusehen schwindelig wurde.

Aber sie bedrohten ihn nicht. Sie griffen nicht an, nicht einmal die, die das in ihrem Leben wohl getan hatten. Ein enormer Hobgoblin streckte haarige Hände nach ihm aus, die sich plötzlich in die Hände einer schönen, jungen Elfenfrau verwandelten, die wiederum zu einem Fischer wurde, welcher zu einem verängstigten, wimmernden Zwergenkind schrumpfte. Die Gesichter der Toten erfüllten Gerard mit namenlosem Schrecken, denn in ihnen allen sah er das hoffnungslose Elend des Gefangenen, der vergessen im Kerker seines eigenen Grabes liegt.

Es war ein solch furchtbarer Anblick, dass Gerard fürchtete, den Verstand zu verlieren. Er versuchte sich daran zu erinnern, in welcher Richtung Solanthus lag, wo er statt des Streichelns der Toten die Berührung einer warmen Hand fühlen konnte. Doch bei seinem Sturz hatte er die Orientierung verloren. Er lauschte auf Geräusche, die ihm verraten könnten, wohin er laufen sollte. Wie in einem echten Nebel klangen die Geräusche verzerrt. Er hörte Stahl klirren und Schmerzensschreie. Also mussten irgendwo Männer mit Lebenden kämpfen statt mit Toten. Aber ob die Geräusche von vorne oder von hinten kamen, war ihm nicht klar.

Dann vernahm er eine Stimme, die kalt und leidenschaftslos feststellte: »Hier ist noch einer.«

Zwei Soldaten – lebende Männer – mit dem Wappen von

Neraka stürmten auf ihn zu. Die Geistergestalten teilten sich wie ein durchtrennter Seidenschal. Die Soldaten, die Gerard angriffen, prügelten mit ihren Schwertern auf ihn ein, weil sie hofften, ihn mit roher Gewalt zu überwältigen, ehe er sich von seinem panischen Schrecken erholen konnte. Allerdings hatten sie nicht mit Gerards Erleichterung angesichts eines Gegners aus Fleisch und Blut gerechnet. Diese Gegner konnte er treten, schlagen und verwunden. Deshalb verteidigte er sich voller Inbrunst.

Dem einen Mann schlug er das Schwert weg, dem anderen boxte er mit der Faust ins Gesicht. Den beiden verging schnell die Lust am Kämpfen. Da ihr Gegner stärker war als erhofft, rannten sie davon und überließen Gerard seinen schaurigen Wärtern, den Seelen der Toten.

Gerards Hand umklammerte krampfhaft den Griff seines Schwertes. Weil er einen zweiten Überfall fürchtete, blickte er ständig über die Schulter zurück. Er wollte nicht bleiben, wo er war, hatte aber auch Angst, sich zu rühren. Die Seelen beobachteten und umwogten ihn.

Ein Hornsignal drang wie ein Speer durch die Luft. Das Signal kam aus der Stadt; es blies zum Rückzug. Es war ein verzweifelter, kurzer Ruf, der mitten im Ton abbrach, doch er half Gerard, sich wieder zurechtzufinden. Er musste seinen Instinkt überwinden, denn das letzte Mal, als er die Stadtmauern gesehen hatte, waren sie hinter ihm gewesen. Das Horn rief von vorne. Er ging nur langsam los, denn er wollte die Seelen nicht berühren. Doch er hätte sich keine Gedanken zu machen brauchen. Obwohl manche jämmerlich flehend und andere scheinbar in mörderischer Absicht die Hände nach ihm ausstreckten, konnten sie ihm nichts anhaben, sondern nur Furcht und Schrecken erzeugen. Was schon schlimm genug war.

Als der Anblick unerträglich wurde, schloss er unwillkürlich die Augen, um wenigstens so Erleichterung zu finden, aber das erwies sich als noch schrecklicher, denn nun fühlte er die Berührung der Geisterfinger und hörte das Flüstern der Geisterstimmen.

Inzwischen hatten die Soldaten das riesige Eisentor erreicht, das sich in der Vormauer befand. In Panik schlugen die Männer gegen das Tor und brüllten, man solle es öffnen. Doch es blieb ihnen fest verschlossen. Voller Angst und Wut schrien sie nach ihren Kameraden in der Stadt. Sie sollten das Tor aufmachen und sie einlassen. Schon drängten sich die Soldaten gegen das Tor und erschütterten es, während sie die Insassen der Stadt verfluchten.

Weißes Licht blitzte auf. Ein Donnerschlag ließ den Boden erbeben, als ein Teil der Mauer am Tor explodierte. Riesige Steinbrocken regneten auf die Soldaten herab, die sich vor dem verschlossenen Tor zusammenballten. Hunderte wurden vom Geröll begraben. Die Überlebenden hingen in den Trümmern fest, wo sie um Hilfe flehten, die nicht kam. Die Männer innerhalb der Mauer ließen die Tore verriegelt, aber der Feind begann, durch die Bresche einzudringen.

Als Gerard die Explosion hörte, versuchte er zu erkennen, was geschehen war. Die Seelen umwirbelten ihn. Wenn sie an ihm vorbeihuschten, sah er nur weiße Gesichter und gierige Hände. Verzweifelt watete er in den wabernden Strom, um mit dem Schwert auf sie einzuschlagen. Er hätte auch versuchen können, Quecksilber zu erdolchen, denn die Toten rückten von ihm ab, um sich anschließend noch dichter um ihn zu schließen.

Nachdem ihm klar wurde, was er tat, hielt Gerard inne. Er versuchte, sich wieder unter Kontrolle zu bekommen, doch er schwitzte und zitterte. Der Gedanke an seinen augenblicklichen Wahnsinn entsetzte ihn. Da er zu glühen glaubte, nahm er den Helm ab und atmete einige Male tief durch. Jetzt, wo er ruhiger war, hörte er Stimmen – lebendige Stimmen – und wieder Stahlgeklirr. Er wartete noch einen Augenblick, bis er sich besser orientiert hatte. Dann setzte er den Helm wieder auf, ließ aber das Visier hochgeklappt, um eine bessere Wahrnehmung zu haben. Als er den Geräuschen entgegeneilte, langten die Toten mit ihren eisigen Händen nach ihm. Es fühlte sich so an, als liefe er mitten durch ein riesiges Spinnennetz.

Schließlich stieß er auf sechs sehr lebendige feindliche Soldaten, die gegen einen Ritter zu Pferd kämpften. Das Gesicht des Ritters war unter dem Helm verborgen, aber er bemerkte zwei lange schwarze Zöpfe, die um die Schultern tanzten. Die Soldaten hatten Odila umringt und versuchten, sie vom Pferd zu zerren. Die Ritterin hieb mit ihrem Schwert auf sie ein, trat nach ihnen und wehrte die Schläge mit ihrem Schild ab. Die ganze Zeit über behielt sie ihr Pferd unter Kontrolle.

Gerards Angriff von hinten überraschte die Feinde. Den einen durchbohrte er mit seinem Schwert. Noch während er die Waffe zurückriss, rammte er dem Nächsten den Ellbogen in die Rippen. Als der Mann einknickte, brach Gerard ihm mit dem hochgezogenen Knie die Nase.

Odila schlug ihr Schwert dem einen Mann mit solcher Wucht auf den Schädel, dass dessen Helm zerbrach und die Klinge ihm den Kopf spaltete. Gerard wurde mit Blut, Hirn und Knochensplittern voll gespritzt. Er wischte sich das Blut aus den Augen und wandte sich einem Soldaten zu, der das Pferd am Zügel gepackt hatte und versuchte, es zu Fall zu bringen. Gerard schlug nach seinen Händen. Odila knallte inzwischen einem anderen ihren Schild vors Gesicht und schlug erneut mit dem Schwert zu. Noch ein anderer duckte sich unter dem Pferd hindurch und tauchte hinter Gerard auf. Ehe dieser sich von dem einen Gegner dem neuen Feind zuwenden konnte, verpasste der Soldat Gerard einen harten Schlag seitlich am Kopf.

Gerards Helm fing die tödliche Wucht des Schlages ab. Die Klinge rutschte vom Metall ab und riss Gerard die Wange auf. Er verspürte keinen Schmerz, sondern bemerkte den Treffer erst, als er das warme Blut schmeckte, das ihm in den Mund lief. Der andere Gegner hielt Gerards Schwertarm mit eisernem Griff fest. Er versuchte, ihm die Finger zu brechen, damit der Solamnier die Waffe fallen ließ. Gerard boxte den Mann ins Gesicht und brach auch diesem die Nase. Trotzdem hielt sein Gegner weiter fest. Er rang mit Gerard. Nachdem der Ritter ihn zurückgestoßen hatte, trat er ihm in den Unterleib, sodass der andere rücklings hinfiel. Gerard wollte ihm noch den Rest geben, doch der Mann rappelte sich auf und rannte davon. Gerard war zu erschöpft, um ihn zu verfolgen.

Mühsam schnappte er nach Luft. Jetzt tat sein Kopf ganz entsetzlich weh. Auch das Schwert zu halten bereitete ihm Schmerzen, sodass er die Waffe in die linke Hand nahm, obwohl fraglich war, was er dort damit anstellen sollte. Er hatte nie gelernt, beidhändig zu kämpfen. Immerhin konnte es ihm wohl noch als Keule dienen.

Odilas Rüstung war verbeult und blutverschmiert. Ob sie verletzt war, konnte er nicht feststellen, war aber zu atemlos, um sie zu fragen. Kampfbereit saß sie auf ihrem Pferd, sah sich um und wartete auf den nächsten Angriff.

Plötzlich bemerkte Gerard, dass er die Silhouette der Bäume vor dem Sternenhimmel erkennen konnte. Er sah auch andere Ritter, manche zu Pferd, andere auf dem Boden, manche kniend, andere gefallen. Er konnte nicht nur die Sterne sehen, sondern auch die Mauern von Solanthus, die im hellen Mondlicht weiß leuchteten. Nur an einer Stelle nicht. Dort, in der Nähe des Tors, fehlte ein riesiger Teil der Mauer. Davor lag ein gewaltiger Trümmerhaufen.

»Was ist denn das?«, keuchte Odila, die den Helm herunterriss, um besser sehen zu können. »Wer war das? Warum hat niemand die Tore geöffnet? Wer hat sie verrammelt?« Sie starrte auf die stummen, leeren Mauern. »Wo sind unsere Bogenschützen? Wieso haben sie ihre Posten verlassen?«

Die Antwort auf Odilas Frage kam so prompt, dass sie sich direkt an sie zu richten schien. Eine einsame Gestalt tauchte auf der Vormauer über dem Tor auf, das noch immer vor seinen Verteidigern verschlossen war.

Die toten Soldaten von Solanthus lagen vor dem Stadttor aufgehäuft wie eine Opfergabe vor einem gigantischen Altar. Eine Opfergabe für das Mädchen Mina, dessen schwarze Rüstung im Mondschein glänzte.

»Ritter von Solamnia. Bürger von Solanthus.« Minas Stimme erklang so laut, dass keiner auf diesem blutigen Feld sich anstrengen musste, um sie zu verstehen. »Durch die Macht des Einen Gottes ist die Stadt Solanthus gefallen. Hiermit erhebe ich im Namen des Einen Gottes Anspruch auf die Stadt Solanthus.«

Vom Schlachtfeld erhoben sich unzusammenhängende Schreie voller Wut und Unglauben. Fürst Tasgall trieb sein Pferd heran. Seine Rüstung war dunkel vor Blut. Der rechte Arm hing schlaff an seiner Seite.

»Ich glaube dir nicht!«, brüllte er. »Vielleicht habt ihr die Vormauer erobert, aber unmöglich die ganze Stadt! So dumm bin ich nicht!«

Auf den Mauern tauchten Bogenschützen auf, welche die Abzeichen von Neraka trugen. Rund um Fürst Tasgall landeten Pfeile, die zitternd im Boden stecken blieben.

»Seht zum Himmel«, antwortete Mina.

Widerstrebend hob Fürst Tasgall den Kopf und suchte den Himmel ab. Er brauchte nicht lange zu suchen, um seine Niederlage zu erkennen.

Schwarze Schwingen schoben sich vor die Sterne und versperrten den Menschen den Blick darauf. Schwarze Schwingen durchschnitten das Gesicht des Mondes. Drachen zogen in langsamen, siegessicheren Kreisen über die Stadt Solanthus hinweg.

Die entsetzliche, schwächende Drachenangst ließ Fürst Tasgall und alle Ritter von Solamnia erbeben. Mehr als einer riss verzagend den Arm vor das Gesicht oder umklammerte mit schweißnassen, zitternden Händen seine Waffe.

Aus Solanthus flogen keine Pfeile auf die Drachen. Keine Maschine spie flammendes Öl. Nur ein einziger Hornruf hatte zu Beginn der Schlacht Alarm geschlagen, doch den hatte der Tod schnell verstummen lassen.

Mina hatte die Wahrheit gesprochen. Die Schlacht war vorüber. Während die Ritter von Solamnia von den Toten belagert und von den Lebenden hinterrücks überfallen worden waren, war Mina mit dem Rest ihrer Armee auf Drachen ungehindert in eine Stadt geflogen, aus der die meisten Verteidiger abgezogen waren.

»Ritter von Solamnia«, fuhr Mina fort, »ihr habt die Macht des Einen Gottes gesehen, der die Lebenden und die Toten regiert. Geht und tragt die Nachricht von der Rückkehr des Einen Gottes in die Welt hinaus. Ich habe den Drachen befohlen, euch nicht anzugreifen. Ihr könnt abziehen. Geht, wohin ihr wollt.« Ihre Hand beschrieb eine großzügige Geste. »Selbst nach Sanction. Denn dort wird der Blick des Einen sich als Nächstes hinwenden. Erzählt den Verteidigern von Sanction von den Wundern, die ihr heute Nacht miterlebt habt. Ratet ihnen, den Einen Gott zu fürchten.«

Der Ritterfürst saß bewegungslos im Sattel. Er stand unter Schock. Die unerwartete Wendung der Ereignisse hatte ihm die Sprache verschlagen. Andere Ritter ritten, liefen oder hinkten zu ihm herüber. Sie sammelten sich um ihn. Ihren lauten Stimmen war zu entnehmen, dass einige einen Sturmangriff forderten.

Gerard schnaubte verächtlich. Sollen sie doch, dachte er. Sollen die Drachen doch herunterstoßen und ihnen die Holzköpfe abreißen! Idioten wie sie verdienten es nicht zu leben und sollten vor allem niemals Nachwuchs zeugen. Man brauchte nur zum Himmel aufzusehen, um zu erkennen, dass die Ritter von Solamnia in Solanthus nichts mehr verloren hatten.

Ein letztes Mal meldete sich Mina zu Wort: »Die Nacht wird heller. Bald naht der Morgen. Eine Stunde habt ihr freien Abzug. Jeder, der sich bei Tagesanbruch noch in Sichtweite dieser Mauern befindet, wird erschlagen.« Ihre Stimme wurde sanfter. »Fürchtet nicht um eure Toten. Sie werden in Ehren bestattet, denn sie dienen jetzt dem Einen Gott.«

Hochmut und Wut verließen die Besiegten bald. Die wenigen Soldaten, die mit dem Leben davongekommen waren, begannen über die Felder zu taumeln. Viele sahen sich noch um, als könnten sie nicht fassen, was geschehen war, und müssten sich immer wieder vergewissern, indem sie auf ihre Kameraden zurückstarrten, die auf so schreckliche Weise unter den Trümmern der einst so mächtigen Stadtmauer umgekommen waren.

Den Rittern gelang es, einen Rest von Würde zu bewahren. Sie kehrten aufs Schlachtfeld zurück und nahmen ihre Gefallenen mit. Sie würden die Toten nicht hier zurücklassen, ganz gleich, was Mina oder dieser Eine Gott versprachen. Fürst Tasgall blieb auf seinem Pferd sitzen. Er hatte den Helm abgestreift, um sich den Schweiß abzuwischen. Sein Gesicht war starr und finster, seine Miene beinahe geisterhaft weiß.

Gerard konnte ihn nicht ansehen, denn so viel Leid ertrug er nicht. Er wandte sich ab.

Odila hatte sich nicht den anderen angeschlossen. Sie hatte sich nicht einmal umgeschaut, um zu sehen, was geschah. Sie saß auf ihrem Pferd und starrte auf die Stelle auf der Mauer, wo das Mädchen Mina gestanden hatte.

Gerard hatte den anderen Rittern mit den Toten und Verwundeten helfen wollen, aber der Ausdruck auf Odilas Gesicht gefiel ihm nicht. Er hielt ihren Stiefel fest und ruckte an ihrem Fuß, um auf sich aufmerksam zu machen.

Sie sah zu ihm herunter, als erkenne sie ihn nicht.

»Der Eine Gott«, murmelte Odila. »Das Mädchen sagt die Wahrheit. Ein Gott ist in die Welt zurückgekehrt. Was können Sterbliche gegen eine solche Macht ausrichten?«

Gerard schaute zum Himmel, an dem die Drachen tanzten. Triumphierend zogen sie durch helle Nebelfetzen, die keine Wolken waren, sondern die immer noch ausharrenden Seelen der Toten.

»Wir tun das, was sie uns geraten hat«, befand Gerard schlicht. Er warf einen letzten Blick auf die Mauern der besiegten Stadt. Dort stand der Minotaurus, der den Rückzug der Ritter von Solamnia beobachtete. »Wir reiten nach Sanction. Wir warnen sie vor dem, was kommt.«

13 Die Rote Rose

In den schwarzen Stunden vor dem Morgen des Tages, an dem der Drache Beryl die Zerstörung von Qualinost plante, nahm Marschall Medan das Frühstück in seinem Garten ein. Er speiste ausgiebig, denn er würde die Energie, die die Nahrung spendete, im Laufe des Tages noch brauchen. Er hatte Männer gekannt, die vor einem Kampf keinen Bissen herunterbrachten, oder andere, die zwar aßen, aber kurz danach den Mageninhalt wieder herauswürgten. Sich selbst verlangte er schon seit langer Zeit die Disziplin ab, vor einem Feldzug großzügig zu speisen und sein Mahl sogar zu genießen.

Dazu war er in der Lage, indem er sich vollkommen auf jede einzelne Minute konzentrierte. Er sah nicht nach vorn zu dem, was kommen würde, auch nicht nach hinten, zu dem, was hätte sein können. Mit der Vergangenheit hatte er sich am Vorabend vor dem Schlafengehen ausgesöhnt – noch so eine alte Angewohnheit. Was seine kurze Zukunft betraf, so vertraute er ganz auf sich selbst. Er kannte seine Grenzen ebenso wie seine Stärken. Außerdem kannte er seine Kameraden und vertraute auch ihnen.

Schließlich tunkte er die letzte Erdbeere des Sommers in sein letztes Glas Elfenwein. Er verzehrte das Olivenbrot und den guten Weichkäse. Das Brot war hart, schon eine Woche alt, denn so lange war das Feuer in den Bäckereien schon erloschen. Die Bäcker hatten Qualinost entweder verlassen, oder sie hatten sich versteckt, um auf diesen Tag hinzuarbeiten. Dennoch schwelgte er in dem Geschmack. Olivenbrot hatte er immer gemocht. Der Käse auf dem Brot war ausgezeichnet. Eine einfache Freude, die er im Tod vermissen würde.

Medan glaubte nicht an ein Leben nach dem Tod. Seiner Meinung nach konnte kein vernünftig Denkender an so etwas glauben. Jeder kurze Nachtschlaf bereitet uns auf den langen der letzten Nacht vor. Dennoch glaubte er, dass er selbst dann noch diesen Garten und den Weichkäse auf dem duftenden Brot vermissen würde. Er würde das Mondlicht vermissen, das auf goldene Haare fiel. Nachdem er den Käse verzehrt hatte, streute er seinen Fischen die Brotkrümel hin. Noch eine Stunde lang saß er allein im Garten und lauschte dem trübseligen Gezwitscher der Spatzen. Seine Augen verschleierten sich für einen Augenblick, denn solche Lieder würde er bald nicht mehr hören können. Auch die Schönheit der Spätblüher würde er verpassen. Als seine Augen feucht wurden, wusste er, dass die Zeit zum Aufbruch gekommen war.

Der Schwarze Ritter Dumat stand bereit, um Medan in die Rüstung zu helfen. Heute wollte der Marschall nicht die volle Plattenrüstung anlegen. Beryl würde es merken und Verdacht schöpfen. Die Elfen waren tot, vertrieben, vernichtet. Die Elfenhauptstadt sollte ihr kampflos übergeben werden. Ihr Marschall sollte sie im Triumph begrüßen. Wozu brauchte er da eine Rüstung? Außerdem benötigte Medan Bewegungsfreiheit, und ein schwerer Panzer hätte ihn ebenso behindert wie eine Kettenrüstung. Er trug die Zeremonienrüstung, den auf Hochglanz polierten Brustpanzer mit Lilie und Schädel, dazu den Helm. Auf den Rest verzichtete er.

Dumat half Medan, den langen, fließenden Umhang über seinen Schultern zu befestigen. Der Umhang war aus Wolle, die man erst in schwarze Farbe, dann in Purpurrot getaucht hatte. Der Mantel war mit geflochtenen Goldschnüren besetzt. Er reichte bis zum Boden und wog fast so viel wie ein Kettenhemd. Medan hasste ihn. Er trug ihn nur an Tagen, an denen er für den Senat würdevoll auftreten musste. Heute jedoch kam der Mantel ihm gerade recht, denn er verdeckte das, was sich darunter befand. Nachdem Medan angekleidet war, überprüfte er den Sitz des Mantels, um sicherzugehen, dass alles wie geplant vonstatten gehen konnte.

Dumat half ihm, die Falten so zu arrangieren, dass der Mantel über seine linke Schulter fiel. Auf diese Weise blieb das Schwert an seiner linken Hüfte zwischen den Falten unsichtbar. Im Moment trug er nicht das magische Schwert, den Verlorenen Stern. Vorläufig musste sein gewohntes Schwert reichen. Er musste daran denken, darauf zu achten, den Mantelsaum mit der linken Hand festzuhalten, damit ihn der Wind, den die Flügel des Drachen verursachten, nicht hochwirbelte. Unter Dumats kritischem Blick übte er mehrfach seine Bewegungen.

»Was meint Ihr, wird es klappen?«, wollte der Marschall wissen.

»Ja, Herr«, erwiderte Dumat. »Wenn Beryl den Stahl doch bemerkt, wird sie denken, es ist nur Euer Schwert, das, welches Ihr immer tragt.«

»Ausgezeichnet.« Medan ließ den Mantel fallen. Er schnallte das Schwert vom Gurt und wollte es beiseite stellen. Dann entschied er sich jedoch anders und reichte die Waffe Dumat. »Möge es Euch so gute Dienste leisten wie bisher mir.«

Dumat lächelte selten, auch jetzt tat er es nicht. Er legte seine eigene Waffe ab – die nur den Vorschriften genügte – und schnallte Medans Schwert mit seiner feinen, gehärteten Stahlklinge um. Außer einigen gemurmelten Worten verlieh er seinem Dank keinen Ausdruck, aber Medan sah, dass sein Geschenk den Soldaten bewegt und berührt hatte.

»Ihr solltet jetzt lieber gehen«, legte Medan ihm nahe. »Der

Rückritt nach Qualinost ist weit, und bis zum verabredeten Zeitpunkt habt Ihr noch viel zu tun.«

Dumat wollte salutieren, doch der Marschall reichte ihm die Hand. Nach kurzem Zögern ergriff Dumat die gebotene Hand, die er schweigend und herzlich drückte. Dann zog er sich zurück. Sobald er sein Pferd bestiegen hatte, preschte er im Galopp nach Qualinost zurück.

Medan ging wieder den Plan durch, um erneut zu prüfen, ob er irgendetwas übersehen hatte. Schließlich war er zufrieden. Natürlich war kein Plan perfekt, und die Ereignisse entwickelten sich selten so, wie man es sich erhoffte, aber er ging davon aus, dass er und Laurana die meisten Eventualitäten bedacht hatten. Also machte er die Tür hinter sich zu und schloss sie ab. Einen Augenblick fragte er sich, ob er sie wohl noch einmal aufschließen würde oder ob man seinen Körper hierher in den Garten tragen würde, um ihn dort zu begraben, so wie er es sich gewünscht hatte. Würde jemand in diesem Haus wohnen, wenn die Elfen irgendwann in ihre Heimat zurückkehrten? Würde jemand an ihn denken?

»Das Haus des verhassten Marschall Medan«, sagte er mit schiefem Lächeln zu sich selbst. »Vielleicht brennen sie es nieder. Menschen würden so etwas tun.«

Aber Elfen waren nicht wie Menschen. Elfen fanden keine Befriedigung in solch armseligen Racheakten, weil sie wussten, dass sie sinnlos waren. Außerdem würden sie den Garten schonen wollen, davon durfte er ausgehen.

Eine Aufgabe blieb ihm noch, ehe er gehen konnte. Er suchte im Garten, bis er zwei makellose Rosen fand, eine rote und eine weiße, die er beide pflückte. Die weiße befreite er von allen Dornen. Die rote Rose steckte er mitsamt den Dornen unter der Rüstung vor seine Brust.

Mit der weißen Rose in der Hand verließ er den Garten, ohne sich noch einmal umzusehen. Wozu auch? Er hatte sich den Anblick und den Duft eingeprägt und hoffte, dass in der Todesstunde sein letzter Gedanke hierher zurückfinden würde, damit er für immer in Schönheit, Frieden und Abgeschiedenheit hier leben konnte.

Laurana tat in ihrem Haus praktisch dasselbe wie Marschall Medan. Es gab nur wenige Unterschiede. So hatte sie kaum etwas essen können, ehe sie den Teller beiseite schob. Sie trank ein Glas Wein, um sich selbst Mut zu machen, und kehrte dann in ihr Zimmer zurück.

Sie hatte niemanden, der ihr beim Ankleiden und Bewaffnen half, denn ihre Zofen hatte sie in den sicheren Süden geschickt. Sie waren nur ungern gegangen. Unter Tränen hatten sie sich von ihrer Herrin getrennt. Jetzt war nur noch Kelevandros bei ihr. Sie hatte auch ihn bedrängt zu gehen, doch als er sich geweigert hatte, hatte sie ihn in Ruhe gelassen. Er wolle bleiben, hatte er erklärt, um die Ehre seiner Familie reinzuwaschen, die durch den Verrat seines Bruders beschmutzt worden war.

Laurana verstand diese Einstellung, aber es tat ihr beinahe Leid, dass er sich so entschieden hatte. Er war der perfekte Diener, der ihre Wünsche und Bedürfnisse unaufdringlich voraussah, ein umsichtiger, fleißiger Arbeiter. Aber er lachte und sang nicht mehr bei der Arbeit. Er blieb still, distanziert, nach innen gewandt, und er wehrte alle Beileidsbezeugungen ab.

Laurana schlang den Lederrock um ihre Taille, der vor vielen Jahren für sie geschneidert worden war, als sie der Goldene General gewesen war. Ihre weibliche Eitelkeit ließ sie registrieren, dass der Rock etwas enger saß als in jungen Jahren, aber sie hatte auch genug Sinn für Absurdes, um angesichts dieses Gedankens über sich selbst zu lächeln. Der Lederrock hatte seitlich einen Schlitz, damit man sich besser bewegen konnte, und bot im Stehen wie beim Reiten guten Schutz. Als sie damit fertig war, wollte sie Kelevandros rufen, doch der hatte bereits vor der Tür gewartet und betrat den Raum, sobald ihre Lippen seinen Namen aussprachen.

Wortlos befestigte er ihren blauen Brustpanzer mit dem Goldrand, den sie vor all den Jahren getragen hatte, ehe er ihr einen Mantel umlegte. Der Mantel hatte Übergröße. Sie hatte ihn eigens für diese Gelegenheit genäht. Tag und Nacht hatte sie daran gearbeitet, damit er auch rechtzeitig fertig würde. Es war ein weißer Umhang aus fein gesponnener Wolle, der vorne von sieben goldenen Schnallen gehalten wurde. In den Seiten befanden sich Schlitze für die Arme. Kritisch musterte sie sich im Spiegel, während sie verschiedene Bewegungen ausprobierte; ging und stehen blieb, denn sie wollte sicher sein, dass weder Leder noch schimmerndes Metall sie verraten würden. Sie musste die Rolle des Opfers spielen, nicht die des Raubtiers.

Weil der Mantel ihre Arme behinderte, bürstete Kelevandros ihr die langen Haare und ordnete sie ihr um die Schultern. Marschall Medan hatte verlangt, dass sie auch einen Helm aufsetzte, denn sie würde den Schutz brauchen. Laurana hatte sich geweigert. Ein Helm wäre fehl am Platz. Der Drache würde nur Verdacht schöpfen.

»Schließlich«, hatte sie leicht neckend, aber im vollen Ernst gesagt, »glaube ich nicht, dass ein Helm viel hilft, wenn sie angreift.«

Vor dem Haus erklangen silberne Glöckchen.

»Marschall Medan ist da«, bemerkte Laurana. »Es wird Zeit.«

Als sie den Kopf hob, sah sie, wie bleich Kelevandros geworden war. Er presste die Lippen aufeinander und sah sie flehend an.

»Ich muss es tun, Kelevandros«, beharrte Laurana, die ihm sanft die Hand auf den Arm legte. »Wir haben nur eine kleine Chance, aber die ist unsere einzige Hoffnung.«

Er senkte den Blick und ließ den Kopf hängen.

»Du solltest jetzt gehen«, fuhr Laurana fort. »Es wird Zeit, dass du deinen Platz im Turm einnimmst.«

»Ja, Herrin«, antwortete Kelevandros mit derselben leeren, tonlosen Stimme, mit der er seit dem Todestag seines Bruders sprach.

»Denk an deine Anweisungen. Sobald ich die Worte *Ara Qualinesti* sage, steckst du den Signalpfeil an und schießt ihn hoch. Schieße ihn über Qualinost hinaus, damit alle, die danach Ausschau halten, ihn sehen können.«

»Ja, Herrin.« Kelevandros verbeugte sich und wandte sich zum Gehen. »Wenn Ihr nichts dagegen habt, nehme ich den Weg durch den Garten.«

»Kelevandros.« Laurana hielt ihn zurück. »Es tut mir Leid. Furchtbar Leid.«

»Warum sollte es Euch Leid tun, Herrin?«, gab er zurück, ohne sich umzuwenden. »Mein Bruder hat versucht, Euch umzubringen. Was er getan hat, war nicht Eure Schuld.«

»Vielleicht doch«, meinte Laurana zweifelnd. »Wenn ich gewusst hätte, wie unglücklich er war … Wenn ich mir die Zeit genommen hätte, es herauszufinden … Wenn ich nicht davon ausgegangen wäre, dass … dass …«

»Dass wir glücklich waren, als Diener geboren zu werden?« Kelevandros brachte den Satz für sie zu Ende. »Nein, das kommt niemandem in den Sinn.« Er sah sie mit einem merkwürdigen Lächeln an. »Von jetzt an wird es das. Die alten Zeiten sind vorbei. Was auch immer heute geschieht, das Leben der Elfen wird nie mehr so sein wie bisher. Wir können nicht zu dem zurück, was wir gewesen sind. Vielleicht werden wir am Ende alle wissen, was es heißt, als Sklave geboren zu sein. Selbst Ihr, Herrin. Selbst Euer Sohn.«

Nach einer Verbeugung nahm Kelevandros seinen Bogen und einen Köcher Pfeile zur Hand und wollte nun wirklich gehen. Er war schon fast draußen, als er sich nach ihr umdrehte, ohne sie jedoch richtig anzusehen.

»Erstaunlicherweise«, fügte er mit rauer Stimme und gesenktem Blick hinzu, »war ich hier glücklich, Herrin.«

Nach einer letzten Verneigung verschwand er.

»War das Kelevandros, der eben durch den Garten geschlichen ist?«, erkundigte sich Medan, als Laurana ihm die Tür öffnete. Er sah sie forschend an.

»Ja«, bestätigte sie mit einem Blick in den Garten. Durch das dichte Laub konnte sie den Elfen nicht mehr sehen. »Er nimmt jetzt seinen Platz im Turm ein.«

»Ihr seht besorgt aus. Hat er etwas gesagt oder getan, das Euch verstört?«

»Ich muss versuchen, ihn zu verstehen. Seit dem Tod seines Bruders ist er nicht mehr er selbst. Die Trauer überwältigt ihn.«

»Seine Trauer ist fehl am Platz«, hielt der Marschall dagegen. »Diesem verdammten Bruder sollte er keine Träne nachweinen.«

»Möglich«, räumte Laurana wenig überzeugt ein. »Dennoch …« Irritiert hielt sie inne und schüttelte den Kopf.

Medan blickte sie voller Ernst an. »Ihr braucht es nur auszusprechen, Madame. Ich sorge dafür, dass Ihr augenblicklich sicher aus Qualinost entkommt. Dann könnt Ihr Euren Sohn wiedersehen –«

»Nein, danke, Marschall«, wehrte Laurana ruhig ab, während sie zu ihm hochschaute. »Kelevandros muss mit seinen eigenen Dämonen fertig werden, ebenso wie ich mit den meinen. Ich habe meine Entscheidung getroffen. Ich werde meinen Beitrag leisten. Außerdem braucht Ihr mich, so viel ich weiß«, fügte sie leicht verschmitzt hinzu, »falls Ihr nicht vorhabt, eines meiner Kleider anzulegen und eine blonde Perücke aufzusetzen.«

»Beryl ist zwar ziemlich begriffsstutzig, aber eine solche Verkleidung würde sogar sie durchschauen«, erwiderte Medan trocken. Er freute sich über Lauranas Lächeln. Noch eine Erinnerung, die er bewahren konnte. Dann überreichte er ihr die weiße Rose. »Die habe ich Euch mitgebracht, Madame. Aus meinem Garten. Die Rosen von Qualinost werden diesen Herbst zauberhaft sein.«

»Ja«, sagte Laurana, während sie die Rose annahm. Ihre Hand bebte ein wenig. »Sie werden zauberhaft sein.«

»Ihr werdet sie sehen. Wenn ich heute sterbe, werdet Ihr meinen Garten für mich pflegen. Versprecht Ihr mir das?«

»Vor der Schlacht den Tod zu erwähnen, bringt Unglück, Marschall«, warnte Laurana. Ihr Tonfall war scherzhaft, doch sie meinte es ernst. »Unser Plan wird aufgehen. Der Drache wird besiegt und Beryls Armee demoralisiert.«

»Ich bin Soldat. Für mich gehört der Tod zum Vertrag. Aber Ihr –«

»Marschall«, unterbrach Laurana ihn lächelnd, »jeder Vertrag der Welt endet mit dem Tod.«

»Nicht mit Eurem«, versprach er leise. »So lange ich am Leben bin und ihn verhindern kann.«

Einen Augenblick standen sie schweigend da. Er betrachtete sie und sah, wie das Mondlicht sanft ihr Haar berührte, die

Berührung, nach der es ihn verlangte. Ihr Blick ruhte auf der Rose.

»Ist Euch der Abschied von Eurem Sohn schwer gefallen?«, erkundigte er sich schließlich.

Sie antwortete mit einem kleinen Seufzer. »Nicht so, wie Ihr vielleicht denkt. Gilthas hat nicht versucht, mich von meiner Entscheidung abzubringen. Er hat auch nicht versucht, sich selbst noch einmal von seinem Weg zu lösen. Wir haben unsere letzten gemeinsamen Stunden nicht mit sinnlosem Streiten verbracht, wie ich befürchtet hatte. Wir haben uns an früher erinnert und darüber geredet, wie seine Zukunft aussehen mag. Er hat viele Hoffnungen und Träume. Sie werden ihm die Reise über den dunklen, gefährlichen Weg erleichtern, der in diese Zukunft führt. Wie Kelevandros sagte – selbst wenn wir heute siegen, wird das Leben der Elfen nie mehr so sein wie bisher. Wir können nie zu dem zurück, was wir gewesen sind …« Sie war nachdenklich, nach innen gekehrt.

Innerlich applaudierte Medan dem jungen König. Der Marschall konnte sich vorstellen, wie schwer es Gilthas fallen musste, seine Mutter zurückzulassen, damit sie sich dem Drachen stellte, während er der Gefahr entrann. Gilthas war klug genug gewesen, um einzusehen, dass jeder Versuch, sie von ihrem Weg abzubringen, nichts bewirkt und ihm nur bittere Selbstvorwürfe eingebracht hätte. Er würde all seine Weisheit benötigen, um sich dem zu stellen, was vor ihm lag. Medan kannte die Gefahren besser als Laurana, denn er hatte Berichte über das erhalten, was in Silvanesti vor sich ging. Aber er sagte ihr nichts davon, denn er wollte sie nicht beunruhigen. Diesem Problem konnten sie sich widmen, wenn sie das vordringliche bewältigt hatten.

»Wenn Ihr so weit seid, Madame, sollten wir jetzt gehen«,

forderte er sie auf. »Wir schleichen uns durch die Stadt, so lange die Schatten der Nacht noch lang sind, und betreten bei Sonnenaufgang den Turm.

»Ich bin so weit«, nickte Laurana. Sie schaute sich nicht mehr um. Als sie den Weg unter dem spät blühenden Flieder entlanggingen, sagte sie: »Ich möchte Euch danken, Marschall. Im Namen aller Elfen bedanke ich mich für das, was Ihr heute für uns tut. Man wird sich lange an Euren Mut erinnern und Euch in Ehren halten.«

Medan fühlte sich beschämt. »Vielleicht wiegt das, was ich heute tue, Madame«, erwiderte er gedämpft, »weniger als das, was ich ungeschehen zu machen versuche. Seid versichert, dass ich weder Euch noch Eure Leute enttäuschen werde.«

»*Unsere* Leute, Marschall Medan«, berichtigte Laurana. »Unsere Leute.«

Ihre Worte waren freundlich gemeint, aber sie durchbohrten sein Herz. Er hatte die Strafe verdient, darum ertrug er sie stoisch wie ein Soldat, ohne mit der Wimper zu zucken. So wie er stoisch die Stiche der Rosendornen auf seiner Brust ertrug.

Aus den Häusern der Elfen, an denen Laurana und Medan auf ihrem eiligen Weg zum Turm vorbeikamen, waren leise Geräusche zu hören. Obwohl kein Elf sich zeigte, war die Zeit des heimlichen Herumschleichens vorbei. Man hörte, wie schwere Dinge die Treppen hochgezerrt wurden. Zweige raschelten, als die Bogenschützen ihre Plätze einnahmen. Sie hörten Befehle, die sowohl in der gemeinsamen Sprache wie auf Elfisch mit ruhiger Stimme erteilt wurden. In der Nähe des Turms erhaschten sie sogar einen Blick auf Dumat, der letzte Hand an ein schützendes Dach aus Zweigen legte, das er über dem Dach seines Hauses errichtet hatte. Dumat, der auf Kelevandros' Signal warten sollte, würde den Elfen das Signal zum Angriff geben. Er salutierte vor dem Marschall und verbeugte sich vor der Königsmutter, ehe er sich wieder an die Arbeit machte.

Die Sonne ging auf. Bis sie den Turm erreicht hatten, schien sie bereits hell. Medan beschirmte seine Augen mit der Hand und segnete die klare Sicht an diesem Tag, obwohl er sich bei dem Gedanken ertappte, dass sein Garten dringend Regen gebrauchen könnte. Diesen Gedanken schob er jedoch mit einem Lächeln beiseite und konzentrierte sich lieber auf die Aufgabe, die vor ihnen lag.

Das helle Licht strömte durch die zahllosen Fenster herein und zauberte flirrende Regenbögen ins Innere des Turms. Es erhellte auch das Mosaik an der Decke: Tag und Nacht, die durch die Hoffnung geteilt waren.

Laurana hatte das Schwert und die Drachenlanze in einem der vielen Turmzimmer weggeschlossen. Während sie beides holte, blickte Medan aus einem Fenster, um zu beobachten, wie Qualinost sich für den Krieg rüstete. Wie ihre Königsmutter verwandelte sich die Stadt von der lieblichen Maid in eine fähige Kriegerin.

Laurana übergab Medan das Schwert, den Verlorenen Stern. Ernst salutierte er damit vor ihr, ehe er es sich um den Leib schnallte. Sie half ihm, die Falten seines Mantels so zu arrangieren, dass die Waffe darunter verborgen blieb. Dann trat sie zurück, musterte ihn kritisch und befand seine Verkleidung für gelungen. Nirgendwo blitzte Metall hervor.

»Wir nehmen diese Treppe.« Laurana deutete auf eine Wendeltreppe. »Sie führt zu dem Söller auf der Turmspitze. Es ist ein langer Aufstieg, fürchte ich, aber wir werden oben Zeit zum Ausruhen haben –«

Plötzlich verdüsterte die Nacht das Sonnenlicht. Es war seltsam und schrecklich wie bei einer Sonnenfinsternis. Medan warf rasch einen Blick aus dem Fenster, obwohl er befürchtete, genau das zu sehen, was er erwartete.

Der Himmel war schwarz vor Drachen.

»Sehr wenig Zeit, wenn Ihr mich fragt«, meinte Medan ruhig, während er ihr die Drachenlanze aus der Hand nahm und den Kopf schüttelte, als sie versuchte, sie zurückzunehmen. »Diese fette, grüne Hexe hat früh zum Angriff geblasen. Keine große Überraschung. Wir müssen uns sputen.«

Nachdem sie die Tür geöffnet hatte, eilten sie die Treppe hinauf, die sich wie ein steinerner Lindwurm endlos um einen hohlen Schacht wand. Ein Geländer aus ineinander verschlungenem Gold und Silber drehte sich mit nach oben, geformt wie eine Efeuranke, sodass es nicht so aussah, als wäre es auf dem Stein befestigt, sondern so, als sei es daran entlanggewachsen.

»Unsere Leute stehen bereit«, versicherte Laurana. »Sobald Kelevandros das Signal gibt, schlagen sie zu.«

»Ich hoffe, wir können wirklich auf ihn zählen«, überlegte der Marschall. »Wie Ihr schon sagtet, in letzter Zeit hat er sich merkwürdig verhalten.«

»Ich vertraue ihm«, gab Laurana zurück. »Seht.« Sie zeigte auf schmale Stiefelabdrücke im dicken Staub auf der Treppe. »Er ist schon oben. Er wartet auf uns.«

Sie liefen so schnell wie möglich, wagten jedoch nicht, zu rasch zu gehen, denn sie wollten die Spitze des Turms nicht völlig erschöpft und am Ende ihrer Kräfte erreichen. »Bin ich froh … dass ich keinen vollständigen Plattenpanzer anhabe«, keuchte der Marschall. Laurana hatte gerade auf das Zeichen für die halbe Höhe gezeigt. Schon jetzt schnappte er nach Luft, und seine Beine brannten wie Feuer.

»Als ich klein war … bin ich hier immer … mit meinen Brüdern und Tanis um die Wette gelaufen«, erzählte Laurana, die eine Hand auf den Leib drückte, um ihr Seitenstechen zu lindern. »Wir sollten uns lieber … kurz ausruhen, sonst schaffen wir es nicht.«

Ächzend sank sie auf eine Treppenstufe. Medan blieb stehen. Er starrte aus dem Fenster, atmete tief durch und bewegte die Beine, um die verkrampften Muskeln zu lockern.

»Was könnt Ihr sehen?«, wollte Laurana angespannt wissen. »Was geht da draußen vor?«

»Noch nichts«, berichtete er. »Das da oben sind Beryls Drachen. Wahrscheinlich kundschaften sie die Stadt aus, um sich zu vergewissern, dass sie auch wirklich leer ist. Im Grunde ihres Herzens ist Beryl feige. Ohne ihre Magie fühlt sie sich nackt und verwundbar. Sie wird erst nach Qualinost kommen, wenn sie sicher ist, dass ihr hier nichts geschieht.«

»Wann werden ihre Soldaten in die Stadt einziehen?«

Medan wandte sich vom Fenster ab, um sie anzusehen. »Hinterher. Die Befehlshaber werden ihre Männer erst hineinschicken, wenn die Drachen fort sind. Sobald die Drachen mit der Stadt fertig sind, kommen die Soldaten. Zum ›Durchkehren‹.«

Laurana lachte gezwungen. »Ich hoffe, sie finden nicht viel zum Kehren.«

»Wenn alles nach Plan läuft«, versuchte Medan sie zu beruhigen und lächelte ihr zu, »ist es hier dann schon sauber.«

»Fertig?«, fragte sie.

»Fertig«, versicherte er und streckte ritterlich die Hand aus, um ihr aufzuhelfen.

Die Stufen führten bis zur Spitze des Turms, wo sie in einem kleinen Alkoven mit gewölbter Decke endeten. Wer diesen Alkoven durchschritt, trat auf einen Söller, von dem aus man die ganze Stadt Qualinost überblicken konnte. Die Stimme der

Sonne und die Kleriker des Paladin waren einst an Feiertagen und zu Festen hierher gekommen, um Paladin – oder Eli, wie man ihn bei den Elfen nannte – für seinen Segen zu danken, besonders für die Sonne, die allem Licht und Leben spendete. Dieser Brauch war nach dem Chaoskrieg zum Erliegen gekommen. Jetzt stieg niemand mehr hier hoch. Wozu auch?

Paladin war fort. Die Sonne war eine fremde Sonne, die zwar Licht und Leben schenkte, doch scheinbar nicht mehr freimütig, sondern widerwillig. Die Elfen hätten die alte Tradition vielleicht beibehalten, einfach weil es sich um eine Tradition handelte. Ihre Stimme, Solostaran, hatte den Brauch nach der Ersten Umwälzung weiter ausgeübt, obwohl Paladin viele Jahre nicht mehr auf Gebete reagiert hatte. Der junge König Gilthas war jedoch zu diesem mühseligen Aufstieg nicht in der Lage gewesen. Er hatte gesundheitliche Probleme vorgeschützt, sodass die Elfen mit der Tradition gebrochen hatten. Der wahre Grund, weshalb Gilthas nicht auf die Spitze des Sonnenturms steigen wollte, war der, dass er nicht auf eine besetzte Stadt blicken mochte, eine Stadt in Ketten.

»Wenn Qualinost nicht mehr in fremder Gewalt ist«, hatte Gilthas seiner Mutter während ihrer letzten gemeinsamen Nacht erklärt, »werde ich zurückkehren. Und wenn ich so alt bin, dass meine Gelenke knirschen und ich jeden Zahn verloren habe – ich werde diese Treppe hochstürmen wie ein spielendes Kind, denn von dort oben aus werde ich ein Land und ein Volk erblicken, das frei ist.«

Laurana dachte an ihn, als sie dankbar ihren Fuß auf die letzte Stufe setzte. Sie sah ihren jungen, starken Sohn vor sich – denn das würde er sein, nicht alt und gebrechlich –, wie er freudlos die Treppe hinaufeilte, um ein Land zu überblicken, das in gesegnetes Sonnenlicht getaucht sein würde.

Sie schaute durch den Bogen, der auf den Söller führte, und erblickte nur Finsternis. Die Flügel von Beryls Drachen hatten sich vor das Sonnenlicht geschoben. Die ersten Wellen der Drachenangst schnürten ihr die Kehle zu, brachten ihre Hände zum Schwitzen und ließen sie das schmale Geländer umklammern. Sie erlebte diese Angst nicht zum ersten Mal, und wie Marschall Medan erwähnt hatte, wusste sie, wie man dagegen ankämpfte. Sie durchquerte den Alkoven, um sich dem Feind zu stellen. Dann starrte sie die Drachen so lange an, bis sie innerlich den Sieg errungen hatte. Die Angst wich nicht. Sie würde immer bleiben, aber Laurana beherrschte sie.

Nachdem sie dies geschafft hatte, sah sie sich nach Kelevandros um. Sie hatte ihn hier oben erwartet und war besorgt, weil sie ihn nicht erblickte. Doch sie hatte die Wirkung der Drachenangst nicht in Betracht gezogen. Vielleicht war er von ihr überwältigt worden und davongerannt.

Nein, das war unmöglich. Es gab nur einen Weg nach unten. Er wäre an ihnen vorbeigekommen.

Vielleicht war er auf den Söller getreten.

Sie wollte gerade nach ihm suchen, als sie hinter sich die Schritte des Marschalls vernahm, der einen erleichterten Stoßseufzer von sich gab, weil er endlich das Ende der Treppe erreicht hatte. Sie sah sich nach ihm um, um ihm mitzuteilen, dass sie Kelevandros noch nicht entdeckt hatte. Da trat Kelevandros aus dem Schatten der Wölbung.

Ich muss direkt an ihm vorbeigelaufen sein, wurde ihr klar. Sie hatte ihn nicht bemerkt, weil sie von Drachenangst überwältigt gewesen war. Er duckte sich wie gebannt in die Schatten. Anscheinend konnte er sich nicht mehr rühren.

»Kelevandros«, sprach Laurana den jungen Elfen besorgt an, »was du fühlst, ist die Drachenangst –«

Marschall Medan lehnte die Drachenlanze an die Wand. »Allein der Gedanke«, äußerte er schwer atmend, »dass wir auch wieder hinuntersteigen müssen …«

Kelevandros machte einen krampfhaften Satz nach vorn. In seiner Hand blitzte Stahl.

Laurana schrie einen Warnruf und wollte ihn aufhalten, doch sie kam zu spät.

Kelevandros stach durch den Mantel des Marschalls, um unter dem erhobenen Arm mit der Lanze hindurch einen Teil des Körpers zu erwischen, der nicht von der Rüstung geschützt war. Der Elf grub sein Messer bis zum Heft in Medans Brustkorb. Dann riss er es zurück. Hand und Klinge waren blutig rot.

Medan stieß einen Schmerzensschrei aus. Sein Körper erstarrte. Er presste eine Hand auf die Seite und stolperte vor, bis er auf ein Knie niedersank.

»Ah!« Er schnappte nach Luft, bekam aber keine. Das Messer hatte die Lunge getroffen. »Ah!«

»Kelevandros …«, flüsterte Laurana entgeistert. »Was hast du getan?«

Er hatte den Marschall angestarrt, aber jetzt wandte er seinen Blick ihr zu. Seine Augen waren fiebrig aufgerissen, sein Gesicht wild verzerrt vor Wut. Er hielt die Hand hoch, um sie abzuwehren, und präsentierte ihr das Messer.

»Kommt nicht näher, Herrin!«, warnte er.

»Kelevandros«, sagte Laurana hilflos, »warum? Er wollte uns beistehen –«

»Er hat meinen Bruder getötet«, keuchte Kelevandros, dessen bleiche Lippen zitterten. »Vor Jahren schon. Mit seinem schmutzigen Geld und seinen verlogenen Versprechungen. Er hat ihn benutzt, und die ganze Zeit über hat er ihn verabscheut. Bist du noch nicht tot, du Hund?«

Er wollte noch einmal auf den Marschall losgehen.

Rasch warf sich Laurana zwischen den Elfen und den Menschen. Einen Augenblick lang rechnete sie damit, dass Kelevandros in seiner Wut auch sie erstechen würde.

Doch sie stellte sich ihm unerschrocken. Ihr Tod spielte keine Rolle. Ob jetzt oder später – der ganze Plan war ruiniert.

»Was hast du getan, Kelevandros?«, wiederholte sie unglücklich. »Du hast uns dem Untergang preisgegeben.«

Er starrte sie an. Auf seinen Lippen stand Schaum. Er hob das Messer, aber nicht zum Zustechen. Mit einem klagenden Seufzer warf er es gegen die Wand. Klirrend hörte sie es fallen.

»Wir sind bereits dem Untergang geweiht, Herrin«, würgte er hervor.

Blindlings floh er aus dem Vorraum. Entweder sah er nicht, wohin er lief, oder es kümmerte ihn nicht, denn er prallte mit voller Wucht gegen das Geländer aus silbernen und goldenen Efeuranken. Die alte Balustrade erzitterte. Dann gab sie unter dem Gewicht des jungen Elfen nach. Kelevandros stürzte über den Rand der Treppe, doch er versuchte gar nicht erst, sich festzuhalten. Stumm fiel er dem Boden entgegen.

Laurana schlug die Hände vor den Mund und schloss die Augen, so sehr erschütterte sie der schreckliche Tod des jungen Elfen. Bebend stand sie da und versuchte verzweifelt, das ekelhafte Taubheitsgefühl loszuwerden, das sie lähmte.

»Ich gebe nicht auf«, gelobte sie. »Das tue ich nicht … Es hängt zu viel davon ab …«

»Madame …« Medans Stimme war schwach.

Er lag auf dem Boden. Seine Hand war noch immer gegen seine Seite gedrückt, als könne er den Blutstrom aufhalten, mit dem sein Leben verrann. Sein Gesicht war aschfahl, die Lippen grau.

Mit Tränen in den Augen sank Laurana neben ihm auf die Knie und begann hastig, die Falten des blutigen Mantels wegzuschieben, um die Wunde zu finden. Vielleicht konnte sie noch etwas tun, um die Blutung zu stillen.

Medan hielt ihre Hand fest und schüttelte den Kopf.

»Ihr weint um mich«, flüsterte er erstaunt.

Laurana konnte nicht antworten. Ihre Tränen fielen auf sein Gesicht.

Lächelnd machte er Anstalten, ihr die Hand zu küssen, aber ihm fehlte die Kraft dazu. Sein Griff um ihre Hand wurde fester. Trotz der schmerzhaften Krämpfe, die seinen Körper erschütterten, versuchte er zu sprechen.

»Ihr müsst jetzt gehen«, forderte er sie auf. Mit letzter Kraft zwang er die Worte einzeln heraus. »Nehmt das Schwert … und die Lanze. Du führst das Kommando, Laurana.«

Laurana erschauerte. *Du führst das Kommando, Laurana*. Diese Worte hatten einen vertrauten Klang, warfen sie in eine andere Zeit voll Finsternis und Tod zurück. Sie kam nicht darauf, warum das so war oder wo sie diese Worte schon einmal gehört hatte. Aber sie schüttelte den Kopf.

»Nein«, wehrte sie mit brechender Stimme ab. »Das kann ich nicht …«

»Der Goldene General«, ächzte Medan. »Ich wünschte, ich hätte sie gesehen …«

Er stieß einen Seufzer aus. Die blutige Hand löste sich und fiel schlaff auf den Boden. Seine Augen fixierten sie immer noch. Obwohl sie jetzt leblos waren, sah sie sein stetes, unerschütterliches Vertrauen in sie.

Er hatte es ernst gemeint. Sie führte das Kommando. Nur war es nicht seine Stimme, die diese Worte aussprach. Eine andere Stimme … aus weiter Ferne.

Du kannst befehlen, Laurana. Lebwohl, Elfenmädchen. Dein Licht wird in dieser Welt scheinen ... Meine Zeit ist gekommen.

»Nein, Sturm, das kann ich nicht«, schrie sie klagend auf. »Ich bin allein!«

Wie Sturm. Ganz allein hatte er im hellen Morgenlicht auf der Spitze eines anderen Turms gestanden. Ohne zu wanken, hatte er dem sicheren Tod ins Auge gesehen.

Laurana weinte um ihn. Sie weinte um Medan und um Kelevandros. Sie beweinte den Hass, der beide vernichtet hatte und weiter zerstören würde, bis irgendjemand irgendwo den Mut fand zu lieben. Sie weinte um sich selbst, weinte über ihre Schwäche. Als ihr keine Tränen mehr geblieben waren, hob sie den Kopf. Jetzt war sie ruhig und hatte sich im Griff.

»Sturm Feuerklinge.« Laurana faltete die Hände und betete zu ihm, denn es gab niemand anderen, der ihr Gebet hören konnte. »Mein treuer Freund. Ich brauche deine Kraft. Ich brauche deinen Mut. Steh mir bei, damit ich mein Volk retten kann.«

Laurana wischte die Tränen ab. Mit festen Händen, die nicht mehr zitterten, schloss sie dem Marschall die Augen und küsste seine kalte Stirn.

»Ihr hattet den Mut zu lieben«, sagte sie still zu ihm. »Das soll Eure und meine Rettung sein.«

Sonnenlicht erhellte den Alkoven und brachte die Drachenlanze zum Blitzen, die an der Wand lehnte. Auch die Blutspritzer auf dem Boden glitzerten. Laurana warf einen Blick durch den Bogen am Ausgang. Sie sah nur den leeren, blauen Himmel. Die Drachen aus Beryls Gefolge waren verschwunden. Doch Laurana frohlockte nicht. Ihr Abzug bedeutete, dass Beryl nahte.

Verzweifelt dachte sie an den Plan, den sie und der Marschall geschmiedet hatten. Dann verwarf sie entschlossen sowohl den Plan als auch ihre Verzweiflung. Kelevandros' Bogen und der mit Pech überzogene Signalpfeil lagen nutzlos in dem Alkoven, wo er sie abgelegt hatte. Jetzt hatte sie niemanden, der den Pfeil abschießen würde. Sie selbst konnte nicht feuern und sich gleichzeitig dem Drachen stellen. Jetzt hatte sie keine Möglichkeit mehr, Dumat zu benachrichtigen, der auf das Zeichen wartete, seinen Befehl zu geben.

»Egal«, sagte sie sich. »Er wird wissen, wann es an der Zeit ist. Sie alle werden es wissen.«

Sie schnallte dem Marschall den Schwertgurt ab. Trotz ihrer steifen, bebenden Finger bemühte sie sich um Eile, als sie den Gurt mit dem schweren Schwert um ihre eigene Hüfte schlang und die Falten ihres Mantels über das Schwert zog. Ihr weißer Mantel hatte vom Blut des Marschalls rote Flecken. Dagegen war nichts zu machen. Sie musste dem Drachen ohnehin eine Erklärung liefern, nicht nur für das Blut, sondern auch dafür, warum sie hier oben auf dem Turm wartete, eine Geisel ohne Häscher. Beryl würde argwöhnisch werden. Alles andere wäre töricht gewesen, aber der Drache war nicht dumm.

Es ist hoffnungslos. Wir haben keine Chance, sagte sich Laurana. Sie hörte Beryl nahen. Riesige, rauschende Flügel verdunkelten die Sonne. Finsternis brach herein. Der Giftodem des Drachen verseuchte die Luft.

Laurana wurde von Drachenangst überwältigt. Sie begann zu zittern. Ihre Hände waren taub vor Kälte. Der Marschall hatte sich geirrt. Sie konnte es nicht …

Ein Sonnenstrahl fand seinen Weg durch die Drachenflügel und fiel auf die Drachenlanze. Silbernes Feuer brachte die Lanze zum Strahlen.

Diese bewegende Schönheit erinnerte Laurana an jene, die vor so langer Zeit diese Lanze geführt hatte. Sie erinnerte sich daran, wie sie mit der Lanze in der Hand über Sturms Körper gestanden hatte, um sich trotzig seiner Mörderin zu stellen. Damals hatte sie auch Angst gehabt.

Laurana streckte die Hand aus, um die Lanze zu berühren. Sie hatte nicht die Absicht, sie mitzunehmen. Sie wollte sie nur berühren – um der Erinnerung willen und zum Gedenken an Sturm.

Vielleicht war Sturm in diesem Augenblick bei ihr. Vielleicht war der Mut derer, die mit der Lanze gekämpft hatten, ein Teil der Waffe und floss nun durch das Metall in sie hinein. Vielleicht strömte ihr eigener Mut, der Mut des Goldenen Generals, der Mut, der stets da gewesen war, aus ihr selbst in die Drachenlanze. Sie wusste nur, dass bei dieser Berührung ein Plan in ihr aufkeimte. Jetzt wusste sie, was sie tun würde.

Resolut ergriff Laurana die Drachenlanze und trat mit ihr ins Sonnenlicht hinaus.

14 Der Verlorene Stern

Einst hatte sie Drachen schön gefunden.

Die feindlichen Drachen von Königin Takhisis. Schön und tödlich. Die roten Drachen, deren Schuppen im Sonnenlicht feurig aufglänzten und die Feuer speien konnten. Die blauen Drachen mit ihren schnellen, geschickten Manövern, die zwischen den Wolken kreisten und sich im Aufwind treiben ließen. Weiße Drachen, kalt und glitzernd, und schwarze Drachen, sehnig glänzend. Grüne Drachen, smaragdener Tod. Sie hatte sie gefürchtet, gehasst, verabscheut, aber nie hatte sie einen getötet, ohne einen brutalen Stich der Reue zu verspüren, wenn solch ein prachtvolles Geschöpf tödlich verwundet vom Himmel geholt wurde.

Dieser Drache war nicht schön. Beryl war hässlich, fett und aufgebläht – ein Scheusal. Ihre Flügel konnten den riesenhaften Leib kaum noch tragen. Ihr Kopf war missgestaltet, denn die Stirn ragte über die flachen, glanzlosen Augen hinaus. Ihr Unterkiefer war vorgeschoben, die fauligen Zähne krumm und schief. Ihre Schuppen strahlten nicht smaragdgrün, sondern dumpf grünlich wie faulendes, madenverseuchtes Fleisch. Auch in den Augen blitzte keine Intelligenz, sondern nur eine schwache Flamme aus Gier und Verschlagenheit. Dieser Beobachtung entnahm Laurana, dass der Drache vor ihr auf keinen Fall aus Krynn stammte. Beryl war kein Drache, der von göttlichem Geist berührt worden war. Sie verehrte nichts als ihre eigenen viehischen Wünsche, achtete nichts als sich selbst.

Der Schatten von Beryls Flügeln strich über Qualinost hinweg und tauchte die Stadt in Dunkelheit. Laurana stand stolz auf dem Söller, blickte über die Stadt hinweg und sah, dass die Dunkelheit weder die Espen verdorren noch die Rosen welken ließ. Das kam vielleicht später. Noch hielten das Volk und die Heimat der Elfen sich trotzig aufrecht.

»Wenigstens von einem Ungeheuer werden wir die Welt befreien«, sagte sich Laurana, als der erste Windstoß, den die Drachenflügel verursachten, an ihren Haaren zerrte. »Du hattest Unrecht, Kelevandros. Es ist nicht die Stunde unseres Untergangs. Dies ist die Stunde unseres Ruhms.«

Beryl flog behäbig auf sie zu. Ihr geiferndes Maul öffnete sich zu einem triumphierenden Grinsen. In Wellen strahlte die

Drachenangst von ihr aus, doch Laurana ließ sich davon nicht mehr einschüchtern. Sie hatte die Angst vor einem Gott erlebt. Dieses sterbliche Monstrum schreckte sie nicht, ganz gleich, wie abscheulich es aussehen mochte.

Der Söller des Sonnenturms war von einer vergoldeten Mauer umgeben, die ihr bis zur Taille reichte. Es war eine dicke, feste Mauer, welche die alten Elfenzauberer aus dem Turm selbst herausgezogen hatten. Sie floss aus dem Turm und wand sich schützend um die Elfen, die dahinter standen. Der Söller war groß genug für eine ganze Delegation. Die einzelne Elfenfrau, die jetzt in seiner Mitte wartete, wirkte sehr klein, wie verloren. Es hätten zwei hier stehen sollen. So hatten sie es geplant. Beryl rechnete mit zweien: Marschall Medan und seiner Gefangenen, der Königsmutter.

Nichts, was Laurana sagen oder tun konnte, keine Lüge, die sie erdachte, würde Beryls Misstrauen zerstreuen. Reden würde dem Drachen nur Zeit zum Nachdenken und Reagieren verschaffen.

Beryls rot glühende Augen suchten den Söller ab. Jetzt war sie nahe genug, um alles zu sehen, doch was sie erblickte, schien ihr nicht zu gefallen, denn ihre Augen wanderten mehrmals hin und her. Die bucklige Stirn legte sich in Falten, die verschlagenen, roten Augen verengten sich. Ihr Maul mit den langen Zähnen verzog sich zu einem wissenden, höhnischen Grinsen, als hätte sie geahnt, dass etwas Derartiges geschehen würde.

Jetzt spielte es keine Rolle mehr. Jetzt spielte es nur noch eine Rolle, dass heute die Elfen von Qualinesti mit ihren Freunden und Verbündeten ihren letzten Atemzug geben würden, um dieses verhasste Ungeheuer auszulöschen.

Laurana griff an die Schnallen ihres weißen Mantels und

löste sie. Der Mantel glitt ihr von den Schultern und fiel auf den Boden des Söllers. Lauranas Rüstung – die Rüstung des Goldenen Generals – glänzte im Sonnenlicht. Der Wind der Drachenflügel blies ihre Haare zurück, die wie ein goldenes Banner hinter ihr wehten.

Inzwischen war Beryl dem Turm gefährlich nahe. Einige wenige ungelenke Flügelschläge mehr würden ihren Riesenkopf so dicht vor Laurana tragen, dass diese ihn berühren könnte. Die Dämpfe des tödlichen Giftgases, das der Drache ausatmete, brachten Laurana zum Würgen. Sie hustete und fürchtete, das Bewusstsein zu verlieren. Doch der Wind – ein kalter Wind mit einem Hauch von Gewitter darin – schlug um. Jetzt blies er von Norden her und wehte die Dämpfe davon.

Laurana umklammerte den Griff des Schwerts. Ihre Hand krampfte sich um den Verlorenen Stern. Dann zog sie das Schwert. Die Klinge blitzte im Sonnenlicht, der Juwel funkelte.

Beryl sah das Schwert in den Händen der einsamen Elfenfrau und fand den Anblick unterhaltsam. Ihre Kiefer öffneten sich zu einem schrecklichen Lachen, aber dann fühlte sie auch schon die Magie. Die roten Augen flammten auf. Ein Speichelfaden troff aus ihrem Maul. Die grausamen Augen wanderten zu der Drachenlanze, die als silberne Flamme im Sonnenlicht blitzte. Beryls Augen weiteten sich. Ehrfürchtig und begehrlich sog sie den Atem ein.

Die legendäre Drachenlanze – der Fluch der Drachen. Theros Eisenfeld, Theros mit dem Silberarm, hatte sie mit dem gesegneten Hammer von Kharas geschmiedet. Diese Lanzen hatten die Macht, Drachenschuppen zu durchbohren. Sie durchstießen Sehnen, Gewebe, Fleisch und Knochen. Die Drachen dieser armseligen Welt sprachen voller Angst und Ehrfurcht von der Lanze. Beryl hatte sie abfällig verlacht. Aber sie war neugierig gewesen und hatte schon immer einmal eine sehen wollen. Weil die Lanzen magisch waren, hatte sie auch stets eine besitzen wollen.

Ein magisches Schwert, eine magische Lanze, eine Elfenkönigin, eine Elfenstadt – reicher Lohn für die Mühen dieses Tages.

Laurana umklammerte das Schwert unterhalb des Griffs, ging ganz an den Rand des Söllers und hielt den Verlorenen Stern in die Luft. Dann erhob sie die Stimme und sang Beryl voll trotzigem Stolz immer lauter ihren Schlachtruf entgegen:

Soliasi Arath!

Tief unter dem Söller des Sonnenturms hockte Dumat im Schatten auf dem Dach eines Elfenhauses. Unter den schützenden Zweigen der Espen verborgen, beobachteten ihn zwanzig Elfen, die auf ihr Zeichen warteten. Neben Dumat wartete Ailea, seine Elfenfrau, um zu übersetzen, wenn er Befehle geben musste. Dumat sprach zwar etwas elfisch, aber wenn er das tat, lachte Ailea immer über seinen Akzent. Einmal hatte sie ihm erklärt, es klänge, als redete ein Pferd Elfisch. Er lächelte sie an, sie lächelte ihn an. Beide waren zuversichtlich. Beide waren bereit. Sie hatten sich in der vergangenen Nacht voneinander verabschiedet.

Von seinem Aussichtspunkt aus konnte Dumat den Söller sehen. Lange konnte er nicht auf das sonnenhelle Gebäude blicken, denn das Licht, das nach allen Seiten zurückgeworfen wurde, brachte seine Augen zum Tränen. Er schaute hin, blinzelte, schaute weg und blickte wieder hin, denn er wartete auf Marschall Medan und Laurana. Die Ankunft der Drachenschar hatte Dumat so erschüttert, dass er den Turm kurzfristig aus den Augen gelassen hatte, weil ihm die Drachenangst die Sicht nahm und seinen Körper erschauern ließ.

Die Elfen auf dem Dach waren ebenfalls betroffen, aber wie Dumat bissen sie die Zähne zusammen gegen die Angst. Keiner schrie auf. Keiner geriet in Panik. Der Schatten der Drachenflügel verdunkelte das Sonnenlicht.

Der Söller war leer. Keine Spur von Laurana oder dem Marschall.

Dumat begann, sich Gedanken zu machen. Er wusste nicht, wieso. Er hatte keine Erklärung dafür. Vielleicht der Instinkt des altgedienten Soldaten. Etwas war schief gegangen. Dumat überlegte, ob er zum Turm rennen und nachsehen sollte, ob er etwas tun könnte, aber diese Idee verwarf er sofort wieder. Er hatte den Befehl, hier zu bleiben und auf das Signal zu warten. Diesen Befehl würde er befolgen.

Die kleineren Drachen zogen ab. Genau wie Laurana wusste auch Dumat, dass dies kein gutes Zeichen war. Beryl musste auf dem Weg sein. Er erstarrte. Wieder blickte er zum Turm, der im Sonnenlicht erneut blendend hell erstrahlte. Er wagte nicht wegzusehen, weil er das Signal nicht verpassen wollte. Dennoch musste er unablässig blinzeln, weil seine Augen so tränten. Als er Laurana entdeckte, stieß er einen dankbaren Pfiff aus und wartete auf den Marschall.

Doch Medan kam nicht.

Dumat zählte einmal bis zehn, dann noch einmal. Danach gab er es auf. Er hatte die Wahrheit gewusst, bevor er mit dem Zählen begonnen hatte. Laurana hätte nie allein auf dem Söller gestanden, wenn Medan am Leben und in der Lage gewesen wäre, neben ihr zu stehen. Er sagte dem Marschall Ade, das Ade eines Soldaten – kurz und leise, aber von Herzen. Anschließend duckte er sich und wartete aufmerksam auf das Signalfeuer.

So lautete der Befehl. Dumat und die restlichen Elfen sowie die wenigen Schwarzen Ritter und die Zwerge, die Qualinosts Verteidigung übernommen hatten, sollten auf den brennenden Pfeil warten und dann zum Angriff übergehen. Waghalsig hob Dumat den Kopf aus den Zweigen, um besser sehen zu können. Ailea kniff ihn ins Bein, damit er sich wieder versteckte, aber er ignorierte sie. Er musste hinsehen.

Beryl kam in Sicht. Sie flog auf den Turm zu. In langen, anschwellenden Wogen ging Drachenangst von ihr aus, aber dass sie ihre Untergebenen vorgeschickt hatte, erwies sich jetzt als Nachteil für sie. Diejenigen, die der Drachenangst erlegen waren, erholten sich inzwischen davon. Diejenigen, die nicht überwältigt worden waren, würden auch jetzt standhalten. Beryls listige Augen zuckten hierhin und dorthin. Sie traute den Berichten des Marschalls, dass die Stadt verlassen sei, nicht.

Such, so viel du willst, du großes Biest, dachte Dumat bei sich. Du bist hier, genau über uns. Es gibt kein Entrinnen mehr.

Dumat zog sich zurück, kurz bevor die Drachenaugen ihn hätten entdecken können. Ailea bedachte ihn mit einem Blick, den er gut kannte. Er würde gescholten werden. Entgegen aller Hoffnung hoffte er, dass er ihre Schelte noch erleben würde, aber er rechnete nicht damit. Wieder starrte er zum Turm.

Da er scharfe Augen besaß, konnte er erkennen, wie sich Laurana der Mauer näherte. Ihr Gesicht sah er auf diese Entfernung nicht – sie war ein kleiner weißer Punkt auf Gold –, aber da sie dem Drachen entgegentrat, konnte er davon ausgehen, dass sie keine Angst hatte.

»Gut für dich, Mutter«, flüsterte er. »Gut für dich.«

Beryl war jetzt dicht vor dem Turm. Dumat konnte ihren Bauch und die Unterseite ihrer Flügel sehen, zwischen denen die Riesenbeine herabbaumelten, dazu den zuckenden Schwanz. Ihre Schuppenhaut war ekelhaft grün und vom Wälzen im Sumpf mit Schlamm überzogen.

Beim Ersinnen des Plans hatte König Gilthas zuerst überlegt, ob man ihren Körper mit Pfeilen spicken sollte, doch diese Idee hatte er wieder verworfen. Beryls Haut war dick, die Schuppen hart. Pfeile in großer Zahl hätten sie vielleicht vom Himmel geholt, aber so viele Schützen hatten die Qualinesti nicht. Außerdem würde sie gegen einen solchen Angriff gewappnet sein. Was sie nun erwartete, würde Beryl hoffentlich überraschen.

Dumat wartete nur noch auf den Signalpfeil, den der Elf Kelevandros abschießen sollte. Kelevandros ... Dumat wusste, was geschehen war. Er wusste es so sicher, als hätte er es selbst gesehen. Kelevandros hatte seinen Bruder gerächt. Medan war verwundet ... tot. Laurana stand jetzt allein dort oben. Sie hatte niemanden, der den Signalpfeil hätte abschießen können.

Er sah, wie sie die Arme hob.

Die Sonne an diesem neuen Himmel mochte den Bewohnern von Krynn blass und fremd erscheinen, aber vielleicht war es ihnen gelungen, ihre Gunst zu erringen. Unter Dumats Augen sandte die Sonne einen Lichtstrahl pfeilgerade direkt auf Laurana herab. In diesem Augenblick glaubte er, sie hielte einen Stern.

Weißes Feuer flammte auf, ein so gleißendes, blendendes Licht, dass Dumat blinzelte und den Blick abwendete, als hätte er direkt in die Sonne geschaut. Das war das Signal! Er erkannte es mehr mit dem Herzen als mit dem Kopf.

Mit einem wilden Ruf schoss er aus den Zweigen und warf sie zur Seite. Rundherum sprangen Elfen auf, griffen nach ihren Schlingen und Bögen und nahmen ihre Plätze ein. Dumat sah zu den anderen Dächern hinüber. Er war nicht der Einzige. Er brauchte kein zweites Signal zu geben. Jeder Kommandant hatte dieses Aufblitzen gesehen und richtig gedeutet.

Lauranas Herausforderung hörte Dumat nicht, weil er genau wie die Elfen um ihn herum seinen eigenen Schlachtruf ausstieß. Dumat gab den Befehl, und die Elfen eröffneten das Feuer.

»Soliasi Arath!«, rief Laurana, wie sie es vor so vielen Jahren gerufen hatte, um die Drachen dazu zu verleiten, beim Angriff auf den Turm des Oberklerikers in den Tod zu fliegen. Sie hatte das Schwert mit dem Verlorenen Stern mit der linken Hand hoch über den Kopf erhoben. Wenn der Juwel versagte, wenn die Legenden sich irrten, wenn die Magie des Schwerts so abgenommen hatte wie die Magie in der Welt während des Zeitalters der Sterblichen, würden ihre Pläne, Hoffnungen und Träume mit dem Tod enden.

Die Sonne drang in den Juwel, der daraufhin weißes Feuer sprühte. Flüsternd segnete Laurana die Seele von Kalith Rian und die Seele jenes unbekannten Elfenschmieds, der den Verlorenen Stern glitzernd in der Asche seiner Esse entdeckt hatte.

Voller Verlangen starrte Beryl das Schwert an, von dem eine solche magische Macht ausging. Sie wollte es unbedingt haben. Der Edelstein im Griff war einfach überwältigend. Sie konnte die Augen nicht mehr davon lösen. Sie musste ihn haben. So etwas Wertvolles hatte Malys nicht in ihrer Schatzkammer. Beryl konnte sich nicht davon losreißen.

Sie war gefangen.

Als Laurana sah, wie der Glanz des Juwels sich in die Augen des Drachen und tief in sein Gehirn einbrannte, wusste sie, dass der Zauber gewirkt hatte. Mit sicherer Hand streckte sie das Schwert hoch empor.

Fasziniert verharrte Beryl fast bewegungslos über Qualinost. Ihre Flügel flatterten nur leicht, um sie in der Luft zu halten. Ihr Blick war vom Verlorenen Stern gebannt.

Das Schwert wog schwer, und Laurana konnte es mit der linken Hand kaum halten, aber sie wagte es nicht, ihrer Schwäche nachzugeben. Sie würde das Schwert nicht sinken lassen. Sie wollte sich nicht einmal bewegen, aus Angst, den Zauber zu brechen. Sobald Beryl von der Bezauberung befreit war, würde sie voller Ingrimm angreifen. Laurana wäre beinahe verzweifelt, als sie vergeblich auf ein Zeichen lauschte, dass die Elfen mit ihrem Angriff begonnen hatten. Ihr Plan war fehlgeschlagen. Dumat wartete auf den Signalpfeil, der niemals kommen würde.

Der Jubel und die Herausforderungen, die von den Dächern aufstiegen, klangen in ihren Ohren lieblicher als die Lieder der Barden und schenkten ihren müden Armmuskeln neue Kraft. An den Brücken an den Grenzen von Qualinesti tauchten Elfen auf. Auf den von Zweigen verdeckten Dächern sprangen Elfen und Ritter hoch, ein Aufblühen tödlicher Blüten. Wurfmaschinen, die man unter Ranken versteckt hatte, wurden in Position geschoben. Die Schlingenwerfer stellten sich auf. Ein einziges Kommando setzte sich hundertfach fort. Die Elfen griffen an.

Die Maschinen feuerten Speere ab, die in hohem Bogen über Beryls Körper hinwegflogen. Den Speeren folgten schier endlose Seile – aus Hochzeitskleidern und Kinderwäsche, Kochschürzen und den Zeremonienroben der Senatoren. Hunderte von Speeren trugen diese Seile über Beryl hinweg. Als sie auf der anderen Seite wieder herunterkamen, legten sich die Seile über den Drachen. Sie fielen über Beryls Körper, ihre Flügel und ihren Schwanz.

Dann begann der Angriff der Schlingenwerfer, die bleibeschwerte Geschosse in die Luft sandten. An den Geschossen hingen weitere Seile, die über den Drachen segelten. Die Wurfmaschinen wurden neu beladen und feuerten noch einmal. Auch die Schlingenwerfer kamen noch zweimal zum Einsatz.

Elfenzauberer wirkten ihre Sprüche, die nicht auf den Drachen gerichtet waren, sondern auf die Seile. Sie zauberten, ohne zu wissen, ob die unzuverlässige Magie gehorchen würde oder nicht. Sie setzten sie mehr aus Hoffnung und Verzweiflung ein denn aus Überzeugung. Manchmal wählten sie Sprüche, die aus dem Vierten Zeitalter stammten. In anderen Fällen nahmen sie die Sprüche der wilden Magie dieses neuen Zeitalters. Stets jedoch wirkten ihre Zauber. Die Elfenmagier waren erstaunt – begeistert, aber erstaunt.

Manche Sprüche verstärkten das Seil und machten die Stoffe so stark wie Stahl. Andere ließen das Seil mit magischem Feuer brennen. Die Flammen liefen das ganze Seil entlang und versengten den Drachen, ohne das Seil zu verzehren. Bestimmte Sprüche machten die Stoffe klebrig wie Spinnweben. Sobald sie die Drachenschuppen berührten, hafteten sie fest daran. Wieder andere Zauber ließen eine Anzahl von Seilen in Schlingen herumtanzen, als wären sie lebendig. Das lebende Seil wand sich spiralenförmig um die Drachenfüße, bis Beryl einem eingeschnürten Hühnchen glich, das zum Markt gebracht wurde.

Jetzt ließen einige Elfen ihre Waffen fallen, packten die Seilenden und warteten auf den letzten Befehl. Mehr und mehr

Seile sausten durch die Luft, bis Beryl aussah wie eine Riesenmotte, gefangen in einem Gewebe von tausend Spinnen.

Beryl konnte nichts tun. Sie war sich dessen bewusst, was mit ihr geschah. Laurana blickte direkt in ihre Reptilienaugen, in denen sie erst Belustigung über die armseligen Bemühungen dieser winzigen Wesen las, dann Verdruss, als Beryl klar wurde, dass ihre Bewegungen von den Seilen immer mehr behindert wurden. Der Verdruss steigerte sich sehr rasch zu Zorn, als sie bemerkte, dass sie nichts dagegen unternehmen konnte. Sie konnte nur noch den Juwel anstarren.

Der Drachenkörper zitterte vor machtlosem Zorn. Speichel tropfte aus ihrem Maul. Ihre Halsmuskeln spannten und wölbten sich, während sie hektisch versuchte, ihren Blick von dem Juwel abzuwenden. Seil um Seil fiel über ihren Körper. Ihre Flügel wurden nach unten gezogen, der Schwanz verfing sich. Sie konnte die Hinterbeine nicht mehr bewegen, denn die waren zusammengezurrt. Die grässlichen Seile schlangen sich um ihre Vorderbeine. Sie spürte, wie sie vom Himmel gezogen wurde, und plötzlich bekam sie Angst. Sie war nicht in der Lage, sich zu retten.

In diesem Augenblick, da Beryl von dem Juwel gebannt und von den Seilen festgehalten wurde, hatte Laurana mit der Drachenlanze angreifen wollen. Die Lanze sollte dem Drachen in den Rachen dringen, damit Beryl ihren tödlichen Odem nicht ausstoßen konnte. Sie hätte die Lanze führen sollen. Medan hätte das Schwert benutzen sollen, um damit den Drachen zu erschlagen.

Ein guter Plan, aber Medan war tot. Laurana stand allein und auf sich gestellt vor Beryl. Um die Lanze zu ergreifen, musste sie das Schwert hinlegen, was den Drachen aus der Verzauberung lösen würde. Das war der gefährliche Moment.

Laurana begann zurückzuweichen. Noch immer hielt sie das Schwert in die Höhe, obwohl ihre müden Armmuskeln vor Anstrengung zitterten. Schritt für Schritt wich sie an die Wand zurück, wo sie die Drachenlanze griffbereit abgestellt hatte. Mit der rechten Hand tastete sie hinter sich nach der Lanze, denn sie wagte es nicht, Beryl aus den Augen zu lassen. Anfangs fand sie die Lanze nicht, und Panik stieg in ihr auf. Dann berührten ihre Finger das von der Sonne erwärmte Metall. Ihre Hand schloss sich darum, und sie seufzte auf.

Unten brüllte Dumat die Männer an den Seilen an, fester zu ziehen. Die Elfen und Ritter, die an den Wurfmaschinen gestanden und die Schlingen abgefeuert hatten, ließen ihre Waffen liegen und sprangen an die Seile, um mit ihrem Gewicht die bereits Ziehenden zu unterstützen. Langsam, aber unaufhaltsam zerrten sie den gefesselten Drachen dem Boden entgegen.

Laurana holte tief Luft, sie nahm all ihre Kraft zusammen. Nachdem sie leise Sturms Namen ausgesprochen hatte, suchte sie in sich den Mut, den Willen und die Entschlossenheit, die ihn auf dem Turm erfüllt hatten, als der Tod auf ihn zuschoss. Ihre einzige Befürchtung war, dass Beryl sie angreifen würde, sobald sie von dem Zauber befreit war. Vielleicht würde sie ihr tödliches Gas über Laurana speien, bevor diese sie töten konnte. Wenn Beryl das gelang, wenn Laurana starb, bevor sie ihre Aufgabe erfüllt hatte, würden die Elfen dort unten sterben, bevor sie ihr Ziel erreichten. Dann würde Beryl nämlich ihr Gift über alle ausbreiten. Sie würden fallen, wo sie standen.

Noch nie war sich Laurana so allein vorgekommen. Hier gab es niemanden, der ihr half. Keinen Sturm, keinen Tanis, keinen Marschall. Nicht einmal die Götter.

Aber am Ende ist jeder von uns allein, ermahnte sie sich. Die, die ich geliebt habe, haben mir auf dem langen Weg die

Hand gehalten, aber beim letzten Abschied habe ich sie losgelassen. Sie sind weitergegangen und haben mich zurückgelassen. Jetzt ist es an der Zeit, dass ich weitergehe. Allein.

Laurana hob das Schwert mit dem Verlorenen Stern und warf es über den Söller. Der Zauber war gebrochen. Beryls Augen blinzelten. Dann loderten sie vor Wut.

Beryl hatte zwei Ziele. Zum einen wollte sie sich von den schrecklichen Schlingen befreien. Zum anderen wollte sie die Elfenkönigin töten, die sie überlistet hatte. Man hatte sie in eine magische Falle gelockt, der selbst ein frisch geschlüpfter Jungdrache hätte entgehen können. Beryl konnte sich entscheiden. Sie wollte gerade die Elfe umbringen, als ein besonders heftiger Zug an den Seilen sie nach unten riss.

Sie hörte Gelächter. Das Lachen kam nicht von unten, nicht von den Elfen. Es kam von oben, vom Himmel her.

Zwei ihrer Drachen, beides Rote, beides Drachen, die sie insgeheim des Verrats bezichtigt hatte, kreisten hoch droben zwischen den Wolken und lachten. Beryl wusste sofort, dass die Roten über sie lachten. Sie sahen ihre Demütigung und freuten sich darüber.

Sie hatte ihnen nie getraut, diesen Drachen von Krynn. Sie wusste nur zu gut, dass sie ihr nur aus Angst, nicht aus Ergebenheit dienten. Indem sie ihnen verräterische Motive unterstellte, die mehr ihrem eigenen Wesen entsprachen, folgerte Beryl gegen jede Vernunft, dass die roten Drachen mit den Elfen im Bunde waren. Die Roten spielten auf Zeit. Sie warteten, bis Beryl so verstrickt war, bis sie sich nähern konnten, um sie zu töten.

Auf Laurana achtete Beryl überhaupt nicht mehr. Eine einzelne Elfenfrau – was konnte die ihr anhaben im Vergleich zu zwei verräterischen, roten Drachen?

Wie Medan erkannt hatte, war Beryl im Grunde ihres Herzens feige. Sie war nie derart gefangen und so hilflos gewesen. Es entsetzte sie. Sie musste sich von diesem Netz befreien, musste an den Himmel zurückkehren. Nur dort, wo sie kreisen, zustoßen und ihre gewaltige Kraft und Masse zu ihrem Vorteil nutzen konnte, würde sie vor ihren Feinden sicher sein. Dort am Himmel konnte sie diese Elfen mit einem Atemstoß vernichten. Dort am Himmel konnte sie mit ihren verräterischen Unterdrachen abrechnen.

Beryl glühte vor Zorn. Sie versuchte, sich von den lästigen Seilen zu lösen, die sie am Fliegen hinderten. Nachdem sie die Schultern angespannt hatte, hob sie die Flügel und schlug mit dem Schwanz aus, um die Seile zu zerreißen. Sie schlug mit den scharfen Krallen danach und drehte den Kopf, um sie mit ihren Zähnen durchzubeißen. Sie hatte sich vorgestellt, diese lächerlichen Seile wären leicht zu durchtrennen, aber sie hatte weder mit der Kraft der Magie noch mit dem Willen derer gerechnet, die ihre Liebe zu ihrem Volk und zu ihrer Heimat in diese Seile eingeflochten hatten.

Ein paar Stränge rissen, aber die meisten hielten. Bei ihrem wilden Umherpeitschen und ihren Verrenkungen verloren manche Elfen den Halt. Einige wurden von Dächern gerissen oder gegen Gebäude geschleudert.

Beryl warf einen Blick auf die roten Drachen. Sie waren näher gekommen. Ihre Angst verwandelte sich in Panik. Halb irrsinnig sog Beryl tief den Atem ein, denn jetzt wollte sie diese Wanzen zerstören, die sie so gedemütigt hatten. Aus dem Augenwinkel bemerkte sie ein silbernes Aufblitzen.

Laurana sah voll ehrfürchtigem Schrecken zu, wie Beryl verzweifelt um ihre Freiheit kämpfte. Der Drachenkopf peitschte heftig herum. Kreischend stieß Beryl Flüche aus und schnappte nach den Seilen. Die ungezügelte Wut des Ungeheuers erschütterte Laurana dermaßen, dass sie sich nicht rühren konnte. Zitternd stand sie da und umklammerte mit schweißnassen Händen die Lanze. Ihr Blick glitt zu dem Durchgang, der zu dem gewölbten Alkoven dahinter führte, in Sicherheit.

Beryl holte tief Luft, sog den Atem tief ein, damit sie Lauranas Volk den Tod bringen konnte. Da packte Laurana die Drachenlanze mit beiden Händen. »*Quisalan elevas!*«, rief sie Tanis und Sturm und allen, die ihr vorangegangen waren, zu. »Unser Liebesband ist ewig.« Laurana zielte mit der Lanze auf Beryls peitschenden Kopf, während sie auf den Drachen lossprang.

Im Licht der seltsamen Sonne leuchtete die Lanze silbern. Die Königsmutter nahm all ihre Kraft, all ihren Mut zusammen, als sie Beryl die Drachenlanze in den Schädel rammte.

Das Blut spritzte wie eine Fontäne aus der Wunde und ergoss sich über Laurana. Obwohl ihre Hände vom Drachenblut nass und schlüpfrig waren, hielt sie die Lanze verzweifelt fest und stieß sie weiter und so tief wie möglich in den Drachenkopf hinein.

Beryls Kopf barst vor Schmerzen, brennenden lodernden Schmerzen, als hätte jemand ein Loch in den Knochen getrieben, durch das sich die glühende Sonne direkt in ihre Seele brannte. Ihr eigener Giftodem brachte sie zum Würgen. In einem verzweifelten Versuch, sich von den schrecklichen Schmerzen zu befreien, warf sie den Kopf hoch.

Die plötzliche, krampfartige Bewegung des Drachen hob Laurana vom Söller hoch. Sie hing hilflos in der Luft, gefährlich nahe an der Mauer. Ihre Hände verloren den Halt. Sie ließ die Lanze los und stürzte auf den Söller, wo sie auf dem Rücken landete. Brechende Knochen, ein grausamer Schmerz, doch dann fühlte sie seltsamerweise gar nichts mehr. Sie wollte aufstehen, aber ihre Glieder gehorchten ihrem Willen nicht. Ohne sich rühren zu können, starrte sie in das weit aufgerissene Drachenmaul.

Beryls Schmerz ließ nicht nach, sondern wurde schlimmer. Obwohl ihr das Blut, das ihr in die Augen lief, die Sicht nahm, konnte sie ihre Angreiferin noch erkennen. Sie versuchte, ihren tödlichen Odem über die Elfenfrau zu speien, aber das gelang ihr nicht. Ihr eigenes Gift erstickte sie.

Halb verrückt vor Angst und Schmerz wollte Beryl sich nur noch an der Elfe rächen, die ihr solch furchtbare Qualen zugefügt hatte. Beryls schwerer Kopf stieß auf den Sonnenturm nieder.

Über Laurana fiel der Schatten des Todes. Sie wandte den Blick ab, zur Sonne hin.

Die seltsame Sonne, die dort am Himmel stand. Sie wirkte verloren, fremd … wie verirrt.

… ein verlorener Stern …

Laurana schloss die Augen, um den dunkler werdenden Schatten nicht sehen zu müssen.

»Unser Liebesband …«

Dumat, der an einem der Seile hing und mit aller Kraft zog, konnte nicht sehen, was sich auf dem Turm abspielte, doch nach Beryls Schreckensschrei und angesichts der Tatsache, dass sie nicht alle vergiftet waren, wusste er, dass Laurana das Ungeheuer getroffen haben musste. Rings um ihn her regneten Drachenblut und Geifer herab. Beryl war verletzt. Jetzt war der Zeitpunkt gekommen, ihre Schwäche auszunutzen.

»Zieht, verdammt noch mal! Zieht!«, brüllte Dumat heiser.

Er brachte nur noch ein Krächzen zu Stande. »Sie ist noch nicht erledigt! Noch lange nicht!«

Elfen und Menschen, deren Kraft im Kampf mit dem Drachen nachgelassen hatte, hängten sich mit neuer Energie an die Seile, die von den aufgeschürften Händen schon blutig waren. Die Schmerzen in ihrem bloßliegenden Fleisch waren heftig. Manche schrien beim Ziehen auf, während andere nur die Zähne zusammenbissen, ohne jedoch loszulassen.

Entsetzt sah Dumat mit an, wie Beryl den Turm angriff und mit dem Kopf auf das Gebäude einschlug. Sein Herz war bei Laurana, die dort oben in der Falle saß. Um ihretwillen hoffte er, dass sie schon tot war. Beryls Kopf traf den Söller und riss ihn vom Turm ab. Der Söller stürzte zu Boden. Die Leute darunter starrten erschüttert nach oben. Ein paar waren geistesgegenwärtig genug zu fliehen. Andere blieben vor Angst wie angewurzelt stehen. Mit einem entsetzlichen Krachen traf der Söller auf, zerstörte Häuser, zertrümmerte das Pflaster. Die umherfliegenden Trümmer töteten und verstümmelten. Eine ungeheure Staubwolke erhob sich und überrollte alle.

Dumat wandte sich hustend an Ailea, um etwas Tröstliches zu sagen. Seine Frau würde um die Königsmutter trauern. Doch die Trostworte wurden nie ausgesprochen. Ailea lag da und blickte Dumat aus Augen an, die ihn nicht mehr sehen konnten. Ein Splitter hatte ihre Brust durchbohrt. Sie hatte nicht einmal mehr aufschreien können.

Dumat starrte den Drachen an. Jetzt war Beryl auf Höhe der Baumwipfel. Ihre Vorderbeine berührten schon den Boden. Wütend und leer zugleich verdoppelte er seine Anstrengungen an dem Seil.

»Zieht, verdammt noch mal!«, brüllte er wieder. »Zieht!«

Beryls wütender Angriff auf den Turm brachte zwar ihre Angreiferin um, aber mehr hatte sie damit nicht erreicht. Endlich bekam sie wieder Luft, wenn auch flach und pfeifend. Doch der Schlag gegen den Turm hatte die Drachenlanze nicht gelockert, wie sie eigentlich gehofft hatte, im Gegenteil: Der Aufprall schien sie noch tiefer in Beryls Kopf gedrückt zu haben. Die ganze Welt bestand aus grausamen Schmerzen, die sie nur noch beenden wollte.

Beryl schlug um sich, versuchte, sich von den Seilen zu befreien und die Lanze loszuwerden. Ihre Zuckungen ließen Häuser einstürzen und warfen Bäume um. Ihr Schwanz zerschmetterte Dumats Haus. Bis zum letzten Augenblick hielt er das Seil fest. Als der Drache das Haus zertrümmerte, stürzte Dumat durch das geborstene Dach. Das Haus brach über ihm zusammen. Lebendig begraben lag Dumat im Geröll unter einem schweren Ast gefangen. Er konnte sich nicht bewegen. Im Mund schmeckte er Blut. Ein Blick durch das Gewirr gebrochener Zweige und Blätter zeigte ihm den Drachen über sich. Beryl hatte ihre Flügel losgerissen, von denen jedoch immer noch Seile herunterbaumelten. Sie kämpfte darum, sich über die Wipfel zu erheben. Aber für jedes Seil, das zerriss, hielten zwei andere. Neue Seile segelten über sie hinweg. Elfen und Menschen waren gestorben, aber viel mehr von ihnen hatten überlebt. Sie setzten den Kampf fort.

»Zieht, verdammt noch mal!«, flüsterte Dumat. »Zieht!«

Die Elfen sahen die Königsmutter sterben. Sie sahen ihre Angehörigen sterben. Sie sahen, wie der Drache den Sonnenturm zerstörte, das Symbol ihrer Hoffnung, ihres Stolzes. Mit der Kraft, die Trauer und Zorn ihnen verliehen, zerrten sie den Drachen vom Himmel.

Beryl kämpfte gegen die Seile und die furchtbaren Schmerzen an, aber je mehr sie zappelte, desto mehr verfing sie sich in diesem Elfennetz. Ihre peitschenden Glieder, Kopf, Schwanz und Flügel zermalmten Gebäude und entwurzelten Bäume. Wütend rang sie um ihre Freiheit, denn sie wusste, dass sie am Boden angreifbar war. Dort würden die Elfen mit Speer und Pfeil nahen und sie umbringen.

Die Elfen sahen, dass Beryl schwächer wurde. Ihr Widerstand ließ nach, ihre Schläge wurden weniger zerstörerisch.

Der Drache würde sterben.

Nachdem die Elfen sich dessen sicher waren, zogen sie mit neuer Kraft und hatten schließlich Erfolg. Sie zerrten Beryls schweren Leib auf den Boden.

Mit markerschütterndem Krachen prallte sie auf. Dabei zertrümmerte sie Gebäude und zerquetschte jeden, der nicht rechtzeitig aus dem Weg gesprungen war. Die Wucht des Aufpralls war wie ein Erdbeben, das die Zwerge unten in den Tunneln durchschüttelte, ihnen Gestein und Staub auf die Köpfe rieseln ließ und sie dazu brachte, den Balken an den Wänden, die ihre Tunnel vor dem Einsturz bewahrten, irritierte Blicke zuzuwerfen.

Als sich die Erde beruhigt und der Staub sich gelegt hatte, ergriffen die Elfen ihre Speere und machten sich ans Töten. Erst wenn sie den Drachen vernichtet hatten, konnten sie sich um die Armee kümmern.

Schon sprachen die Elfen vom Sieg. Qualinost hatte schwer gelitten. Viele waren gestorben, aber die Elfennation würde überleben. Sie würden ihre Toten begraben und beweinen. Dann würden sie Lieder singen, unsterbliche Lieder über den Tod des Drachen.

Aber Beryl war nicht tot. Noch lange nicht, genauso wie Dumat gesagt hatte. Die Drachenlanze hatte starke Schmerzen hervorgerufen und sie daran gehindert, klar zu denken, aber nun ließ der Schmerz nach. Ihre Panik ebbte ab und wich einer kalten, berechnenden Wut, die viel gefährlicher war als ihr zielloses Strampeln. Ihre Armee zog sich an den Ufern der beiden Arme des Weißen Flusses zusammen, die Qualinost umschlossen und schützten. In diesem Augenblick bereiteten sich ihre Soldaten auf die Überquerung der Flüsse vor. Zwar hatten die Elfen die Brücken gekappt, doch Beryls Militär hatte Hunderte von Flößen und provisorischen Brücken mitgebracht, um die Armee über die hundert Fuß tiefen Schluchten zu schaffen.

Bald würden ihre Soldaten Qualinost überrennen und die Elfen mit dem Schwert besiegen. Das Elfenblut, das durch die Straßen fließen würde, würde für Beryl süßer als junger Wein sein. Das Anrücken ihrer Truppen brachte Beryl allerdings auch in die Zwickmühle: Sie konnte ihr Giftgas nicht benutzen, um die Elfen zu töten, weil sie sonst ihre eigenen Soldaten umgebracht hätte. Das bedeutete allerdings nur eine kleinere Widrigkeit, nichts, worum man sich Sorgen machen müsste. Sie würde die Elfen eben zu Dutzenden töten anstatt zu Hunderten.

Beryl sackte in gespielter Schwäche zusammen, lag würdelos auf dem Boden hingestreckt. Es war ihr eine grimmige Genugtuung, als sie fühlte, wie die Bäume – welche die Elfen so liebten – unter ihrem Gewicht brachen. Nachdem sie das Blut aus den Augen geblinzelt hatte, konnte Beryl den Schaden beurteilen, den sie der ehedem zauberhaften Stadt zugefügt hatte. Der Anblick war eine Labsal für ihren Geist. Nichts und niemanden – nicht einmal ihre Cousine Malys – hatte sie je so gehasst wie in diesem Augenblick die Qualinesti.

Die Elfen kamen aus ihren Löchern gekrochen und starrten sie an. Ihre Speere und Pfeile zeigten auf sie. Beryl verachtete sie. Der Speer war noch nicht geschaffen, der sie aufhalten konnte, das vermochte nicht einmal die legendäre Drachenlanze. Genauso wenig wie die Pfeile, die für sie höchstens Bienenstichen glichen. Sie konnte die Elfen um sich herum sehen, hirnlose, kleine Kreaturen, die sie aus ihren Schlitzaugen anstarrten und dabei in ihrer ekelhaften Sprache lispelten.

Sollten sie plappern! Bald würden sie mehr zu erzählen haben, so viel stand fest.

Der Schmerz in ihrem Kopf ließ weiter nach. Auf dem Boden ruhend prüfte Beryl sorgfältig die Lage. Einen Teil der Seile hatte sie abgeworfen oder verrutschen lassen. Andere lockerten sich inzwischen. Die Magie ließ nach. Bald würde Beryl frei sein. Dann konnte sie die Elfen töten, einen nach dem anderen. Sie konnte sie zertreten und entzweireißen. Ihre Armee würde sich ihr anschließen, und gemeinsam würden sie dafür sorgen, dass kein Elf auf der Welt mit dem Leben davonkam. Nicht einer.

Die Drachenlanze war noch immer ein Ärgernis. Immer wieder schoss ein glühend heißer Schmerz durch ihren Kopf und steigerte ihre Wut. Sie lag auf dem Boden, Auge in Auge mit den Elfen, und spähte sie durch fast geschlossene Lider an. In der Ferne hörte sie Hörner erschallen, das Zeichen für das Vorrücken ihrer Armee. Sie mussten ihren Sturz gesehen haben. Vielleicht hielt man sie für tot. Vielleicht gaben ihre schwachköpfigen Kommandanten im Geist schon die Beute aus, die sie sonst mit Beryl hätten teilen müssen. Sie würden eine Überraschung erleben. Sie alle würden eine große Überraschung erleben …

Mit einem trotzigen, triumphierenden Brüllen hob Beryl den

Kopf. Ihre Riesenpranken gruben sich in den Boden. Ein Stoß ihrer gewaltigen Beine, und Beryl hatte sich aufgerichtet.

Die Zwergentunnel, ein wabenartiges Labyrinth unter Qualinost, brachen unter dem Gewicht des Drachen ein. Der Boden gab nach.

Beryls Brüllen wurde zu einem überraschten Kreischen. Sie kämpfte darum, stehen zu bleiben, scharrte mit den Füßen, schlug verzweifelt mit den Flügeln, um sich aus diesem Verhängnis zu retten. Aber ihre Flügel hingen noch in den Seilen fest. Die Füße fanden keinen Halt. Die Hand eines Unsterblichen zerbrach die harten Knochen der Welt und riss den Boden auf. Beryl stürzte in den klaffenden Spalt.

Torvald Rauchgranit, Vetter des Lehnsherrn von Thorbardin und Anführer der Zwergenarmee, die nach Qualinost gezogen war, um gegen die Schwarzen Ritter von Neraka zu kämpfen, hörte die Schlacht, die über ihm tobte, auch wenn er sie nicht sehen konnte. Torvald stand am Fuß der Leiter, die an die Oberfläche gut zwanzig Ellen über ihm führte. Er wartete auf das Signal, das ankündigte, dass die feindliche Armee mit der Überquerung des Flusses begonnen hatte.

Daraufhin sollte seine eigene Armee von tausend Zwergen aus diesem und anderen Tunneln unter der Stadt ausschwärmen und zum Angriff übergehen.

Der Tunnel war schwarz wie die finsterste Nacht, denn die Grabwürmer und ihre leuchtenden Larven waren nach Thorbardin zurückgeschickt worden. Die Dunkelheit, die Enge und der Geruch der frisch aufgewühlten Erde und des Wurmkots störten die Zwerge nicht. Sie fanden die Finsternis wie den Geruch vertraut und angenehm. Dennoch brannten sie darauf, die Tunnel zu verlassen. Sie wollten sich endlich dem Feind stellen.

Sie wollten kämpfen. Erwartungsvoll betasteten sie ihre Äxte und sprachen von den Ruhmestaten, die vor ihnen lagen.

Als die Zwerge das erste Beben unter ihren Füßen spürten, echoten ihre Jubelschreie durch alle Tunnel. Für sie bedeutete das, dass die Elfenstrategie aufging. Der Drache war vom Himmel geholt worden. Jetzt lag er hilflos auf dem Boden, gefangen in dem magischen Netz, aus dem er nicht entkommen konnte.

»Was ist los?«, brüllte Torvald zu dem Späher hoch, der am Ausgang hockte und seinen Kopf durch die Zweige eines Fliederbusches streckte.

»Sie haben sie«, erwiderte der Späher gelassen. »Sie rührt sich nicht. Die ist hin.«

Wieder jubelten die Zwerge. Torvald nickte und wollte seinen Männern schon befehlen, die Leiter hinaufzuklettern, als ein grauenvolles Brüllen den Späher Lügen strafte. Der Boden unter Torvalds Füßen erzitterte. Diesmal war das Beben so stark, dass die Balken, die die Wände stützten, unheilvoll knarrten. Erde rieselte auf ihre Köpfe herab.

»Was zum –«, wollte Torvald nach oben schreien, doch dann besann er sich eines Besseren. Er wollte selbst hochsteigen und nachsehen.

Wieder erschütterte ein Beben die Erde. Die Tunneldecke spaltete sich. Strahlendes Sonnenlicht strömte durch das klaffende Loch herein und blendete die Zwerge. Der entsetzte Torvald sah das glühend rote Auge des ergrimmten Drachen auf sich herunterstarren. Dann brachen die Balken, die das Tunneldach hielten. Die Leiter splitterte. Das Auge verschwand in einer Riesenwolke aus Staub und Trümmern. Und das Dach des Tunnels gab nach.

Die Welt stürzte über Torvald zusammen, sodass es ihn von der Leiter riss. Aus den Eingeweiden von Krynn stiegen die grauenvollen Schreie seiner sterbenden Kameraden auf, das Letzte, was er hörte, bevor tonnenweise Gestein über ihn hereinbrach, das seinen Schädel und seine Brust zermalmte.

Das Gestein, dem die Zwerge stets vertraut hatten, das sie vor Wetter und Feinden geschützt hatte, wurde zum Feind. Zum Mörder. Zum Grab.

Rangold von Balifor war vierzig Jahre alt. Seit seinem vierzehnten Lebensjahr war er Söldner. Er kämpfte nur aus einem einzigen Grund, nämlich für Beute. Er hatte keine sonstigen Bindungen, denn von Politik verstand er nichts. Wenn ihm jemand ein besseres Angebot unterbreitete, würde er mitten in der Schlacht die Seiten wechseln. Beryls Armee hatte er sich angeschlossen, weil er gehört hatte, dass sie nach Qualinost zog. Schon lange wartete er darauf, die Elfenstadt ausplündern zu dürfen. Als vorausschauender Mensch hatte Rangold mehrere große Jutesäcke mitgebracht, in denen er sein Vermögen nach Hause bringen wollte.

Rangold stand am Flussufer, aß altbackenes Brot und kaute auf Trockenfleisch herum, während er darauf wartete, den Fluss zu überqueren. Die verfluchten Elfen hatten die Brücken gekappt. Die Seile baumelten hoch über ihnen, denn die Ufer waren steil. Um diese Jahreszeit führte der Fluss wenig Wasser. Ihre Späher hatten gut aufgepasst, aber keine Elfen gemeldet. Schon waren die ersten Einheiten unterwegs. Einige trugen ihr Gepäck auf dem Kopf, andere die Waffen. Denen, die nicht schwimmen konnten, war ziemlich mulmig zumute, als sie tiefer und tiefer in das schnell fließende Wasser wateten. Das Wasser war kalt, aber um diese Jahreszeit relativ ruhig. Im Frühling, zur Zeit der Schneeschmelze, wäre der Fluss unpassierbar gewesen.

Gelegentlich war ein roter Drache zu sehen, der hoch über der Armee kreiste und Ausschau hielt. Die Männer mochten die roten Drachen nicht, denn sie misstrauten ihnen, obgleich sie auf derselben Seite standen. Deshalb blickten sie immer wieder nach oben, weil sie hofften, er würde verschwinden. Rangold scherte sich nicht um Drachen. Er zitterte, wenn er von Drachenangst ergriffen wurde, zuckte mit den Schultern, wenn sie vorüber war, und aß ungerührt weiter. Der Gedanke daran, bald Elfen abzuschlachten und sie ihrer Reichtümer zu berauben, regte seinen Appetit an.

Erst als sich plötzlich der Boden unter seinen Füßen aufbäumte, kam ein Anflug von Unsicherheit, denn Rangold verlor das Gleichgewicht und ließ sogar sein Brot fallen. Ein Ast donnerte zu Boden. Ein Baum kippte um. Das Wasser im Fluss brodelte und wogte gegen das Ufer. Rangold klammerte sich an den Baum und sah sich um. Er wollte herausfinden, was los war. Der rote Drache über ihnen breitete die Flügel aus und strich dicht über den Wald hinweg. Sein Ruf klang wie eine Warnung, aber was er schrie, konnte niemand verstehen.

Das Beben setzte sich fort. Es wurde immer stärker. Eine riesige Staubwolke voller Trümmer schoss in die Luft empor. Sie war so dicht, dass sie die Sonne verdüsterte. Die Soldaten im Fluss strauchelten und wurden davongerissen. Die anderen am Ufer begannen zu schreien und rannten voller Panik verwirrt herum, während der Boden weiter unter ihnen arbeitete.

»Wie lauten Eure Befehle?«, rief ein Hauptmann.

»Das Terrain halten«, antwortete sein Vorgesetzter, ein Ritter von Neraka, gereizt.

»Leichter gesagt als getan«, gab der Hauptmann verärgert zurück, während er taumelnd um sein Gleichgewicht kämpfte. »Ich finde, wir sollten die Beine in die Hand nehmen!«

»Ihr habt Eure Befehle, Hauptmann«, brüllte der Ritter. »Das hier ist gleich wieder –«

Mit ohrenbetäubendem Knacken löste sich ein dicker Ast und fiel donnernd auf den Ritter und den Hauptmann, die er unter seinen Zweigen begrub. Vom Ort des Unglücks erklangen Schreie, Stöhnen und Hilferufe, die Rangold geflissentlich überhörte. Was der Rest der Armee vorhatte, wusste er nicht. Es war ihm auch egal. Er würde den Vorschlag des Hauptmanns befolgen und die Beine in die Hand nehmen.

Schon wollte er das Ufer hochklettern, doch in diesem Augenblick hörte er ein drohendes, donnerndes Grollen herannahen. Als er sich nach der Ursache des Geräuschs umdrehte, bot sich ihm ein furchtbarer Anblick. Eine brodelnde, schäumende Wasserwand raste auf sie zu. Das Erdbeben brachte die Ufer des Weißen Flusses zum Einstürzen. Risse spalteten die Felsschluchten, durch die der Fluss strömte. Nachdem diese enge Begrenzung fehlte, war der Fluss, den die wiederholten Beben aufgewühlt hatten, wild geworden.

Das Wasser entwurzelte Bäume, riss gewaltige Felsbrocken aus den Schluchten, durch die es donnerte, und trieb Schutt und Steine vor sich her.

Rangold starrte entgeistert hin. Dann drehte er sich um und rannte los. Hinter ihm schrien diejenigen, die im Wasser festsaßen, um Hilfe, aber der rasch ansteigende Strom ließ ihre Schreie bald verstummen und riss sie mit. Rangold versuchte, am Ufer hinaufzuklettern, doch die Felswände waren steil und glitschig. Er erlebte einen Augenblick entsetzlicher Angst. Dann brach das Wasser mit einer Wucht über ihn herein, die ihm das Brustbein zertrümmerte und sein Herz stocken ließ. Sein schlaffer, blutiger Körper war für den Fluss nur ein weiteres Stück Abfall, das er wegschwemmte.

Beryl brüllte und kreischte vor Wut, während sie tiefer und tiefer in den nachgebenden Boden sank. Die Erde brach unter ihrem Gewicht auseinander. Die Risse breiteten sich strahlenförmig aus. Häuser und Bäume kippten und rutschten in die immer breiteren Spalten. Das Hauptquartier der Ritter von Neraka, jenes hässliche, eckige Gebäude, fiel donnernd in sich zusammen. Trümmer ergossen sich über den Drachen, trafen Beryl auf den Kopf und zerrissen ihr die Flügel. Der Palast des Königs, aus lebenden Espen erbaut, wurde zerstört, denn die Bäume wurden entwurzelt. Ihre Äste rissen ab, die riesigen Stämme verdrehten sich und brachen.

Die Elfen von Qualinost, die geblieben waren, um ihre Heimat zu verteidigen, starben in den Trümmern ihrer Häuser, die sie mit so viel Sorgfalt erbaut hatten. Sie starben in ihren geliebten Gärten. Obwohl sie wussten, dass der Tod unausweichlich war, dass niemand ihm entrinnen konnte, kämpften sie weiter. Mit Speer und Schwert drangen sie auf Beryl ein, bis das Pflaster brach und unter ihren Füßen auseinander wich. Die Elfen starben voller Hoffnung, denn trotz ihres Todes glaubten sie, dass ihre Stadt überleben würde. Aus den Ruinen würde sie neu erstehen.

Es war gut, dass sie starben, bevor sie die Wahrheit erfuhren.

Plötzlich wurde Beryl klar, dass sie nicht überleben würde. Sie konnte nicht entkommen. Dieses Wissen irritierte sie. So sollte es nicht ausgehen. Sie – die größte Macht, die jemals auf Krynn gelebt hatte – sollte ein schimpfliches Ende in einem Loch im Boden finden? Wie hatte das geschehen können? Was war schief gegangen? Sie verstand es nicht …

Felsbrocken regneten auf sie herab, brachen ihr den Schädel und das Rückgrat. Splitternde Bäume rissen Löcher in ihre Flügel, scharfkantige Steine durchtrennten ihr die Sehnen und rissen ihr den Bauch auf. Unter ihren Schuppen spritzte Blut hervor. Sie war von einem Schmerz erfüllt, der sie zerriss, bis sie den erlösenden Tod herbeiflehte. Das Monstrum, das so viele getötet hatte, stöhnte und wand sich vor Qualen, als Steine, Bäume und einstürzende Gebäude es unter sich begruben. Der riesige, missgestaltete Kopf sank tiefer und tiefer. Die roten Augen rollten nach hinten. Die gebrochenen Flügel und der peitschende Schwanz wurden still. Nach einem letzten Seufzer, einem bitteren Fluch, war Beryl tot.

Als die zur Faust geballte unsterbliche Hand voller Hass auf die Erde um die Elfenstadt einschlug, erzitterte das ganze Land. Die Spalten wurden breiter. Risse spalteten das Muttergestein, auf dem Qualinost errichtet worden war. Die roten Drachen, die vom Himmel starrten, sahen ein riesiges, klaffendes Loch, wo einst eine prächtige Stadt gestanden hatte. Die Roten hegten wenig Liebe für die Elfen, die seit Anbeginn der Zeiten ihre Feinde gewesen waren, aber dieser Anblick, der eine so furchtbare Macht ausdrückte, war so schrecklich, dass die Roten nicht einmal frohlocken konnten. Sie blickten auf die Ruine nieder und senkten ehrfürchtig die Köpfe.

Das Erdbeben ließ nach. Der Boden beruhigte sich, bäumte sich nicht mehr länger auf. Der Weiße Fluss trat über die Ufer und strömte in die riesige Klamm, in der einst die Elfenstadt Qualinost gestanden hatte. Noch lange, nachdem das Beben geendet hatte, brauste das Wasser wirbelnd hinunter. Welle um Welle brandete gegen die neu geschaffenen Ufer, bis der Fluss sich allmählich beruhigte. Zaghaft schwappte das Wasser an die unbekannten Wände, die es jetzt umgaben, untersuchte sie zärtlich, als wäre es über seine eigene Wut erschrocken, und über die Zerstörung, die es angerichtet hatte, verdutzt.

Die Nacht kam ohne das Licht der Sterne oder des Mondes. Sie breitete ein Leichentuch über die Toten, die tief unter dem dunklen, unruhigen Wasser ruhten.

15 Nalis Aren

Viele Meilen entfernt trennten sich Gilthas und sein Gefolge von Tarn Rauchgranit, dem Zwergenlehnsherrn, um weiter nach Süden zu reiten. Auf Drängen der Löwin hin hatten sie ein hohes Tempo eingehalten, denn diese fürchtete, dass Beryl ihre Armee teilen und einen Arm nach Süden schicken könnte, um die Flüchtlinge in Empfang zu nehmen. Der andere konnte Qualinost erobern und halten. Trotz ihres Drängens kamen sie nicht recht vorwärts, denn ihre Herzen waren so schwer, dass sich Niedergeschlagenheit ausbreitete. Auf jedem Berg, jedem Grat, machte Gilthas Halt und drehte sich im Sattel um. In der vergeblichen Hoffnung, zu sehen, was sich dort hinten zutrug, starrte er zum Horizont.

»Wir sind zu weit weg«, erinnerte ihn seine Frau. »Die Bäume versperren uns die Sicht. Ich habe Läufer zurückgelassen, die uns nacheilen werden. Alles wird gut gehen. Wir müssen weiter, mein Schatz. Wir müssen weiter.«

Sie hatten angehalten, um zu rasten und die Pferde zu tränken, als sie den Boden unter ihren Füßen beben fühlten und ein leises Grollen wie von einem fernen Sturm vernahmen. Das Beben war nur leicht, aber es brachte Gilthas' Hand so zum Zittern, dass er den Wasserschlauch fallen ließ, den er gerade füllte. Er stand auf und blickte gen Norden.

»Was war das? Hast du das gespürt?«, wollte er wissen.

»Ja, ich habe es gespürt«, bestätigte die Löwin, die zu ihm trat. Ihre Blicke trafen sich. Sie war beunruhigt. »Ich weiß nicht, was das war.«

»In den Bergen gibt es mitunter Erdbeben, Majestät«, legte Planchet nahe.

»Nicht so. So etwas habe ich noch nie erlebt. Es ist etwas schief gegangen. Etwas Furchtbares ist geschehen.«

»Das wissen wir nicht«, wehrte die Löwin ab. »Vielleicht war es nur ein Erdbeben, wie Planchet sagt. Wir sollten weiterziehen –«

»Nein«, erklärte Gilthas. »Ich bleibe und warte auf einen Läufer. Ich gehe nicht weiter, bevor ich nicht weiß, was geschehen ist.«

Er hielt auf einen Felsen zu, der sich aus dem Boden erhob. Die Löwin und Planchet wechselten einen Blick.

»Geh mit«, meinte die Löwin leise.

Planchet nickte und eilte Gilthas nach, während die Löwin ihre Soldaten anwies, das Lager aufzubauen. Sie blickte immer wieder nach Norden und schüttelte dabei seufzend den Kopf.

Gilthas erstieg den Felsen mit fieberhafter Energie. Planchet hatte Schwierigkeiten, mit seinem König Schritt zu halten. Als Gilthas die Spitze erreicht hatte, blieb er lange stehen und starrte eindringlich nach Norden.

»Ist das Rauch? Planchet, was glaubst du?«, fragte er besorgt.

»Eine Wolke, Majestät«, erwiderte Planchet.

Gilthas starrte weiter hinaus, bis er gezwungen war, den Blick zu senken und sich die Augen zu reiben.

»Die Sonne«, murmelte er. »Sie ist zu hell.«

»Ja, Majestät«, bestätigte Planchet leise und wendete den

Blick ab. Weil er glaubte, er könne die Gedanken des jungen Königs lesen, fügte er hinzu: »Die Entscheidung Eurer Majestät, zu gehen, war richtig –«

»Ich weiß, Planchet«, unterbrach ihn Gilthas. »Ich kenne meine Pflicht und werde versuchen, sie nach besten Kräften zu erfüllen. Daran dachte ich nicht.« Wieder schaute er nach Norden zurück. »Unser Volk wurde dazu gezwungen, seine angestammte Heimat zu verlassen. Ich habe mich gerade gefragt, was aus uns wird, wenn wir nicht zurückkönnen.«

»Das wird niemals eintreten, Majestät«, widersprach Planchet mit Nachdruck.

»Warum nicht?« Gilthas sah ihm ins Gesicht, denn er war auf die Antwort gespannt.

Planchet reagierte verwirrt. Es war so einfach, so selbstverständlich. »Qualinesti gehört uns, Majestät. Das Land gehört den Elfen. Es ist rechtmäßig unser.«

Gilthas lächelte bedrückt. »Manche würden vielleicht sagen, der einzige Fleck Land, auf den wir Sterbliche tatsächlich ein Anrecht haben, ist der Fleck, an dem man uns zur letzten Ruhe bettet. Sieh dort hinunter. Meine liebe Frau läuft herum wie die große Katze, von der sie ihren Namen hat. Sie ist nervös, voller Sorge. Sie will nicht anhalten, sondern weitergehen. Warum? Weil unsere Feinde uns verfolgen. Sie jagen uns – in unserem Land.«

»Wir werden es uns zurückholen –«

»Werden wir das?«, gab Gilthas ruhig zurück. »Das frage ich mich.« Erneut blickte er nach Norden. »Wir sind ein Volk im Exil. Wir können nirgendwo hin.« Er nickte Planchet zu. »Ich habe die Berichte aus Silvanesti gehört.«

»Gerüchte, Majestät«, antwortete Planchet beschämt und peinlich berührt. »Wir können sie nicht bestätigen. Wir wollten es Euch sagen, aber die Löwin meinte, wir sollten Euch nicht behelligen. Nicht bevor wir es sicher wissen –«

»Sicher.« Gilthas schüttelte den Kopf. Mit der Stiefelspitze malte er ein Rechteck in den Staub, sechs Fuß lang, drei Fuß breit. »Das ist alles, was sicher ist, mein Freund.«

»Majestät –«, setzte Planchet erschrocken an.

Gilthas starrte weiter nach Norden.

»Ist das Rauch? Was meinst du?«

»Ja, Majestät«, bestätigte Planchet. »Das ist Rauch.«

Der Läufer erreichte sie in der Nacht. Da die Löwin und ihre Elfenrebellen gewöhnlich im Schutz der Dunkelheit reisten, markierten sie die Wege nach Art ihrer Kagonesti-Vorfahren. Über Blüten, die im Dunkeln leuchteten, wiesen sie die richtige Weggabelung. Sie hinterließen Glühwürmchen in Flaschen auf einem Steinhaufen oder beschmierten einen Baum mit Phosphor. So hatte der Läufer ihrer Spur auch nach Einbruch der Nacht folgen können.

Sie hatten kein Feuer entfacht. Die Löwin hatte sich dagegen ausgesprochen. Schweigend saßen sie in der Dunkelheit, ohne Geschichten zu erzählen oder den Sternen ein Lied zu singen, wie sie es in glücklicheren Zeiten wohl getan hätten.

Gilthas hielt sich abseits von den anderen. Seine Gedanken schweiften zurück in seine Kindheit. Das geschah häufig, seit er von seiner Mutter Abschied genommen hatte. Er dachte an die alten Zeiten, an seine Eltern, die ihn voll zärtlicher Liebe erzogen hatten, als er die Wachen aufspringen sah. Ihre Hände fuhren zu den Schwertern, während sie loseilten, um ihn zu umstellen.

Gilthas hatte keinen Laut gehört, aber das war nichts Ungewöhnliches. Seine Frau neckte ihn stets, er hätte »Menschenohren«. Planchet stellte sich mit gezücktem Schwert neben seinen König. Die Löwin verharrte in der Mitte der Lichtung, von wo aus sie in die Dunkelheit spähte. Sie ahmte das Lied einer Nachtigall nach.

Sogleich kam die Antwort. Die Löwin pfiff wieder. Die Elfen entspannten sich, obwohl sie immer noch auf der Hut blieben. Der Läufer betrat das Lager. Als er die Löwin sah, näherte er sich ihr und redete sie auf Kagonesti an, in der Sprache der Wildelfen.

Gilthas sprach etwas Kagonesti, verstand aber dennoch nur einen Bruchteil der Unterhaltung, denn beide hatten die Stimmen gedämpft. Zudem redete der Läufer zu schnell, machte nur Pausen, um Luft zu holen. Gilthas hätte hinübergehen und sich in das Gespräch einschalten können, aber er konnte sich plötzlich nicht mehr rühren. Dem Tonfall des Läufers entnahm er, dass dieser keine guten Nachrichten brachte.

Dann sah Gilthas seine Frau etwas tun, was sie noch nie zuvor getan hatte. Sie fiel auf die Knie und senkte den Kopf. Wie ein Trauerschleier fielen ihre Haare über ihr Gesicht. Sie hob die Hand an die Augen, und Gilthas erkannte, dass sie weinte.

Planchet ergriff Gilthas am Arm, doch der König schüttelte seine Hand ab. Auf tauben Füßen ging er zu seiner Frau, ohne den Boden zu spüren. Er stolperte, fing sich jedoch wieder. Bei seinem Nahen riss die Löwin sich wieder zusammen. Eilig kam sie hoch und lief ihm entgegen, um seine Hände zu umfassen. Ihre Finger waren kalt wie der Tod. Gilthas erschauerte.

»Was ist?«, herrschte er sie mit einer Stimme an, die er nicht wiedererkannte. »Sag es mir! Meine Mutter –« Er brachte es nicht über die Lippen.

»Deine Mutter ist tot«, flüsterte die Löwin mit zitternder, tränenerstickter Stimme.

Gilthas seufzte tief. Aber diese Trauer musste er für sich behalten. Er war König. Er musste an sein Volk denken.

»Was ist mit dem Drachen?«, fragte er rau. »Was ist mit Beryl?«

»Auch Beryl ist tot«, teilte die Löwin ihm mit. »Aber es gibt noch mehr«, fügte sie eilig hinzu, als sie merkte, dass Gilthas etwas sagen wollte.

»Das Erdbeben, das wir gespürt haben ...« Ihre Stimme brach. Sie befeuchtete die trockenen Lippen, ehe sie fortfuhr: »Es ist etwas schief gegangen. Deine Mutter hat allein gekämpft. Niemand weiß, warum. Niemand weiß, was sich zugetragen hat. Beryl kam, und ... deine Mutter hat sich dem Drachen allein gestellt.«

Gilthas senkte den Kopf. Der Schmerz war unerträglich.

»Laurana hat Beryl mit der Drachenlanze getroffen, aber nicht getötet. Der wütende Drache hat den Turm zertrümmert ... Deine Mutter konnte nicht entkommen ...«

Die Löwin schwieg einen Augenblick. Ihre Stimme klang belegt, als könne sie nicht glauben, was sie nun sagte: »Der Plan, den Drachen zu fangen, hat funktioniert. Man hat sie vom Himmel gezerrt. Der Angriff deiner Mutter hielt Beryl davon ab, ihr Giftgas zu speien. Der Drache lag auf dem Boden und sah aus wie tot. Aber Beryl hat sich nur tot gestellt. Sie stemmte sich hoch und wollte zum Angriff übergehen, als der Boden unter ihr nachgab.«

Gilthas starrte sie fassungslos an, ohne ein Wort herauszubringen.

»Die Tunnel«, berichtete die Löwin, der die Tränen über das Gesicht liefen. »Die Tunnel sind unter dem Gewicht des Drachen eingebrochen. Sie fiel hinein, und die ... die Stadt stürzte über ihr zusammen.«

Planchet stieß einen leisen Schrei aus. Auch den Elfenwachen, die näher gekommen waren, stockte der Atem.

Gilthas hatte es die Sprache verschlagen.

»Sag es ihm«, wies die Löwin den Läufer mit erstickter Stimme an und wendete das Gesicht ab. »Ich kann es nicht.«

Der Läufer verbeugte sich vor seinem König. Sein Gesicht war weiß, seine Augen groß. Erst ganz allmählich bekam er wieder Luft.

»Majestät«, begann der Läufer auf Qualinesti, »ich bedauere zutiefst, Euch dies mitteilen zu müssen. Die Stadt Qualinost gibt es nicht mehr. Sie ist vollständig vernichtet.«

»Überlebende?«, wollte Gilthas tonlos wissen.

»Niemand hat überlebt, Majestät«, sagte der Elf. »Qualinost ist jetzt ein See. *Nalis Aren*. Ein Totensee.«

Gilthas nahm seine Frau in die Arme. Sie umfing ihn fest und murmelte zusammenhanglose Trostworte, die keine Linderung bringen konnten. Planchet weinte offen, ebenso die Elfenwachen, die nun Gebete für die Seelen der Toten flüsterten. Fassungslos, überwältigt, unfähig, diese unglaubliche Katastrophe zu begreifen, hielt Gilthas seine Frau in den Armen und starrte in die Finsternis, die ihn wie ein Totensee überspülte.

16 Jemand

Der blaue Drache kreiste über den Bäumen, um einen Landeplatz zu finden. Die Zypressen wuchsen so dicht, dass Raser überlegte, ob er nach Osten zurückfliegen sollte, wo Wiesen und ein sanft gewelltes Hügelland passendere Plätze boten. Aber Goldmond wollte dem Drachen nicht erlauben umzukehren. Sie näherte sich dem Ende ihrer Reise. Ihre Kraft nahm mit jeder Sekunde ab. Jeder Schlag ihres Herzens war ein wenig langsamer, ein wenig schwächer. Die Zeit, die ihr noch blieb, war kostbar; sie konnte keinen Augenblick davon verschwenden. Vom Rücken des Drachen aus sah sie den Strom der Seelen unter sich fließen. Ihr kam es so vor, als würde sie nicht von den starken Schwingen des Drachen getragen, sondern von dieser jammervollen Flut.

»Da!«, sagte sie und zeigte nach vorn.

Aus dem Zypressenwald ragte ein Fels hervor, der im Mondlicht kreideweiß leuchtete. Er hatte eine seltsame Form. Von oben aus sah er so aus wie eine Hand, deren Handfläche empfangend nach oben zeigte.

Raser betrachtete den Felsen eindringlich. Nach einigem Überlegen befand er, dass er dort sicher landen konnte. Es wäre allerdings ihre Sache, die steilen Wände des Felsens hinunterzuklettern.

Das bekümmerte Goldmond nicht. Sie musste nur in den Fluss waten, der sie zu ihrem Ziel bringen würde.

Raser landete auf der kreideweißen Handfläche, wo er sich möglichst sanft herunterließ, um seine Passagiere nicht durchzurütteln. Zuerst stieg Goldmond mit ihrem starken, jugendfrischen Körper ab, der eine müde Seele mit sich herumtrug.

Sie half Conundrum, vom Drachenrücken herunterzurutschen. Ihr Beistand war auch notwendig, denn Raser verdrehte ein Auge und starrte den Gnom hasserfüllt an. Conundrum hatte die ganze Reise hindurch darüber doziert, wie wenig Drachen zum Fliegen geschaffen seien und wie unzuverlässig Schuppen und Haut, Knochen und Sehnen seien. Stahl und

Dampf, forderte der Gnom. Maschinen. Das sei die Zukunft. Raser zuckte mit einem Flügel und hätte Conundrum fast von der Klippe geworfen. Der Gnom, der in einem glücklichen Traum von Hydraulik befangen war, merkte es überhaupt nicht.

Goldmond blickte zu Tolpan hoch, der immer noch gemütlich auf dem Drachen saß.

»Geschafft, Goldmond«, rief Tolpan und winkte. »Ich hoffe, du findest, wonach du suchst. Na, dann komm, Drache. Gehen wir. Wir dürfen keine Zeit verschwenden. Wir müssen Städte niederbrennen, Jungfrauen verschlingen und Schätze fortschleppen. Auf Wiedersehen, Goldmond! Auf Wiedersehen, Conund–«

Mit einen Schnappen wölbte Raser den Rücken und schüttelte seinen Kamm. Tolpans Abschiedsworte wurden mittendrin unterbrochen. Hals über Zopf flog der Kender durch die Luft, bis er unsanft auf dem Felsen landete.

»Schlimm genug, dass ich die kleine Ratte bis hier tragen musste«, fauchte Raser. Sein Blick fixierte Goldmond. Das rote Drachenauge funkelte. »Du bist nicht, für was Ritter Gerard dich ausgab. Du bist keine Schwarze Mystikerin.«

»Nein, das bin ich nicht. Aber ich danke dir, dass du mich nach Nachtlund gebracht hast«, meinte Goldmond abwesend. Sie fürchtete den Zorn des Drachen nicht, denn sie spürte eine schützende Hand über sich, die so stark war wie die steinerne Hand, die sie jetzt stützte. Kein sterbliches Wesen konnte ihr etwas antun.

»Ich will keinen Dank«, gab Raser zurück. »Dein Dank bedeutet mir nichts. Ich habe es für sie getan.« Seine Augen umwölkten sich. Sein Blick glitt zum hellen Mond und zum sternenübersäten Himmel. »Ich höre ihre Stimme.« Seine roten

Augen kehrten zu Goldmond zurück, die er durchdringend ansah. »Du hörst ihre Stimme auch, nicht wahr? Sie ruft deinen Namen. Goldmond, Prinzessin der Que-Shu. Du kennst die Stimme.«

»Ich höre die Stimme«, bestätigte Goldmond bestürzt. »Aber ich kenne sie nicht. Ich erkenne sie nicht wieder.«

»Ich schon«, sagte Raser unruhig. »Ich werde gerufen, und ich werde dem Ruf Folge leisten. Aber nicht ohne meinen Herrn. Wir gehören zusammen, er und ich.«

Der Drache breitete die Flügel aus und hob mit einem Satz vom Felsen ab, um sich von den turmhohen Bäumen zu lösen. Er flog nach Süden in Richtung Qualinesti.

Tolpan rappelte sich auf und sammelte seine Beutel zusammen.

»Ich hoffe, du weißt, wo wir sind, Barfuß«, fuhr Conundrum ihn anklagend an.

»Nein, das weiß ich nicht«, gab Tolpan fröhlich zurück. »Ich kenne mich hier überhaupt nicht aus.« Mit einem tiefen Seufzer der Erleichterung fügte er hinzu: »Wir haben uns verirrt, Goldmond. Total verirrt.«

»Sie kennen den Weg«, sagte Goldmond mit einem Blick auf die nach oben gewandten Gesichter der Toten.

Palin und Dalamar standen im Erdgeschoss des Turms, wo sie forschend in die Dunkelheit starrten, die dicht und schwer unter den Zypressen ruhte. Dicht, schwer und leer. Die wabernden, ruhelosen Toten waren verschwunden.

»Wir könnten jetzt gehen«, schlug Palin vor.

Er stand am Fenster. Seine Hände hatte er in den Ärmeln seiner Robe gefaltet, denn in den frühen Morgenstunden war es im Turm kühl und feucht. Er fror. Dalamar hatte etwas von

Glühwein und einem Feuer in der Bibliothek gesagt, aber obwohl die innerliche und äußerliche Wärme ihnen gut getan hätte, ging keiner von beiden nach oben.

»Wir könnten jetzt gehen. Die Toten könnten uns nicht daran hindern. Wir könnten beide verschwinden.«

»Ja«, nickte Dalamar, dessen Hände ebenfalls in den Ärmeln ruhten. Er starrte nach draußen. »Wir könnten gehen.« Er warf Palin einen Seitenblick zu. »Das heißt, du könntest gehen, wenn du willst, und den Kender suchen.«

»Du könntest auch gehen«, widersprach Palin. »Hier hält dich doch nichts mehr.« Plötzlich kam ihm ein Gedanke. »Oder vielleicht sind die Toten auch verschwunden, weil deine Magie verschwunden ist.«

Dalamar lächelte düster. »Das klingt beinahe hoffnungsvoll, Majere.«

»Du weißt, dass ich es so nicht gemeint habe«, erwiderte Palin verstimmt, obwohl eine Stimme tief in seinem Innersten murmelte, dass er es vielleicht doch ganz genau so gemeint hatte.

Da stehe ich nun, ein Mann mittleren Alters, ein Zaubermeister von beachtlicher Macht und Ansehen. Ich habe nicht, wie ich befürchtet hatte, meine Fähigkeiten verloren. Die Toten haben meine Magie geraubt. Doch in Gegenwart von Dalamar fühle ich mich wie ein blutiger Anfänger, so wie damals, als ich in den Turm kam, um meine Prüfung abzulegen. Schlimmer vielleicht, denn die Jugend ist von Natur aus voller Zuversicht. Ich versuche immerzu, Dalamar meinen Wert zu beweisen, ohne es jemals zu schaffen.

Warum muss ich das überhaupt, fragte Palin sich. Was spielt es für eine Rolle, was dieser Dunkelelf von mir hält? Dalamar wird mir niemals trauen. Er wird mich nie respektieren. Nicht meinetwegen, sondern weil ich nicht ein anderer bin. Ich bin nicht mein Onkel. Ich bin nicht Raistlin.

»Ich könnte gehen, aber ich tue es nicht«, beharrte Dalamar, der die gewölbten Brauen zusammenzog, während er weiter in die leere Dunkelheit starrte. Er erschauerte und wickelte sich fester in den weichen Stoff seiner Robe. »Meine Daumen kribbeln. Ich bekomme eine Gänsehaut. Jemand ist hier, Palin. Ich fühle es schon die ganze Nacht. Ein Hauch an meinem Nacken. Ein Flüstern am Ohr. Lachen aus der Ferne. Ein unsterblicher Jemand, Majere.«

Palin wurde unsicher. »Dieses Mädchen mit ihrem Gerede vom Einen Gott hat dich eingewickelt, mein Freund. Dazu deine übersteigerte Fantasie und die Tatsache, dass du weniger zu dir nimmst als der Kanarienvogel meiner Frau.«

Sofort wünschte sich Palin, er hätte seine Frau nicht erwähnt, hätte nicht an Usha gedacht. Ich sollte den Turm sofort verlassen. Wenigstens nach Hause gehen. Usha wird sich Sorgen machen. Wenn sie von dem Angriff auf die Zitadelle des Lichts hört, hält sie mich womöglich für tot.

»Soll sie doch«, murmelte er. »Sie wird mehr Frieden in dem Gedanken finden, dass ich tot bin, als wenn sie wüsste, dass ich noch lebe. Wenn sie mich für tot hält, wird sie mir verzeihen, dass ich sie verletzt habe. Sie wird nur liebevolle Erinnerungen an mich hegen …«

»Hör mit den Selbstgesprächen auf, Majere, und sieh nach draußen. Die Toten sind zurück!«

Wo es eben noch still und ruhig gewesen war, war die Finsternis jetzt wieder voller Leben – lebender Toter. Die ruhelosen Geister waren zurück, streiften zwischen den Bäumen umher, umringten den Turm und starrten ihn aus hungrigen Augen an, die vor Begierde brannten.

Palin stieß einen plötzlichen, rauen Schrei aus und sprang zum Fenster. Er schlug so fest mit den Händen dagegen, dass er fast die Scheibe zerbrochen hätte.

»Was?« Dalamar war erschrocken. »Was ist los?«

»Laurana!«, keuchte Palin. Suchend starrte er in den wogenden Fluss der Seelen hinaus. »Laurana! Ich habe sie gesehen! Ich schwöre es! Sieh nur! Da draußen! Nein ... sie ist weg ...«

Er stieß sich vom Fenster ab und marschierte entschlossen auf die wieder verzauberte Tür zu.

Dalamar setzte ihm nach und legte ihm mahnend eine Hand auf den Arm. »Majere, das ist Wahnsinn –«

Palin schüttelte ihn ab. »Ich gehe hinaus. Ich muss sie finden.«

»Nein, Palin.« Dalamar versperrte ihm den Weg. Seine Finger gruben sich in Palins Arme. »Du willst sie nicht finden. Glaub mir, Majere. Sie ist nicht mehr Laurana. Nicht die Laurana, die du kanntest. Sie wird sein ... wie die anderen.«

»Mein Vater war es nicht!«, fuhr Palin ihn wütend an. Er kämpfte gegen Dalamar an. Wer hätte gedacht, dass der ausgemergelte Elf so stark sein konnte? »Er hat versucht, mich zu warnen –«

»Am Anfang nicht«, bestätigte Dalamar. »Aber jetzt. Er kann nicht dagegen an. Ich weiß es. Ich habe sie benutzt. Jahrelang haben sie mir gedient.«

Er hielt inne, ohne Palin loszulassen, den er immer noch wachsam beobachtete.

Palin schüttelte Dalamars Hände ab. »Lass mich los. Ich laufe nicht weg.« Er rieb seine Arme und kehrte an seinen Platz am Fenster zurück.

»Bist du sicher, dass es Laurana war?«, erkundigte sich Dalamar nach kurzem Schweigen.

»Ich bin mir über gar nichts mehr sicher.« Palin war jetzt durch und durch kalt. Angst und Enttäuschung erfüllten ihn. »So viel zu deiner verdammten Gänsehaut ...«

»– wir sind hier falsch«, bettelte eine hohe, schrille Stimme in der Dunkelheit. »Du willst da nicht wirklich rein, Goldmond. Vertrau mir. Ich kenne meine Türme der Erzmagier, und das hier ist nicht der Richtige.«

»Ich suche den Zauberer Dalamar!«, rief eine andere Stimme. »Wenn er drinnen ist, so möge er mir bitte die Tür zu diesem Turm öffnen.«

»Ich weiß nicht, wie und warum«, entfuhr es Palin, der erstaunt aus dem Fenster spähte, »aber da draußen steht Tolpan. Er hat Goldmond mitgebracht.«

»Es hört sich eher andersherum an«, meinte Dalamar, als er den Zauber von der Tür löste.

Tolpan argumentierte draußen immer noch, es sei der falsche Turm. Goldmond suche doch wohl Dalamars Turm, den Turm der Erzmagier in Palanthas, und sie sehe schließlich sehr deutlich, dass hier nicht Palanthas sei. Also stünde sie vor dem falschen Turm.

»Dort drinnen ist niemand.« Allmählich klang Tolpan verzweifelt. »Weder Dalamar noch Palin. Es gibt sowieso keinen Grund für Palin, hier zu sein«, fügte er hastig hinzu. »Den habe ich ewig nicht gesehen. Seit Berlys Angriff auf die Zitadelle des Lichts. Er ging in die eine Richtung, ich in die andere. Er hatte sogar das magische Zeitreisegerät dabei, nur hat er es verloren. Er hat die Stücke auf die Drakonier geworfen. Der Apparat ist zerstört, verloren. Einfach weg. Also such nicht danach, denn du wirst ihn nicht finden –«

»Dalamar«, erklang Goldmonds Stimme. »Bitte, lass mich ein!«

»Ich sage dir doch«, schimpfte Tolpan. »Dalamar ist nicht – oh, hallo, Dalamar.« Der Kender gab sich größte Mühe, erstaunt zu klingen. »Was machst du denn hier in diesem *fremden* Turm?« Er zwinkerte mehrmals und deutete mit dem Kopf auf Goldmond.

»Willkommen, Goldmond, Heilerin, Priesterin der Mishakal«, begrüßte Dalamar die Frau freundlich mit ihrem alten Titel. »Euer Besuch ehrt mich.«

Während er sie mit elfischer Höflichkeit in seinen Turm einlud, flüsterte er Palin heimlich zu: »Majere! Lass den Kender nicht entwischen!«

Palin ergriff Tolpan, der auf der Schwelle verharrte. Er wollte ihn gerade in den Turm zerren, als er zu seiner Irritation auch einen Gnom auf der Schwelle entdeckte. Der Gnom hatte die Hände in den Taschen und sah sich um. Seine Miene verriet, dass ihm nicht besonders gefiel, was er sah.

»Häh?«, machte Palin, der den Gnom anstarrte. »Wer bist denn du?«

»In Kürze: Conundrum. Ich bin mit ihr da.« Mit verschmiertem Finger zeigte der Gnom auf Goldmond. »Sie hat mein Unterseeboot gestohlen. Sind sehr teuer, solche Unterseeboote. Und wer zahlt das? Das will ich wissen. Zahlt Ihr dafür? Sind wir deshalb hier?«

Conundrum hielt eine kleine Faust in die Höhe. »Kalter, harter Stahl. Das ist es, was ich will. Kein Zauberkram. Fledermausaugen.« Der Gnom schniefte verächtlich. »Die haben wir in Massen. Abgesehen von Kugellagern taugen sie zu gar nichts.«

Mit festem Griff zog Palin den zappelnden, widerspenstigen Kender am Kragen über die Schwelle. Conundrum folgte aus eigenem Antrieb. Seine kleinen, flinken Augen begutachteten alles und verwarfen es sofort wieder.

Goldmond antwortete nicht auf Dalamars Begrüßung. Sie schenkte weder ihm noch Palin einen längeren Blick, sondern sah sich im Turm um. Sie starrte zu der Wendeltreppe, die in die Dunkelheit hinaufführte. Sie blickte sich in dem Raum um, in dem sie stand. Dabei wurden ihre Augen größer. Ihr ohnehin blasses Gesicht wurde aschfahl.

»Was ist das, was ich hier spüre?«, fragte sie leise und wie von einer Vorahnung erfüllt. »Wer ist hier?«

Dalamar warf Palin einen Blick zu, der besagte: *Ich hab's dir ja gesagt.* Laut erwiderte er: »Hier sind nur Palin Majere und ich, Heilerin.«

Goldmond sah Palin an, den sie nicht zu erkennen schien, denn ihr Blick richtete sich sofort auf die Leere hinter ihm.

»Nein«, wehrte sie ruhig ab. »Da ist noch jemand. Ich soll mich hier mit jemandem treffen.«

Dalamars dunkle Augen blitzten auf. Mit einem Blick brachte er Palin dazu, einen überraschten Ausruf zu unterdrücken.

»Die Person, die Ihr erwartet, ist noch nicht hier. Möchtet Ihr in meiner Bibliothek warten, Heilerin? Dort ist es warm. Es gibt Glühwein und etwas zu essen.«

»Essen?« Der Gnom lebte kurz auf, ehe er wieder in düsteres Brüten versank. »Kein Fledermaushirn, oder? Affenzehen? Ich esse keinen Zaubererfraß. Schlecht für die Verdauung. Schweinelende und tarbäischer Tee. Das wäre etwas für mich.«

»War schön, euch mal wieder zu begegnen, Palin, Dalamar«, verabschiedete sich Tolpan, der sich immer noch in Palins Händen wand. »Ich wünschte, ich könnte zum Abendessen bleiben, denn das mit den Affenzehen klingt köstlich, aber ich muss jetzt wirklich weiter –«

»Ich werde Euch gleich in die Bibliothek geleiten, Heilerin«, bot Dalamar an, »aber zuvor muss ich mich um unsere anderen Gäste kümmern. Wenn Ihr mich bitte entschuldigen würdet –«

Goldmond schien ihn nicht zu hören. Sie blickte sich weiter im Turm um, wo sie etwas oder jemanden suchte. Es war ein irritierender Anblick.

Dalamar schob sich zu Palin hinüber und zupfte ihn am Ärmel. »Was Tolpan angeht –«

»Was geht mich etwas an?«, wollte der Kender wissen, der Dalamar misstrauisch beäugte.

»Du weißt doch noch, was Mina zu dir gesagt hat, Majere? Über das Gerät?«

»Wer hat was gesagt?«, mischte sich Tolpan ein. »Wie? Was für ein Gerät?«

»Bring ihn und den Gnom in eines der Lehrlingszimmer im Nordflügel. Gleich das Erste im Gang wäre geeignet. Es hat *keinen* Kamin«, fügte Dalamar mit grimmigem Nachdruck hinzu. »Durchsuche den Kender. Und wenn du das Gerät findest, dann bewahre es um Himmels willen sicher auf. Wirf nicht wieder damit herum. Ach, und du solltest dich vielleicht dort drüben versteckt halten. Unser Gast sollte dich hier nicht finden.«

»Warum so geheimnisvoll?«, wollte Palin wissen, den Dalamars hochnäsiger Tonfall ärgerte. »Warum sagst du Goldmond nicht einfach, dass die Person, die kommen wird, ihre Pflegetochter Mina ist?«

»Ihr Menschen«, gab Dalamar abfällig zurück. »Immer platzt ihr gleich mit eurem Wissen heraus. Elfen kennen die Macht der Geheimnisse. Wir wissen, wie wertvoll es ist, sie zu bewahren.«

»Aber was erhoffst du dir –«

Dalamar zuckte mit den Schultern. »Ich weiß es nicht. Vielleicht etwas. Vielleicht nichts. Du sagst, die beiden hätten sich einmal nahe gestanden. Der Schreck eines plötzlichen Wiedersehens, der Schock des Erkennens kann viel bewirken. Unter solchen Umständen sagt man Dinge, die man nie beabsichtigt hatte, besonders Menschen, die ihren flüchtigen Gefühlen so sehr ausgeliefert sind.«

Palins Miene verhärtete sich. »Ich will dabei sein. Goldmond mag jung erscheinen, aber das ist alles Fassade. Du sprichst so beiläufig von dem Schock, der sie treffen könnte, wenn sie dieses Kind wiedersieht, das sie innig geliebt hat, aber ein solcher Schreck könnte sie töten –«

Dalamar schüttelte den Kopf. »Zu gefährlich –«

»Du kannst es arrangieren«, beharrte Palin. »Ich weiß, dass du Mittel und Wege hast.«

Dalamar zögerte. Dann sagte er unwirsch: »Nun gut. Wenn du darauf bestehst. Aber die Verantwortung liegt allein bei dir. Denk daran, dass diese Mina dich gesehen hat, obwohl du hinter einer Mauer versteckt warst. Wenn du entdeckt wirst, kann ich nichts tun, um dich zu retten.«

»Das würde ich von dir auch nicht erwarten«, gab Palin gereizt zurück.

»Dann komm zu uns in die Bibliothek, sobald du die beiden hier eingesperrt hast.« Dalamar deutete auf den Kender und den Gnom.

Der Dunkelelf wendete sich ab, hielt inne und warf noch einen Blick über die Schulter. »Ach, übrigens, Majere, darf ich annehmen, dass dir die Bedeutung des Gnoms noch nicht aufgegangen ist?«

»Des Gnoms?« Palin reagierte entgeistert. »Nein. Was –«

»Erinnere dich an deinen Onkel«, mahnte Dalamar mit ernster Stimme.

Der Elf kehrte zu Goldmond zurück und führte sie die Wendeltreppe hinauf. Er zeigte sich von seiner zuvorkommendsten Seite, was ihm ausgesprochen gut gelang. Goldmond folgte ihm. Sie bewegte sich wie eine Schlafwandlerin, ohne bewusst wahrzunehmen, wo sie sich befand und wohin es ging. Ihr junger, schöner Körper lief und nahm sie einfach mit.

»Die Bedeutung des Gnoms«, wiederholte Palin angewidert. »Gnome … mein Onkel … was meint er damit? Immer diese Geheimniskrämerei …«

Palin murmelte weiter vor sich hin, während er den widerspenstigen Tolpan die Treppe hochzerrte. Er achtete nicht auf das Betteln, die Ausreden und die Lügen des Kenders, obwohl einige davon durchaus originell waren. Seine Aufmerksamkeit galt dem kleinen, alten Gnom, der mit ihnen nach oben trottete, sich unablässig über die Schmerzen in seinen Beinen beschwerte und die Vorteile von Gnomenschleudern gegenüber Treppen pries.

Palin konnte an dem Gnom überhaupt nichts Bedeutsames entdecken. Sofern Dalamar keine Gnomenschleudern einbauen lassen wollte.

Er geleitete die beiden in das besagte Zimmer, löste Tolpans Finger vom Türknauf, an dem der Kender sich festklammern wollte, und schubste ihn unsanft hinein. Der Gnom stolperte hinterher. Er schwatzte etwas von Verstößen gegen die Bauvorschriften und fragte nach jährlichen Inspektionen. Nachdem Palin ein Zauberschloss angebracht hatte, um seine Gäste wider Willen zurückzuhalten, widmete er sich Tolpan.

»Und nun zum Zeitreisegerät.«

»Das habe ich nicht, Palin«, antwortete Tolpan schnell. »Ich schwör's beim Barte von Onkel Fallenspringer. Du hast alles nach den Drakoniern geworfen. Das weißt du doch. Es liegt im ganzen Labyrinth verstreut –«

»Ha!«, rief der Gnom aus, der in eine Ecke lief und dort den Kopf an die Wand drückte.

Tolpan redete in atemberaubendem Tempo weiter. »Die Stücke liegen im ganzen Labyrinth verstreut, genau wie die Überreste der Drakonier.«

»Tolpan«, unterbrach Palin ihn streng. Er dachte daran, wie die Zeit verging, und wollte die Sache hinter sich bringen. »Du hast das Gerät. Es ist zu dir zurückgekommen. Es muss zu dir zurückkommen, sogar in Einzelteilen. Ich dachte, ich hätte es zerstört, aber es kann nicht zerstört werden. Genauso wenig kann es verloren gehen.«

»Palin, ich –«, setzte Tolpan mit zitternden Lippen an.

Palin stählte sich für weitere Lügen. »Was, Tolpan?«

»Palin … ich habe mich selbst gesehen!«, platzte Tolpan heraus.

»Tolpan, wirklich –«

»Ich war tot, Palin!«, flüsterte Tolpan. Sein normalerweise gerötetes Gesicht war bleich. »Ich war tot, und … und das gefiel mir nicht! Es war scheußlich, Palin. Mir war kalt, eiskalt. Ich hatte mich verirrt. Und ich hatte Angst. Dabei verirre ich mich nie, und ich habe nie Angst. Jedenfalls nicht so.

Schick mich nicht in den Tod zurück, Palin«, bettelte der Kender. »Verwandele mich nicht in so ein … ein totes Ding! Bitte, Palin. Versprich es mir!« Tolpan umklammerte ihn. »Versprich es mir!«

Palin hatte den Kender noch nie so verstört erlebt. Der Anblick rührte ihn beinahe zu Tränen. Verwirrt stand er da und fragte sich, was er jetzt machen sollte, während er Tolpan geistesabwesend über die Haare strich, um ihn zu beruhigen.

Was soll ich machen, fragte sich Palin hilflos. Tolpan *muss* zurück und sterben. Ich habe überhaupt keine Wahl. Der Kender muss in seine eigene Zeit zurück und unter Chaos' Absatz zermalmt werden. Ich kann ihm nicht versprechen, worum er mich bittet. So gern ich das auch möchte.

Dennoch verwirrte Palin, dass Tolpan seinem eigenen Geist begegnet war. Es hätte eine List sein können, ein Versuch, Palin davon abzuhalten, das Gerät zu finden. Zwar wusste Palin, dass Tolpan nie vor einer Lüge zurückschrecken würde – ob aus Eigeninteresse oder wegen ihres Unterhaltungswerts –, doch diesmal war er überzeugt davon, dass der Kender die Wahrheit sagte. Er hatte Angst in seinen Augen gesehen, ein ungewohnter Anblick, der Palin fast das Herz brach.

Immerhin beantwortete ihm dies eine nagende Frage: War Tolpan wirklich gestorben, oder war er all die Jahre nur durch die Welt gestreift? Dass er seinen eigenen Geist gesehen hatte, beantwortete diese Frage zufrieden stellend. Tolpan Barfuß war in der letzten Schlacht gegen Chaos umgekommen. Er war tot. Jedenfalls müsste er tot sein.

Der Gnom löste sich aus seiner Ecke, kam herbei und piekte Palin in die Rippen. »War hier nicht von Essen die Rede?«

Welche Bedeutung hatte dieser verflixte Gnom?

Palin befreite sich aus Tolpans Umklammerung und kniete sich vor den Kender. »Sieh mich an, Tolpan«, sagte er. »Ja, so. Sieh mich an und hör mir genau zu. Ich begreife nicht, was hier vorgeht. Ich verstehe nicht, was in dieser Welt geschieht, und Dalamar auch nicht. Aber eines weiß ich: Wir können nur herausfinden, was schief gegangen ist, und es vielleicht in Ordnung bringen, wenn du ehrlich mit uns bist.«

»Ich bin ehrlich«, schniefte Tolpan, der sich die Tränen abwischte. »Schickst du mich trotzdem zurück?«

»Ich fürchte, das muss ich, Tolpan«, räumte Palin widerstrebend ein. »Versteh mich bitte richtig. Ich will es nicht. Ich würde alles dafür geben, wenn ich es nicht tun müsste. Du hast die toten Seelen gesehen, Tolpan. Du hast doch selbst gesehen, wie schrecklich unglücklich sie sind. Sie sollten nicht auf dieser Welt sein. Etwas oder jemand hält sie hier gefangen.«

»Du meinst, *ich* sollte nicht hier sein?«, fragte Tolpan. »Nicht lebend. Nur tot?«

»Ich weiß es nicht genau, Tolpan. Niemand weiß es. Aber ich glaube, so ist es. Weißt du nicht mehr, was Lady Crysania immer sagte – der Tod sei nicht das Ende, sondern der Anfang eines völlig neuen Lebens? Wir würden uns zu denen gesellen, die wir lieben, denen, die uns vorausgegangen sind. Wir würden zusammen sein und neue Freunde finden –«

»Ich habe immer gedacht, ich würde zu Flint kommen«, sann Tolpan. »Ich weiß, dass er mich vermisst.« Einen Augenblick war er still. Dann sagte er: »Hm … wenn du glaubst, dass es hilft …«

Er löste das Band von seinem Beutel und leerte dessen Inhalt einfach auf dem Boden aus, ehe Palin ihn aufhalten konnte.

Zwischen Vogeleiern und Hühnerfedern, Tintenfässchen, Marmeladengläsern, Apfelgripsen und einem Pflock, der wohl einmal als Holzbein gedient hatte, blinkten im Kerzenschein die Rädchen, Edelsteine, Federn und Kettenglieder des Zeitreisegeräts.

»Na, was haben wir denn da?«, staunte der Gnom, der sich hinhockte und den Haufen durchsah. »Zahnräder, ein Mechadings und ein Sowas und ein Magiebums. Lauter technische Begriffe, wisst ihr«, fügte er mit einem Blick auf Tolpan und Palin hinzu, um zu prüfen, ob sie beeindruckt aussahen. »Amateure verstehen nichts davon. Ich weiß nur nicht, was das mal war.« Der Reihe nach sammelte er die Teile ein und musterte jedes Einzelne. »Aber es scheint nicht mehr richtig zusammenzustecken. Das ist keine Vermutung, klar? Das ist eine Expertenmeinung.«

In der hochgeschürzten Robe trug der Gnom die Teile des Geräts zum Tisch. Dort holte er das bemerkenswerte Messer heraus, das auch als Schraubenzieher diente, und machte sich an die Arbeit.

»Du da, Junge«, bemerkte er mit einer Handbewegung zu Palin. »Bring uns was zu essen. Brote. Und eine Kanne tarbäischen Tee, so stark wie möglich. Das dauert bestimmt die ganze Nacht.«

In diesem Moment fiel Palin natürlich die Geschichte des Geräts ein. Endlich begriff er die Bedeutung des Gnoms.

Genau wie Tolpan offenbar, denn der starrte Conundrum nur mit hoffnungsloser, jammervoller Miene an.

»Wo bist du gewesen, Majere?«, herrschte Dalamar Palin an, als dieser in die Bibliothek trat. Der Dunkelelf war gereizt. Offenbar war er nervös auf und ab gelaufen. »Das hat so lange gedauert! Hast du das Gerät gefunden?«

»Ja, und der Gnom auch.« Palin sah Dalamar eindringlich an. »Sein Kommen –«

»– schließt den Kreis«, endete Dalamar.

Palin schüttelte wenig überzeugt den Kopf. Er sah sich im Zimmer um. »Wo ist Goldmond?«

»Sie hat mich gebeten, sie in das alte Laboratorium zu bringen. Sie sagte, sie hätte erfahren, dass das Treffen dort stattfände.«

»Das Laboratorium? Ist sie dort sicher?«

Dalamar zuckte mit den Schultern. »Wenn sie keine Angst

vor Staubmäusen hat. Die dürften dort die einzige Gefahr darstellen.«

»Einst war das Laboratorium ein geheimnisumwitterter Raum voller Macht, jetzt ist es nur noch ein Staubfänger, in den sich zwei machtlose, alte Männer flüchten«, kommentierte Palin bitter.

»Sprich für dich allein.« Dalamar legte Palin eine Hand auf den Arm. »Und sei leise. Mina ist hier. Wir müssen gehen. Nimm das Licht mit.«

»Hier? Aber wie –«

»Anscheinend kann sie sich in meinem Turm frei bewegen.«

»Bleibst du nicht bei ihnen?«

»Nein«, antwortete Dalamar kurz. »Ich soll mich um meine eigenen Angelegenheiten kümmern. Kommst du jetzt oder nicht?«, drängte er ungeduldig. »Keiner von uns kann jetzt noch etwas tun. Goldmond ist auf sich selbst gestellt.«

Palin zögerte immer noch, aber schließlich fand er, er könne Goldmond am besten beistehen, indem er Dalamar im Auge behielt. »Wo gehen wir hin?«

»Hier hindurch«, hielt Dalamar Palin zurück, der bereits die Treppe hinunterstieg.

Dalamar drehte sich zur Wand, strich mit der Hand darüber und flüsterte ein Zauberwort. Eine einzelne Rune auf dem Stein begann zu leuchten. Dalamar legte die Hand über die Rune, worauf ein Teil der Wand zur Seite glitt und den Blick auf eine Treppe freigab. Beim Eintreten hörten sie schwere Schritte durch den Turm hallen. Der Minotaurus vermutlich. Die Tür glitt hinter ihnen zu. Daraufhin hörten sie nichts mehr.

»Wo führt die hin?«, flüsterte Palin, der die Lampe hochhielt, um die Treppe zu beleuchten.

»In die Kammer der Lebenden«, erwiderte Dalamar. »Gib

mir die Lampe. Ich gehe vor. Ich kenne den Weg.« Hurtig stieg er die Stufen hinunter. Die Roben umflatterten seine Füße.

»Ich gehe davon aus, dass die ›Lebenden‹ nicht mehr am Leben sind«, meinte Palin mit einer Grimasse, denn er dachte an das, was er von den abstoßenden Experimenten seines Onkels gehört hatte.

»Nein, sie sind schon vor langer Zeit gestorben, die Armen.« Nach einer Pause sah Dalamar zu Palin hoch. Seine dunklen Augen glitzerten im Lampenschein. »Aber die Kammer des Wahren Blicks ist noch da.«

»Ah!« Palin begriff.

Als Raistlin Majere zum Herrn des Turms der Erzmagier in Palanthas geworden war, hatte er sich von der Welt abgewandt. Er hatte seinen Turm selten verlassen und sich ganz darauf konzentriert, seine Macht zu vergrößern, die magische, die weltliche und die politische Macht. Um über das Geschehen in der Welt auf dem Laufenden zu bleiben, besonders das, was ihn betraf, hatte Raistlin mit Hilfe seiner Magie ein Fenster zur Welt geschaffen. In den Katakomben des Turms hatte er einen Teich entstehen lassen, den er mit Zauberwasser gefüllt hatte. Wer in diesen Teich blickte, konnte einen Ort aufrufen. Dann vermochte er zu sehen und zu hören, was an diesem Ort vor sich ging.

»Hast du den Kender verhört?«, erkundigte sich Dalamar, während sie die Spiralen der Geheimtreppe hinunterliefen.

»Ja. Er hat das Gerät. Er hat noch etwas gesagt, was ich interessant fand, Dalamar.« Palin streckte die Hand aus und berührte den Elf an der Schulter. »Tolpan hat seinen eigenen Geist gesehen.«

Dalamar schwenkte die Lampe nach hinten. »Hat er das?« Der Elf hatte seine Zweifel. »Das ist doch keine von diesen Geschichten über schwimmende Vögel und so?«

»Nein«, entgegnete Palin. Wieder sah er die Angst und den Schrecken in den intelligenten Augen des Kenders. »Nein, er hat die Wahrheit gesagt. Er hat Angst, Dalamar. Ich habe noch nie erlebt, dass Tolpan Angst hatte.«

»Das beweist zumindest, dass er gestorben ist«, meinte Dalamar ungerührt und stieg weiter nach unten.

Palin seufzte. »Der Gnom versucht, das Gerät zu reparieren. Das meintest du doch, nicht wahr? Die Bedeutung des Gnoms. Als es das letzte Mal kaputt war, hat auch ein Gnom das Gerät repariert. Gnimsch. Der Gnom, den mein Onkel umgebracht hat.«

Dalamar äußerte sich nicht dazu. Er eilte noch immer die Treppe hinab.

»Hör zu, Dalamar!«, beharrte Palin, der dem Elfen so nahe kam, dass er aufpassen musste, nicht über dessen Roben zu stolpern. »Wie ist der Gnom hierher gekommen? Das ist … das ist doch kein Zufall.«

»Nein«, murmelte Dalamar. »Kein Zufall.«

»Was dann?«, wollte Palin wissen. Er war mit seiner Geduld am Ende.

Dalamar blieb wieder stehen. Er hielt das Licht hoch, um Palin ins Gesicht zu leuchten, der geblendet zurückwich.

»Du begreifst es nicht?«, wunderte sich Dalamar. »Immer noch nicht?«

»Nein«, fuhr Palin ihn verärgert an. »Aber ich glaube, du auch nicht.«

»Nicht ganz«, gab Dalamar zu. »Nicht ganz. Aber dieses Treffen dürfte vieles erklären.«

Nachdem er die Lampe gesenkt hatte, machte er sich wieder an den Abstieg. Jetzt sagte er nichts mehr. Auch Palin sprach nicht mehr, denn er hatte nicht die Absicht, sich weiter zu erniedrigen, indem er Fragen stellte, die nur in Rätseln beantwortet werden würden.

»Das Zauberschloss benutze ich nicht mehr«, teilte Dalamar ihm unten mit. Ungeduldig stieß er die runenbedeckte Tür auf. »Reine Verschwendung von Zeit und Mühe.«

»Du scheinst diesen Raum von Zeit zu Zeit zu nutzen«, stellte Palin fest.

»Oh, ja«, lächelte Dalamar. »Ich behalte alle meine Freunde genau im Blick.«

Er blies das Licht der Lampe aus.

Sie standen am Rand eines Wasserteiches, der so still und dunkel war wie die Kammer, in der sie sich befanden. In der Mitte des Teiches loderte eine blaue Flamme, die kein Licht ausströmte. Sie schien an einem anderen Ort, in einer anderen Zeit zu existieren. Zuerst sah Palin nichts als das Spiegelbild der blauen Flamme im Wasser. Dann verschmolzen beide Eindrücke vor seinen Augen. Die Flamme leuchtete hell auf. Nun sah er das Innere des Laboratoriums so deutlich, als wäre er dort.

Goldmond stand an dem langen Steintisch …

17 Der Eine Gott

Goldmond stand an dem langen Steintisch, wo sie blicklos auf die Bücher starrte, die dort lagen. Sie hörte, wie sich Stimmen näherten. Die Stimme dessen, dem sie begegnen sollte. Die Stimme dessen, zu dem die Toten sie gerufen hatten.

Fröstelnd schlang Goldmond die Arme um den Leib. Im Turm herrschte eine Kälte, die niemals nachließ. Ein düsterer Ort voller Trauer, ein Ort maßlosen Ehrgeizes, ein Ort des Leidens und des Sterbens. Ihr Ziel. Das Ende ihrer seltsamen Reise.

Dalamar hatte ihr eine Lampe dagelassen, deren schwaches Licht die endlose Dunkelheit jedoch nicht bannen konnte. Der Schein der Lampe leistete ihr nun Gesellschaft. Sie bedauerte nicht, dass sie Dalamar fortgeschickt hatte, denn sie hatte den Dunkelelf nie gemocht. Sie traute ihm nicht. Sein plötzliches Auftauchen in diesem Wald der Toten machte ihn nur noch verdächtiger. Er benutzte die Toten …

»Aber«, flüsterte Goldmond, »das tue ich auch.«

Erstaunliche Macht … für einen einfachen Sterblichen.

Goldmond begann zu zittern. Sie hatte schon einmal vor einem Gott gestanden. Ihre Seele erinnerte sich. Aber hier stimmte etwas nicht …

Eine ungeduldige Hand stieß die Tür auf.

»In diesem Zaubermief kann ich nichts sehen«, sagte eine Mädchenstimme. Es war eine kindliche Stimme, deren Klang durch Goldmonds Träume geisterte. »Wir brauchen mehr Licht.«

Das Licht wurde heller, erst sanft und warm wie von Dutzenden von Kerzen, doch dann nahm es weiter zu, bis es aussah, als hätten sich die Zweige der Zypressen geteilt, als hätte jemand das Dach des Turms abgehoben und als würde nun Sonnenlicht hereinfluten.

In der Tür stand ein Mädchen. Es war groß und kräftig. Es trug ein Kettenhemd, eine schwarze Tunika und eine schwarze Hose, dazu eine schwarze Schärpe mit der weißen Todeslilie darauf, dem Symbol eines Schwarzen Ritters. Ihr Kopf war von rotem Flaum überzogen. Goldmond hätte sie nicht wiedererkannt, aber die Bernsteinaugen und die Stimme ließen einen Schauer durch ihren Körper laufen.

Es war ein so furchtbarer, beglückender Schock, dass sie sich am Tisch festhalten musste, um sich abzustützen.

»Mina?«, stammelte Goldmond ungläubig.

Plötzlich erhellte sich das Gesicht des Mädchens, als würde die Sonne selbst in ihr leuchten.

»Du … du bist so schön, Mutter«, flüsterte Mina ehrfurchtsvoll. »Genau wie ich es mir vorgestellt hatte.«

Das Mädchen sank auf die Knie und streckte die Hände aus. »Komm, küss mich, Mutter«, rief es unter Tränen. »Küss mich wie früher. Denn ich bin Mina. Deine Mina.«

Die fassungslose Goldmond fühlte nur noch das schmerzhafte wilde Pochen ihres Herzens, das vor Freude erstarkte und zugleich von einer schrecklichen Furcht zerrissen wurde. Ohne die Augen von Mina wenden zu können, stolperte sie vorwärts und fiel auf die Knie, um das schluchzende Mädchen in die Arme zu nehmen.

»Mina«, wisperte Goldmond, während sie Mina wiegte wie einst, wenn diese in der Nacht geschrien hatte. »Mina. Kind … warum bist du von uns fortgelaufen? Wir haben dich so geliebt!«

Mina hob das tränenüberströmte Gesicht. Ihre Bernsteinaugen leuchteten. »Aus Liebe zu dir, Mutter. Ich bin gegangen, um zu suchen, wonach du dich so verzweifelt gesehnt hast. Und ich habe es gefunden, Mutter! Ich habe es für dich gefunden. Meine geliebte Mutter.«

Mina hielt Goldmonds kalte, zitternde Hände fest und drückte sie an ihre Lippen. »Alles, was ich bin, alles, was ich getan habe, habe ich für dich getan.«

»Ich ... ich verstehe dich nicht, Kind.« Goldmond entzog Mina nicht die Hände, aber ihr Blick wanderte zu der schwarzen Rüstung. »Du trägst das Symbol des Bösen, der Finsternis ... Wohin bist du gegangen? Wo bist du gewesen? Was ist mit dir passiert?«

Mina lachte. Sie strahlte vor Glück und Aufregung. »Wohin ich gegangen bin oder wo ich war, spielt keine Rolle. Was mir auf diesem Weg passiert ist – das will ich dir erzählen. Weißt du noch, Mutter, welche Geschichten du mir erzählt hast? Wie du in die Finsternis gezogen bist, um die Götter zu suchen? Wie du die Götter gefunden hast und der Welt den Glauben zurückbrachtest?«

»Ja«, antwortete Goldmond. Das Wort glich eher einem Hauch. Sie zitterte nicht mehr. Jetzt fror sie.

»Du hast mir erzählt, die Götter wären fortgegangen, Mutter«, fuhr Mina fort. Ihre Augen leuchteten wie die eines Kindes, das eine herrliche Überraschung bringt. »Du hast mir gesagt, weil die Götter fort wären, müssten wir uns auf uns selbst verlassen, wenn wir uns in der Welt zurechtfinden wollen. Aber das habe ich nicht geglaubt, Mutter.«

Mina legte Goldmond die Hand auf den Mund, damit diese sie nicht unterbrach. »Oh, ich glaube nicht, dass du mich belogen hast. Du hast dich nur geirrt. Ich wusste es nämlich besser. Ich wusste, dass es den Einen Gott gab, denn ich habe die Stimme gehört, als ich klein war und unser Boot sank und ich ganz allein im Meer trieb. Du hast mich am Strand gefunden, Mutter, weißt du noch? Aber du hast nie erfahren, wie ich dorthin kam, denn ich hatte versprochen, es nicht zu verraten. Die anderen ertranken, aber ich wurde gerettet. Der Gott hat mich gehalten und getragen und mir vorgesungen, wenn ich in der einsamen Nacht Angst hatte. Du hast gesagt, es gäbe keine Götter mehr, Mutter, aber ich wusste, dass du dich irrst. Deshalb habe ich dasselbe getan wie du. Ich bin ausgezogen, um den Gott zu finden und ihn zu dir zurückzubringen. Und es ist mir gelungen, Mutter.«

Minas Wangen waren vor freudigem Stolz gerötet, ihre Bernsteinaugen leuchteten. »Das Wunder des Sturms. Das ist der Eine Gott. Das Wunder deiner Schönheit, deiner Jugend. Das ist der Eine Gott, Mutter.«

»*Du* hast darum gebeten«, schrie Goldmond auf, während ihre Hand zu ihrem Gesicht hochfuhr, dem Gesicht, das ihr immer fremd vorgekommen war. »Das bin nicht ich. Es ist deine Vorstellung von mir …«

»Natürlich, Mutter.« Mina lachte entzückt. »Freust du dich nicht? Ich muss dir so viel erzählen, was dich freuen wird. Mit der Macht des Einen Gottes habe ich Wunderheilungen in die Welt zurückgebracht. Mit dem Segen des Einen habe ich den Schild zu Fall gebracht, den die Elfen über Silvenesti errichtet haben, und ich habe den verräterischen Drachen Cyan Blutgeißel getötet. Durch die Macht des Einen ist noch ein zweiter, grüner Drache tot, das Monster Beryl. Die treulosen, verderbten Elfennationen wurden beide vernichtet. Im Tod wird ihnen vergeben werden. Der Tod führt sie zum Einen Gott.«

»Aber, Kind!«, keuchte Goldmond. Sie schüttelte Minas Hände ab, die fest um ihre eigenen lagen. Entgeistert starrte

Goldmond das Mädchen an. »An diesen Händen klebt Blut. Das Blut von Tausenden! Der Gott, den du gefunden hast, ist ein furchtbarer Gott. Ein Gott des Bösen, der Finsternis!«

»Der Eine Gott hat mir erklärt, dass du es so sehen würdest, Mutter«, tröstete Mina geduldig. »Als die anderen Götter abzogen und du dich allein wähntest, warst du wütend und verstört. Du fühltest dich betrogen, das ist nur natürlich. Denn sie *hatten* dich betrogen.« Minas Stimme wurde härter. »Die Götter, an die du irrigerweise geglaubt hast, sind voller Angst davongelaufen …«

»Nein!« Schwankend stand Goldmond auf. Sie wich vor Mina zurück und hielt abwehrend eine Hand vor sich. »Nein, Kind, das glaube ich nicht. Ich will davon nichts mehr hören.«

Mina folgte ihr und ergriff Goldmonds Hand. »Du wirst mir zuhören. Du musst zuhören, damit du es verstehst. Aus Angst vor Chaos sind die Götter geflohen. Fast alle. Eine Göttin blieb den Völkern treu, an deren Erschaffung sie mitgewirkt hatte. Nur eine hatte den Mut, sich der Wut des Vaters von Allem und Nichts zu stellen. Die Schlacht schwächte sie. Sie war zu schwach, um sich in der Welt zu offenbaren. Zu schwach, um die fremden Drachen abzuwehren, die kamen und ihren Platz einnahmen. Aber obwohl sie ihren Geschöpfen nicht beistehen konnte, gab sie ihnen doch Geschenke. Die Magie, die man die wilde Magie nennt. Die Kraft des Heilens, die du als die Kraft des Herzens kennst … Das waren ihre Geschenke. Ihre Geschenke an dich. Dies ist ihr Zeichen.« Mina zeigte auf die Köpfe der fünf Drachen, die das Portal bewachten.

Erschauernd drehte Goldmond sich um. Die dunklen, leblosen Köpfe strahlten unheimlich auf, einer rot, einer blau, einer grün, einer weiß, einer schwarz.

Stöhnend wendete sie die Augen wieder ab.

»Mutter.« In Minas Stimme lag ein sanfter Vorwurf. »Die Eine wünscht keinen Dank für die Geschenke der Vergangenheit. Sei versichert, dass sie für ihre Getreuen noch weitere Geschenke bereithält. Aber sie fordert Treue, Mutter. Sie will, dass du ihr dienst und sie liebst, wie sie dir gedient und dich geliebt hat. Tu es, Mutter. Knie nieder und sprich ein Dankgebet an die Eine, Wahre Göttin. Die Göttin, die ihrer Schöpfung die Treue bewahrt hat.«

»Nein! Ich glaube dir kein Wort!«, wehrte Goldmond ab. Ihre Lippen waren so steif, dass sie die Worte kaum aussprechen konnte. »Du wurdest getäuscht, Kind. Ich kenne diese Göttin. Ich kenne sie von früher. Ich kenne ihre Tricks, ihre Lügen und Täuschungen.«

Goldmond blickte zu dem fünfköpfigen Drachen zurück, dessen schrecklicher Glanz unvermindert leuchtete, weil keine Gegenkraft existierte, die ihn verdüstern konnte.

»Ich glaube deine Lügen nicht, Takhisis!«, schrie Goldmond trotzig. »Niemals werde ich glauben, dass der gütige Paladin und Mishakal uns deiner Gnade ausgeliefert haben! Du bist, was du immer warst – eine Göttin des Bösen, die keine Anhänger will, sondern Sklaven. Niemals verneige ich mich vor dir. Niemals werde ich dir dienen!«

Aus den Augen der fünf Drachen blitzte lodernd weißes Feuer auf. Goldmond verdorrte in der furchtbaren Hitze. Ihr Körper sank in sich zusammen. Ihre Kraft ließ nach. Sie brach zusammen. Die Hände zitterten wie gelähmt. Die Haut spannte sich über Knochen und Sehnen. Ihre Arme wurden dünn und waren voller Altersflecken. Das Gesicht wurde runzlig, die herrlichen silbrig goldenen Haare weiß und fein. Sie war eine alte Frau mit schwachem Puls, deren Herz immer langsamer schlug.

»Siehst du, Mutter«, mahnte Mina mit unglücklicher besorgter Stimme, »siehst du, was passiert, wenn du der Einen weiter versagst, was ihr gebührt?«

Mina kniete sich zu Goldmond nieder und hielt die bebenden Hände der alten Frau. Wieder führte das Mädchen sie an die Lippen. »Bitte, Mutter. Ich kann dir deine Jugend zurückgeben. Ich kann deine Schönheit zurückholen. Du kannst noch einmal leben. Wir können zusammen weiterziehen. Zusammen werden wir die Welt regieren, im Namen der Einen. Du brauchst nur demütig vor sie zu treten und sie darum zu bitten, dann ist es getan.«

Goldmond schloss die Augen. Ihre Lippen bewegten sich nicht.

Mina beugte sich nieder. »Mutter«, flehte sie. Ihre Stimme klang furchtsam. »Mutter, tu es für mich, wenn schon nicht für dich. Tu es aus Liebe zu mir!«

»Ich bete«, raunte Goldmond. »Ich bete zu Paladin und Mishakal, dass sie mir meinen schwachen Glauben vergeben. Ich hätte die Wahrheit wissen müssen.« Ihre Stimme wurde schwächer, als sie mit dem letzten Atemzug ihre Worte herausbrachte. »Ich bete, dass Paladin meine Worte hört und dass er kommt … aus Liebe zu Mina … aus Liebe zu allen …«

Leblos sank Goldmond zu Boden.

»Mutter«, keuchte Mina auf, fassungslos wie ein verirrtes Kind. »Ich habe es für dich getan …«

Epilog

In dieser Nacht stach in der kleinen Hafenstadt Delfinensicht im nördlichen Abanasinia ein kleines Schiff in See, um über die Straße von Schallmeer zu segeln. Das Schiff hatte einen einzigen Passagier an Bord, dessen Identität nur der Kapitän kannte. Der Mann mit dem schweren Kapuzenmantel, der in der Nacht an Bord gegangen war, hatte nur sein Pferd mitgebracht, ein temperamentvolles Tier mit wilden Augen, das unter Deck in einem extra hierfür angefertigten Stall untergebracht war.

Der geheimnisvolle Passagier war offenbar ein vermögender Mann, denn er hatte die *Möwenschwinge* eigens hierfür gemietet und für das Pferd noch zusätzlich gezahlt. Die Matrosen, die furchtbar neugierig waren zu erfahren, um wen es sich handeln mochte, beneideten den Schiffsjungen, der dem Passagier das Essen bringen durfte. Gespannt erwarteten sie seine Rückkehr, da er ihnen erzählen sollte, was er gehört und gesehen hatte.

Der Junge klopfte an die Tür. Niemand antwortete. Nach mehrmaligem Klopfen drehte er zaghaft den Knauf. Die Tür ging auf.

Ein großer, schlanker Mann in einem Mantel stand am Bullauge und blickte auf das weite, glitzernde Meer hinaus. Er drehte sich nicht um, nicht einmal, nachdem der Junge mehrmals auf das Essen hingewiesen hatte. Achselzuckend wollte der Schiffsjunge sich wieder zurückziehen, als der geheimnisvolle Passagier doch noch etwas sagte. Er verwendete die gemeinsame Sprache, jedoch mit starkem Akzent. Seine Stimme bebte vor Ungeduld.

»Sag dem Kapitän, dass dieses Schiff schneller fahren soll. Hörst du? Wir müssen schneller fahren.«

Umgeben von den Schädeln der von ihr getöteten Drachen, träumte die große, rote Malys tief in ihrem Berg von Wasser. Schwarz wie Tinte stieg das Wasser ihre roten Beine, den Bauch und den schweren, roten Schwanz hoch. Es stieg, bis es ihre roten Flügel und den Rücken überflutete. Es erreichte den Kamm und schließlich Kopf, Mund und Nüstern. Sie konnte nicht mehr atmen. Sie kämpfte darum, sich über das Wasser zu erheben, aber ihre Beine waren wie angewurzelt. Sie konnte sich auch nicht befreien. Ihre Lunge barst. Vor ihren Augen zerplatzten Sterne. Keuchend öffnete sie ihr Maul. Das Wasser strömte herein. Sie ertrank …

Malystryx schreckte plötzlich hoch. Ärgerlich und unsicher sah sie sich um. Sie hatte geträumt, dabei träumte sie nie. Noch nie hatte ein Traum ihren Schlaf gestört. Sie hatte Stimmen im Traum gehört, die sie spöttisch verhöhnten, und sie hörte sie immer noch. Die Stimmen kamen aus dem Schädeltotem. Sie sangen ein Lied vom Schlafen. Vom Einschlafen.

Malystryx hob ihren gewaltigen Kopf und starrte durchdringend auf das Schädeltotem, in dem die weißen Schädel der blauen Drachen auf denen der Silberdrachen und die Schädel der roten Drachen auf denen der Goldenen lagen.

Denn aus den leeren Augenhöhlen der vielen toten Drachen starrten lebende Augen auf Malystryx nieder.

Schlaf. Schlaf ein.

Im Turm der Erzmagier wartete Galdar auf Mina, doch sie kehrte nicht zurück. Schließlich ging er vor lauter Sorge auf die Suche nach ihr, denn er traute weder diesem Ort noch den Zauberern, die ihn bewohnten.

Er fand sie im alten Laboratorium.

Zusammengekauert hockte Mina neben dem Körper einer uralten Frau. Galdar kam näher und sprach sie an. Mina blickte nicht auf. Als Galdar sich bückte, erkannte er, dass die Greisin tot war.

Mit seinem starken, gesunden, rechten Arm hob Galdar Mina hoch und führte sie aus dem Raum.

Das Licht der Drachen verblasste.

Das Laboratorium hüllte sich wieder in Dunkelheit.

BLANVALET

DONALD E. McQUINN • DIE MOONDARK-SAGA

»Großartig! Die Moondark-Saga gehört zu den aufregenden, mitreißenden Geschichten, die einen nächtelang wach halten.«
Terry Brooks

Der dunkle Pfad
24840

Ort ohne Dunkelheit
24841

Die Verstoßene
24836

Hexengift
24837